明人詩話要籍彙編

詩評卷 貳

陳廣宏 侯榮川 編校

復旦大學出版社

本册總目

顧起綸◇撰

國雅品

一卷

胡媚媚◎點校

國雅序

句吴顧儒林君仲氏選我明詩，彙次之，題曰《國雅》。朝更十三，歲逾二百，品列總若干人，備體凡若干首，例準貫、鄭，評覈殷、高，銓昉舍人，標符常侍，勒爲二十卷。富哉精矣！請序於司勳氏。嗟乎，余豈敬仲流哉？《詩》由孔公删後，斷自三百。系之《風》者，采民間男女相和之謡，用之閨門鄉閭者也；系之《雅》者，采文人學士詠歌之辭，用之讌饗朝會者也。「王風哀以思」，「大雅久不作」，昔人蓋傷之矣。下輟陳詩之典，上罷采風之使，出於摛藻掞天者多，而興於擊轅相杵者少也。存雅庶可以迴風，否則，詩不幾於亡乎？矧我明大一統，四海同風，皇雅攸作，滌牷俊雍，紛紛乎沈、蕭不顯其美焉。詩教云邈，作之惟艱，學力困而才情嗇也。匪作之艱，知之惟艱而言之尤艱。世乏師涓，我心蘊結；時罕商、賜，誰與晤言？夫人盡盲也，盲於心者，妄爲鳴噪；盲於目者，謬爲雌黄。今選者徐、黄、張、俞而下，無慮數百家，咸靡當焉。非身入堂奥，審音協律，若持衡以平劑量，秉鑑以燭鬚眉，妍醜眩而輕重乖矣。吴札深於獨觀，梁昭折於群好，其庶幾哉！仲氏誕秀華宗，遊神藝圃，余宦滇臬，君參幕僚，文以飾吏，政不廢詩。爲序《昆明集》，而太史楊用修並加甄賞。辟登彼岸，爰諦阿含，若超上乘，聿研小品，有本者類如是爾。余謂南威議媛、龍淵操割，明曷失焉？或嗜甘忌辛、好丹非素，公曷暱焉？片瑕既掩，尺璧亦捐，乃持兩可，斷曷徇焉？蓋世鮮兼才，人挾長伎，取其所長，棄其所短，就其人而得之，已不與焉。使執少陵之艷者，比而索李，殆無李矣；取太白之雄者，泥而索杜，亦無杜矣。猶之乎尹非可論珠，圓媚難以求玉也。《三百》之外，逸詩往往見於載籍，卒莫可入，孔公其精矣。束皙乃欲補亡，淺哉！兹編足以宣盛世之雅音，立詞壇之赤幟。汸也何幸，御勃屑於西子，蘇糞壤於申椒，爲斯集累，讀之未竟，良自恧焉。

萬曆改元歲在癸酉秋八月朔，賜進士天官大夫敕僉憲使吴郡皇甫汸子循撰。

大江之南，山川幽奇，發爲人文，亡論古昔。即今時登壇建幟，提槧抽毫，顯融者振藻士林，其巖穴棲遁之流，無不窮載籍而發天籟，泱泱乎東海之風也。僕弱冠時，結客燕肆，希心此物，已乃放逐瘴鄉，棄捐舊業。頃領大方之役，則文牘填委，意興奇減。然於境以内高人未嘗不博求名德，將有所待，以修晤言之適。承使者貽我四詩並及《國雅》，益見巖穴名流用情斯文，以揚一代文明之音，意甚善矣。往得俞氏《百家集》，雖稱廣收已勤，而汰揚未力。讀足下所爲書，可謂精核。而又使僕以巴人下里之曲夾雜其間，將無蹈俞氏之轍乎？使去，具謝美意，臨紙惶恐。張佳胤頓首，九月廿七日具。

刻中錯數字，乞易之。

《國雅》勒成，上之大中丞張公撫臺。祇奉手報，伏而讀之，仰見公敷文翊運，弘亮伾度，輒忘軒冕，軫存濩落。昔賢吐哺揚烈，延攬垂聲，翕受之風復振於今。惟公鼎司保釐，兼屬藝苑宗範，大雅藻翰，不敢例附，敬式之簡端，爲是編流嚮云。顧起綸謹識。

《國雅品》者，品國朝之風雅也。夫詩固難作，而知之爲尤難，品何容易？蓋唐以音律選士，一時登壇唱和之篇，爛然盛矣。殷、芮、姚、高諸君子，咸有編選，識者不無偏駁之議。至高新寧《品彙》，考究宗始，分别材情，而有唐一代吟詠遂收定價〔二〕。然要之，則《正聲》精矣。夫知詩如高漫士，且追悔曩日之濫觴也。詩之難品，謂非自古患之乎？

明興，世運更新，元聲再振。自高、楊、張、徐以來，至弘、德、嘉、隆之間，作者無慮數百家，而關西獻吉、濟南于鱗，傑然尤稱宗匠。顧卷帙繁漫，孰收詮次之功？而甲乙雌黄，未睹要渺之旨。如《明音選》約矣，而病於弗該；《百家刻》弘矣，而苦於未釐。其他管窺蠡測，可無論已。自非鍾子期善聽高山流水之調，能無逃聲哉？錫山九嵕顧君，華宗玉樹，博覽縹緗，遊適之暇，裒我明雅韻，類而品之。非意興高遠、音韻清致者弗得入彀。於諸名流鉅匠，輒加評騭，摘其極工之句，以見大都。其選輯之勤、品藻之確，予以爲高廷禮以後，此其再觀者。有裨於昭代風雅，豈淺鮮哉？蓋顧君清標逸致，翛然水竹之居，清境會心，必見之詩。與予往來諸作，予心醉焉。伯子中翰、元濬尤工吟札，方以文章向用於清廟明堂，予雅重之。則是編也，豈徒品之云乎？知詩、能詩，君父子蓋兼之也，豈不爲尤難哉？刻成，樂雅道之流布，不揆僭爲之序，賞音君子亦以予言爲然乎？

萬曆二年夏，閩玉融施觀民撰。

〔二〕按，「收」下疑脱「名」字。

國雅凡例

句吴顧　起綸玄言　撰次

卜商序《詩》曰：「言形於四方，謂之雅。」雅者，正也。蓋政有大小，故有《大雅》焉、有《小雅》焉。大抵極藻麗之辭，得情性之正，斯雅在其中矣。揚雄亦云：「詩人之賦典以則。」沈約又云：「啓心閑體，典正可採。」然而則也、正也，非雅之謂歟？余也采方國之盛音，纂明代之正始，乃祖述二三子者，於是乎名之曰《國雅》。復論次其例，凡一十條，見諸左。

論本例　按徐氏《風雅》、黄氏《類選》、張氏《文纂》、俞氏《百家》，凡我明詩人，無慮數百家。徐所編詳於成化前，而略於成化後；黄所編詳於正德前，而略於正德後。黄稍叙世次，變體節目，準《品彙》例也。張、俞二氏，則存没兼收，中無倫次。張復分類瑣屑，殊失詮次本義，鈞之乎浩漫未核也。余就故篋中手筆，諸名家愜意詩若干卷，并平生所積名集，得商略而采之，復大搜未備，隨適裒帙。

論體例　古詩稱風、雅、頌，今體稱古、近、絶。正變雖殊，理趣頗合。今從原本編次，故不立格分門，各備一家言，準姚《極玄》、殷《英靈》二集例也。

論采例　赫奕有明，列聖宸章，宗藩藻什，具在中秘，弗録。凡巖廊鉅公、海岱名士，暨閨秀方伎旁流，無論今昔，只從世次詮定。國初元季名人，已編入《元音》、《體要》，及雖未盡編，或聲調欠雅者，悉略之。自洪武初，高、楊諸公倡爲正始，此明之初音也。歷永、成間，假無姚、曾、李、石數公稍振頹風，幾亡詩矣，故采中不敢廢。至弘、嘉間，諸名公作而大暢風雅，此明之盛音也。故文與時遷，雖高下異習，揆之閑不逾檢而雅得餘風者，亦在所采。昔莊生啖梨，甘可其口；楚女紉蘭，鮮裁于中。世當亮之，余無所諱。

論題例　凡當題字，上空三字，次空二字，又次空一字，準唐顔魯公題玄宗御碑例也。

論纂例　編中間有卓然名家如高、楊、李、何輩二卷，是余篋中故所編，業已付梓，稍不拘世次。洪、弘之初，二三家有錯雜後先者，是準唐詩錢、劉入高、岑例也。至四皇甫暨我諸府君，并山人之同里者，並以類叙。蓋互有倡和，得了然便覽，亦準《聯珠》、《篋中》例也。

論稱例　稱以今官，尚矣。其謫官猶故稱者，何也？蓋稱所習聞，如省郎左遷於外，久而歷仕至大夫，則從大夫稱矣。不然，且從故稱，易識抑又厚之道也。惟楊鐵崖仕元，國初應聘，未授官而卒，既不可稱故官，又不可稱聘君，今稱字亦安。其嘗好薄游者，則稱山人；高尚者，則稱隱君。稱居士、稱子、稱生之屬，並雅之也，庶乎不謬。

論更例　諸名家詩間有累字舛韻者，隨筆謬更一二，輒附篇末，嗣知言者詮定。故文爲公器，諱是私機，直諒之士，寧無可否？由芻蕘之徑，造大雅之堂，幾何人哉？

論遺例　海内故多作家，偶未録者，特未見其詩耳。録之少者，猶未得其集也。中有佳篇，偶值累句，惜乎棄之。初，俞氏新編，往往借閲於姚山人所，愜余意者即鈔之。是編成，而俞之後編出，遂不及鈔。至名賢鄉達，並有鳳德鴻業，故不假文辭録也。余識乏興公，差可斟酌品目；名慚殷浩，奚足獻酬群心？故汲冢魯丘，寧無未譯之文？卞玉交珠，致有見遺之嘆。

論闕例　諸家姓氏，略具里爵世次，以便覽者。其大節，稍詳於品中。前無所考者，姑置闕文焉。

論續例　國朝之詩，如墳林藻海，非衰眊能窮。編中有一二首佳者，凡百餘家未輯，當續而廣之，作《續國雅》。惟閨品以下，旁搜殆盡，以品中乏此輩耳。故士品種種，弗能悉，不可謂瑣瑟瑟非寶也。

論品例　余觀《唐六家詩》并《品彙》，並以宫閨置之仙釋後，是遵史例也。惟我明《統志》，則列女在仙釋前，少别方内外也，於義頗安。是品昉之。

國雅品

句吴顧起編玄言撰

夫韓嬰作《傳》，聿興觸感之情；匡鼎説《詩》，頗適解頤之趣。彼荆筑悲歌，而燕丹變色；嵇琴雅奏，惟向秀擅聆。豈同聲起余，合志發憤邪？余作《國雅》既成，復就選中若干名家，遡自洪初，以迄嘉末，憐高哲之既往，嘉英篇之絶倒，輒一賞譽之。偶有所得，僭附鄙見，祇從世代編次，非敢謬詮甲乙。迨今名達鄉範，固多闕文，特標品目，尚俟知言爲之揚確。蓋采音吴札，鄶得無譏；藻品梁嶸，殁者斯撰。例當竊比於是，名之曰《國雅品》。若夫品之源流，前賢叙論，代有高鑒。惟嚴儀卿一家，頗稱指南。至我盛明弘、嘉間，又諄諄啓迪。如昌穀《談藝》，足起膏肓；茂秦《詩説》，切於針砭；用修《詩話》，深于辯核；子循《新語》，詳析品彙；元美《巵言》，獨擅雌黄。五家大備，將何復云？

士品一

國初迄洪武，凡二十有五人。

高侍郎季迪　始變元季之體，首倡明初之音。發端沈鬱，入趣幽遠，得風人激刺微旨。故高、楊、張、徐雖並稱豪華，惟季迪爲最。其古體咀嚼劉楨，近體厭飫李頎。如《長門怨》云：「君明猶不察，妒極是情深。」《薊門行》云：「中國多荒土，窮邊何用開。」《少年行》云：「寶刀不敢輕輸却，明日沙場欲報恩。」《猛虎行》云：「猛虎雖猛猶可喜，横行只在深山裏。」《郊墅》云：「僧來雙屐雨，漁卧一船霜。」《秋興》云：「梁寺鐘來殘月落，漢宮砧斷早鴻過。」《寒山寺》云：「船裏鐘催行客起，塔中燈照遠僧歸。」佳在實境得句，足以嗣響盛唐，宛如霜隼摩空，風翮健捷。《巵言》云：「季迪如射雕胡兒，伉捷急利，往往命中。」亦是名鑒。集中諸作，如「咸關月落聽雞度，華嶽雲開立馬看」，「兵馳空壁三千幟，客宴高堂十萬錢」，「松風吹壁鶴翎墮，梅雨過溪魚子生」，「簾外鐘來初月上，燈前角斷忽霜飛」，各臻高妙，例不能多采。

楊廉訪孟載　才長逸蕩，興多雋永，且格高韻勝，渾然無迹。如《掛劍臺》、《江村》、《郊居》、《岳陽樓》、《過豐城》、《無題》諸作，全篇幽暢，方之錢、劉或未迨，元、白斯有餘。五言如「石枕支頤冷，江瓢漱齒腥」，「斷甓沉沙嘴，殘碑露石稜」，「空闊魚龍舞，娉婷帝子靈」，七言如「六朝舊恨斜陽裏，南浦新愁細雨中」，又髣髴唐中興語矣。

張司丞來儀　體裁精密，情喻幽深，頗似錢郎。其《送僧還日本》云：「杖錫去隨緣，鄉山在日邊。遍參東土法，頓悟上乘禪。咒水歸龍鉢，翻經避浪船。本來無去住，相別與潸然。」字字沈著。至《遊山寺》，句有「松老知僧臘，禪空悟佛心」，或譏其剽竊韓翃「僧臘」、「禪心」語也。

昔子卿有「明月照高樓，想見餘光輝」，子美有「落月照屋梁，猶疑見顔色」，庾信有「落花與紫蓋齊飛，楊柳共青旗一色」，王勃即昉「齊飛」、「一色」成句，不以爲病。今來儀用「老知」、「空悟」，虚字轉妙。余近《題南林禪院》亦云：「門前流水經行意，湖上青山宴坐心。」寓目得句，偶與此合，豈有意述古邪？

徐方伯幼文　詞彩遒麗，風韻凄朗，殆如楚客叢蘭、湘君芳杜，每多惆悵。臯亭山作，全佳處當似耿湋。余嘗愛其《折蓮子》絶句云：「柔絲零落芳心苦，未及秋風已斷腸。」讀之頗增悲慨。集中有《送曾伯滋赴西河將幕》云：「上將初分閫，儒官解習兵。風旗春獵野，雪帳夜歸營。洮水從岷下，祁山入隴平。知公能載筆，草檄報邊聲。」中二聯並佳，亦足入選。特起句不切幕職，惜之，仍附于品。

倪隱君元鎮　高風潔行，爲我明逸人之宗。讀其詞，足以陶性靈、發幽思。至《俞子過荆南精舍》與《江南曲》諸篇，振秀絶響，不忝韋、柳。及集中所載《贈王生》云：「君其慎語默，世事豈余聞？」《秋夜賦》云：「恬然斯寡欲，榮名非所忻。」可想見清節，豈徒老一丘之士哉？

楊聘君廉夫　才高情曠，詞雋而麗，調悽而惋，特優于古樂府。而近體不免無元人風氣〔二〕，

〔二〕 按，「無」字疑衍。

故《元音》所載者，悉略之。廉夫爲元進士，仕奉訓大夫，提舉建德路總管。嘗策蹇視事，江南德之，歷陞江西等處儒學提舉。會洪武一統，應聘修史。抵京僅百日，遂謝病還雲間。後臨革，撰《歸全堂記》，投筆曰：「九華伯招我，當往。」及逝，聞空中百人步履聲，詎不怪哉？張外史天雨叙廉夫集云：「今代善用吴才老韻書，以古語駕御之，惟李季和、楊廉夫稱作者。廉夫上法漢魏，出入李唐，其古樂府有曠世金石之聲。」宋文憲公景濂亦稱鐵崖君「聲光殷殷，摩戛霄漢」。吴越名士競歸之，比東海倪元鎮、崑山顧仲瑛、雲丘張仲簡、吴興郯九成，皆其客也。廉夫之迹，頗類陶靖節。讀其《買妾》云：「買妾千黄金，許身不許心。使君自有婦，夜夜白頭吟。」則其不百日引去者，所指微矣。至《俠客》詞云「太阿飛出匣，欲取賈充頭」，又「夜宿倡樓酒未醒，飄風吹落鴛鴦瓦」，何其雄偉豪邁邪！老鐵以余爲知言否？

張學士志道　境入清頓，未脱夙武。如「野烟喬木晚，江雨落花深」，「鹿迹閒行見，松香獨坐聞」，「鳥影似猶見，猿聲疑或聞」，此例思深且幽，非元調也。

汪忠勤朝宗　詞新調閒，不失唐人大檢。至如「倒藤懸宿鳥，絶壁挂晴霓」，「嶺樹垂紅葉，汀沙聚白鷗」，「樹密巢歸鳥，溪迴響暗泉」，並稱幽致也。《巵言》云：「汪如胡琴羌管，雖非太常樂，琅琅有致。」余謂：較之朱絃路鞀故不足，蘆簧土鼓尚有餘耳。

孫翰籍仲衍、黄待制庸之、李長史仲修　舊稱「廣中四傑」，並有盛才，特閑於七言。如孫之

《蔣陵兒次武昌》、黄之《戰城南》、李之《秋晴》等篇，能自迥出常境，綺嶄處亦類初唐語。《楚騷》云：「南州炎德，桂樹冬榮。」三君子之謂也。至五言近體，非其所長，故尺有所短耳。惟王給事彦舉係河東籍廣，初出元調，因無所取，姑置再續。

劉文成伯温　公伊、吕之佐，文其緒餘耳，故駿才鴻調，工爲綺麗。古風如《思歸引》、《思美人》，近體如《古戍》，並出《騷》、《雅》，亦足以追步《梁父》，憑陵燕公矣。

宋文憲景濂　文既綜緯，詩稍平易。余所取祇二三篇，句亦清拔，不失崇雅思致。

林員外子羽　才思藻麗，如游魚潛水、翔鳶薄天，高下各適情性。廬陵劉子高序其集云：「已窺陳拾遺之奥，大有開元之風。」余所選五言全佳者，如《芙容峰》、《出塞》、《送高郎中讀書臺》。其句有「苦霧沈旗影，飛霜濕鼓聲」，似「戰餘落日黄，軍敗鼓聲死」；又「燈影秋雲裏，書聲晚磬中」，似「塔影挂青漢，鐘聲扣白雲」。七言如「堤柳欲眠鶯喚起，宫花乍落鳥銜來」，並稱警絶，信不在大曆下也。

袁侍御景文　才情遒拔，往往有奇語，尤閑于詠物。其《題白燕》、《聞笛》，頗爲時口膾炙，蓋七言律不易得。元和以還，千百年之中，僅見高侍郎一家，何其寥寥也！昔王獻之調季琰曰：「弟書如騎驢，駸駸欲度驊騮前。」袁之追風尚遠，騁思頗逸，得次之接武。

王參軍元章　才贍思新，善繪梅竹，得意處輒題，往往奇拔，尤長于七言。如「雲合紫駝開虎帳，天連春草入龍沙」，「海氣或生山背雨，江潮不到石頭城」，「千峰回影陷落日，萬壑欲盡松風聲」，抽思雖奇，摛詞未秀。

顧居士仲瑛　聲調逸秀，綺綴精密。頗任俠清狂，一時名士李、楊諸公多樂與之游。晚年嘗寄居吴下名刹，更號金粟居士。其小像首戴一笠，自贊云：「儒衣僧帽道人鞋，到處青山骨可埋。遥憶少年豪俠興，五陵裘馬洛陽街。」讀之想見其曠達豪邁，超然峰距。隆慶間，余在吴門，偶得一白玉印，方可寸許，上有回首左盼龜紐，文曰「玉山草堂」，極精且工，若獲拱璧。適史太僕恭甫至，把玩持去，今不知流落誰手。故高士神物，附識之。

甘二守彦初、唐翰林處敬　思頗清僻，甘如「一瓢風外樹，雙屐雨中山」、「白草交河道，清笳捕虜營」、「錦衾成獨旦，羅扇覺先秋」，唐如「山色元來蜀，江聲直到吴」、「月到翻經榻，苔緣掛壁琴」，亦是高唱。其詹尚書、劉太宰、方翰博三公，聲調若虎步鴻苑，並有氣概，特乏健彩耳。

趙山人景哲、郭掾史子章　興洽清真，並是逸才。趙如：「殘雨挂空江，濛濛若千里。暝色夕鳥前，寒聲暮猿裏。」又：「飛花香度樓前幕，高柳凉生仗外峰。」郭如：「落日平淮樹，春潮帶皖城。」又：「東鄰茅屋新烟起，南澗石橋春水生。」此例佳甚。又郭有《宿雨》云：「宿雨蕭蕭悴客心，高齋連日滯秋陰。一枝未遂鷦鷯志，四壁寒愁蟋蟀吟。家在淮南青桂老，門臨湖水白蘋深。鯉魚風熟香粳早，釣艇誰移近竹林。」五六是唐韻，結是元調，偶無所取。

高翰籍廷禮　才識博達，嘗輯《唐詩品彙》，世稱精鑒。及閱其集，文多而意少，且乏新興。至《擬古》諸作，頗擅雕蟲，往往青於藍者。

士品二　永樂迄成化，凡二十有一人。

姚恭靖廣孝　性空思玄，心寂語新。其興彌僻，其趣彌遠。如「籠馴傳信鶴，池蓄換書鵝」，「翠低承雨竹，緑碎受風蕉」，「過林纔見日，到渡不逢山」，此例已到彼岸，惠休、法振，不得專譽禪藻矣。且公以慧智翊贊靖難，勳極公階，乃蕭然緇衣以終，其身了無慢幢，不賢于悻悻功名之士乎？

曾少詹子啓　該博逸蕩，其才長於七言。古遂切直，健捷爲工，頗以繁靡爲累，故永、成間多效其體。先輩于肅愍、楊文貞諸公，互相宗尚，亦一時藝林風氣使然也。其《行路難》、《燉煌》二作，頗不失唐家聲。袁氏《獻實》云：「曾公浩如懸河，所乏嚴潔。」此是確喻。

王翰檢孟陽　典雅清拔，綽有天寶俊聲。如「諸天花雨遍，雙樹慧燈懸」，「夜月桓伊笛，秋風驃騎營」，「孤帆乘吹發，一雁渡江遲」，「江路猿聲早，山城榕葉凉」，「一燈今夜雨，千里故人心」，並是司空、皇甫之餘。

劉孟熙　涣之子，恕之弟，爲會稽名家。其才思雄健，長歌頗放誕。如「馬嘶秋草闊，雕落暮雲平」,「野雪消不盡,春江流正深」,屬興豪華,非鄙促語。今選中所遺,七言《早春寄白虚室》云:「帝城佳氣接烟霞,草色芊芊紫陌斜。霽雪未消雙鳳闕,春風先入五侯家。歌鐘暗度新豐樹,游騎晴驕上苑花。獨有揚雄才思逸,應傳麗句滿京華。」頗遒麗,自是弓裘家範也。

浦舍人長源　詞彩秀潤。初遊閩中,訪林員外子羽,自誦《荆門》詩云:「雲邊路繞巴山色,樹裏河流漢水聲。」於是林始驚嘆,遂延入社。元美品浦、林爲小乘法師,言未到佛境界也。又云「聽雞曉闕疏星白,走馬春郊細柳黄」,「衣上暮寒吴苑雨,馬頭秋色晉陵山」,亦是相中色語。時王學士達善、王舍人孟端爲同邑名人,學士有「路分京口樹,帆渡月中潮」,舍人有「臘釀多藤酒,春禽半竹雞」,並稱秀句。湛、李之後,錫中三賢稍嗣中落。

王翰籍安仲　思多悽怨,托喻頗深。如《塞下》云:「嘶馬邊塵黑,鳴笳隴日昏。」《昭君》云:「身隨胡地遠,心是漢宫愁。」《寒村》云:「古路無行客,閒門有白雲。」《鷓鴣》云:「長沙有遷客,莫向雨中啼。」《老馬》云:「只今棄擲寒郊路,猶自悲鳴向主人。」讀此例數篇,俱堪淚下。昔班姬寓扇寫怨,應瑒托雁言懷,良有以也。公才高不遇,嘗隱於長樂山中,自稱「白雲樵者」,竟淪於幕職,悲夫!

張學憲節之　寓目成韻,風彩醞籍。如「秋聲兩岸葉,晚色萬峰雲」,「積水浮仙嶼,寒星伴使舟」,「水螢飛不定,沙鳥宿還驚」,陵逼少陵矣。至《與朱千户夜話》云:「瀚海地荒龍駕遠,交河風急雁書沈。微臣愧乏安邊策，北望胡天淚滿襟。」此政英廟北征時也，情之發於忠愛不渝，能自慨切。唐句用「仙棹」，此作「嶼」字勝。

郭忠武元登　《麓堂詩話》云：「公詩爲國朝武臣之冠。」余鈔其《戰場》、《征人》二作，平易渾厚，直言賦事，譬之兵法，正而無奇，循守繩墨者也。句有「黄河白骨斜陽裏，衰草連天戰血腥」，將無突圍破敵，有平吞疆場之志。公嘗謫戍甘州，時《送岳正》云：「青海四年羈旅客，白頭雙淚倚門親。莫道得歸心便了，天涯多少未歸人。」又：「甘州城南河水流，甘州城北胡雲愁。玉關人老貂裘敝，苦憶平生馬少游。」其激烈壯志可想。初，公以拒北狩駕見謫，當時或謂公曰：「城旦夕且破，何空自苦乎？」公曰：「吾誓與此賊存亡，不使諸君獨死。」及擁上皇去，公登城大慟，則非無歸駕意，故社稷爲重也。商文毅爲公誌曰：「廉絜尚謀，善撫士卒，有古良將風。」余觀公節概頗奇，所取不顓文辭也。

桑别駕民懌　狂士也。少有辯才，嘗以孟軻自任，目韓愈文爲小兒號，自稱曰「江南才子」，頗不羈慢世，丘文莊公每屈節下之。其文詞多寡味。《巵言》云：「桑詩如家無儋石，一擲萬錢。」譏其俠而淺也。其鄉之先輩偶武孟《歲暮》有云：「山響鼪鼯嘯，江空鸛鶴飛。百年渾潦倒，底事未能歸。」亦稱勝語。《送使嶺南》云：「七閩南去路迢迢，五色雲中遣使軺。持節好宣天子命，觀風當采野人謡。鷓鴣啼處山將雨，椰子吹香酒滿瓢。記取都門相送日，高秋木落正蕭蕭。」頗佳。《偶偶集》脱此，今識之。

李文正賓之　學既該博，詞頗弘麗，且老於掌故。其詠史樂府，乃所優也。當時如丘、邵二文莊，吳文定、石文隱諸縉紳先生倡酬，多作七言律，甚至叠和累篇，每以什計。昌穀謂：「先輩便於七言者，以聲長字縱，可以牽合成章也。今京師縉紳每謂七言律，書軸庶不寥索，遂失作者之意。」殊不知律者以古雅沈鬱爲難，而七言尤不易。往有誦先輩七言律句，各減去二字，亦成章，舉座大笑，故在句句字字不可斷爲工。又以句句字字直屬爲病，在氣貫節續，如脉絡然。所謂圓如貫珠者，即衲子數珠，若減截一二子，便不成串矣。雖盛唐諸公，惟王維、李頎二三家臻妙，太白、浩然便不諳矣。明興，自高侍郎以還，七言律流而極弊。文正公以大雅之宗，尤能推轂後進，而李、何、徐諸公作矣。《卮言》曰：「長沙之於何、李，其陳涉之起漢高乎？」頗善比興，讀公之《花將軍歌》、丘之《羅都御史》、吳之《送武靖西征》、邵之《胥門》、石之《契苾兒》諸篇，稍頡頏馳騖矣。

張汀洲清之　縱調騁情，頗稱作者。其《采蓮》、《昭君》，風力丹彩俱備，堪以陶寫幽心。至「林葉經霜盡，河冰近午開」，是前賢未振語。殷璠所謂「意新理愜」，斯得之。

張修撰亨父、陸參政文量　齊聲競爽，聞於海上。張之《送廷珍憂歸》云：「千里征途從哭盡，啼痕終比綫痕稀。」《漢宫》云：「一樣玉壺傳漏點，南宫夜短北宫長。」陸之《楊妃》云：「烽火照人鼙鼓急，尚疑燒燭夜催花。」《徽宗畫》云：「翠輦北巡將不去，只應留與蔡京看。」調雖短而意頗長，可群可怨，二公有焉。

士品三　弘治迄正德，凡三十有三人。

李獻吉、何仲默二學憲　氣象弘闊，詞彩精確。力挽頹風，復臻古雅。遴材兩漢，嗣響三唐。如航琛越海，輦賮逾嶠，琳闕珠房，輝燦朗映，各成一家之言。繼而海内翕然景從，爲明音中興之盛，實二公倡之也。二公古體，並出楚騷詞、漢樂府而憲章少陵者，近體尤酷擬杜。李古勝何，如屯雲出峽，驚風湧湍，波瀾幻變，層彩疊出。何近勝李，如石門寒瀑，劍閣朝霞，空中聲色，高遠難攀。薛君采云：「俊逸終憐何大復，粗豪不解李空同。」則何似勝李邪？《國寶新編》曰：「李朗暢玉立，傲睨當世。何身不勝衣，賦陵作者。」二公皎然風度，又可想矣。《直説》云：「李作詩，一句不工，即棄而弗録，何深惜之。李答是自家物，終久還來。」豈非良工獨苦邪？二家詩大率多佳者，例不悉采。李如「黄塵古渡迷飛輓，白月横空冷戰場」，又「日黑魚龍[illegible]夢澤，草青麋鹿上姑蘇」，何如「伏波銅柱銜炎塞，横海樓船出瘴沙」，又「日月盡懸滄海樹，龍蛇春壓九河流」，此例數篇亦奇。「盡懸」將作「時懸」方妥。

徐博士昌穀　《國寶新編》曰：「博士神清體弱，雙瞳燭人。幼精文思，不由教迪。」文徵仲序其《焦桐集》云：「昌穀古體合作，近體非所好，而爲之輒工。」亦是賞識。余觀《迪功》二集，豪縱英裁，格高調雅，馳騁於漢、唐之間，婉而有味，渾而無迹。尤長於賦頌，其《反騷》已馮陵班、揚矣，足冠盛明名家。袁氏所刻《鸚鵡》五集，稍纖華，似齊梁語。偶無所采，采中嘗耽玩久之，備極諸體高妙，都無累句可删。皇甫子安云：「徐詩可以繼軌二晉，標冠一代。」子循亦云：「徐集獨綜菁英，莫可瑕纇。」王元美云：「如飛仙游天，不染塵俗。」三公可謂知言矣。至獻吉猶譏其守而未化，蹊徑存焉。仲默云：「論文亦直取舍筏，誠爲精確。」余讀李、何集中之筏蹊，有甚於徐者，豈力與志違邪？然李、何非不見賞，抑昌穀詞藻雖富，情性或猶未閑，故强年偃蹇泠署，閒適之興，其寥寥乎？余獨悲夫長轡既驟，窮途忽蹶，顧未盡肆力耳。假天老其才，而追述大雅，則有唐大家，不當北面邪？

邊司徒廷實　袁氏《獻實》曰：「李、何、徐、邊，世稱『四傑』。李雄健，何秀逸，徐精融，邊朴質，故並負盛名，輝映當代，四公殆藝苑之菁英也。」邊稍不逮，衹堪鼓吹三家耳。其集中篇章頗富，所選如「緑水閶門道，青山建業城」，「地入河源渺，天連塞日曛」，又「魯連箭減遺書在，微子城荒故堞留」，「千盤鳥道懸雲上，五色龍江抱日流」，應是豪華語。《巵言》云：「廷實如五陵裘馬，千金少年。」信然。

顧司寇華玉　體裁變創，工於發端，斐然盛明之羽翼也。如「經旬謝賓客，春草當門生」，

「鹿飲紅泉細，猿啼翠壁重」，「緑樹邀行騎，青山擁寺門」，又「御前却輦言無忌，衆裏當熊死不辭」，足使文通變色、彦升失步矣。

祝京兆希哲　公之腹笥奇僻，出入《史》、《漢》。其《俠少》云：「艷妓掌列盤，孌童口承唾。郭氏族盡滅，銅山死猶餓。」《歸舟》云：「高嘯迎風轉，低眠看樹行。」《隱者》云：「琴傳雷氏斫，書是汲丘藏。」其筆力殆能扛鼎者。《國寶新編》曰：「祝子傲睨冠紳，遊戲文史，蓄之海匯，發也雲蒸。」信哉！

王吏部敬夫　才雋思逸，鋭於綺麗。譬之湖外碧草、海東紅雲，流彩奪目。其五言如「雲壓嶺頭樹，草連烟際村」、「金馬當朝彦，銀魚隔歲焚」、「山雲晴見楚，烟樹遠浮秦」、「飛鳥三峰外，孤城落照前」，七言如「天外行雲難入夢，手中團扇易驚秋」，此語直造盛唐佳境矣。

熊侍御士選　才華驚拔，一句一字，酷尚初唐。如「野寺孤雲没，春山獨鳥歸」，「雞鳴岩下寺，犬吠洞中春」，已得王、楊風彩，特少深致。

王新建伯安　博學通達，詩非所優，然亦有幽逸思致。余讀其《陽明先生集》，疏義侃侃，詞切理約，自是經國大手。

朱大參升之　情過其才，亦時出新語。其《函谷歌》全效高常侍，稍有蹇礙粗矗處。《對雪》有「風急仍含雨，天低欲墮雲」，殆佳句也。《國寶新編》曰：「參政落筆，一掃千言。傍觀者往往奪氣，可謂詩豪矣。」其子子价，才藻豪爽，頗與公等。故高巖競秀，流水迴合，殆山澤通氣也。丁酉間，余嘗與子价同舍雞籠山房。及旅都下，子价尤善書，屢爲余走筆題箑面上，頗多嘉句，乃集中所遺。今散失不可得矣，惜之！

王司馬子衡　學古才辯。其爲文章，多漢晉人語，特閑於古體，如闕里孔檜、泰嶽秦松，蒼秀挺鬱。王元美譏其稍露本色，不無有之。其《南昌行》亦足以發其忠憤激烈之思。余讀其《居家集》，公所自序即張魏公辟蘇雲事曰：「古今人好尚，其不齊也，有如是哉？以野處爲適，則視官守爲樊籠；以閒散爲樂，則視軒冕爲桎梏。」於是乎可以觀公矣，豈惟文哉？

鄭驗封繼之　才賦英邁，往往有新語。如「暝烟分野意，山鬼習人聲」，「馬上琵琶曲，流悲入漢宮」，二作並佳。《國寶新編》贊云：「靈運樂游，嵇康慕仙。超矣驗封，千載同然。」余讀鄭詩末卷，載海内名公哀輓，惟方公豪哭詩最多，偶無佳句。余伯父與新先生有「備見前賢體，高垂一代文」，祝公鑾有「才名聞海内，氣概邁儒流」，林公春澤有「病多憂國累，出爲薦書行」，足以見公之概。

湛司馬元明　先生爲一代鴻儒宗望。綸束髮列弟子之座，事先生最久。初若崖岸，終無町畦。其爲文章平易質實，詩詞頗醞藉逸秀，每曰：「須發得自家意思出乃佳。」嘗好登臨，必謂諸生且領略山水真趣，明日補詩，率意如此。余丙辰間踰嶺外一造先生之門，所處故榮盛，蕭然几榻，猶事文翰，不以耄耋少替，皤然渭濱一老叟也。今選其集中十餘篇，頗得唐人古澹處，此老胸中仍無宿物。

嚴相公惟中　先輩評公詩者頗多，如儀封王司馬曰「冲邃閒遠」，成都楊修撰曰「冲澹朗秀」，蘭溪唐文襄曰「澹而達」，長洲皇甫司勳曰「調高律細」，四公其知言哉！其《靈谷》云：「窈然深谷裏，疑與秦人逢。澗底藏餘雪，窗間列秀峰。」《登嶽》云：「仙家鳥道迴莫到，石壁猿聲清忽聞。幽泉樹杪飛殘滴，瑶草巖中吐異芬。」真境與秀句競勝，雜之《極玄》，亦足矜賞。其集大率多類錢、劉語。

錢臨江公良　余仲父少參府君居嘗論詩，稱同榜中惟方思道夙好品藻，以風裁自持。每嘆嘉州之鹽中錢氏以文獻世其家，公良既富藻藝，尤閑於詩。余續其篇，得之俞氏後編，殊未愜也。一日，其季子懋穀雅余通家，見寄家藏《東畬先生全集》若干卷。卒業至再，其辭冲秀彌暢，菁多天茁，蔚然警絶。如「夜凉天有雨，秋晚樹無花」，「雲飛山鳥白，鷺啄渚沙明」，「草深山隱路，風急水行沙」，「烟雨階前畫，清虚静裏心」，「花發年年好，巖深處處幽」，「巖花烟外落，金磬夜深聞」，「寺深雲度磬，風静樹啼烏」，斯例佳境，信非思道能闚其際，何忝錢吴興之華胄邪！

孟大理望之　調雅詞綺，高響奇絶，彷彿天台石梁、羅浮水簾。如「鵲翻知浦樹，人語辨江船」，「暗處猿聲斷，愁深攬夜眠」，「日銜天際樹，雲動水中山」，「亂帆何處去，風浪不知還」。又

「修竹濃花田舍裏，亂山流水寺門前」，「長橋晚落千尋影，高閣晴含萬里秋」，「邊嶠梅花愁聽角，郡庭榕葉憶鳴琴」。其《瀟湘行》尤稱警拔，李、何不爲之却立也。或譏其澹薄者甚爾。

殷給事近夫　菁藻時髦，才情遒麗。如「波喧偏怒石，山暗欲生雲」，「溪静千峰倒，雲歸衆壑昏」，又「狂龍歌舞晚潮外，芳草歷亂新晴中」，稍得鳳池一毛，龍淵片甲。如《惜梅》云：「鳴雨既過漸細微，江風颯颯吹客衣。晴雲雨雲自紛錯，山禽水禽相逐歸。三年群盜衰疾甚，千日歸帆音書稀。丹崖夜夢桂樹發，清尊共惜梅花飛。」亦清勁可誦，特重「歸」字，未工。前作「雲連雲斷」，後作「千里孤帆」，稍暢。王元美謂其如越兵縱横江淮，終不成霸，蓋惜其蘭馨夙焚，桂叢忽折，不足悲夫！

顧宗伯與成、少參與行、憲副與新　三先生，綸之伯仲叔父也。並負才藝，鍾靈五澤，競爽三吴。弱齡馳聲臺館，一時名家如李、何、徐、薛，倡酬具在。薛君采嘗寓書云：「伯仲擅藝名流，並繼風雅，豈惟顧氏多文，抑亦詞林增重。」暨而後先謝政，居常與世父與明先生翕奏塤篪，殆是花蕚餘輝。《吴都賦》所稱「高門鼎貴」、「顧陸之裔」，千載而下，吾宗故多賢乎哉！綸所選若干，實正始雅音，協然合作，非敢輒肆誇譽，賞識家當有定鑒。

唐文襄虞佐　風度瓌爽，學該《左》、《史》，頗臻古雅，集爲蔡子木所編輯。元美云：「虞佐如苦行頭陀，終少玄解。」余選中數首有「百草牽柔風，孤峰駐落日」，「長淮接江水，千里映空色」，「夜雨分芝草，晴天落蠹魚」，聲格既峻，步驟更捷，亦作玄解語。公嘉靖乙巳秋召起復大司馬，冬加太子少保，擢大冢宰，豁達曙體，務在引恬拔滯。尋以病乞休，忤世宗皇帝，削官，竟卒於都門謁舍。後五年有子汝楫及第，獲請復官，贈少保并謚。公歷部院，得謚文，出殊邺也。余嘗著公《感知篇》，有曰：「公鎖鑰邊鎮，勵王臣之大節；錯綜術藝，冠館閣之諸賢。於是乎曰文曰襄，斯稱矣夫！」

方憲副思道、戴學憲仲鶡、韓參議汝慶　同榜齊軌，並有節氣才譽。其爲詩多出少陵蹊徑，方稍安穩，戴、韓遒暢，時有新語，其《鷓鴣》、《採蓮》，方故墮其雲霧中。

孫山人太初　初號吟嘯，更太白山人，朗姿美髯，飄然風塵外物也。其才清趣逸，頗擅詩名。曾寓先公蓉湖别墅，時與殷靖江近夫游，先公每論其高致。一日，費閣老訪之，竟日曠談，率就偃卧，去不相顧，其落魄多類是。費大奇之，曰：「我接海岱奇士多矣，未有此人。」後浪遊西湖苕溪間，一時名士咸欽其風。其佳句有「山根晴亦濕，湖氣夜難昏」，「長天下遠水，積霧帶巉扉」，「僧歸虹外雨，雲抱水邊樓」，「浪花迎棹尾，山影上人衣」，「清流梳石髮，遠霧著山巾」，「酒醒燈暈裏，秋墮葉聲邊」，又「百年知己長鑱在，萬事無心拄杖間」，「遠江天入星河濕，高木谿迴風露稀」。嚴儀卿曰：「詩有别才，非關書也。詩有别趣，非關理也。」豈不然哉？大都孫詩五言得孟襄陽幽處，七言得張句曲曠處，遂致逕庭懸絶。故獻吉恒云讀書斷自漢魏以上，蓋取諸上乘，庶得中乘。

楊修撰用修、張進士愈光　世閥駿英，巍科雄望，嚼咀搜玉，咳唾成珠。其爲詩，楊如錦城雪棧，險怪高峻；張如蘭津天橋，騰逸浮空，故並鍾山川之靈乎？《卮言》又云：「楊乃銅山金埒，張乃拙匠斧鑿。」是譏其未融化也。楊之「羅衣香未歇，猶是漢宮恩」，「石帆風外矗，沙鏡雨中明」，又「汀洲春雨搴芳杜，茅屋秋風帶女蘿」，「夜夜月爲青塚鏡，年年雪作黑山花」；張之「鴻雁不傳雲外字，芙蓉空照水中花」，「銅柱蒹葭鴻雁響，鐵城烟雨鷓鴣啼」，此例數篇，非雕飾曼語。往余在滇中，以吏局經高嶢，一訪升庵故墅。適至自瀘，會於安寧曹溪精舍，留連信宿。其落魄不檢，形骸放言，指據鑿鑿驚座，應是超悟人。張嘗與啓札神交，詞多敦素，亦是恬雅人。後余過沅州，慈谿馮公觴余督府，憐及楊之才器，故博識，特好臧貶先輩，輒攻人沿襲之短，氣象遂砭削矣。斯言其長者哉。

薛考功君采　七歲能文，弱年擅藝，大爲儀封王公判亳時所奇。文徵仲評其詩云：「古風追躅漢魏，近體有王、孟風。」唐應德云：「薛從瞿老書來，得虛靜語。」余讀其集，古體如《江南曲》、《從軍行》，甚佳。近體如《詠燭》云「珠簾照不隔，羅幌映疑空」，又「餘花飄近渚，衆鳥喧深竹」，「征鳥不返顧，浮雲相背馳」，「渚花藏笑語，沙鳥亂歌聲」，「翠帷低舞燕，錦薦踏驚鴻」，「飛蓬來曠野，啄木響空林」，並是警句。辟之馬飾金羈，連翩蹀躞，穩步康莊，了無踼踖之迹。王元美云：「如倩女臨池，疏花獨笑。」特言其秀拔處。

蔣參政子雲　才豪朗邁，頗好激賞，一時名士多延致之。其詩五言學杜，無幽閒奇語。《大婚》如「千行燭起鴛鴦合，萬樹花開鳳鳥來」，《南京》云「叠嶂千重過洛邑，澄江九派勝秦川」，足稱勝句。

夏相公公謹、馬侍郎仲房　二公並稱雋才。夏優於詞，自成別調，頗多艶藻；馬優於律，取法初唐，尤多華整，並少情性耳。至馬之「盤危門入斗，嶠迥戍通烟」，「香氣蒸雲上，鐘聲度漢迥」，是江光禄未授（聿）〔筆〕時語。聞馬有全集，何元朗處。

陳行卿魯南　才與顧司寇華玉、王太僕欽佩並稱。如「鳥聲林葉暗，山影石溪寒」，「縣燈動星月，傳梵起魚龍」，「漏轉雲車急，花深月殿開」，「鵲觀月華還映雪，龍池水色已含春」，恍乎臨蓬山而俯瞰閬洲，深遠鬱然。

王給事稚欽　調高趣新，頗多奇句，如深谷綿蠻，泠然幽響。其《少年行》云：「金羈及狡兔，珠繒落高鴻。」《江上言懷》云：「岸束濤聲急，軒凝野色重。」《還蜀》云：「峽束秋江怒，雲盤石棧懸。」《弔道士》云：「海田猶有變，洞壑豈無哀。」《春晝》云：「絮飄兼鶴毳，花落罥蛛絲。」《夜坐》云：「把燭秋蛾集，開簾夕鳥過。」《聞箏》云：「思繁纖指亂，愁劇翠蛾顰。曲終仍自序，家世本西秦。」殆與高、岑方軌矣。稚欽本高才不羈，嘗謫裕州，爲監司督過，罷職還，益自放誕，或衣緋酣歌，或跨犢浪迹，作慢世之狀。讀其《述邃賦》，其志有足悲者。

士品四 嘉靖迄今，凡五十有三人。

張文肅文邦　才雄思贍，抽緒錯彩，遒繹華曠，江漢橫流，岌然衡嶽之秀也。公長於古風，其豪縱處如孫武將兵，甲隊嚴整，鼓而爲氣，窮力破敵，特沈機輕襲，非所屑也。初署宫坊，素崇奬少雋。綸嘗游其門，往往式我旅舍，晤言彌日。及其入相，款洽如一日，頗雅辱公深知。公七歲誦書，該博典籍，達通今古。虚懷高朗，論人貴實，臨事果斷。庚戌策士，多中時要，弗之諱。至西北大計，尤究心焉。是秋虜犯京師，猶力疾疏乞決白河禦之。一夕夢跨鶴凌空，竟逝。悲夫！神驥當軸，長轡俄絶，綸嘗哭之以律。後作：「平原客散多遺刺，新壠山深斷掃門。想見墓前留鳥象，幾人慟哭受知恩。」及署《感知》編後詠曰：「張公副相日，慷慨問遺賢。平津嗟舊閣，南麓鬱新阡。赤牘三朝事，青編四海傳。何當中道絶，麟喪魯人憐。」

黄詹事才伯　性尚冲和，韻含芳潤，玄覽鰲洲，藏珍瓊海，爲一代名家。其詩譬之龍躍懸河，鳳鳴阿閣，輝映高絶。屠諭德謂其「利若刺刃，光如巨貝」，故詞林宗匠也。如《虎丘》云：「夫椒先自敗，於越遂能軍。月落苧羅冷，花深麋鹿群。」《興安道》云：「密雲虚礙馬，芳草遠隨人。」《夜坐》云：「野色入河漢，鐘聲連翠微。」《洞庭》云：「未央月轉芙容殿，太液波涵翡翠樓。」《採蓮》云：「青山亦有飛來日，何事蕭郎未見還？」《並頭花》云：「十年不到芙容闕，坐對雙紅聽曙雞。」並得開元風格、大曆情興，足以接武曲江、追駕嶺表矣。余蚤歲羈旅都下，嘗因張文肅交公，其風度弘朗，閒素超脱。丙午間，少宰員缺，廷推忤忌者。一日罷二侍一詹，公與少宗伯崔、許二公也。公遂不旋踵，飄然解龜去都。余追至通會送之，把余臂曰：「子有勝致，他日能訪我羅浮之顛乎？」後十有三載，余自鬱迂道一造其門，值颶風大作，遂觴余五層之樓，遥覽羅浮秀色，宛在浮白間，彌日而别。公雅有古誼，將無以言掩之。

高參政子業　負奇氣，博雅情，其爲詩若磊磊喬松，凌風迥秀，響振虚谷。如「莫作空山卧，令人望白雲」，「貧家滿座客，閑户一床書」，「以我不得意，憐君同此心」，「磨滅名題柱，凄凉賦賣金」，「暖雲蒸海氣，殘月吐洲暉」，又「連山楚雨迷官舍，隔縣鄉音認故園」，「一官已謝於陵後，百畝纔開莘野西」，殆秀句也。大抵高詩有情興，通篇讀去頗沈鬱，王元美謂其「高山鼓琴，沈思忽往」者是也。

文翰詔徵仲　吴中往哲，如公之博鑒，雅步藝苑者，宜冠林壑矣。其文恬寂整飭，詩亦從實境中出，特調稍纖弱。王元美謂其「如小閣疏窗，位置都雅，眼界易窮，似或有之」。余所取數篇，亦是唐韻。其字法畫品，尤得三昧，故是一代逸品。若顓以文詞尚論，則蔡九逵之整秀、黄勉之之腆麗、王履吉之華蔚、顧行之之灝約、陸子玄之清潤、彭孔加之精彩，並得蜚騖凌駕邪！

張山人子言、傅山人夢求　二山人咸工詩。張以興豪，傅以才豪，合而有之，故不足以凌崑崙、誇商巖，而並稱詩豪哉！尚論其志，則張賢於傅，不同日語矣。

陸給事浚明、屠諭德文升、袁學憲永之、王翰林汝化　同榜入館，並有盛才，其集各長於古風。至近體，陸集云「無夜不成寐，有書空道歸」，「郡古留銅狄，堂深繡土花」，「虎應窺日没，鳥亦倦天長」，又「無因得似宫前柳，時有長條拂御衣」。屠集云「飛閣秋光入，層城紫氣來」，「樓空吴楚盡，江闊雨雲多」，又「霏霏絳霧爐烟合，片片輕雲雉扇還」，「啼鶯日送千門曉，宫柳晴含萬井烟」，「繁花白日俱含笑，幽鳥逢春亦異啼」，「雙觀月臨鳷鵲度，五樓春見鳳凰棲」。袁集云「迎風桂子落，照水芙容繁」，「蚺蛇晴挂樹，射蜮晝含沙」，「屋覆湘君竹，山紅蜀帝花」，又「行天警蹕馳清道，合殿爐烟散彩雲」，「蜃氣朝蒸疑是霧，潮聲晝湧忽如雷」。王集云「樹繞千林秀，花分兩岸飄」，「西風金雀冷，南海荔枝來」，「寶月臨窗白，慈燈照榻紅」，「客難東方朔，人嘲揚子雲」，「浮生聊寄適，幽意祇鳴琴」。有句如此，亦李唐四傑之選。此輩是層漢疏星，朗朗輝映，未足多也。

田學憲叔禾　學古才贍，網羅舊聞，多所著述。應德唐公嘗目之曰「文昌星精」。余讀其詩，古體出入《騷》、《選》，頗沈鬱豪縱，如探珠合浦，夜光迫人，往往眩目，故不當以一篇一句觀所蘊也。余素與公游，聽其言若艾艾不出口者。一日觴於湖上，多多許余《澤秀集》，即席口授千言序之，故不竄一字，燦然龍雕鳳咀，是捷悟偉人。

施少府子羽　余友，卓行博學，雅有詩名。所著詩文，嘗芟齊梁之浮靡，涉曹、謝之高華。稚年從父施平樂之任，過楚，紀行之作，有「巴雲青洞庭，郢水寒夢澤」，又「千里月明來楚峽，五更猿斷憶巴城」，「桃花浪闊三江水，楊柳絲長百尺樓」。邵文莊公見而大奇曰：「風雅之流也。」平生安貧樂志，海内名公咸慕其風，謂句吴有施子矣。其詩如春竹積雪，浮翠欲滴，寒松含籟，空濤勁發。《卮言》又云：「子羽如寒鴉數點，流水孤村，景物蕭條。」余采中多佳篇。送余遊蘭亭云：「靄靄深竹林，林深阻修澗。清川流其間，懸崖俯可辯。春蘭日以芳，風氣日以變。君往對山人，如逢昔人面。」《遊天竺寺》云：「緑湖始忻往，遐覽歷幽尋。山到不容路，雲藏猶有林。階前寒澗落，榻下白雲深。積雪千峰裏，寥然空世心。」各詣妙境，殆蕭條而風趣冲寂者。學士華子潛公哭之有云：「世上交游安足多，丈夫從來貴知己。憐君家徒四壁立，中歲罷官常不給。生前獨行殊寡諧，殁後遺文更誰輯？」余《感知編》亦云：「皎皎武陵子，卓犖誦其書。樂志每輕世，論詩常起余。一丞何足陋，柱下不容居。到國但觀海，浩然賦歸歟。爾尚終蹭蹬，時哉良可歔。」又哭云：「憶昔南塘別，嗟君如逝川。浮雲無俗累，秀句有人傳。高壠生秋草，空山響夜泉。知音不可作，長嘆絶悲絃。」并悼之，以見其素。

陳隱君鳴岐、陸文學一之　並負詩名，倡酬交歡，頗適閒居之興，亦我錫中逸流。陳有《悼鶴》，陸有《蕩子婦》，二作稍稱新拔，爲篇什之秀。陸尤長於古體。

王山人僅初　蚤歲英爽，讀書經目成誦，晝心不忘，且捷於裒撮舊聞。余嘗鼓其腹云：「何便便作經笥乎？」卒稱博覽家，特受知於華學士公。公爲藝林宗匠，多與倡和，載之集。華所贈王有云：「達人能固窮，朝夕恒晏如。願言日相過，多聞時起予。」又：「客子本大雅，主人亦好文。饔飧以養賢，無勞事耕耘。」故不足以觀僅初邪！其佳句有「撫琴聊永日，藝圃任無藩」，「花樹春連夏，樓臺水雜山」，「落日霜漸寒，秋高夜彌永」，亦足以發雋逸之思。

唐中丞應德　詩稱名家，蚤居翰苑，便躋貞觀、武德華躅。及還毗陵，直造開元、大曆妙處，並足流響詞林。其古體如雲津躍龍，幻變莫狀；近體如風澗鳴琴，幽逸有致。選中佳句故多。五言至《陽羨》、《送白尉》、《金山寺》、《清溪莊》、《贈陳千户》，七言至《寄周中丞張相公》、《趙州懷古》、《樊醫》、《冰燈》、《吴山人》諸篇，格高韻勝，詞雅興新，無句不秀，無字不穩，此即李、何亡蹊舍筏喻也，《卮言》所指「不減定山語」之作。其晚年率意，偶落宋套。選中《岳將軍墓》二作並佳，韻用「寒」字，次句押作「身危亦自甘」，非沈韻也。《直説》云：「不用沈韻，便非唐詩，殆是名品。」古詩間有協用者，如「西北有高樓，上與浮雲齊」，又「灼灼園中葵，朝露待日晞」，僅見於漢人，亦騷體之濫觴也。至近體，則盛唐人無出韻句。今「甘」字將作「安」字，稍似理愜意完，不更深乎？

陳學憲約之　《巵言》云：「約之如青樓少女，月下箜篌。」余讀其集，篇篇都秀潤，句句少警拔，亦就色象中自然寫出，如波擊菡萏，浄麗天茁，尚未舒笑。至《石灘》云：「石劣不受鑿，水歸時礙行。却令無競性，翻作不平鳴。逆折聲猶壯，崩騰色自明。我行殊昧險，於此獨嬰情。」詞少意多，不衹比類切象，抑又深斥劣行。

萬都督民望　才清思逸，稟履高曠，言行無俗韻。其詩如空巖曲瀨，宛轉寥敻，時復滴瀝，得幽閒真趣。即「浮雲看世遠，短褐覺身輕」，「深曠市塵隔，蕭條墟里同」，「五侯延士少，數口向誰存」，「海雲朝數變，山鳥暮雙還」，又「我已出家惟帶髮，君來連榻與同心」，並得韋應物深致，惟七言氣骨稍弱耳。乙卯間，丁倭變，公倡義集僧兵爲捍，子婿死之，遂鬱鬱負疴，多寄迹蘭若間。平生苦空事佛，豈夙世高僧輪化邪？余爲作《感知》傳後云：「萬公屬文藻，多著鹿園書。好道事齧缺，用兵師穰苴。素所厭軒冕，蕭條只泊如。雲峰隨處宿，香飯浄齋居。出世比丘者，應修法喜廬。寂寥甘被褐，尚論在冲虚。」殆是實録。

陳山人鳴野　余目山人，落落如行長松之下，風概頗勁。其爲詩，初擬貞觀以還體，晚得大曆中意興。五言如「天遠龍門敞，山空石鼓鳴」，「遠月隨長棹，殘潮自到門」，七言如「愁連天漢無鴻雁，夢到關山見戍樓」，「水落盡如雷電過，山迴俱作鳳凰飛」，並造彼境。余浪游都下時，山人寓言招致入社，句有「永和真蹟依然在，遥遲逋翁續品題」。余報中有「十年漂泊成狂客，千里招尋識古心」之句，永懷舊致，便爲之愴。

皇甫司直子安　吴中雅雅有四皇甫，盛稱才藻，司直公所著頗富。今司勳子循公爲藝苑宗望，觀其序《少玄集》云：「馳驟魏晉、李唐間，其汪洋浩渺，譬之觀海者，斯可以見公詩矣。」如《西湖》云：「丹杖遠隨金鷲轉，錦帆齊拂石鯨迴。」《簡子循》云：「江色似迎張翰遠，濤聲憶傍伍胥多。」雅有此句，宜嗣冉、曾。

吴少參純叔　詞垣妙選，夙有雋才，自負雄捷，特閑於七言古。每臨觴鎔調，綺靡驚座，當服其偉。五言如「齋鉢蟲絲集，經幢鳥迹多」，「流水迷松徑，閒雲滿石床」，「珠纓蠻女謁，毾布僰人迎」，「風櫪悲窮驥，秋砧亂候蟲」，亦是《國秀》中語。

趙督察元實　志尚豪邁，頗事詼諧。嘗興酣酬藻，千言不加點綴，故捷才也。篋中偶得其三篇，偕余席上，一揮而成，稍無俗韻，亦禰正平之流也。舊著《感知》云：「趙公嘗未遇，落落若何親？讀書適己好，飲酒陶其真。一朝受眷顧，假鉞誰當迕？親煩南面尊，赫赫震斯怒。伐海督都戎，露板薦胡公。淮陰能滅楚，此是酇侯功。感激罷官去，牖下恩所予。位高奚足言，悵矣雲埋處。」

周、唐、吴三山人　二子言、子充，乃吴下清流。周既冲寂，吴亦流暢，唐稍平遠，並幽夜之逸光。

傅山人木虛、孫漁人可宜　二公各有新聲奇調，我明河嶽隱淪之复秀者。傅句云「林缺呈江練，泉香長石英」，「崖色斜移樹，泉聲半出山」，「野樹鳴乾葉，晴潭響暗魚」，「月疑加鏡彩，雲似助衣嬌」，又「百里川原平入眺，九霄星斗倒垂文」。孫句云「嘯裏驚山鬼，談中有谷神」，「野霧峰全暝，湖烟渚半昏」，「白石孤村合，青山萬樹齊」，「角應江聲起，雲兼海氣浮」。其品當在李唐二孟之間。

蔡司空子木　聲調淵雅，情興高朗，其集爲楊用修所選者，爲藝林珍賞。晚歲率意應酬，似出二手。所選五言云「緑幃槐影合，香飯藥苗肥」，「三江看雁盡，五嶺入雲深」，「泉落雲中碓，溪迴樹杪船」，「疏鐘摇落葉，細雨帶秋蟲」，「石樓窗近斗，山郭樹浮天」。七言云「群烏繞樹飛無定，黄葉從風落正繁」，「無復山門訪支遁，獨留徑草待王孫」，「秋色總歸紅葉寺，楚江還見白蘋洲」，此例酷似劉長卿極玄處。至「門徑近連馳道樹，池塘遥接漢宫流」，是諷體。子美《贈花卿》有「此曲只宜天上有，人間那得幾回聞」。《詩話》云：「蜀中伎女競唱之，蓋謂花卿在蜀頗僭也。」公前作不無風人之旨。

孔方伯汝錫、包侍御元達　余識二公，殆忠謇偉流，未竟其才，輒以文抒其壹鬱，方之玉琢鼎夷，材良器重，款識工緻，特乏弘綽耳。孔云「窗暝垂巖樹，庭昏帶野烟」，「石室排雲上，松門閃霧重」，「蘿幌晴峰色，花鐘夜壑空」，又「一室盡攢雲裹樹，空園全繞石中溪」。包云「坐淹十日飲，興洽五陵豪」，「雁歸砧響急，烽至角聲多」，「蔡琰降胡日，王嬙出塞時」，「遥仄才通鳥，山深祇嘯猿」，「瀑瀉漁陽操，鶯調陌上絃」，「竹箭灘聲駛，燕支石磴危」，又「岸柳藏鶯侵坐密，園花隱麝隔溪分」，「石洞經秋龍不起，松枝將暝鶴初歸」，「當筵解語調鸚鵡，鄰院吹笙寫鳳凰」。二家意象都新，融煉並工，令人傾炫心目，斯江、鮑之流歟！

白司直貞甫　余讀公集，未嘗不增慨，何高才而没没也！品所稱王翰檢敬夫、康修撰德涵、廖學士鳴吾、高參政子業、王祭酒允寧，咸與齊聲同好，乃調不諧世，卒老於詞垣藩屏間，故名之爲身累也如此。公嘗語余遊關西形勝，不但山川，而人物尤偉。康、王作社於鄠里，既工新詞，復擅音律，酷嗜聲伎。王每倡一詞，康自操琵琶度之，字不折嗓，音落檀槽，清嘯相答，爲秦中士林風流之豪。余讀白詩如《明月》等篇，出建安風骨，兼貞觀思致，故宗子相謂：「總之，詩不離唐，五言者最乎？」亦足振響長慶，繼軌太傅矣。公與余有僚壻之婭舊，爲《感知》小傳中，有曰：「司直嘗師事陽明先生，學該群籍，蚤擅時名。及游北雍，士大夫之賢者，無不枉造焉。其意氣高邁，論思雅飭，慨然有孔北海之風。違時播謫者一十六年，竟淪於一郎，悲夫！」余詠曰：「白公洛下才，弱齡擅詞賦。五遷仍一佐，廿載郎如故。平生抗其行，寧免時所妒。誰知高門中，延納多韋布。一言必見賞，揮金復何顧。意氣海内疏，悲哉若未遇。」

吴中丞峻伯、俞廉憲汝成　二公初官西曹，比余舍爲社，每憐其高才深致。及歸田，吴每自豐中相訊不廢。俞同里，賡唱尤密。倏爾後先觀化，撫兹遺編，重余嗟慨。吴句云「齋鐘微出塢，澗水曲穿林」，「猿愁巴峽夜，草暗洞庭春」，「驛路峰腰折，江流雪後深」，又「花月九衢澄夜色，關山一雁動秋聲」。俞句云「花密藏谿路，峰危帶石樓」，「戍苦寒花發，庭閒露草深」。並堪大曆十才羽翼。

沈隱君子羽、姚文學本修　清暢閒整，丘園之雅也。選中沈如「林鳥啼仍歇，岩雲去復還」，姚如「馬嘶中禁樹，花發五陵烟」，「黄雲連去路，青嶂出孤城」，詞之婉麗，頗了了解人意。沈、姚少時同學，分題孌童。沈云：「珊瑚枕上墮犀簪，滿抱温香襲翠衾。花有並頭連並蒂，帶宜同挽結同心。」姚云：「席地張燈送酒籌，百壺春釀散春愁。難忘花月清歡夜，半捲風簾不上鈎。」並有思致。

高光州文中　材致清贍，聲調遒捷，平平寫出，亦自沈净。如「黄鳥歌聲悲，秦亡從此始」，「濤捲海門山，雪横天際島」，「暮湖平野渡，遠樹帶斜陽」，「經聲出院少，草色上階多」，「許多蕭瑟意，總是亂離心」，是中唐語，並流麗有情。余交公頗深，其器度率多類此。

何祠部叔皮　不惟才高，抑又誼古。蚤歲絶絃，悼其烈亡，遂終身不續。其詩詞博思鋭，乃連翩絡屬，參錯《史》、《漢》，故是大手筆。見公詩頗多，余篋中僅得所贈長歌一篇，乃慷慨任俠語。其伯兄翰目元朗公著作尤富，即藝林所稱大何、小何也。二陸以還，雲間復以爲匹。

蔣户部維忠　才情綺麗，頗任俠氣。蚤歲罷官，即放浪自適，築山穿池，遍列舞臺歌榭，是游燕名處，每臨賞，輒酣暢忘還。所憩閣貯書頗富。與荆川素雅，過必酬論竟日，攻難不乏。余所采《刀歌》，想見豪爽。

李武選應禎　性尚放誕，傲世寡群，日事嘯詠，頗以酒爲名。宦非所樂，其在留曹時，閉户獨飲朗吟。有造門者聆其音，急呼而扣之，勃然答曰：「勿廢我酣興！假令作陳屍，亦復相尋邪？」竟弗顧自若。於時風譽，以晉中興高流目之。余與應禎同學，其束髮便能詩。嘗集余東林，有「不辭竹葉朝來碧，却訝蓮花秋自紅」之句。輒文戰不利，乃鋭意舉業。其集中皆擢第後所輯，並朗秀冲閒之辭，已造中唐佳境，當續之李晏閣，故不多讓。

顧提軒玄緯　伯兄自少穎秀博覽，過目不忘。及長，肆力編摩，手抄若干家，靡非奇槀。姚山人舜咨爲里中耆儒，聞見頗博洽。學士大夫往往咨訪山人，山人偶不（億）〔憶〕者，伯兄了了能解，時人以爲康成、子玄之儔也。其爲詩如蠓含月闕，忽吐異輝，直冲層漢。弟與兄也，故同涉龍淵，而兄獨探驪頷者也。惜哉！珠藏夜壑，光照月梁，悲能已已。集中《朝雲墓》云：「影沈歌扇月，香散舞衣風。」《拜表》云：「璧月沈蛟窟，丹雲渺鳳城。」《仰忠祠》云：「竹聲鳴勁節，潭影照丹心。」《香山署》云：「庭下閒羅雀，岩頭時報猿。」《山池》云：「石表到公興，池高習氏名。」《建德江》云：「峰參如列戟，沙淺不容舠。」《送吴别駕》云：「隔窗江水秋添碧，夾岸猿聲夜報愁。」《送徐瓊州》云：「蛤滿鏡飛天外月，蜃來樓結海邊雲。」揆之諸父前編，則五寶聯珠，奚足爲譬？

沈山人子登　翛然高朗，以藝游湖海間，如九皋鳴鶴，時有清音。頗事俠興，多浪迹於遼薊貴豪間。時過余邸舍，必淹留青翰，每得山人詩，有絶佳者輒爲好事者索去，零落無幾。於殘牘中得一二，如「野日寒如月，河冰聚若刀」，宛見曠思。至俞氏所編，是其敗乘耳。

李觀察于鱗　《巵言》云：「五、七言律至仲默而暢，獻吉而大，于鱗而高。」又云：「古惟子美，今或于鱗。」余觀李、何之爲詩，如良畯乂田，辟草藝禾，油然生矣。若夫勃然之機，至觀察而始化。今督府張公序其詩文，以左、遷、高、岑輩目之，云：「代不數而得之明，人不數而得之李。」推是言也，則天寶以還，千載之下，僅得觀察一人而已。其爲一時學士大夫所推崇如此，不足以厭服群心邪？余嘗品其七言，函思英發，襞調豪邁，如八音鳳奏，五色龍章，開闔鏗鏘，純乎美矣！至五言似有不盡然者，乃稍乏幽逸情性。觀察故有《唐選》行於世，五言乃止於劉長卿，自序謂：「唐詩盡於是矣。」雖儲、韋、錢、郎並削之，其取指頗示嚴峻。余選中五言，將無爲準的否？其《送諸光禄》云：「芙蓉天鏡曉，風雨石帆秋。」《白雲樓》云：「千家寒雨白，雙闕曉烟青。」《送張比部》云：「風雲千騎動，雨雪二陵寒。」《出郭》云：「溪流縈去馬，山路入鳴蟬。」《燕集》云：「酒奈柳花妒，人堪桂樹憐。」《天井寺》云：「喬木堪知午，迴峰欲隱天。」七言《送人》云：「樽中十日平原酒，袖裏三年薊北書。」《寄王》云：「上書北闕風雲變，灑淚西山雪雨寒。」《送盧》云：「書上梁王還寢獄，賦成揚子不過門。」《雙塔》云：「雙闕星河秋色曙，千家烟雨夕陽沈。」《蚤春》云：「揚舲巫峽江聲合，立馬岷峨雪色來。」《梅花》云：「笛裏春愁燕塞滿，梁間月色漢宮來。」《眺望》云：「漢苑春生多雨雪，薊門晴色滿寒烟。」歌行如《金谷》、《刁斗》、《送謝茂秦》、《擊鹿》等篇，一一高唱，足以感蕩心靈，豈直氣吞儲、韋，輝掩錢、郎邪？其集中附載海內名家哭公詩甚富，如張督撫云：「生來語出千人廢，死後名從四海知。」王觀察云：「文許先秦上，詩卑正始還。」王儀部云：「天地論才盡，文章與數奇。」又：「青山一慟哭，流水若爲音。」俞山人云：「句陳恥重襲，文奇秘難通。」張太學云：「齊亡天下士，漢失濟南生。」並追宗大雅之句，因並識之。

梁比部公實、宗學憲子相　嘉中，海內崛然奮有七雋，即梁、宗暨李、吳、徐三憲副，張中丞、王廉訪七公也。梁與宗相繼中折，若夫文麟方角豖而避世，靈鷟既苞彩而閟劫。覽兹遺響，未嘗不掩帙而吁也。余采中如梁之七言云「天涯尺素經殘臘，客裏分陰似小年」，「雲暗故關聽角斷，日沈殘壘見孤鴻」，「吳楚地當瓜步折，東南山擁秣陵高」，「石樓積翠臨滄海，鐵柱飛泉落紫虛」，「候蟲聲起燈花落，社燕巢空木葉疏」。宗之五言云「路迷頻勒馬，塵起一彈冠」，「羊裘寧負漢，龍劍不游秦」，七言云「昨夜羈縻胡市馬，西風蕭瑟漢臣纓」，「瀟湘天闊春歸楚，震澤風高曉入吳」，「鸚鵡昔悲湘客賦，鷫鸘初典漢臣裘」，「錦水即從巫峽去，青山定向劍門開」，「驟雷似有蛟龍怒，落日愁聞虎豹喧」。推是句也，才情競秀，已入開元二李妙乘。宗佳句悉載《卮言》所稱「屏間」者。惟梁間有累字，多未采，故瑣金屑玉不可謂棄者非寶也。宗哭梁云：「形容疑好在，消息竟誰傳？」又：「倉皇不可問，隕涕五噫篇。」吴哭宗云：「雙淚把詩還字字，一樽傷往獨時時。由來腐骨無今昔，宿草寧嫌酹墓遲。」又：「金馬玉珂俱往事，青門黄土竟斯人。誰堪多病馮唐老，更少平生鮑叔親。」峴山碑陰，將復識此墮淚語。

盧少楩　晉渡江來，賦幾亡矣。自兹而作，有盧生焉。涉屈、宋之華津，步班、揚之高衢，弘音夕振，恍乎漁陽操撾，淵淵有金石聲，眇覿創製，亦一代之賦手也。至所爲詩，稍有短長。余嘗評之，其古體如寒流出谷，婉若調軫，音隨意適；近體如夕禽觸林，矯於避繒，象逐思馳。所取諸篇，頗無累句，格高韻雅，亦駸駸乎元嘉之境矣。及讀《蠛蠓集》所載《幽鞠賦》并獄中所上諸書，迹類韓囚，情同魏械，攄憤鬱之辭於鉗赭之頃，號哀迫切，良亦勤矣。竟大困十餘年而始脱，斯人也，乃有斯厄。平反甫釋，而年算靡永，卒槁櫬於空門，此天之未定者也。假令置之金馬石渠間，則《上林》、《羽獵》不足潤色鴻業邪！嗟夫！世之不遇者，豈特一盧生哉？余嘗一識生於邑之南濠，因詳附王元美嘗悼其亡之什。生也遺爽，頗復賞此否？王云：「北風吹松柏，下與飛藿會。詞人厄陽九，盧生亦長逝。桐棺不斂脛，寄殯空山寺。螻蟻與烏鳶，耽耽出奇計。酒家惜餘負，里社忻安食。孤女空抱影，寡妾將收淚。著書盈萬言，一往恐失墜。惟昔黎陽獄，弱羽因毛鷙。倖脱雉經辰，未滿鬼薪歲。途窮百態攻，蠻觸新語至。詞場四五俠，往往走餘鋭。大賦少見賞，小文僅易醉。醉後駡坐歸，還爲室人詈。我昔報生札，高材虚見忌。自取造化餘，何關世途事。嗚呼盧生晚，竟無戢身地。哭罷重吞聲，皇天有深意。」

馬司業負圖　少負逸才，風偉志邁，雅談玄理，率多勝致。嘗好祈仙，作玉華館，極備弘麗，爲江左創觀。晚歲解龜，築墅方山間，益擴前業，爲藏修真境。冠蠡服氅，神超形越，時人望之爲翩翩霞舉中人也。尤善書法，往往對客揮灑，俄得數紙，一坐驚賞。自謂得張長史、李謫仙豪處，荆、揚大賈競購之，不可。其詩不尚遠僻，未嘗措意著象，亦朗朗可誦。故莊生寄指鵬鷃，遠近雖差，各任真性。豈以遥然路曠，矜爾靡適哉？余辱公忘年交，其平生著作每見示，爲好事者所奪，僅録此，備一家言耳。余哭公詩曰：「忽聞笙鶴返翩翩，北院先生已作仙。聲價琳琅增歿後，風流醖藉在生前。茂陵遺稿猶稱疾，長史嘗題自謂顛。想像方丘讀書處，平生涕淚荷忘年。」

張太僕有功　羅峰公爲嘉中賢相，有功以穎拔英特，世纘厥家。弱齡振纓，即雅好賓客。時出藻語，爲士林嘆賞，風譽日茂。及左遷，輒負才任放，乃寄意氣於歡醨，竟夭折。其志惜哉！所采爲亂牘中殘篇，非完璧也。余舊寄張二有云：「聞君謫宦下揚州，葉落淮南值蚤秋。尺牘欲緘初雁寄，一樽常爲故人留。到官不廢羲之草，乘興還登白也樓。偶讀當時賢相傳，何人曾爲叔敖謀？」

士品目

自弘治迄今，凡六十八人。

徐少師子升見八卷
姚山人舜咨
朱司空士南見十二卷
周太僕子籲
莫方伯子良
馮光禄汝言
陸宗伯與吉見十四卷
張録憲玄超
俞山人仲蔚
黄文學淳父
吴學憲明卿
余憲副德甫
歐司訓楨伯

張司馬惟静
金山人在衡見十卷
王九江維楨
尹宗伯崇基
萬侍郎懋卿
陸符卿子傳
何翰目元朗
秦方伯子成
王觀察元美
張中丞肖甫見十六卷
洪山人從周
黎員外惟敬見十七卷
梁中舍思伯

華學士子潛見九卷
皇甫司勳子循見十一卷
王駕部子裕
薛學憲仲常見十三卷
茅副使順甫
周聘君公瑕
萬禮侍思節
謝山人茂秦見十五卷
王儀部敬美
徐兵憲子與
張選部助甫
王大名陽德
陸山人無從

沈山人嘉則　郭山人次甫　李禁直惟寅
潘白嶽象安　康山人裕卿　梁文學伯龍
張太學幼于　鄭山人順卿　陳山人濟之
王太學百穀見十八卷　莫文學雲卿　童太末子鳴
丘户部謙之　張少參安甫　華比部起龍
翟進士德甫　王户部用懷　殷進士無美
朱光禄在明　黄伯子吉甫　葉山人茂長
張文學仲立　成季子玄復　孫太學齊之
俞伯子希顔希曾附　管山人建功　鄔季子汝翼
顧季子嗣海　安仲子茂卿

右品後凡稱目者，即前所序闕文例也，乃按卷編次。本集偶多同詠輩合作一卷，間有一二家互入不次，特便繙閲耳。此昉史氏同傳附例。

閨品 洪武迄嘉靖，凡十九人。

郭國嬪善理　宣宗聞其賢，聘至都，竟病卒，封國嬪。事在《淑秀集》。其自哀古體，酷效蔡文姬，尤得情性之正。屬壙辭於淹訣之頃，舂容永懷，非聞道超悟者，儔能之？推其恒居所詠，必多雅詞，僅見此篇，惜哉！古之宫閫里巷之語，頗關政化。今閨品中刑於内範者，自嬪始。

王司綵　《明音》所載司綵《宫詞》一首，頗遒麗，亦椒庭之艷發者。惜乎不多見耳。

中給事沈氏　按《淑秀集》，沈聰慧，善屬文，入宫爲中給事。孝宗時試《守宫論》，惟沈文最佳，擢爲第一。其《送弟就試》云：「朝迎鳳輦歸青瑣，夕捧鸞書入紫微。」又：「年來望爾登金籍，同補華蟲上衮衣。」較之李唐夾纊裁鏁之句，故《雅》、《衛》懸絶矣，非直宫閫中語。

閬州婦　《明音》作宋氏女子，其《題郵亭歌》是自序體，殊悽惋剴切。特不詳其夫之姓字，爲僚佐所嫉，監司坐贓被繫，竟餓而死。仍籍其母子婦置之金齒，子復暴死中野，其婦一身奉老姑，萬里之戍，狼狽甚矣。歌末云：「妾心汪汪澹如水，寧受饑寒不受耻。幾回欲葬江魚腹，姑存未敢先求死。」又：「姑亡妾亦隨姑亡，地下何慚見夫面？説罷傷心淚如雨，咽咽垂頭不成語。」讀此至再，不覺潸然。獨悲其邅迴窮荒，饑寒至困，猶能從容文辭，深得情性之正，蓋凛乎有烈丈夫風節者，當續之古《列女》。

兩女郎鐵氏　鐵方伯鉉靖難之師，成祖籍其兩女郎於教坊，輒獻二詩。長云：「舊曲聽來猶有恨，故園歸去已無家。」次云：「骨肉相離舊業荒，一身何忍去歸倡？」並悲而婉，稍稍聞上，獲赦，歸於良家。

方氏　父從軍，初爲僞男子，偕之還鄉。值父卒，即依主舍劉氏子奇同學。及長，覺方女郎也。奇作《燕巢》詩調之，方答云，有「雄兮將雌故不知」句，竟諧伉儷。

孟居士　荆山居士，其自號也。孟論朱淑真云：「作詩貴脱凡化質，僧詩貴無香火氣，鉛粉亦然。」余采中詩《春歸》云：「無情最是枝頭鳥，不管人愁只管啼。」《書懷》云：「天邊莫看如鈎月，釣起新愁與舊愁。」不但無鉛粉氣，且雅善用虚字，亦魚玄機之亞。

陸寡婦　志尚端嚴，觀其《賣宅》、《冠子》二絶可見。視今紈綺子，嘑盧揮金，竟墜業傾緒，死而不悔，何歟？

李夫人陳氏　中丞公昂之配，道州士魁之母。其集頗富，如「緑繞郊原外，青迴遠近中」，又「引泉竹溜穿雲入，墮粉松花繞舍香」，「深院雪消芳草緑，小園風過落梅多」，情致幽絶，足爲女郎之秀。

朱静庵　昔劉長卿謂李季蘭爲女中詩豪，余亦稱朱爲閨品之豪者。或譏其配周非偶，每形諸吟詠。《落梅》云：「可憐不遇知音賞，零落殘香對野人。」余讀其《鶴賦》云：「何虞人之見獲，遂羈絡於軒墀。蒙主人之過愛，聊隱迹而棲遲。」其與周偕老，已見乎辭。所詠《虞姬》又云：「貞魂化作原頭草，不逐東風入漢郊。」詞義頗烈，意者周無叱咤之狀，何遂抵爲野人邪？斯窺之也薄矣。

濮孺人賽貞　費文憲公叙外母集，謂「聰慧博雅，詩有奇思，無愧於士，因號士齋」。其《寄妹三四》云：「寒粟侵肌玉，秋蓬亂鬢蟬。」即所稱奇處。

陳少卿妻　相傳少卿棄而取妾，作《寄夫》云：「新人貌如花，不如舊人能績麻。績麻做衫郎得著，眼見花開又花落。」晚唐葛鵶兒《寄良人》云：「胡麻好種無人種，正是歸時不見歸。」稍與同調。

碧天道人　潘學使女，歸裘氏。采中五言云「夜久人未眠，碧水蕩秋月」，「未開雲外户，先聽水邊松」。七言云「不知燕子棲何處，此際東風依舊回」，「明月曉光移檻白，芙蓉秋色映江紅」。故《玉階》之賦、《紈扇》之詞，詎足誇邪？

俞節婦　俞廉訪之母，《早起》一首，汝成自叙謂：「得之先君稿中，斷爲吾母詩。」即其發端云：「喔喔者，儆賓王《詠鵝》體，末作『誰道天未明，檐前見紅旭』。」或云：「未若『窗前掩殘燭』爲佳。」

王素娥　《錢唐喜晴》云：「試看小舟輕似葉，載將山色過西陵。」思朗致新。季蘭之後，又得一俊媛。

楊孺人黄氏　用修公殁後，奉改元詔，得稱孺人。相傳孺人能詩，余見南中少年多習孺人所爲小令《黄鶯兒》，非只一闋。及見劉安寧有用修手書卷，亦有「曰歸」、「其雨」之句，似用修代内作，以其思多深僻也。若出孺人，更當流亮，故天分所限。俞氏所纂《春日即事》一首，舊説是祝英臺譏梁山伯而作，余少時便聞梨園人唱此，斷非孺人所作。爲附證之，恐傷閨體也。《文纂》作張九，亦非。

陳孺人馬氏　魯南公繼室也。俞氏所刻有《芷居集》，如《苦雨》云：「嶺雲生屋角，野水没籬根。」《謝寄鞋》云：「無限巧心勞遠寄，露多不忍下階墀。」新致可誦。昔之謝媛捷詠，鄭姬屬辭，出自文士門風漸摩使然。

孫夫人楊氏　文恪公志高繼室也。夫人三子，皆進士，列卿曹翰苑。其《寄諸子》詩，感喻兼到，得箴規體，不有此母，焉有此子？忠烈世家，文憲作於内範，殆見國風之盛。其《聞雁》兩聯云：「川原萬里來何遠，關塞千重度更多。曾寄尺書歸上苑，還拖秋影落寒波。」以「秋影」、「寒波」自對，即右丞「東家流水入西鄰」例也，此非深於詩不可得。《文纂》署楊夫人作，非也。

閨品目 自嘉中迄今，凡(二)[三]人。

姜舜玉　趙燕如　王文卿

仙品 洪武迄嘉靖，凡七人。

張外史伯雨　外史清真高逸，當時廉夫、仲瑛輩，咸欽其風。其詩如深谷幽蘭，苾芬遠襲，亦品中靈秀也。

張真人無爲　國初來真人稱詩者，僅師一人。其《春曉》云：「弱柳揺烟落絮輕，緑陰初長小池平。」思亦幽閒，特非霞外語。

盧大雅、周養真　並羽流高逸。周嘗被文皇帝所眷，盧又爲張外史所知，知非恒人矣。余觀盧之《懷古》、周之《游仙》，鈞有思致。周致在方内，興在方外；盧興在方内，致在方外。古之沈冥，無此累心處。

張全一　世稱「邋遢張」，即三丰也。成祖在藩邸嘗遇三丰，所與言多奇驗。及即位，遣胡忠安公訪之，且追及，見張大雪中戴笠披簑，尋復無踪。時人得其簑草一莖，烹而食之，遂却疾永年。其家故有沈香所雕小像，可尺許，嘉靖丙午間，獻之永禧仙宫。其《瓊花》詩云：「便欲載回天上去，擬從博望借靈槎。」便負超凡氣。

鄧羽　國初嘗爲青陽令，後棄官入武當山爲道士，不知所終。其《寫懷》云：「山頭月落虎長嘯，海面風生龍自吟。」亦自寓得道意。嘉靖辛酉間，茅山有秀頭者，相傳時有一虎隨之，先公嘗延致之。錫山三茅行宫壁上，秀嘗手題一聯云：「陟山驚虎嘯，渡海挾龍吟。」句率類前。余見秀之談頗文，似亦工於詩者。恒有怪語，載《知非歷》。

錢月齡　錫中道人。有《丹丘漫稿》，頗多吟詠。其「皺紅榴破臘，新粉竹含香」之句，如盆涵魚藻，小閑幽致。

仙品目 自嘉中迄今，凡一人。

吴道人少君

釋品 洪武迄嘉靖，凡十三人。

福慧僧宗泐　泐公博達古雅，寔當代弘秀之宗。高皇帝嘗奇之，賜今號。其詩如乘蘆涉江，雪浪凌空，步步超脱塵埃。選中有「不辭鬥死多，但恨生男少」，「心非檣上帆，隨風豈舒卷」，「青山白雲際，緑樹幽人廬」，「松響風忽來，泉流雨初歇」，「高帆天際遥，獨雁雲邊没」，「群動夜方息，白雲亦孤還」，都從陶、韋乘中來。

來復　復公富於題詠，並多感慨，所乏幽净永思。《蘭若》云：「楓林不驚虎卧石，山雨忽來龍聽經。」頗頗警拔。

一初　仁公嘗供事高皇帝。其爲詩秀麗敻拔，如「雞鳴谷口風，木落溪上雨」，又「夜壑有聲都是雨，春山無處不啼鵑」，「風度鐘聲來北固，帆將燈影過楊州」，「虎石半銷金氣盡，翠崖中斷劍池開」，「溪雨初晴雲更白，湖霜未落草猶青」，可並浄土蓮花，是綽約含空之語。

機先、妙聲　並洪、永間高僧。《明音》所載機有《虎丘》，聲有《榆城》，各一二首，未脱元調，聊備品中一流。

良琦、溥洽、道源　《文纂》所載琦題贈顧玉山二作。其與仲瑛游，亦是高逸沙門也。至洽之應制《東橋》、源之《吴江晚泊》，又琦之亞矣。

明秀　秀公所游，皆王陽明、孫太白、鄭少谷、沈石田輩，知是高流。其《雪江集》，句如「朔風吹斷雁，斜日照荒荆」，「津亭然夜火，江市膾鱸魚」，「世難還看劍，家貧不廢書」，又「海郭清砧寒近搗，山樓短笛夜深吹」，纖裁勦浄，如空際風幡，迥出凡境，不減道林思致。

魯山　獻吉云：「魯山，秦人也。喜儒，嗜聲音。」仲默亦云：「讀書好詠，曠懷善談。」余觀其《棲閒集》，頗事行脚，嘗歷終南、太行、嶧岱間，良多勝致。其「越平吴亦盡，劍去水空流」，「寒蟬依樹響，秋蘚上階生」之句，亦自閒雅。

果斌　余辛酉秋，寓半峰竹亭中，與斌公嘯詠者月餘。嘉其欣欣不倦，得遠公雅致。其爲詩，多在中夕沈思苦索得之，就座揮毫，非所能也。余謂公作詩，如南能腰石碓米已熟，但欠篩在。雖出一時調語，今觀集中尚堪播揚。其七言是元調，意勝於格，往往有逸趣。五言多有佳者，如「鳥栖雲外樹，龍護鉢中蓮」，「谷響珠泉落，巖危草閣懸」，是神駿語，亦皎然、靈一之選。

方澤、方益　二方並小品藻才，初不詳歷。澤集中有《寄同學怡師住天目》，殆即是此山僧也〔一〕。其《燕坐》云：「物虚城是壑，心遠地皆山。」味其音旨，是頓悟語。益初居聽松，嘉中住惠山寺。先輩嘗有買其山作宅兆者，訪益於泉上曰：「師有新詠，得誦之。」益率意答云：「道人偶得《題竹》，有新句『聽松無舊廬』之句。」遂撫然傾意，咸嘉其深致。余少時屢與益劇談，其辭理俱爽，指靡不韻，才辯足以弘教者，不徒工爲詩。惜其稿盡零落，粗舉附於品末。

釋品目 自嘉中迄今，凡一人。

希復

雜品 嘉中，凡(二)〔三〕人。

谷郎准　稚而秀特，頗好博覽，兼善音律，日以文翰爲業，酷(昉)〔仿〕文徵仲書法，輒傭書爲計，其家詆爲「書癡」。初識准於澄江張學士舟中，嘗出一帙示余曰：「即此郎之詩。」殊有雅

〔一〕「是此」，原本乙倒，據文意改。

致。余憐其文而中折，乃録其數章。五言如「逝水去不返，歲月寧異茲」，「歲易愁還盡，窮途病復多」，「十年江上病，千里客中懷」。七言云「此夜美人何處所，若非爲雨定爲雲」，「數日積陰氣候變，薄暮飛雨半成霰」。此例輒寓栖栖疢心，悲哉其寫之也。俞汝成稱計有功《唐詩紀事》末載僕品郭捧劍、朱戟門二家，因及歐博士書記李生。余按梁嶸《詩品》，便載惠作長即顔師伯幹者，則計亦昉於此乎？矧准之詩，殆出捧劍、戟門之右，寧可廢哉？

王芳遠、答黑麻　朝鮮大酋長也。永樂初，詔諭本國，芳遠詩以獻之。至黑麻《西湖》之作，頗見慕華真切。其詠《丈葵》絶句，相傳是成化間日本夷人入貢所作，不詳姓氏。二辭雖未工，實列聖右文，八荒向化，丕緝我明之盛，斐然光烈。故初唐《新羅》之頌，不足顓美於永徽云。

雜品目 嘉隆間，凡一人。

李生英

歲癸酉二月月幾望，雨閣清燕，爇香淪茗，細細覆校一過，似無訛舛矣。斯編信可傳之百世，當與殷璠、高仲武、元結、姚合輩頡頏，匪佞匪佞。先是同校友人周天球、童珮、朱在明、俞淵、葉之芳、成淳，其從子道瀚，子祖源、祖河、祖漢也，并列之。同里皇山人姚咨識。

詩的

一卷

王文禄◇撰

熊嘯◎點校

詩的

詩的者，詩之準也。非中的，則非詩也。而中的者鮮矣，惟律詩尤難中的。的，何也？律即的也。是故射有的，兵刑有律。律，猶的也，所以爲準也。準，的也。唐科以詩取士，士之攻詩衆矣，而中的者亦鮮焉，他可推也。惟知的者鮮，是以中的者亦鮮。予乃不計僭妄，表而出之，所以示之的也。的也者，心之的也。在心悟焉，可與言詩也。心悟，則知予言之非僭妄云。請試觀乎《詩的》。時萬曆乙亥三月立夏日，嘉禾武原王文禄世廉引。

詩惟七言律爲難。李太白止八首，杜子美爲多，其淺而俚者亦有之。若「岸容待臘將舒柳，山意衝寒欲放梅」，「梅」對「柳」，皆花木門；「衝寒」對「待臘」，皆時令門；「岸」對「山」，皆地理門。今爲人家門對原造句時，乃門對也，故曰「一切惟心造」。又「思家步月清宵立，憶弟看雲白晝眠」，「思家」對「憶弟」，皆人事門；「看雲」對「步月」，皆天文門；「白晝」對「青宵」，皆時令門。又「春水船如天上坐，老年花似霧中看」，「如」對「似」，皆一意；「天上」、「霧中」，皆天也。大凡以日對時，象時文之合掌，甚可厭也。

作詩不明賦、比、興，猶醫藥不明君臣佐使也，豈得爲詩？故曰「删後無詩」。《葛生》詩曰：「夏之日，冬之夜。」江淹《別賦》翻之爲「夏簟清兮晝不暮，冬釭凝兮夜何長」，華且細矣；白樂翻之爲《長恨歌》曰「遲遲更鼓初長夜，耿耿銀河欲曙天」，則粗矣。校於「夏之日，冬之夜」，何含蓄哉？朱注曰：「夏日冬夜，獨居憂思，於是爲切。」詩中不明言憂思，而於「夏日」、「冬夜」中見之，其意微婉如此。凡言出「憂」、「思」字，則俚矣。故曰「作詩不可有烟火氣」。若「令兄」、「令弟」、「父母」、「夫婦」、「朋友」、「君臣」俗字眼，皆非也。若指父母，借「岵屺」、「桑梓」言；若指兄弟，借「棠棣」、「鶺鴒」言；若指夫婦，借「雎鳩」、「蔦蘿」言；若指朋友，借「谷風」、「雞壇」言；若指君臣，借「卷阿」、「鳳梧」言。觸類而長之，所謂「鏡中之影」、「水中之燈」，方妙也。

七言律最難，如時文然，易得排比而版，須活動方妙。杜詩《逢早梅憶寄》，四聯起皆虛，而平頭却不版，圓活流轉，無逾其妙。若「明妃村」起句對聯，何妙也！只末句乃結第七句，非結全篇，豈若起句雄麗高遠？曰「群山萬壑赴荆門」，此暗用地靈人傑也。「生長明妃尚有村」，如時文承出正意，方有根據。如人咽喉之氣，上貫泥丸、下透尾閭，其氣方長。第三句接曰「一去紫臺連朔漠」，指生嫁之始，若海潮一浪之往也；第四句對曰「獨留青冢向黄昏」，指死葬之終，若海潮一浪之回也。大關健定矣，李空同所謂「前之疏」也。第五句曰「畫圖省識春風面」，春風面，生也；畫圖，死也，死中見生也。省識，觀於目也。第六句曰「環珮空歸月夜魂」，月夜魂，死也；環珮，生也，生中見死也。環珮，聞於耳也。此應前二句，始終生死，詩法所謂「雙應」，李空同所謂「後必密」也。第七句曰「千載琵琶作胡語」，應明妃去時，及後代猶帶胡音，則感慨深矣。第八句「分明怨恨曲中論」，此止結得琵琶意。蓋第八句與第七句只做得一句結尾，欠悠長，應不著首句起得有含蓄意。予易二字，則精神百倍，應得首句來。予改曰「分明黄鵠曲中論」，用前漢宫主嫁烏孫王之歌曰「願爲黄鵠兮歸故鄉」，與明妃事相類，又追上前漢去，則此詩方成八句。使杜復生，見之必心服也。或曰：「恐無人信之。」予曰：「能深知詩者必信而愛之，難與俗人言也。」杜詩中凡稱「令弟」、「令兄」、「先生」、「鄭公」、「大夫」、「主人」、「宫主」、「附馬」、「老夫」、「公子」，皆俚語，切不可效之入詩中，宜後人指杜爲「村夫子」也。初唐詩無此俚語。

詩聯中有詩眼，若鄭少谷「閉門春事生黄葉，去國秋山長白雲」，不知詩眼矣。蓋「生」對「長」，皆一意，必「長」對「消」、「生」對「隱」。若曰「生黄葉」，必對「隱白雲」，則一反一正矣。如《壇經》云「問有答，無問無答，有問始答，終問終答」，始觸類而長，方爲妙云。

詩家三昧，必由悟入。今尚舉業，詩訣不傳，無知詩者。孫樵與王霖書曰：「樵嘗得爲文真訣於來無擇，來無擇得之於皇甫持正，皇甫持正得之於韓吏部退之。樵之後爲文，真訣不傳矣。」今須深悟之，乃有得。今人不肯好學，又且自高，則信乎文之愈下也。《皇甫持正集》、《孫可之集》、《韓昌黎集》皆有刻，獨《來無擇集》未見，不知有傳否？可惜也，一篇亦無可尋。

言之精者爲文，文之精者爲詩。唐朝以詩開科取士，三百餘年，詩之名家，斬止數人。惟李、杜爲最，科選反遺之，詩殆難知哉！況《三百篇》後，以至於今，詩何多也！非奇妙、有關係、能興起人，決不傳。是以一代不過數人，一人不過數首。李詩，予愛《與元丹丘方城寺談玄》曰：「茫茫大夢中，惟我獨先覺。騰轉風火來，假合作容貌。滅除昏疑盡，領略入精要。澄慮觀此身，因得通寂照。朗悟前後際，始知金仙妙。幸逢禪居人，酌玉坐相召。彼我俱若喪，雲山豈殊調。清風生虛空，明月見談笑。怡然青蓮宫，永願恣遊眺。」見性之作也。詩話載李太白騎赤虬行空去，殆仙才乎？成化間，憲副河間張岐江行，見樓船上掛一幅，曰「天下詩伯」。岐口吟問之曰：「何人船上稱詩伯？萬斛珠璣借一觀。」船上答曰：「日暮不吟清絶句，恐驚星斗落江寒。」人疑爲李太白云。杜詩，予愛《玉華宫》詩曰：「溪回松風長，蒼鼠竄古瓦。不知何王殿，遺構絶壁下。陰房鬼火青，壞道哀湍瀉。萬籟真笙竽，秋色正瀟洒。美人爲黄土，況乃粉黛假。當時侍金輿，故物獨石馬。憂來藉草坐，浩歌淚盈把。冉冉征途間，誰是長年者？」得漢魏音調，感慨深矣。韓昌黎《東方半明》詩曰：「東方半明大星没，獨有太白配殘月。嗟爾殘月勿相疑，同光共影須臾期。殘月暉暉，太白睒睒。雞三號，更五點。」調古而意淵，雄渾哉！但「同」、「共」，「光」、「影」可以互移，未善耳。柳柳州《漁翁》詩曰：「漁翁夜傍西巖宿，曉汲清湘然楚竹。烟銷日出不見人，欸乃一聲山水淥。回看天際下中流，巖上無心雲相逐。」氣清而飄逸，殆商調歟。陶靖節自桓公來，世爲晉臣，故詩年記義熙，有《麥秀》、《黍離》之嘆。音調法《古詩十九首》，誦之令人起塵外之思，昭明真知言哉！陸象山語録曰：「李白、杜甫、陶淵明，皆有志於吾道。」又曰：「人之文章多似其氣質，杜子美詩，乃其氣質如此。」

詩題必首句或第二句承出，方見題目。如杜《題蜀相祠》律詩，首句曰「丞相祠堂何處尋」，次曰「錦官城外柏森森」，此二句猶時文之破題、承題，則蜀相祠方明白也。若前聯第三、第四句及後聯第五、第六句指出題目，則偏矣。何大復《吕公祠》律詩，首句曰「落日蕩漾古水濱，邯鄲城邊逢暮春」，前聯曰「越王臺榭草花盡，吕公祠堂松桂新」，題乃《吕公祠》，非《越王臺》，今以「越王臺」對「吕公祠」，非題意也。不特偏，且虚矣。題止曰「祠」，句中不宜綴「堂」字於「祠」字下，惟深知詩律之嚴者方能悟此。不特詩法當嚴，文法亦當嚴，故曰：「《春秋》謹嚴。」

乙亥季春，燈下看杜詩，而悟作文之法。蓋作文不在詞句之工，而在性情之正。杜先悟之，曰：「文章有神。」神主意，正也。杜值天寶之季，兵亂世危，其愛君憂民之心、經國匡時之略，每於詩中見之。所謂有神，非苟作者，宜其垂世不朽云。故曰：「一切惟心造也。」今作詩文而無主意，空談則虚且僞，説鈴耳，安得垂？

杜詩意在前，詩在後，故能感動人。今人詩在前，意在後，不能感動人。蓋杜遭亂，以詩遣興，不專在詩，所以叙事、點景、論心，各各皆真，誦之如見當時氣象，故□詩史。今人專意作詩，則惟求工於言，非真詩也。空同《詩自叙》亦曰：「予之詩非真也，王叔武所謂『文人學子之韻言』耳。」是以詩貴真，乃有神，方可傳久。

杜《秋興》曰：「織女機絲虚夜月，石鯨鱗甲動秋風。」皆無中生有，有中作無。虞注「泥迹」，非也。即予天寧寺高僧梵琦偈曰：「真性圓明，本無生滅。木馬夜鳴，西方日出。」心悟之可也。

「落花遊絲白日静，鳴鳩乳燕青春深」，雖一句三字格，但無脉以貫之。不及林釴詩曰：「高木嘯風吹月小，蒼林滋雨抱花稀。」惟木高，故摇風若嘯。而吹月覺小，林蒼緣雨滋，其抱住枝頭之花亦落而稀矣。此意之貫串接連，豈可爲法云。但「高木」、「蒼林」，皆花木門；「嘯風」、「滋雨」，皆天文門，乃排偶耳。「吹月小」對「抱花稀」，甚妙也。

杜甫抱用世之志，故多悲憤之辭。曰：「戰伐乾坤破，瘡痍府庫貧。衆僚宜潔白，萬役但均平。」曰：「天地日流血，朝廷誰請纓。濟時敢愛死，寂寞壯心驚。」曰：「必若救瘡痍，先應去蟊賊。」曰：「人皆知飲水，公輩不偷金。」蓋李唐之亂由官邪也，官邪惟貪爲最，故諷以潔白飲水，指爲蟊賊。偷金惟貪，則不均不平。戰伐興而瘡痍遍，安得不破、不貧、不流血？愛死則誰肯請纓濟時？杜不用，徒寂寞心驚耳。心以壯言，志之奮也。有是志，詩焉不高？故曰「詩言志」。

磨鍊且久，履歷甚艱，晚悟道，曰：「王侯與螻蟻，同盡隨丘墟。願聞第一義，迴向心地初。金篦刮眼膜，價重百車渠。無生有汲引，兹理儻吹嘘。」象山許其有志於道，信哉！孟子惡貪，故曰：「上下交征利，而國危矣！」陳白沙曰：「貪官侵民，甚於盜賊。不除，雖有良法，孰行？」自後談道論官，鮮克惡貪，宜貪風之日熾也。試觀杜詩所諷，則國危由貪，與孟子同意。

「哉」字最難用，文用亦難，況詩乎？用於句中或可耳，如《九歌》曰「悲哉秋之爲氣也」，如漢《臨高臺》詩曰「黄鵠高飛離哉翻」，則奇矣。宋陳同父應試作《勉强行道大有功論》，首句曰：「天下豈有道外之事哉？」語友陳傅良，傅良戲曰：「出門便見災，亦以哉！」字不穩耳。杜詩如「供給亦勞哉」、「哉」字凡五見，雖用於各篇中，但「哉」字則音虚氣散，非體矣。李滄溟詩七言律亦多用「哉」字，豈法杜乎？必有能辨之者。

杜詩「古城疏落木，荒戍密寒雲」，「疏」、「密」二字，詩眼也。「密」字上句呼，「疏」字下句應，則音意俱緩；「疏」字上句呼，「密」字下句應，則音意方急切，而繳得起。以此爲例，推類盡之可也。

奇峰楊子問曰：「杜詩《逢早梅憶寄》何以妙也？」曰：「首句『東閣官梅動詩興，還如何遜在揚州』，比裴迪登東亭賦梅詩也。次句『還如』二字，乃虚字也。『此時對雪遥相憶』，設言耳，未必對雪也。若對雪必憶梅，亦憶迪也。『送客逢春可自由』，若逢春見梅，必折送客矣，就生出一『折』字。下句『幸不折來傷歲暮』，若折送客郎，聊附一枝春矣。幸不折來，以動歲暮感傷，又生出一『愁』字，因不折損其花繁盛，看去一白迷茫，豈不攪亂思鄉之愁乎？指其處，『江邊一樹垂垂發』；指其情，『朝夕摧人易白頭』。睹梅之白，思髮之白，即愁多，易白頭也。其四聯起首，『此時』、『送客』、『幸不』、『若爲』皆虚字，平頭而不版，如四個樞紐然。反覆照應，圓活流轉，妙不可言，又無迹可覓，真水中影、鏡中燈云。」

嘉靖庚子春季，王生游姑蘇，會黄五岳於定慧寺一笑軒談詩。五岳曰：「注杜詩甚多，皆未也。如『澗道餘寒歷冰雪，石門斜日到林丘』，皆即一時景耳。澗道幽深，雖春月尚有餘寒，猶歷履於冰雪之中，形容寒意也。石門開敞，日光斜照，到於林丘之外，形容斜日也，何近易明白云。注乃曰：『春山而澗道猶寒者，冰雪未消，故杜踐歷冰雪而行也。石門深窅，斜照方能及之，杜到林丘，正日斜之時也。非鑿而晦乎？』予講杜《懷古·漢明妃村》詩，五岳贊曰：『深契杜衷！結改入『黄鵠』，尤超杜外。徐迪功《詠王昭君》曰『獨去白龍道，遥將黄鵠同』，同此意也，可見人心之同。入杜結妙甚！』」

陽明王公詩點景之妙，飄然出塵。雖才之高，亦養之致也。曰：「沙邊宿鷺寒無影，洞口流雲夜有聲。」曰：「天迥樓臺涵氣象，月明星斗避光輝。」曰：「日脚倒明千頃霧，雨聲高度萬峰雲。」曰：「天壁倒涵湖月曉，烟梯高接緯階平。」曰：「高閣松風飄夜磬，石床花雨落寒燈。」

曰：「雲起峰頭沉閣影，林疏地底見江流。」又《因雨和杜韻》曰：「晚堂疏雨暗柴門，忽入殘荷瀉石盆。萬里滄江生白髮，幾人燈火坐黃昏。客途最覺秋先到，荒徑惟憐菊尚存。却憶故園耕釣處，短簑長笛下江村。」首句指出「雨」字，見題。後不狀雨而雨自見，無迹也。前聯二句尤妙，特第七句「處」字欠活耳。前録五聯以例云。

于肅愍，濟時戡亂才也，詩亦唐調。《題太行山》詩曰：「雲蒸雨氣千峰暗，樹帶溪聲五月寒。」惜不多見耳。吾鄉張方洲使朝鮮，登太平館樓，限韻賦詩，内一聯曰：「溪留殘白春前雪，柳折新黃夜半風。」凡六十韻排律，一時成之，亦罕矣。《英宗北狩感事》詩曰：「寶馬朱輪接上游，時危誰解奉天憂？鼎湖龍去英雄盡，劍閣雲深日月愁。玉輦已隨胡地草，青山依舊漢宫秋。元勳野死潼關破，誤國何人更首丘？」景泰間詩學未振，惟方洲獨宗盛唐，《卮言》以「急流小棹」譏之，非也。

正德間翰林王渼陂，關中人，性直無隱。有一同年學詩，每以詩稿請正，渼陂批擲不少貸。因銜之，抄内閣李西涯詩爲己詩，後請正渼陂，仍批擲曰：「此首類晚唐，此首類元末。」不逆詐也。其人送西涯，因譖渼陂輕薄，妄加批擲。西涯信之，大怒，出吏部，謫知壽州，隨棄歸。作《杜甫遊春記》，比西涯爲林甫，又作《十絶句》譏之。有曰：「進士山東李伯華，逢人亦笑李西涯。」又曰：「不有李何開藻鑑，頓令後進落門墻。」噫！談詩者不可不慎，作詩者不可輕信。

浙東會稽董玘舉神童，朝命李西涯考之。西涯原神童，忌匹已也，斥之，累謫其父知府。弱冠中會元、探花，後父官復，銜之。嘉靖初，修《武宗實録》，録入西涯《闕王廟碑》，以周公比瑾。語海鹽鄭吾核曰：「今録此碑入史，難逃萬世之譏。」鄭吾核，淡泉父，同子入京，子舉進士，因同鄉，故得聞。淡泉未第時，聚友會文於百可園，予從賀朝重游。淡泉新得李西涯《懷麓堂稿》，與孫白峰誦《進孝宗實録表》。予閱其序、記，指文氣弱，非古也。白峰曰：「後生少年，何可輕議？」淡泉笑而不言。是時予年十六。後鍾西皋曰：「霍渭厓云：『文章到西涯做壞了，氣節到西涯喪盡了。』皆柔弱鮮剛故也。」

萬曆乙亥仲秋（幾）［既］望，卧聞蟲聲，仰見月色，忽憶岳忠武飛《小重山》詞云：「昨夜寒蟲不住鳴，驚回千里夢，已三更。起來獨自繞階行，人悄悄，簾外月朧明。白首爲功名，舊山松竹老，阻歸程。欲將心事付瑶琴，知音少，絃斷有誰聽？」誦其詞，如睹其貌。英雄之言，自能動人，信矣。可恨秦檜壞此文武全才也！岳贈方逢辰《登雲新扁記》在淳祐戊申，又明年庚戌，方登狀元，應其期，岳能知人矣。記中一對云「日月却從閒裏過，功名不向懶中來」，勉之也。岳《題湖南寺》詩一聯云：「潭水寒生月，松風夜帶秋。」楊升庵稱不讓唐之名家。

或曰：「詩文須官大則傳。」王生曰：「何塵見之陋也！李、杜非科，孟、劉無爵。老泉、淵穎，職卑；董、賈、馬、楊，微官也。東里、西涯，凡大官之集，可久傳乎？不論官之大小有無，當論詩文之高下美惡。故曰：『美斯愛，愛斯傳。』」

詩，猶天之風霆也。六經有《詩》，詩，樂章也，尚聲。聲音之妙，足以感乎天人。西域咒不譯，樂雖亡，詩存，即樂存也。周末，大夫相會，必賦詩觀志。彼日月不能照臨，雨露霜雪不能墜，必風霆以鼓舞之。猶《易》、《書》、《禮》、《春秋》之不能及，必詩以歌詠之，一也。特耳學不傳，聲音失譜，雖有五音、六律、四聲之辨，亦難曉也。鄭樵《七音略》：「庶乎《詩》分《風》、《雅》、《頌》，《雅》、《頌》亦《風》也。何始乎？曰：『天也。』」《賡歌》、《卿雲》、《擊壤》，殆亦造端。

楚屈原變騷，宋玉變賦。漢變樂府，如《濁漉》，題不可解。唐李白、白居易變今樂府，如《憶秦娥》、《長相思》，宋、元增新題如《滿江紅》之類。又變爲曲，艷麗綺靡，詩餘極矣。今則不能變焉，不過述之而已。夫虞帝不可及矣。屈原，其作者之聖乎！述者，其明也。奈多不明者，詩非詩，賦非賦，文非文，妄刻成集，徒以顯爵炫赫，安能美愛斯傳？黄五岳曰：「凡一官有一集，何多乎？誠災木污紙也。且精神既分於榮富，文章祇作爲應酬，無文心，安得垂永？」王生曰：「詩文之妙，非命世之才不能也。惟養浩然之氣，塞乎天地之間，始能驅一世而命之也，若執化工之柄。《陰符》曰：『天地在乎手，宇宙生于心。』悟此者可與論詩文也。」

詩言志，亶然哉！有是志，則有是詩，勉强爲之，皆假詩也。今觀詩集甚多，佳者亦少。是以有學究之詩，有村夫子之詩，有文士之詩，有山林之詩，有仙佛之詩，有閨情之詩，有英雄之詩，有富貴之詩，有臺閣之詩。陳繹曾《文筌》小譜有「九氣」之别旨哉。

客曰：「律，以律詩也。詩律非止律詩也。一字有一字律，一句有一句律，一章有一章律。律，即樂之五音六律，故曰音律。」又曰：「法律不特律詩，古詩、古文皆然也。善悟者推類盡之。」參帥清源狄紹坡深信是言，每稱云。詩亦日進，有《岑樓稿》。諱從夏，秉心潔清，好古嗜學，且探玄理。

不特詩文，凡爲學須謙虚，不可傲妄自足。夫虚受人、謙受益，自足則止，傲妄即驕吝。孔子曰：「如有周公之才之美，使驕且吝，其餘不足觀也已。」周公，玄聖也，王室至親，尊貴極矣，且不可驕吝，况其下者乎？如前輩詩文未工，惜之可也；後輩詩文未工，誨之可也。豈可譏以綺語巧言？雖論詩文不得不盡，惟當直據而言，不可傷綺與巧。綺與巧，則自損心精。

設教無非引人入道，故聖人神道設教，隨時變易，從道也，貴引伸觸類而長。時尚遊説，以尊王引；時尚戰，以仁勇引；時尚仙，以存神引；時尚佛，以見性引；時尚文，以養氣引；時尚詩，獨無引乎？文之精爲詩，洗心清明，發之詩，必無塵俗烟火之氣，而有空朗飄逸之音。晉、唐作者皆然，非可襲取也。

神仙者，英雄爲之也。謝叠山詩曰「英雄回首便成仙」，蓋氣魄大、志剛，能斷凡塵也。吕洞賓詩曰：「謙罷高歌海上山，月瓢承露洛金丹。夜涼鶴透秋雲碧，萬里西風一劍寒。」英雄之心溢於言表。自唐末至今長現，與群仙不同，氣魄大也。初，鍾離、雲房授點鐵成金術，吕問：「復變否？」雲房曰：「五百年後復還本色。」吕曰：「五百年後更害人矣！」雲房以爲不及。惟其心氣之長，是以能長生，故長現，恐劫壞能存否乎？我明成化間，天黎明，滕晟見吕仙衣藍袍，背劍從陸醫官樓窗出，已在檐上，約五尺長，漸高，往東北入海去。見者十餘人，皆得大壽。

李長吉鬼才，非也，仙之奇才也。法楚《騷》，多驚人句，無烟火氣，在太白之上。每携錦囊出遊，採句投入囊中。晚歸燈下，煉集成章，是以奇也。謝皋羽法之，亦奇。楊升庵稱非宋詩，得予心之同云。

陶靖節詩音調雅淡冲融，内藏英雄之志。錢魯南與予談詩，指一友曰：「讀司馬《史記》，文雖雄，每抱不平之憤。靖節則否。」予曰：「非知靖節者也。觀《詠荆軻》曰：『蕭蕭哀風逝，淡淡寒波生。商音更流涕，羽奏壯士驚。』結句曰『千載有餘情』，可想見矣。《擬古》曰：『榮榮窗下蘭，密密堂前柳。初與君别時，不謂行當久。』又曰：『蘭枯柳亦衰，遂令此言負。』傷哉，不知此言何言也！曰『露淒暄風至，氣徹天象明』，曰『白日掩荆扉，虚空絶塵想』，曰『露凝無游氛，天高風景徹』，曰『寒氣冒山澤，游雲倏無依』，曰『流塵集虚坐，宿草旅前庭』，曰『崩浪聒天響，長風無息時』，曰『涼風起將夕，夜景湛虚明。昭昭天宇闊，晶晶川上平』，曰『微雨洗高林，清飆矯雲翮』，曰『清風澄餘滓，杳然天界高』，曰『欲言無予和，揮杯勸孤影。日月擲人去，有志不獲騁』。觀此，則胸中浩蕩，氣横八荒，達順自怡，憤而不怒。」

《歸去來兮辭》曰：「木欣欣以向榮，泉涓涓而始流。善萬物之得時，感吾生之行休。」慨激深矣，非英雄不能。一轉曰：「已矣乎！寓形宇内復幾時，曷不委心任去留？」結句曰：「樂夫天命復奚疑？」見大心泰也。

予誦魏詩曰：「老驥伏櫪，志在千里。烈士暮年，壯心不已。」奮然興自强之勤。母氏每訓曰：「梅發春前早，菊開秋後遲。萬般根在地，自分未當時。」則爽然安矣。

陳子昂《感遇》詩曰：「白日每不歸，青陽時暮矣。茫茫吾何思，林卧觀無始。衆芳委時晦，鶗鴂鳴悲耳。鴻荒古已頽，誰識巢居子？」非有真見不能言。

何良俊◇撰

四友齋詩説

三卷

陳廣宏
郭時羽
◎點校

四友齋詩説卷一

華亭何良俊　元朗著

《詩》有四始，有六義。今人之詩，與古人異矣。雖其工拙不同，要之六義斷不可闕者也[一]。苟於六義有合，則今之詩猶古之詩也；六義苟闕，即古人之詩何取焉。余觀孔子所定《三百篇》，雖淫奔之辭猶存之以備法鑒，則其所去者，正所謂於六義有闕者是也。况六義者，既無意象可尋，復非言筌可得。索之於近，則寄在冥邈；求之於遠，則不下帶衽。又何怪乎今之作者之不知之耶！然不知其要則在於本之性情而已。不本之性情，則其所謂托興引喻與直陳其事者，又將安從生哉[二]？今世人皆稱盛唐風骨，然所謂風骨者，正是物也。學者苟以是求之，則可以得古人之用心，而其作亦庶幾乎必傳[三]。若舍此而但求工於言句之間，吾見其愈工而愈遠

[一]「斷不可闕」，隆慶本作「不可一日闕於天下」。
[二]「哉」，隆慶本作「耶」。
[三]隆慶本「其」下有「所」字。

矣。自二十四以至二十六，共三卷。〔一〕

詩以性情爲主，《三百篇》亦只是性情。今詩家所宗〔二〕，莫過于《十九首》，其首篇「行行重行行」，何等情意深至而辭句簡質！其後或有托諷者，其辭不得不曲而婉，然終始只一事，而首尾照應，血脉連屬，何等妥貼！今人但摹倣古人詞句，餖飣成篇，血脉不相接續，復不辨有首尾，讀之終篇，不知其安身立命在於何處。縱學得句句似曹、劉，終是未善。

詩苟發於情性，更得興致高遠，體勢穩順，措詞妥貼，音調和暢，斯可謂詩之最上乘矣。然豈可以易言哉！

「婉暢」二字，亦是詩家切要語。蓋暢而不婉，則近於粗；婉而不暢，則入於晦。

《選》詩之中，若論華藻綺麗，則稱陳思、潘、陸；苟求風力遒迅，則《十九首》之後便有劉楨、左思〔三〕。

詩家相沿，各有流派。蓋潘、陸規模於子建，左思步驟於劉楨，而靖節質直，出於應璩之《百

〔一〕隆慶本是句作「自十八以至十九共二卷」。

〔二〕「宗」，隆慶本作「稱」。

〔三〕隆慶本「則」下有「自」字。

一》，蓋顯然明著者也。則鍾參軍《詩品》〔一〕，亦自具眼。

詩自左思、潘、陸之後，至義熙、永明間，又一變矣。然當以三謝爲正宗，蓋所謂芙蓉出水者，不但康樂爲然，如惠連《秋懷》、玄暉「澄江浄如練」等句，皆有天然妙麗處。若顔光禄、鮑參軍，雕刻組績，縱得成道，亦只是羅漢果。

謝靈運詩，如「揚帆採石華，掛席拾海月」，終是合盤。

顔光禄詩雖佳，然雕刻太過。至如《五君詠》，托興既高，而風力尤勁，便可與左太冲抗衡。

永明以後，當推徐、庾、陰、何。蓋其詩尚本於情性，但以其工爲柔曼之語，故乏風骨，猶不甚委靡。若梁元帝、簡文帝、劉孝綽，後至楊素、孫萬壽諸人，則頽然風靡矣。陳伯玉出，安得不極力振起之哉？

徐孝穆所編《玉臺新詠》，雖則過於綺麗，然柔曼婉縟，深於閨情，殊有風人之致。校之《香奩集》與《彤管遺編》之類，奚啻天壤！

山谷云：「嵇叔夜詩，豪壯清麗，無一點塵俗氣。凡學作詩者，不可不成誦在心，想見其人。雖沉於世故者，暫得攬其餘芳，便可撲去面上三斗俗塵矣，何况深其義味者乎！」

〔一〕 隆慶本「則」下有「知」字。

山谷云：「謝康樂、庾義城之詩，於鑪錘之功不遺力也；然陶彭澤之墻數仞，謝、庾未能窺者。蓋二子有意於俗人贊毁其工拙，淵明直寄焉耳。」

山谷云：「久不觀陶、謝詩，覺胸次幅塞。因學書盡此卷，覺沉瀣生於牙頰間也。」

唐初雖相沿陳、隋委靡之習，然自是不同。如王無功《古意》、李伯藥《郢城懷古》之作，尚在陳子昂之前，然其力已自勁挺。蓋當興王之代，則振迅激昂，氣機已動，雖諸公亦不自知也，孰謂文章不關於氣運哉？

唐人詩，如王無功《山中言志》云：「孟光倘未嫁，梁鴻正須婦。」王維《贈房琯》云：「或可累安邑，茅齋君試營。」是皆直言其情，何等真率，若後人便有許多緣飾〔二〕。

世之言詩者，皆曰盛唐。余觀一時如王右丞之清深，李翰林之豪宕，王江陵之俊逸，常徵君之高曠，李頎之沉著，岑嘉州之精鍊，高常侍之老健，各有其妙，而其所造皆能登峰造極者也，然終輸杜少陵一籌。蓋盛唐之所重者風骨也，少陵則體備風骨，而復包沈、謝之典雅，兼徐、庾之綿縟，采初唐之藻麗，而清深、豪宕、俊逸、高曠、沉著、精鍊、老健，蓋無所不備。此其所以爲集大成者歟！

〔二〕「多」，隆慶本無。

今世所傳六家詩選，是唐人所選者，有《搜玉小集》，不著撰人姓名；殷璠有《河嶽英靈集》，元結有《篋中集》，高仲武有《中興間氣集》，芮廷章有《國秀集》，姚合有《極玄集》。終是唐人所選，尚得當時音調，與後人選者不同。

王荆公有《唐人百家詩選》，余舊無此書，常思一見之。近聞朱象和有抄本，曾一借閲，其中大半是晚唐詩。雖是晚唐，然中必有主，正所謂六藝無闕者也，與近世但爲浮濫之語者不同。蓋荆公學問有本，固是堂上人。

皎然《詩式》「取境」篇曰：「或云：詩不假修飾，任其醜朴。但風韻正，天真全，即名上等。予曰：不然。無鹽闕容而有德，曷若文王太姒有容而有德乎？又云：不要苦思，苦思則喪自然之質。此亦不然。夫不入虎穴，焉得虎子？取境之時，須至難至險，始見奇句；成篇之後，觀其氣貌，有似等閑不思而得，此高手也。有時意静神王，佳句縱横，若不可遏，宛如神助。不然，蓋由先積精思，因神王而得乎？」此是詩家第一義諦，學者必熟玩之，當自有得。

盧藏用作《陳子昂集序》云：「道喪五百年而有陳君。」予因請論之。司馬子長自序云：「周公卒五百歲而有孔子，孔子卒五百歲而有司馬公。」邇來年代既遥，作者無限。若論筆語，則東漢有班、張、崔、蔡；若但論詩，則魏有曹、劉、王、傅，晉有潘岳、陸機、阮籍、盧諶，宋有謝康樂、陶淵明、鮑明遠，齊有謝吏部，梁有柳文暢、吴叔庠，作者紛紜，繼在青史，如何五百之數獨歸於陳君乎？藏用欲爲子昂張一尺之羅，蓋彌天之宇，上掩曹、劉，下遺康樂，安可得耶？子昂《感寓》三十首，出自阮公《詠懷》，《詠懷》之作，難以爲儔。子昂曰：「荒哉穆天子，好與白雲期。宫女多怨曠，層城閉蛾眉。」曷若阮公「三楚多秀士，朝雲進荒淫。朱華振芬芳，高蔡相追尋。一爲黄雀哀，涕下誰能禁？」此序或未湮淪，千載之下，當有識者，得無撫掌乎？

夫詩人作用，勢有通塞，意有盤礴。勢有通塞者，謂一篇之中，後勢特起，前勢似斷，如驚鴻背飛，却顧儔侣。即曹植詩云「浮沉各異勢，會合何時諧？願因西南風，長逝入君懷」是也。意有盤礴者，謂一篇之中，雖詞歸一旨，而興乃多端，用識與才，蹂踐理窟。如卞子採玉，徘徊荆岑，恐有遺璞。且其中有二義：一情，一事。事者，如劉越石詩曰「鄧生何感激，千里來相求。白登幸曲逆，鴻門賴留侯。重耳用五賢，小白相射鈎。苟能隆二伯，安問黨與讎」是也。情如康樂公「池塘生春草」是也。抑由情在言外，故其辭似淡而無味，常手覽之，何異文侯聽古樂哉？《謝氏傳》曰：「吾嘗在永嘉西堂作詩，夢見惠連，因得『池塘生春草』。豈非神助乎？」

夫五言之道，唯工惟精。論者雖欲降殺齊、梁，未知其旨。若據時代，道喪幾之矣。沈約詩，詩人不用此論，何也？如謝吏部詩「大江流日夜，客心悲未央」，柳文暢詩「太液滄波起，長楊高樹秋」，王元長詩「霜氣下孟津，秋風度函谷」，亦何減於建安耶！或以建安不用事，齊、梁用事，以定優劣，亦請論之。如王筠詩「王生臨廣陌，潘子赴黄河」，庾肩吾詩「秦皇觀大海，魏帝逐飄風」，沈約詩「高樓切思婦，西園游上才」，格雖弱，氣猶正，遠比建安，可言體變，不可言道喪。大曆中，詞人多在江外，皇甫冉、嚴維、張繼素〔二〕、劉長卿、李嘉祐、朱放，竊佔青山白雲、春風芳草以爲己有。吾知詩道初喪，正在於此，何得推過齊、梁作者？迄今餘波尚寢，後生相效，没溺者多。大曆末年，諸公改轍，蓋知前非也。如皇甫冉《和王相公玩雪》詩「連營鼓角動，忽似戰桑乾」，嚴維《代宗挽歌》「波從少海息，雲自大風開」，劉長卿《山鸜鵒歌》「青雲杳杳無力飛，白露蒼蒼抱枝宿」，李嘉祐《少年行》「白馬撼金珂，紛紛侍從多。身居驃騎幕，家近滹沱河」，張繼素《詠鏡》「漢月經時掩，胡塵與歲深」，朱放詩「愛彼雲外人，來取澗底泉」。已上諸公，方於南朝張正見、何胥、徐摛、王筠，吾則無間然矣。

又曰：「三同之中，偷語最爲鈍賊。如蕭何定漢律令，厥罪不書。應爲鄭侯務在匡佐，不暇采詩，致使弱手無才，公行劫剥。若許貧道片言可折，此輩無處逃刑。其次偷意，事雖可罔，情不可原。若欲一例平反，詩教何設？其次偷勢，才巧意精，若無朕迹。蓋詩人閫域之中偷狐白裘之手，吾亦賞俊，從其漏網。」〔三〕

〔二〕 按，「素」字疑衍，下同。

〔三〕 以上四條皆出皎然《詩式》，分别見卷二、卷四、卷三、卷一。

《詩式》云：「其作用也，放意須險，定句須難。雖取由我衷，而得若神表。」「詩有二要：要力全而不苦澀，要氣足而不怒張。」此語皆切中詩家肯(胥)[綮]。古今論詩，無有能出其右者，作詩者當深味之。[一]

古之論詩者，有鍾嶸《詩品》，又有沈約《品藻》，惠休《翰林》，庾信《詩箴》。見《詩式》中。[二]

李空同曰：「王子云，《詩》有六義，比興要焉。夫文人學子，比興寡而直率多。何也？出於情寡而工於詞多也。夫途巷蠢蠢之夫，固無文也，乃其謳也，咢也，呻也，吟也，行呫而坐歌，食咄而寤嗟，此唱而彼和，無不有比焉、興焉，無非有情也，斯足以觀義矣。」

楊升庵談詩，真有妙解處，且援證該博。今取數篇附録于後。

楊升庵曰：「劉勰云：『四言正體，雅潤爲本，五言流調，清麗居宗。』鍾嶸云：『四言文約意廣，取效《風》《雅》，便可多得。每苦文繁意少，故世罕習焉。』劉潛夫云：『四言尤難，《三百篇》在前故也。』葉水心云：『五言而上，世人往往極其才之所至；而四言詩，雖文詞巨伯，輒不能

[一]「皎然詩式取境篇曰」至此共七條，隆慶本無。

[二]「古之論詩者」以下至此，隆慶本作「如唐僧皎然之《詩式》、宋嚴羽卿之《詩話》，亦藝苑之標的也。」

工。』合數公之説論之，所謂易者，易成也；所謂難者，難工也。方元善取韋孟《諷諫》云：『誰謂華高，企其齊而。誰謂德難，厲其庶而。』以爲使經聖筆，亦不能删。過矣，此不過步驟《河廣》一章耳。余獨愛公孫《乘月賦》『月出皎兮，君子之光。君有禮樂，我有衣裳』，張平子《西京賦》『豈伊不虔，思于天衢。豈伊不懷，歸于枌榆。天命不慆，疇敢以愉』，漢碑《唐扶頌》『如山如岳，嵩如不傾。如江如河，澹如不盈』，其句法意味，真可繼《三百篇》矣。或問唐夫人樂府何如〔一〕？曰：是直可繼《關雎》，不當以章句摘也。曰：然則曹孟德『月明星稀』、嵇叔夜『目送歸鴻』何如？曰：此直後世四言耳。工則工矣，比之《三百篇》，尚隔尋丈也。」

《楊升庵詩話》曰：「《修文殿御覽》載李陵詩云：『紅塵蔽天地，白日何冥冥。微陰盛殺氣，凄風從此興。招摇西北指，天漢東南傾。嗟爾穹廬子，獨行如履冰。短褐中無緒，帶斷續以繩。瀉水置瓶中，焉辨淄與澠？巢父不洗耳，後世有何稱。』此詩《古文苑》止有首二句，注云：『下缺。』當補入以傳好古者。」《修文殿御覽》一書，今亦不傳，不知升庵何從得此？

孔欣樂府云：「相望狹路間，道狹正踟躕。輟步相與言，君行欲焉如？淳朴久已散，榮利迭相驅。流落尚風波，人情多遷渝。勢集堂必滿，運去庭亦虚。競趣嘗不暇，誰肯顧桑樞？未若

〔一〕「唐夫人樂府」，萬曆刻本《升庵外集》卷六十七「四言詩」作「唐山夫人《房中樂歌》」。

及初九，携手歸田廬。躬耕東山畔，樂道讀玄書。狹路安足遊，方外可寄娱。」楊升庵稱其「高趣可並淵明」。余謂其格調雖與淵明不叶，然其興寄迥出於六朝諸人之上矣。

晉釋惠遠《遊廬山》詩云：「崇巖吐氣清，幽岫棲神迹。希聲奏群籟，響出山溜滴。有客獨冥遊，徑然忘所適。揮手撫雲門，靈關安足闢？留心叩玄扃，感至理弗隔。孰是騰九霄，不奮冲天翮。妙同趣自均，一悟超三益。」此詩世罕傳，《弘明集》亦不載，獨見於廬山古石刻中。〔二〕

楊升庵云：「唐人詩主情，去《三百篇》近；宋人詩主理，去《三百篇》遠。匪惟作詩，其解詩亦然。如唐人《閨情》云：『裊裊庭前柳，青青陌上桑。提籠忘采葉，昨夜夢漁陽。』即《卷耳》詩首章之意也。又曰：『鶯啼緑樹深，燕語雕梁晚。不省出門行，沙場知近遠。』又曰：『漁陽千里道，近於中門限。中門逾有時，漁陽常在眼。』又曰：『夢裏分明見關塞，不知何路向金微。』又曰：『妾夢不離江上水，人傳郎在鳳皇城。』即《卷耳》詩後章之意也。若如今《詩傳》解爲托言，而不以爲寄望之詞，則《卷耳》之詩，乃不若唐人作《閨情》之正矣。若知其爲思望之詞，則《詩》之寄望深，而唐人淺矣。若使詩人九原可作，亦必印可此説耳。」

楊升庵云：「古樂府：『暫出白門前，楊柳可藏烏。歡作沉水香，儂作博山爐。』李白用其

〔二〕　是條亦出楊慎，見嘉靖刻本《升庵詩話》卷一「慧遠詩」。

意，衍爲《楊叛兒歌》曰：『君歌楊叛兒，妾勸新豐酒。何許最關情，烏啼白門柳。烏啼隱楊花，君醉留妾家。博山爐中沉香火，雙烟一氣凌紫霞。』古樂府：『朝見黄牛，暮見黄牛。三朝三暮，黄牛如故。』李白則云：『三朝見黄牛，三暮行太遲。三朝又三暮，不覺鬢成絲。』古樂府云：『郎今欲渡畏風波。』李白云：『郎今欲渡緣何事，如此風波不可行。』古樂府云：『春風復多情，吹我羅裳開。』李反其意云：『春風復無情，吹我夢魂散。』古人謂李詩出自樂府，信矣。其《楊叛兒》一篇，即『暫出白門前』之鄭箋也。因其拈用，而古樂府之意益顯，其妙益見。如高僧拈佛祖語，信口道出，無非妙理，豈生吞義山、拆洗杜甫者比哉？」

李端《古别離》詩云：「水國葉黄時，洞庭霜落夜。行舟問商賈，宿在楓林下。此地送君還，茫茫似夢間。後期知幾日，前路轉多山。巫峽通湘浦，迢迢隔雲雨。天晴見海嶠，月落聞津鼓。人老自多愁，水深難急流。清宵歌一曲，白首對汀洲。」「與君桂陽别，令君岳陽待。後事忽差池，前期日空在。木落雁嗷嗷，洞庭波浪高。遠山雲似蓋，極浦樹如毫。朝發能幾里，暮來風又起。如何兩處愁，皆在孤舟裏。昨夜天月明，長川寒且清。菊花開欲盡，薺菜泊來生[一]。下江帆勢速，五兩遥相逐。欲問去時人，知投何處宿。空令猿嘯時，泣對湘潭竹。」楊升庵云：「此詩

[一]「泊」，原本作「拍」，據宋刻本《樂府詩集》卷七十一李端《古别離二首》、《升庵詩話》卷四「李端古别離詩」改。

端集不載，《古樂府》有之，但題曰二首，非也。其詩真景實情，婉轉惆悵，求之徐、庾之間且罕，況晚唐乎？大曆已後，五言古詩可選，唯端此篇與劉禹錫《搗衣曲》、陸龜蒙『茱萸匣中鏡』、温飛卿『悠悠復悠悠』四首耳。」今徐崦西家印《五十家唐詩》活字本《李端集》，亦有此詩，但仍分作二首耳。

楊升庵云：「東坡有詩曰：『論畫以形似，見與兒童鄰。作詩必此詩，定知非詩人。』言畫貴神，詩貴韻也。然其言有偏，非至論也。晁以道和公詩云：『畫寫物外形，要物形不改。詩傳畫外意，貴有畫中態。』其論始爲定，蓋欲以補坡公之未備也。」

六朝初唐之詩，其落句可觀而諸集不載者，聊出之以存其概。

陸季覽《詠桐》：「摇落依空井，生死若爲心。不辭先入爨，唯恨少知音。」

許圉師《詠牛應制》：「逸足還同驥，奇毛自偶麟。欲知花迹遠，雲影入天津。」

陳述《詠美人照鏡》：「插花枝共動，含笑靨俱生。衫分兩處彩，釧響一邊聲。就中還妒影，恐奪可憐名。」

趙儒宗《詠龜》：「有靈堪托夢，無心解自謀。不能著下伏，强從蓮上遊。」

陳昭《經孟嘗君墓》：「泉户無關吏，雞鳴誰爲開。」

許倪《詠破扇》：「蔽日無全影，摇風有半凉。不堪鄣巧笑，猶足動衣香。」

黄叔度《看王儀同拜》：「春花舒漢綬，秋蟬集趙冠。浮雲生羽蓋，明月上銀鞍。」

徐伯藥《賦得班去趙姬升》：「今日持團扇，非是爲秋風。」

裴延《隔壁聞妓》：「徒聞管絃切，不見舞腰回。賴有歌梁共，塵飛一半來。」

裴延《詠剪花》：「花寒未聚蝶，色艷且驚人。懸知陌上柳，應妒手中春。」

唐怡《述懷》：「萬事皆零落，平生不可思。唯餘酒中趣，不減少年時。」

神迥《懷歐陽山人嚴秀才》：「鴟鳴東牖曙，草秀南湖春。」神迥，疑一詩僧也。

吴興妓童《贈謝府君》：「玉釵空中墮，金鈿行處歇。獨泣詠春風，長夜孤明月。」

沈炳《長安少年行》：「淚盡眼方暗，髀傷耳自聾。」

范洒心詩：「喬木聳田園，青山亂商鄧。」

劉曼才《述懷》：「百年未過半，萬事良可知。無益昆崙壤，空繞鄧林枝。」

李君武《詠泥》：「椒塗香氣溢，芝封璽文生。色逐黎陽紫，名隨蜀道青。一丸封漢塞，數斗濁秦涇。不分高樓妾，持况別離情。」

周若水《贈江令公》：「東海一朝變，南冠悲獨歸。何當沾露草，還濕舊臣衣。」

章玄同《流所贈張錫》：「黄葉因風下，甘從洛浦隈。白雲何所爲，還出帝鄉來。」

嚴羽卿論詩，以爲當如水中之月，鏡中之花，此詩家妙語也。又引禪家羚羊掛角、香象渡河等語，正以見作詩者當不落理路，不著言筌，學詩者誠不可不知此意。然觀王右丞《輞川别業》與《積雨輞川莊作》、李頎《題璿上人山池》諸篇，皆從實地説，何曾作浮濫語？今人則全無血脉，一句説向東，一句説向西，以爲此不落理路、不著言筌語，即水中月、鏡中花也，此何異向痴人説夢？而羽卿數語，無乃爲疑誤後人之本耶！〔一〕

元楊仲弘所選《唐音》，小時見其盛傳，然格律甚卑，但音調清亮，可備初學諷詠而已〔二〕。

近世選唐詩者，獨高棅《唐詩正聲》頗重風骨，其格最正。〔三〕

近時皇甫百泉《解頤新語》，不但文字藻麗，而詮品亦精確，可爲詩家指南。〔四〕

黄五岳作《古詩評》六十三首，亦非近代人語，當求之唐以上耳。

五岳賞陸士衡「照之有餘暉，攬之不盈手」，余謂此二句有神助，五岳亦有神解。

〔一〕「李空同曰」至此共三十一條，隆慶本無。
〔二〕隆慶本是條「元」下有「人」字；「小時」上有「余」字；「初學」下有「詩者」二字。
〔三〕前條「元楊仲弘所選唐音」與是條，隆慶本置於「古之論詩者」條前。
〔四〕隆慶本是條作「至近時皇甫百泉《解頤新語》一出，遂可與《詩品》抗行矣。」

四友齋詩説卷二

華亭何良俊　元朗著

唐時隱逸詩人，當推王無功、陸魯望爲第一。蓋當武德之初，猶有陳、隋之遺習，而無功能盡洗鉛華，獨存體質，且嗜酒誕放，脱落世事，故於情性最近。今觀其詩，近而不淺，質而不俗，殊有魏晉之風。陸魯望則近於里巷風謡，故皆有諷有刺〔一〕，而不求工於言句之間，可謂盡善。世稱秦隱君〔二〕，余則以爲隱君有意於作詩，去二君遠甚。嘗欲集無功之詩，與《笠澤叢書》並刻以傳〔三〕，恨力不能也〔四〕。

沈、宋始創爲律〔五〕，排比律法，穩順聲勢，其鑄詞已别是一格矣。然觀其五言古詩，大率以

〔一〕「皆」，隆慶本作「其詩」。
〔二〕隆慶本「秦隱君」下有「詩」字。
〔三〕「以傳」，隆慶本無。
〔四〕「力不能」，隆慶本作「未能」。
〔五〕隆慶本「律」下有「詩」字。

五言律詩句用之。夫律詩句不可用於古詩中〔二〕，猶古詩句不可用於律詩中也，故五言律雖工，而五言古詩終輸陳拾遺一籌。

王右丞五言有絶佳者〔三〕，如《瓜園》、《贈裴十一迪》、《納凉》、《濟上四賢詠》諸篇，格調既高，而寄興復遠，即古人詩中亦不能多見者〔三〕。今選詩者俱不之取，獨以《西施詠》之類入選〔四〕，此不知何謂。

韋左司性情閒遠〔五〕，最近風雅，其恬淡之趣，亦不減陶靖節。唐人中五言古詩有陶、謝遺韻者〔六〕，獨左司一人。

五言絶句，當以王右丞爲絶唱；七言絶句，則唯王昌齡、李太白、劉賓客擅場，餘不逮也。

風人推柳儀曹，騷雅去屈、宋不遠，然亦只是彷彿其體格耳。及觀劉賓客諸賦，雖不規模《騷》、《雅》，然議論超卓，鋪寫詳贍，而鑄詞亦自平典，當出儀曹之上。

〔一〕　隆慶本「律詩」下有「之」字。
〔二〕　「五言」，隆慶本作「古詩」。
〔三〕　隆慶本「即」下有「在」字，「者」下有「也」字。
〔四〕　隆慶本「獨」上有「而」字。
〔五〕　「閒」，隆慶本作「簡」。
〔六〕　「古詩」，隆慶本無。

余最喜白太傅詩，正以其不事雕飾，直寫性情。夫《三百篇》何嘗以雕繪爲工耶？世又以元微之與白並稱，然元已自雕繪，唯「諷諭」諸篇差可比肩耳。

初唐人歌行，蓋相沿梁、陳之體，彷彿徐孝穆、江總持諸作，雖極其綺麗，然不過將浮艷之詞模仿凑合耳[一]。至如白太傅《長恨歌》、《琵琶行》，元相《連昌宮詞》，皆是直陳時事，而鋪寫詳密，宛如畫出，使今世人讀之，猶可想見當時之事。余以爲當爲古今長歌第一。

黄山谷《跋劉賓客柳枝詞》云：「劉賓客《柳枝詞》，雖乏曹、劉、陸機、左思之豪壯，自爲齊、梁樂府之將領也。」

又云：「劉夢得《竹枝》九首，蓋詩人中工道人意中事者，使白居易、張籍爲之，未必能也。」

中唐已後之詩，唯王建最爲淺俗。《文苑英華》「寄贈」内建詩自《上武元衡相公》後十四首，中間如「脱下御衣先得著[二]，進來龍馬每教騎」等句，此似今相禮者白席之語，鏖糟鄙俚，宋元人所不道者，何足以點唐詩哉？

張籍長於樂府，如《節婦吟》等篇，真擅場之作。其七言律，亦只是王建之流耳。如《早朝寄

[一]「凑合」，隆慶本作「填堵」。

[二]「御」，原本作「脚」，據隆慶本及宋臨安府陳解元宅刻本《王建詩集》卷六《贈王樞密》改。

白舍人嚴郎中》云：「燭暗有時衝石柱，雪深無處認沙堤。」此是何等語？

《楊升庵詩話》云：「李益有樂府《雜體》一首，云：『藍葉鬱重重，藍花石榴色。少婦歸少年，光華自相得。』『愛如寒烟火，棄若秋風扇。山岳起面前，相看不相見。』『春至草亦生，誰能無别情。殷勤展心素，見新莫忘故。遥望孟門山，殷勤報君子。既爲隨陽雁，勿學西流水。』此詩比興有古樂府之風。或云非益詩，乃人代霍小玉寄益之作也。」〔一〕

且無論晚唐，只如中唐人詩，如「月到上方諸品静，身持半偈萬緣空」之句，興象俱佳，可稱名作。若「廬嶽高僧留偈别，茅山道士寄書來。燕知社日辭巢去，菊爲重陽冒雨開」，如此等句，細味之亦索然者〔二〕，而世傳誦以爲佳〔三〕，何耶？豈承襲既久，亦世之耳鑒者多也。

唐人小説云：「杜牧之在牛奇章幕中，每夜出狹斜痛飲，酣醉而歸，奇章常令人潛護之。及牧之還朝，奇章戒以節飲勿復輕出爲言。牧之初猶抵飾，奇章命出報帖一篋示之，皆每夜街吏所報杜書記平善帖子，杜始愧謝。」余嘗疑牧之雖有才藻，然浮薄太甚，奇章似待之太過。及觀其《少年行》云：「豪持出塞節，笑别遠山眉。」其風流豪俠之氣，猶可想見。及觀其《罪言》與

〔一〕是條隆慶本無。
〔二〕「亦」，隆慶本作「則」；「者」，隆慶本作「矣」。
〔三〕隆慶本「佳」下有「者」字。

《原十六衛》諸文，則知牧之蓋有志於經略，或不得試，而輕世之意顧托之此耶？則奇章之愛才，未爲過也。

齊梁體，自盛唐一變之後，不復有爲之者。至温、李出，始復追之。今觀温飛卿《西州曲》「單衫杏子紅，雙鬟鴉雛色」之句，及李義山《無題》云：「八歲偷照鏡，長眉已能畫。十歲去踏青，芙蓉作裙衩。十二學彈箏，銀甲不曾卸。十四藏六親，懸知猶未嫁。十五泣春風，背面鞦韆下。」《無題》云：「照梁初有情，出水舊知名。裙衩芙蓉小，釵茸翡翠輕。錦長書鄭重，眉細恨分明。莫近彈棋局，中心最不平。」《詠月》云：「池上與橋邊，難忘復可憐。簾開最明夜，簟卷已凉天[一]。流處水花急，吐時風葉鮮。姮娥無粉黛，只是逞嬋娟。」《詠荷花》云：「都無色可並，不奈此香何。瑶席乘凉設，金羈落晚過。迴衾燈照綺，渡襪水沾羅。預想前秋别，離居夢櫂歌。」《效江南曲》云：「郎船安兩槳，儂舸動雙橈。掃黛開宫額，裁裙約楚腰。乖期方積思，臨醉欲拚嬌。莫以採菱唱，欲羨秦臺簫。」又《效徐陵體賜更衣》云：「密帳真珠絡，温幃翡翠裝。楚腰知便寵，宫眉正鬥强。結帶懸梔子[二]，繡領刺鴛鴦。輕寒衣省夜，金斗熨沉香。」此作雜之《玉臺新詠》

[一]「簟」，原本作「簞」，據隆慶本及《四部叢刊》景明嘉靖本《唐李義山詩集》卷三《月》改。
[二]「梔」，原本作「桅」，據隆慶本及《唐李義山詩集》卷三《效徐陵體贈更衣》改。

中〔二〕，夫孰有能辨之者〔三〕？

羅隱詩雖是晚唐，如「霜壓楚蓮秋後折，雨催蠻酒夜深酤」，亦自婉暢可諷〔三〕。

楊升庵云：「女侍中，魏元乂妻也；女學士，孔貴嬪也；女校書，唐薛濤也；女進士，宋女娘林妙玉也；女狀元，王蜀黄崇嘏也。崇嘏臨邛人，作詩上蜀周庠，庠首薦之。屢攝府縣吏事，剖決精敏，胥徒畏服。庠欲妻以女，嘏以詩辭之，曰：『一辭拾翠碧江湄，貧守蓬茅但賦詩。自服藍衫居郡椽，永拋鸞鏡畫蛾眉。立身卓爾青松操，挺志堅然白璧姿。幕府若容爲坦腹，願天速變作男兒。』庠大驚，具奩嫁之。傳奇有《女狀元春桃記》，蓋黄氏也。〔四〕

黄山谷云：「元祐初，與秦少游、張文潛論詩，二公初不謂然。久之，東坡以爲一代之詩當推魯直，二公遂舍其舊而圖新。方其改轅易轍，如枯絃敝軫，雖能成聲，而疏闊迭宕，不滿人耳。少焉，遂能使師曠忘味、鍾期改容也。」

宋初之詩，劉子儀、楊大年諸人皆學李義山，謂之「西崑體」。然義山蓋本之少陵也，當時猶

〔二〕 隆慶本「作」下有「使」字。
〔三〕 隆慶本「者」下有「哉」字。
〔三〕 「諷」，隆慶本作「詠」。
〔四〕 是條隆慶本無。

具體而微。至神宗朝，蘇東坡、黄山谷、王半山、陳後山諸公出，而詩道大備。東坡、山谷專宗少陵，半山稍出入盛唐，後山則規模中唐，簡質可尚。

南宋陳簡齋、陸放翁、楊萬里、周必大、范石湖諸人之詩，雖則尖新，太露圭角，乏渾厚之氣，然能鋪寫情景，不專事綺繢，其與但爲風雲月露之形者大相逕庭，終在元人上。世謂元人詩過宋人，此非知言者也。

元人詩，昔人獨推虞、范、楊、揭，謂之「四大家」，蓋虞道園、范清江、楊仲弘、揭曼碩四人也。四人之詩，其格調具在，固不可不謂之大家，但乏思致，求其言外之趣，則索然耳。[一]余於元人中，獨取張外史、倪雲林二人之詩。外史寓迹於黄冠，住杭州開元宫登善院，又往來於華陽洞曲林館中，蓋葛稚川、陶貞白之流也。昔人謂其善談名理，嘗見其古詩數首，大率似阮嗣宗《詠懷》，其趣溢出於言句之外，其即所謂名理者耶？余愛而録之，以俟知者。昔阮光禄道《白馬論》，以爲正索一解人亦不可得，此不可與不知者道也。

不愛崑岡玉，不愛江漢珠。愛己一蒼璧[二]，有之利有餘。吾生爲我有，其利當何如？論爵

[一] 隆慶本是條始，爲卷十九。又，其下「余於元人中」至末，隆慶本單列一條。

[二] 「一」，原本作「有」，據隆慶本及《四部叢刊》景鈔元刻本《句曲外史貞居先生詩集》卷二《述古》改。

不足貴，論富不能逾。達生命之情，順生以自娱。

荆人有遺弓，索之將奚爲？且荆人遺之，乃荆人得之。孔子聞之曰，去其荆可耳。老聃聞則曰，去其人可矣。天下有至公，孔聃得其理。天地且弗有，莫知其所始。

墨子嘆染絲，所嘆一何長。染於蒼則蒼，染於黄則黄。奚獨染絲然，染國在所當。有染如伊皋，禹湯稱聖王。殷紂染惡來，既染國亦亡。染士如孔聃，死久道彌光。

魯君聘顔闔，逾垣避使者。我非惡富貴，君胡獨不捨？全生以爲上，迫生以爲下。當知得道人，治國其土苴。

虞人百里奚，所鬻五羊皮。有得其説者，乃是公孫枝。獻諸秦穆公，四境不足治。賢者倘不遇，後世誰當知？

昔者齊桓公，往見小臣稷。一日凡三至，欲見且弗得。驁爵固輕主，驁霸亦輕士。夫子縱驁爵〔二〕，驁霸吾敢爾？所以終見之，不爲從者止。誰云内行缺，論霸亦可矣。

桓公遇甯戚，飯牛中夜起。賜之以衣冠，一説境内理。再説爲天下，桓公以師事。衛與齊不遠，安用疑客子。不患有小惡，所患亡大美。且人固難全，用長當若此。

〔二〕「夫子」，原本作「大夫」，據隆慶本及《句曲外史貞居先生詩集》卷二《述古》改。

業煩則無功，禮煩則不莊。令苛則不聽，禁多則不行。國人逐狡兔，因之殺子陽。嚴刑無所赦，適見召亂亡。

齊有善相狗，假買取鼠者。數年不取鼠，畜之不如捨。相曰實良狗，志在麞麈鹿。欲觀取鼠能，請桎其後足。桎足乃取鼠，淹爾驥驁氣。安得忘言徒，喻此鴻鵠志。

燕雀争善處，處在大屋下。姁姁甚相樂，子母得相哺。一朝竈突決，火炎屋棟燬。燕雀色不變，不知禍及己。人臣私聚斂，迷國壞綱紀。孰謂斯人智，不如燕雀耳。

右張外史古詩十首，余嘗得一掛軸，乃倪雲林作小楷書之者。書學大令，亦妙絶。每意緒不佳，即取出懸之，吟諷數回，覺形神俱暢。

張貞居《獨酌》一首，乃陳谷陽手書者。詩曰：「静極忽不愜，掩書曝前軒。榮木樊四維，時禽托孤園。群物方趨功，吾衷恒晏然。本乏超世才，偶脱區中緣。妙理寄濁醪，嘉名愛靈仙。從吾所好耳，富貴須何年。」此詩若置之陶、韋集中，當無愧色。〔二〕

倪雲林，無錫人，名瓚，字元鎮。家饒於財〔三〕，所居有清閟閣、雲林堂，備蕭灑幽深之致。性

〔二〕 是條隆慶本無。
〔三〕 「饒」，隆慶本作「富」。

不喜見俗人，遇便舍去，蓋出塵離垢之士也。遭元末之亂，遂棄家乘扁舟，飄然於五湖三泖之間。其詩法韋蘇州，思致清遠，能道不喫烟火食語。昔人言韋蘇州鮮食寡欲，愛掃地焚香而坐，雲林實類之，蓋不但其詩之酷似而已。

元人最稱楊鐵崖，其才誠爲過人，然不過學李長吉。其高者近李供奉，終非正脉。

袁潛翁，名介，字可潛，即海叟之父。其先自蜀來，占籍華亭。可潛元末爲府椽，以詩名。子凱世其學，遂卓冠當代。可潛詩，世傳其《檢田吏》一篇：「有一老翁如病起，破衲襤褸瘦如鬼。曉來扶向官道傍，哀告行人乞錢米。時予捧檄離江城，解後一見憐其貧。倒囊贈與五升米，試問何故爲貧民？老翁答言聽我語，我是東鄉李千五。家貧無本爲經商，只種官田三十畝。延祐七年三月初，賣衣買得犁與鋤。朝耕暮耘受辛苦，要還私債及官租。誰知六月至七月，雨既絶無潮又竭。欲求一點半點雨，不啻農夫眼中血。滔滔黄浦如溝渠，田家争水如争珠。數車相接接不到，稻田一旦成沙塗。官司八月受災狀，我恐徵糧喫官棒。相隨鄰里去告災，十石秋糧望全放。當年隔岸分吉凶，高田盡荒低田豐。縣官不見高田旱，將謂亦與低田同。文字下鄉如火速，勒我將田都首伏。只因嗔我不肯首，盡把我田批作熟。太平九月早開倉，主首貧乏無可償。男名阿孫女阿惜，逼我嫁賣陪官糧。阿孫賣與運糧户，即目不知在何處。可憐阿惜猶未笄，嫁向湖州山裏去。我今年紀七十奇，饑無口食寒無衣。東求西乞度殘喘，無由早向黄泉歸。

旋言旋拭顋邊淚，予亦羞慚汗沾背。老翁老翁勿復言，我是今年檢田吏。」此篇質直似《木蘭詩》，其有關時事，則少陵《石壕吏》、白太傅「諷諭」之類也。海叟詩，格調雖高，亦只是詩人之雄耳。苟以六義論之，較之家公，恐不得擅出藍之譽。

楊鐵崖將訪倪雲林，值天晚，泊舟於滕氏之門。滕乃宋學士元發之後，富而禮賢，知爲鐵崖，延請至家。鐵崖曰：「有紫蟹、醇醪則可。」主人曰：「有。」鐵崖入門，主人設盛饌，出二妓侑觴，且命伎索詩。鐵崖援筆立成，曰：「颯颯西風秋漸老，郭索肥時香晚稻。兩螯盛貯白璚瑶，半殼微含紅瑪瑙。憶昔當年蘇子瞻，較臍咄咄論團尖。我今大嚼不知數，况有醇醪如蜜甜。」此詩頗豪宕可愛。〔二〕

〔二〕「袁潛翁」至此共二條，隆慶本無。

四友齋詩説卷三

華亭何良俊　元朗著

松江袁景文凱，其古詩學《選》，七言律與絶句宗杜，格調最正，故李空同、何大復稱其爲我朝國初詩人之冠。近有以高太史爲過之者，高比袁稍闊大，然不能脱元人氣習。若論體裁，終是袁勝。

楊鐵崖選《大雅集》，獨取海叟《詠蚊》一首，詩末云：「東方日出苦未明，老夫閉門不敢行。」蓋言元政酷虐，王室如燬，而小人貪殘，如蚊蚋嘬人脂血。至我明革命，人若可以少安矣，然明而未融，蚊蚋尚未盡去，故閉門而不敢行。似有譏切聖祖之意，此首集中不載。〔一〕

袁海叟尤長於七言律。其《詠白燕》詩，世尤傳誦之，而空同以爲《白燕》詩最下最傳，蓋以其詠物太工，乏興象耳〔二〕。

〔一〕是條隆慶本無。

〔二〕「乏」，隆慶本作「之」。

朱鳳山選海叟詩爲《在野集》。如《白燕》詩「故國飄零事已非」，改作「老去悲來不自知」；《聞笛》詩「雨聲終日過閑門」，改作「羽聲隨處有閑門」。殊失海叟之意，正蘇長公所謂爲庸俗人所亂者耶！鳳山，名岐鳳，是舉人，能詩，有才名，亦刻有小集。嘗見其一聯云：「嗜酒揚雄甘寂寞，忍貧原憲厭繁華。」亦似可誦。〔二〕

我朝如楊東里、李西涯二公，皆以文章經國，然只是相沿元人之習。至弘治間李空同出，遂極力振起之，何仲默、邊庭實、徐昌穀諸人相與附和，而古人之風幾遍域中矣。律以古人，空同其陳拾遺乎？

李西涯當國時，其門生滿朝。西涯又喜延納獎拔，故門生或朝罷、或散衙後，即群集其家，講藝談文，通日徹夜，率歲中以爲常。一日，有一門生歸省，兼告養病還家，西涯集同門諸人餞之，即席賦詩爲贈。諸人中獨汪石潭才最敏，詩先成，中有一聯云：「千年芝草供靈藥，五色流泉洗道機。」衆人傳翫以爲絶佳，遂呈稿於西涯。西涯將後一句抹去，令石潭重改，衆皆愕然。石潭思之，亦終不復能綴。衆以請於西涯曰：「吾輩以爲抑之此詩絶好，不知老師何故以爲未善？」西涯曰：「歸省與養病是二事，今兩句單説養病，不及歸省，便是偏枯，且又近於合盤。」衆

〔二〕 是條隆慶本無。

請西涯續之，西涯即援筆書曰「五色宮袍當舞衣」，衆始嘆服。蓋公於弘治、正德之間，爲一時宗匠，陶鑄天下之士，亦豈偶然者哉！

世人獨推何、李爲當代第一。余以爲空同關中人，氣稍過勁，未免失之怒張；大復之俊節亮語，出於天性，亦自難到，但工於言句而乏意外之趣。獨邊華泉興象飄逸而語亦清圓，故當共推此人。〔一〕

顧尚書東橋好客，其坐上常滿，又喜談詩。余嘗在坐，聞其言曰：「李空同言作詩必須學杜〔二〕，詩至杜子美，如至圓不能加規，至方不能加矩矣〔三〕。此空同之過言也。夫規矩方圓之至，故匠者皆用之，杜亦在規矩中耳。若説必要學杜，則是學某匠，何得就以子美爲規矩耶？何大復所謂『舍筏登岸』，亦是欺人。」

東橋一日又語客曰：「何大復之詩，雖則稍俊，然終是空同多一臂力。」

馬西玄《遊西山諸寺》古詩十餘首，其清警藻絢，出何、李上。今所刻行一小本，乃胡可泉校

〔一〕是條隆慶本無。
〔二〕隆慶本「言」上有「嘗」字。
〔三〕「圓」、「方」二字，隆慶本互乙。

定者〔一〕。其《全集》有詩六本，文四本。王槐野以此見托，恨余貧薄，尚未能入梓。余受二公之知最深，倘數年未死，終當了此一事。此百世大業，若使其湮滅不傳，則負二公者多矣〔二〕。

我朝文章，在弘治、正德間可謂極盛。李空同、何大復、康滸西、邊華泉、徐昌穀，一時共相推轂，倡復古道；而南京王南原、顧東橋，寶應朱凌溪，則其流亞也，然諸人猶以吴音少之。稍後則有亳州薛西原蕙、祥符高子業叔嗣、廣西戴時亮欽、沁水常明卿倫、河南左中川國璣、關中馬西玄汝驥諸人。薛西原規模大復，時出入初唐而過於精潔，失其本色，便覺太枯；高子業是學中唐者，故愈淡而愈見其工耳；馬西玄極重戴時亮，二公皆工初唐故也；左國璣、常明卿宗李翰林，皆翩翩欲度驊騮前者也。他如王庸之教、李川甫濂，則空同門人；樊少南鵬、戴仲鶡冠、孟望之洋，則大復門人。譬之孔門，其田子方、荀卿之流歟〔三〕！

余在衙門時，每坐堂後，槐野先生必請至後堂閑講半日。偶一日出一卷展視，乃顧東橋、文衡山、蔡林屋、王雅宜諸人之作。蓋許石城與諸公遊，故得其所書平日之作，裝成此卷，求槐野

〔一〕「定」，隆慶本作「刻」。
〔二〕隆慶本「則」下有「余之」二字。
〔三〕隆慶本「荀卿」下有「子」字。

作跋語。槐野逐句破調，無一當其意者〔二〕，蓋此老學杜。余嘗聽其論詩，必要有照映，有開合，有關楗，有頓挫，而南人唯重音調，不甚留意於此。若近時吴下之作，不復有首尾矣。使槐野見之，又當何如耶？

都南濠小時，學詩於沈石田先生之門。石田問近有何得意之作，南濠以《節婦》詩首聯爲對。其詩曰：「白髮貞心在，青燈淚眼枯。」石田曰：「詩則佳矣，然有一字未穩。」南濠茫然，避席請教。石田曰：「爾不讀《禮經》乎？《經》云『寡婦不夜哭』，何不以『燈』字爲『春』字？」南濠不覺嘆服。

沈石田詩有絶佳者，但爲畫所掩，世不稱其詩。余家有其畫二幅，上皆有題。其一七言者云：「幽居臨水稱冥栖，蓼渚沙坪咫尺迷。山雨忽來茆溜細，溪雲欲墮竹梢低。檐前故壘雌雄燕，籬脚秋蟲子母雞。此處風光小韋杜，可能無我一青藜。」此詩情景皆到，而律調亦清新，今之作詩者豈容易可及？畫學黄子久，亦甚佳，今質在朱象玄處。

吴中舊事，其風流有致足樂詠者。朱野航，乃葑門一老儒也，頗攻詩，在篠匾王氏教書，王亦吴中舊族。野航與主人晚酌罷，主人入内，適月上，野航得句云：「萬事不如杯在手，一年幾見月當頭。」喜極，發狂大叫，扣扉呼主人起，詠此二句。主人亦大加擊節，取酒更酌，至興盡而

〔二〕「當」，隆慶本作「可」，又該本「可」上有「首」字。

罷。明日遍請吴中善詩者賞之，大爲張具，徵戲樂，留連數日〔二〕，此亦一時盛事也。

余至姑蘇，在衡山齋中坐，清談盡日。見衡山常稱我家吴先生、我家李先生、我家沈先生，蓋即匏庵、范庵、石田，其平生所師事者，此三人也。一日，論及石田之詩曰：「我家沈先生詩，但不經意寫出，意象俱新，可謂妙絶；一經改削，便不能佳。今有刻集，往往不滿人意。」因口誦其率意者二三十首，亹亹不休。即余所見石田題畫詩甚多，皆可傳詠，與集中者如出二手，乃知衡山之論不虚也。

衡山嘗對余言：「我少年學詩，從陸放翁入門，故格調卑弱，不若諸君皆唐聲也。」此衡山自謙耳〔三〕。每見先生題詠，妥貼穩順，作詩者孰能及之？今人作詩，如詠一物，撇了題目，不知説到甚處去。又一句説上天，一句説下地，都不辨有首尾，亦無血脉，動輒即言「此盛唐也」「此中唐也」，而見者同聲和之，乃知覓一堂上人，正自不易。

錢同愛，字孔周。其家累代以小兒醫名吴中，所謂錢氏小兒者是也。同愛少美才華，且有俠氣，與衡山先生最相得。衡山長郎壽承，即其壻也。同愛每飲必用伎，衡山平生不見伎女，二

〔二〕 隆慶本「日」下有「而罷」二字。
〔三〕 「衡山」，隆慶本作「先生」。

公若薰蕕不同器，然相與一世，終不失歡。余篋中所藏衡山一畫，乃贈同愛者，上題云：「團坐清談麈尾長，墨痕狼藉練裙香。水亭紈扇歌楊柳，春院琵琶醉海棠。王謝風流才子弟，齊梁烟月錦篇章。豪華豈是泥沙物，好在揮書白玉堂。」蓋寫同愛之風流，宛如畫出，而衡山才情美麗，當亦不減宋廣平矣。

徐髯仙，豪爽迭宕人也，數遊狹斜，其所填南北詞皆入律。衡山題一畫寄之，後曰：「樂府新傳桃葉渡，彩毫遍寫薛濤箋。老我別來忘不得，令人常想秣陵烟。」蓋亦有所取之也。

衡山最喜評校書畫。余每見，必挾所藏以往，先生披覽盡日。先生亦盡出所畜，常自入書房中捧四卷而出，展過復捧而入，更換四卷，雖數反不倦。一日早往，先生手持一扇，語某曰：「昨晚作得一詩贈君。」讀罷，某曰：「恨無佳軸，得老先生書一掛幅甚好。」先生曰：「昨偶有人持絹軸求書，甚好，當移來寫去，即綃一軸補還之可也。」遂又書一掛幅，詩曰：「高天厚地千年句，虹月滄江百里舟。君似南宫抱深癖，我於東野欲低頭。蒼苔白石柴門迴，寂晝清陰別院幽。自笑子雲甘落寞，故人粗糲肯淹留。」後題云：「元朗自雲間來訪，兼載所藏古圖書見示，淹留竟日，奉贈短句。」「高天厚地」，乃孟東野詩中語也。〔一〕

〔一〕「錢同愛」至此三條，隆慶本無。

熊軫峰，名宇，字元性，長沙人也。性高簡，能文攻詩。爲松江守，有《郡齋賞牡丹》詩。嘗憶得其上半首云：「和風湛露萬人家，欄檻當門一樹遮。正憶桑麻沾細雨，更添珠玉對名花。」[一]詞既妙麗，况正是做大守的説話[二]。又嘗作絶句二首贈余[三]，其一曰：「文章如畫界，中有支天山。覺我道區明，經緯恢儒寰。」其二曰[四]：「文章如白璧，春露圍玉蘭。與子共雕琢，澤物脉溥溥。」手書鄭重，其所以屬望於某者甚厚，常恨志業不遂，終無以報先生矣。此亦郡中故事，漫識之。

熊軫峰在任時，適聶雙江亦以御史陞蘇州太守。雙江偶以公事來松，二公同舉進士，又同年中最有才望者。軫峰設席於白龍潭款之，遂相與講學，各賦近體一章。雙江詩曰：「重陽曾此坐探禪，回首風烟又五年。霜醉高楓秋入樹，雲垂香稻晚肥田。應慚白髮虚琴鶴，偶繫黄花泛酒船。共笑此生真浪迹，息機焉得渚鷗前。」軫峰詩曰：「不悟良知定悟禪，臨潭講學自當年。静涵龍德光騰漢，早事春農玉滿田。吹帽最憐憂國士，濯纓旋理泛江船。金蘭更接同心侣，千

[一] 隆慶本「花」下有「云云」二字。
[二] 「况」，隆慶本無；「做」，隆慶本作「作」；「的説話」，隆慶本作「之語」。
[三] 隆慶本「作」下有「二」字。
[四] 「二」，隆慶本作「一」。

載風雩雲影前。」二詩皆清新警拔，且中間有無限理趣。後有作志者，亦可備郡中一故事〔一〕。

嚴介老之詩，秀麗清警，近代名家鮮有能出其右者。作文亦典雅嚴重，烏可以人而廢之？且憐才下士，亦自可愛。但其子黷貨無厭，而此老爲其所蔽，遂及於禍，又豈可以子而廢其父哉？

余嘗至南京，往見東橋。東橋曰：「嚴介溪在此，甚愛才，汝可往見之〔二〕。」爾時介溪爲南宗伯，東橋即差人持帖子送往，某賫一行卷，上有詩數十首。此老接了，即起身，作揖過方纔看詩。至《詠牛女》「情隨此夜盡，恩是隔年留」等句〔三〕，皆摘句嘆賞。是日遂留飯。後壬子年至都，在西城相見，拳拳慰問，情意曖然。後亦數至其家，見其門如市，而事權悉付其子〔四〕。可惜！可惜！

余在都，見雙江於介老處認門生。余問之，雙江曰：「我中鄉舉時，李空同做提學，甚相愛。起身會試，往別之。空同曰：『如今詞章之學，翰林諸公嚴惟中爲最，汝至京，須往見之。』故我

〔一〕「故」，隆慶本作「勝」。
〔二〕「往」，隆慶本作「一」。
〔三〕隆慶本「至」上有「看」字。
〔四〕隆慶本「付」下有「之」字。

到京即造見，執弟子禮，今已幾四十年矣。」

唐六如嘗作《悵悵詞》。其詞曰：「悵悵莫怪少時年，百丈游絲易惹牽。何處逢春不惆悵，何處逢情不可憐？杜曲梨花杯上雪，灞陵芳草夢中烟。前程兩袖黄金淚，公案三生白骨禪。老去思量應不悔，衲衣持鉢院門前。」此詩才情富麗，亦何必減六朝人耶？

王雅宜之詩，清警絶倫，無一點塵俗氣，真所謂天上謫仙人也。所欠者沉著耳，中道而夭，未見其止，惜哉！

黄五嶽、皇甫百泉之詩，格調既正，辭復俊拔。黄摹寫精深，皇甫思致淵永。余以爲徐迪功之後，當共推此二人〔二〕。世復有異同者〔三〕，正杜少陵所謂「不覺前賢畏後生」者耶！

余赴官南館，京師諸公贈行詩不下數十首，唯董潯陽五言律三首最工，今録出以示談藝者。其一曰：「執戟余方倦，摛詞爾獨雄。人分兩都别，官爲陸沉同。長路多秋草，虚堂急暮蟲。更憐他夜月，清影隔江東。」其二曰：「載筆新供奉，承恩舊帝京。離宫通秘署，江水切蓬瀛。待問稱書府，高談謝墨卿。邇來聞紙貴，知爾賦初成。」其三曰：「行行遠送將，此去羡仙郎。作吏真

〔二〕 隆慶本「人」下有「耳」字。
〔三〕 「者」，隆慶本無。

成隱，之官却到鄉。千峰在城闕，一水限河梁。别後憑誰寄，秋蘺歲歲芳。」〔一〕

余友朱射陂曰藩，最工詩。但平生所慕向者，劉南坦、楊升庵二人，故喜用僻事，時作險怪語。余戊午年致仕，南都諸公押衡山「鶯」字韻詩見贈。射陂後一聯云〔二〕：「烟灌野陰滋畎蕙，宫城曙月響山鶯。」其前一句余不能解，蓋有所本，必非杜撰語，但余偶不能省耳，終是欠妥〔三〕。其七言律之學温、李者，可稱入律。

「鶯」字韻詩，獨許石城一聯云：「買得曲池堪鬥鴨，種成芳樹好藏鶯。」殊有雅思。

嘉靖中火災後〔四〕，朝廷將鼎新三殿，令兩京各衙門官出銀助工。時朱射陂爲主客正郎，嘗作一詩云：「五雲深處鳳樓開，中外欣欣盡子來。敢謂鷺鷥能割股，願同鸜鵒可消災。司空慣見如無物，村僕何知嘆破財。安得黄金高北斗，即教三殿麗蓬萊。」〔五〕雖則戲調之辭，然有諷有

〔一〕是條隆慶本無。
〔二〕「余戊午年致仕」以下至此，隆慶本作「如贈余致仕詩，其後聯云」。
〔三〕是句隆慶本無。
〔四〕「嘉靖」，隆慶本誤乙；下句「朝廷」二字，隆慶本置「火災」前。
〔五〕「嘗作一詩」以下至此，隆慶本作「余憶得其中間兩聯云：『司空慣見渾閑事，村僕無知歎費財。方信鷺鷥能割股，也知鸜鵒可消災。』」

論〔二〕，切中事情，其即所謂六義無闕者耶？

余見衡山有《飲酒》詩一首，曰：「晚得酒中趣，三杯時暢然。難忘是花下，何物勝尊前？世事有千變，人生無百年。唯應騎馬客，輸我北窗眠。」余愛其有雅致，絶似白太傅。

余寓居姑蘇時，嘗過皇甫百泉小飲。百泉次日作詩來謝，中一聯云：「甕非鄰舍酒，鱠是故鄉魚。」後己巳年，余移家歸松。王玉遮來訪，泊舟河下。酒半作詩贈余，舟中自取一軸書之，對客揮灑立就。中一聯云：「門柳舊五樹，江鱸新四腮。」夫二詩摹寫皆可謂極工，但中間稍有不同，而體貌殊别。乃知詩家作用，變出幻入，不可以神理推，不可以意象測。情景日新，由人自取，巧者有餘，拙者不足，蓋若由於天授。苟所受有限，終不能以力强也。

余嘗至閶門，偶遇王鳳洲在河下。是日携盤榼至友人家夜集，强余入坐。余袖中適帶王賽玉鞋一隻，醉中出以行酒。蓋王脚甚小，禮部諸公亦常以金蓮爲戲談，鳳洲樂甚。次日即以扇書長歌來惠。中二句云：「手持此物行客酒，欲客齒頰生蓮花。」蓋不但二句之妙，而鳳洲之才情亦可謂冠絶一時矣。

楊升庵云：「長安大市有兩街，街東有康崑崙，琵琶號爲第一手，謂街西必無己敵也，遂登

〔二〕 隆慶本「然」下有「亦」字。

樓彈一曲《新翻調緑腰》。街西亦建一樓，東市大誚之。及崑崙度曲，西樓出一女郎，抱樂器亦彈此曲〔一〕，移入《楓香》調中，妙絶入神。崑崙驚駭，請以爲師，女郎遂更衣出，乃莊嚴寺段師善本也。翌日，德宗召之，大加獎異，争令崑崙彈一曲。段師曰：『本領何雜，兼帶邪聲。』崑崙驚曰：『段師神人也。』德宗令授崑崙。段師奏曰：『且請崑崙不近樂器十數年，忘其本領，然後可教。』詔許之。後果窮段師之藝。朱子答人論詩書曰：『來書謂漱六藝之芳潤，良是。但恐舊習不除，渣穢在胸，芳潤無由入耳。』近日有一雅謔可證此事。有一新進欲學詩，華容孫世其戲謂之曰：『君欲學詩，必須先服巴豆雷丸，下盡胸中程文策套，然後以《楚詞》、《文選》爲泠粥補之，始可語詩也。』士林傳以爲笑。」〔二〕

嘗對孫季泉極稱黄質山淳父之詩，季泉曰：「吾亦見其詩，時有省眼句。」

近日鎮江一庠友來松，乃鄔佩之之子〔三〕。佩之以詩名家，其子亦有文。余款之飯，見其扇頭有細書詩數首，取視之，中有一聯云：「匣有魚腸堪借客，世無狗監莫論才。」余極愛之，以爲近代之詩亦難得如此者。後題名曰陸君弼。後訪之，陸乃江都人，歐崙山弟子也。

〔一〕「彈此」下原本衍「彈此」二字，據嘉靖刻本《丹鉛總録》卷十六「段善本琵琶」删。
〔二〕「余見衡山有飲酒詩一首」至此共四條，隆慶本無。
〔三〕隆慶本「鄔佩之」下無「之」字。

吾友徐長谷，見詩文之佳則曰：「此人肚内有丹。」又嘗見語云：「公肚中曾結過丹，凡有語言便與人不同。」此雖見諛，然長谷此言，自是正法藏中第一妙訣也[一]。學者若悟得，便是如來高足弟子。然舉此一大公案告人，無一人肯信。今人遍身穿著羅綺，光怪奪目，然肚中不曾有飯，何論於丹？

崑山顧茂儉妹，乃雍里方伯之女，皇甫百泉之甥也。嫁孫僉憲家爲婦，甚有才情。嘗有《春日》詩云：「春雨過春城，春庭春草生。春閨動春思，春樹叫春鶯。」余謂此詩可置《玉臺新詠》中。

嘉定一民家之婦，平日未嘗作詩，臨終書一絶與其夫曰：「當時二八到君家，尺素無成愧枲麻。今日對君無別語，免教兒女衣蘆花。」亦悽婉可誦。此二事殷無美説。

世有一詩謎云：「佳人佯醉索人扶，露出胸前白玉膚。走入帳中尋不見，任他風水滿江湖。」乃賈島、李白、羅隱、潘閬四人名也。[二]

[一]「第」，隆慶本誤作「中」。

[二]「崑山顧茂儉妹」至此共三條，隆慶本無。

説詩

三卷

譚浚◇撰

侯榮川◎點校

説詩目録

説詩目録卷中

一事對　以經對　實字對　虛字對　比人對　象鬼對　騈枝對右對偶
用韻　惑韻雙　重韻　外韻　押韻　疊韻　雙聲
聲病　偏聲　拘韻右聲韻
詩　風　雅　頌　賦　比　興
樂章右詞義
騷　賦　頌　贊　歌　謡　謳
吟　行　歌行　曲　引　篇　章
詞　詠　嘆　調　辯　語言　問答
戒　祝　箴　銘　操　誄　暢
唱　弄　拍　舞　鹽　樂　怨
思　愁　哀　離別　興　懷　意
口號　百一　招　反右名目
京都宫　居室　廟郊　朝會　巡幸　封錫　燕饗
耕耤　畋獵　軍戎　宗族　兄弟　朋友　夫婦

説詩目録卷下

説詩序

夫詩者，道德之宗，中和之致，於以養其性情，定其心志，正其聲音，端其文詞，寔風化之門也。《釋名》曰：「詩者，之也。」之者，出也。性之所之謂之情，心之所之謂之志，情之所出謂之聲，志之所出謂之詞，音之成文謂之詩。聲音文詞根于内，性情心志通於外，物欲相感，内外相應，而風化形焉。形于風者，中和之風也；形于化者，道德之化也。由乎外而知其内，由乎風而知其化，世之盛衰、政之興廢、人之臧否、俗之淳漓，無不形焉。故虞審聲音在治忽，以出内五言，有周選觀風之使，建採詩之官，其所由來也尚矣。詩莫善于養。養其恒則中，中則和；失其恒則動，動則變。人有觔骸氣血之恒性，而無不欲之情；物有聲色臭味之恒動，而無不動之感。情之所感，其介石之藏精也，通竅于耳，五聲感焉；覆蓮之藏神也，通竅于舌，五司感焉；懸瓢之藏魂也，通竅于目，五色感焉；懸磬之藏魄也，通竅于鼻，五臭感焉；覆缶之藏意也，通竅于口，五味感焉。此性動情遷，情遷則心隨。有感于喜而生樂者，其志速；怒而生惡者，其志達；思而生慮者，其志困；悲而生怨者，其志固；恐而生畏者，其志伏。此心隨志動，匪其恒也。惟人無喜怒悲恐之恒情，亦無不發之聲；無咨嗟詠歌之恒聲，亦無不應之音。是其速也，猛奮而躁；其達也，樸贖而倨；其困也，遲訥而濡；其固也，廉勁而殺；其伏也，婞婀而微。此聲依音適，音適則詞遂。躁者，肆而不遏；倨者，疏而不縮；濡者，嘽而不諧；殺者，竭而不澤；微者，匿而不顯。此詞遂文變，匪所養也。惟君子則慎其所養者，是喜平則無樂，怒平則無惡，思平則無慮，悲平則無怨，恐平則無畏，中和之謂也。故聖人建之道德，辨之理欲，稽百度之貞，調四氣之宜，推萬物之類，順五行之布，徵八風之時，從六律之均，質造化之迹，應天地之用。端詞以成其文，正聲以合其音，節情以適其志，因心以全其性也。《記》曰：「詩以道之，歌以詠之。」道之以中德，詠之以中音，德音不愆，以極和平。詞得其常曰極，極之所集曰聲，聲應相保曰和，大小不逾曰平。和平則純明，純明則化成。朝廷之上以之，莫不和而義；家庭之間以之，莫不和而親；閨門之内以之，莫不和而正；鄉國之中以之，莫不和而睦。亂而之治，廢而之興，否而之臧，漓而之淳。而謂感不猶應，響不猶聲，形不猶風，動不猶化者，未之有也。古黄帝之爲治也，使伶倫自大夏之西之阮隃之陰，截嶰谿之竹，吹黄鍾之宫，合律吕之本，奏咸池之音，百獸率舞，鳳凰來鳴。音之所感者至矣，而況于人乎？況人之感于詩者乎？況詩之聲音文詞兼備者乎？是則上之風何下不達，下之化何上不聞？上下交和，内外胥説。《易》曰：「文明以説。」説者，説也。説詩而解頤，説心而研慮，得其説者，知其本矣。何四始六義之説乎？猶述百家之説爲篇者，欲以慎其始也，義在其中矣。其感發而興于詩者，尚慎旃哉！

大明萬曆七年三月己巳，南豐譚浚允原。

說詩卷之上

南豐譚浚纂　男希哲布彦校

統説

夫詩，所以道達心志，發揮性情，和順道德，判天地之義，稱神明之容，析萬物之理，會古今之典，通時代之宜也。其説者，《性教》辨乎氣質，《義原》辨乎正變，《支流》辨乎同異，《情詞》辨乎則淫，《興趣》辨乎風度，《志意》辨乎遐邇，《道理》辨乎分位，《專一》辨乎優劣，《諷諭》辨乎勸戒，《感發》辨乎理欲，《德音》辨乎人世，《依托》辨乎隱顯，《事實》辨乎用舍，《語類》辨乎沿革，《氣象》辨乎隆替，《精神》辨乎思致，《音律》辨乎節族，《篇章》辨乎删布，《體格》辨乎純雜。其學者，「温厚」殊于「躁戾」，「含蓄」殊于「淺露」，「高古」殊于「新奇」，「超詣」殊于「鄙近」，「自然」殊于「磨鍊」，「本色」殊于「雕飾」，「平淡」殊于「枯槁」，「飄逸」殊于「放蕩」，「邃永」殊于「隱僻」，「沉蔚」殊于「怪誕」，雄健殊于「卑弱」，「壯麗」殊于「輕靡」，「變化」殊于「乖匿」，「遷革」殊于「砌合」，「精緻」殊于「錯誤」，「簡約」殊于「局迷」，「圓通」殊于「繁悲」，「克贍」殊于「沿襲」，「抑揚」殊于「直置」，「清穆」殊于「陳腐」。先之以經義，申之以時論，別其章句，分其儷偶，證其聲韻。貫六義以通諸名，紀群題以昭其目，列世代以觀其化，著編輯以察其變，考人物以要其極。詩之道，其庶矣乎！

性教

言發于性情，風動于教化。惟性情之正者，基舜皋陶、八伯之言也；惟教化之治者，肇堯《康衢》、《擊壤》之風也。王迹熄而《詩》亡，《楚詞》流而淫麗。漢武好浮華，相如應之；魏文好綺靡，曹植應之。唐局于律儷，宋束于議論，非天下之才盡，寔世代之氣變矣。夫氣有壹鬱，非言曷通？形有萬變，非詞曷寫？其教止于經，聖賢之詞也。文生于質，天地之性也。性有邪正，習無今昔。學以盡性，詠以成詞。治亂由時，《雅》、《鄭》在人。綿古之世，猶聞《濮上》、《桑間》；凡今之人，豈無皇風、四始？故曰：「先王詩教，人道之常。」使興于善而戒其失，是以入人深而見功速也。安得鼓天下之氣，以復先王之教哉？

義原

天地生物，莫靈乎人；人之感物，莫先乎情。情之發，莫切乎音；音之適，莫深乎義。故曰：「情，苗也；言，華也；音，實也；義，類也。」類萃而群分，群分而氣同，氣同而感一。未有情交而不感，聲入而不應者是也。故或賦以叙事，比以附理，興以托情。諷刺由乎《風》，《風》正歸于《雅》，《雅》作成于《頌》，則七情、五音、六義、六德備矣。至楚爲《騷》，朱子所謂「變風」、「變雅」之流也。其語祀神歌舞之盛，則幾乎《頌》而變甚焉，謂興少而比、賦多也。漢變爲賦，揚子所謂：「賈誼升堂，相如入室。如其不用何？」又曰：「童子雕蟲篆刻，壯夫不爲也！」豈風致衰于後代，而經義謝于成周也歟？

支流

班氏謂古詩之流者，賦也；晁氏謂古賦之流者，詞也。元氏又謂：「詩騷之流而有二十四名者：賦、頌、銘、贊、文、誄、箴、詩、行、吟、詠、題、怨、嘆、章、篇、操、引、謡、謳、歌、曲、詞、調也。」若此，則凡韻語悉原于詩。如辨、語、問、答、戒、祝、謨、暢、唱、弄、拍、舞、塭、樂、思、愁、哀、離、别、興、懷、意、口號占、百一、招、反，又二十七名矣。必宗六義，克諧五音。風義優柔而不直致，比義托物而不正言，興義舒展而不刺促，賦義鄰于文之叙事，雅義鄰于文之明理，頌義鄰于文之贊德，此故祝氏有辨詩中之文，文中之詩也。說見《言文·文式》。其曰：「二《招》、《惜誓》，固續于《騷》；而《秋風》、《歸去來》，則名爲詞。韓《吊田横》、柳《吊屈平》，則名爲文；漢《大風》、《瓠子》，則名爲歌也。名異而用韻則同，語殊而取義不違。宜詳而有辨，忽泥而弗通。」

情詞

漢語謂：「不歌而誦者賦。」乃有詞人之賦，則不誦而歌者詩，必得詩人之情。情至而詞至者，古以則；詞侈而情亡者，麗以淫。古之詩歌，情至而詞不至，則嗟嘆而不已；詞盡而意不盡，則舞蹈而不覺。後之賦誦，則刻琢一字之奇，搜索一語之巧，駢儷一聯之俳音排，拘束一韻之協。此兩漢之詞工于《騷》、《詩》，六朝之詞工于漢魏。詞愈工而情愈短，情愈短而體愈下矣。朱子曰：「仲宣《登樓賦》去《騷》遠而不及漢作矣，然過曹、陸諸詞。」猶得詩人之情也。

興趣

世代不同，風度或異。有古里巷所云，非今翰苑能及。此謂盛唐多妙悟，景致成詞；宋儒主議論，文字爲詩，乃涉理路，或落言筌是也。嚴氏又曰：「興趣妙處，玲瓏透徹，不可湊泊。如空中之音，相中之色，水中之月，鏡中之象，言盡而意無窮也。」劉氏云：「環譬寄情爲興。」蘇公云：「反常合道爲趣。」故謂：退之學力遠過浩然，浩然詩作高出韓上者，「詩有別趣，非關理也；詩有別興，非關書也」。舊説王維句「荆溪白石出」，天趣也；淵明句「採菊東籬下，悠然見南山」，奇趣也；錢起句「曲(中)［終］人不見，江上數峰青」，異趣也。

意志

内意欲盡其義，性情之隱微，言行之樞機也；外意欲盡其象，風景之奇偉，氣度之盤礴也。内外含蓄，義理淵澄，以志意爲本，詞語次之。説事簡易，説情雅正，説景微妙，説聞不言聞，説見不言見。中而有定，和而有節，神情者思不孤，物色者意必副，則微詞盡物而精義入神矣。宋潛溪曰：「上焉者師其意，詞固不似，而氣象無不同；下焉者師其詞，詞則似矣，而求其精神之所寓，固未嘗近也。」

道理

人心生而有言，言詞出而有義。世道或殊，而分位不易；物理無窮，而節文有則。《烝民》、《鴟鴞》之詩，孔子贊其知道；阮籍《詠懷》之作，文中謂其名理。孟子《滄浪》之歌，《楚詞》亦托言之；《論語》接輿之歌，莊子又申言之。魯《師乙歌》，《孔子家語》載之；韓《董生詞》，朱子《小學》引之。合于義，不特詞也。至《傳》載宋人《野歌》云：「既定爾婁豬，盍歸吾艾豭。」刺小君也。《晉語》國人誦云：「貞之無報也。孰是人斯，而有是臭也？」刺國君也。原壤毋死而登木托音，子桑户死而編曲鼓琴，則出言非道，而背義逾理矣。

專一

文學貴乎專，詞義忌乎雜。屈平、宋玉不聞著述，馬遷、劉向不見歌謡。自成一家者可久，多而寡得者奚爲？齊君失路，管子請隨之老馬；樊遲問稼，孔子使學之老農。老農之智不聖于尼父，老馬之智不賢于夷吾，農、馬專一，固所能也。柳子厚曰：「褒貶本乎著述，詞正而禮備，可藏于簡册；諷諭本乎比興，言暢而意美，其流爲謡誦。」如張燕公以著述之餘攻比興而莫能極[一]，張曲江以比興之隟窮著述而不克備。此李、杜詩最而文格未光，韓、柳文美而詩體未粹，豈聰明不逮哉？亦才力難兼耳。是以一家之作，工拙天懸；一人之思，純疵壤隔，能選之而不作者，鮮矣。必仰山鑄銅不和于鉛錫，煮海爲鹽不雜于涓埃者得焉。

諷喻

夫諷喻之流于謡誦，當模式乎《風》、《雅》。在順正以行義，在辟邪而存誠。罔違道以干譽，

[一] 「公」，原本作「道」，據宋刻本《河東先生集》卷二十一《楊評事文集後序》改。

罔辨言以害經。無作聰明以亂舊章，無爲淫巧以蕩上心。昔楚襄王好女色，而宋玉賦《高唐》以喻之，楚王覽之，有神女之夢。漢武帝好神仙，而司馬相如賦《大人》以諷之，武帝覽之，有飄然凌雲之氣。揚子雲曰：「諷則諷矣，未免于勸也。」豈若叢脞之君，則戒之以墮惰；盤游之主，則戒之以滅亡。若《卷阿》之于君臣，《小宛》之于兄弟，《雞鳴》之于夫婦，未嘗以侈詞爲喻，勸詞爲諷也。苟或馳騁于末流，未免受嗤于後學。如《庭燎》之篇，文雖美之，意亦箴之；張老《輪奂》之詞，文雖頌之，意亦譏之。是謂善矣。

感發

凡物之動而感同，性之欲而發異。情無不樂，樂而勿淫；亦無不怨，怨而勿亂；亦無不思，思而勿邪。荀子曰：「以道制欲，則樂而不亂；以欲志道，則惑而不樂。」故齊衰之服，哭泣之聲，使人心悲；帶甲嬰冑，歌于伍行，使人心驚；姚冶之容，鄭、衛之音，使人心淫；紳端章父，舞《韶》歌《武》，使人心莊。孔氏曰：治世政和，民心安樂。「百室盈止，婦子寧止」，安之極也。「厭厭夜飲，不醉無歸」，樂之極也。亂世政乖，民情怨怒。「民莫不穀，我獨何害」，怨之至也。「取彼譖人，投畀豺虎」，怒之甚也。國亡民困，哀思而述歌。「知我如此，不如無生」，哀之甚也。「睠言顧之，潸然出涕」，思之篤也。可以觀世矣。

德音

德有盛衰，音有邪正，聲教由乎世，得失見乎詞。季札觀周樂工歌二《南》，則曰：「始基之矣，勤而不怨。」歌《衛》，則曰：「憂而不困。」歌《王》，則曰：「思而不懼。」歌《鄭》，則曰：「細甚弗堪。」歌《齊》，則曰：「泱泱乎大風也哉！」歌《豳》，則曰：「美哉蕩乎！樂而不淫。」歌《秦》，則曰：「能夏則大。」歌《魏》，則曰：「渢渢乎，大而婉，險而易。」歌《唐》，則曰：「思深而憂遠。」歌《陳》，則曰：「其能久乎？」歌《小雅》，則曰：「思而不貳，怨而不言。」歌《大雅》，則曰：「廣哉，熙寧乎！曲而有直。」歌《頌》，則曰：「至矣哉！直而不倨，曲而不屈，邇而不偪，遠而不携，遷而不淫，復而不厭，哀而不愁，樂而不荒，周而不匱，廣而不宣，施而不費，取而不貪，處而不底，行而不流。五聲和，八風平，節有度，守有序，盛德之所同也。」說《詩》三百者，孰逾此哉！德可見矣，音可知矣。

依托

王氏曰：「比、興雜出，意在詞表。引喻借論，不露本情。如魏俗儉嗇，不言菲食，而曰：『園有桃，其實之肴。』不言薄衣，而曰：『糾糾葛屨，可以履霜。摻摻女手，可以縫裳。』則衣食儉嗇自見。秦俗强悍，不言樂鬥，而曰：『豈曰無衣，與子同袍。王于興師，修我戈矛。』則輕死自見。齊俗昏禮廢壞，不言不親迎，而曰：『俟我于著乎而，充耳以素乎而。』則不親迎自見。東國困于賦役，不怨天，而曰：『維南有箕，不可以簸揚。維北有斗，不可以挹酒漿。』則天之不恤自見。如《離騷》不言德修，而曰：『余既滋蘭之九畹兮，又樹蕙之百畝。畦留夷與揭車兮，雜杜蘅與芳芷。』則美德自章。不言己之守道，而曰：『固時俗之工巧兮，偭規矩以改措。背繩墨以追曲兮，競周容以爲度。』則守己自明。皆包韞本根，標題色相也。」

事實

深意者，藏用其事；約理者，反説其實。如杜云：「五更鼓角聲悲壯，三峽星河影動摇。」藏用《禰衡傳》「撾漁陽慘聲悲壯」及《漢武故事》「星辰動摇」也。又云：「更尋嘉樹傳，莫忘角弓詩。」藏用《左傳》韓宣子聘魯賦《角弓》及譽嘉樹事也。如杜牧詩：「東風不與周郎便，銅雀春深鎖二喬。」又曰：「南軍不袒左邊袖，四皓安劉是滅劉。」又李商隱《賈生》詩：「可憐夜半虚前席，不問蒼生問鬼神。」皆反言其事也。王荆公云：「詩家使事，不爲事使。」是也。

語類

明引者異于暗沿，托彼者異于即此。《書》云：「皇祖有訓。」《詩》云：「先民有言，詢于芻蕘。」又曰：「人亦有言，進退惟谷。」明引也。賈誼《服賦》摭鶡冠之語，相如《上林》撮李斯之書，暗沿也。《離騷》、《九歌》，漢詩《紈扇》、《織女》，李陵别武引仲尼、鍾子，梁鴻適吴求季札、魯連，皆托彼而言事也。杜詩云「咫尺應須論萬里」，即用蕭文奂「畫扇山水咫尺内，便覺萬里爲遥」之語。李義山詩「海外徒聞更九州」，用鄒子「九州之外，更有九州」之説，皆即事而言此也。故沿革成語，擴充同類，譬寸轄制輪，尺樞運闔矣。

氣象

夫詩言志，志克持者養其氣，氣不餒者慊其心。心有裁制，理乃自然。是集而生于中，則形而象于外，是謂氣象。或輦轂不適山林，或俚巷不達江海，或俗儒不通世途，稗語不趣翰苑，疏放不拘禮囿，末世不逮盛時也。嚴氏曰：「未論漢唐工拙，直是氣象不同。」「詩有詞理意興，漢魏以前，氣象渾厚，無迹可求。南朝尚詞而病于理，宋人尚理而病于意，唐人尚意、興而理亦在之。」又謂：「唐以詩取士，故多專門之學，宋作所以不及也。」

精神

程子華曰：「生之所自謂之精，精之相薄謂之神。精危則滯，神惛則伏。精立則氣不孤，神化則機不息。欲傾群言之瀝液，以漱六藝之芳潤，必神思精詣，玄覽修觀，迹在山林，心馳廊廟，思入風雲，道通天地，機來切今，氣往鑠古。故曰：『一生精力盡于詩。』又曰：『語不驚人死不休。』靈運竟日思詩不就，忽夢惠連，得『池塘生春草』之句，自謂神工也。此謂『詩成覺有神，神工接混茫』是也。」

音律

音以律文，歌先揆法。疾呼中宫，徐呼中徵，徵商響高，宫羽聲下。抗喉矯舌之差，攢唇激齒之異。沉則響發而斷，飛則聲揚不還，並轆轤交送，鱗羽相比。所謂：「前有浮聲，後須切響。一簡之内，音韻盡殊；兩句之中，輕重悉備。」故佩玉者，左宫右徵，以節其步，則聲不失序矣。夫文字既制，音韻即傳。觀唐堯之時，聞《康衢》之謡，而問于大夫，大夫謂之古詩，其來邈矣。虞舜命夔典樂，教詩和律，蓋其次也。此諧聲轉注。六書之教，行于《周官》保氏，《三百篇》可見矣，何四聲、八病？齊梁之陋，又甚于沈約也哉！

篇章

《詩疏》曰：「篇者，出情鋪事明而編也；章者，總義包體以明情也。」言以成章，章以聯編，必開闔照應，倒插頓挫。或前疏者後密，半闊者半細，一實者一虚。定勢而變通，勿拘于迫促；詞達而理舉，無取于冗長。詞有煩簡，法須刪布。布者，矩矱其綱目；刪者，削除其繁亂也。舉事類爲綱，陳條理爲目。《易》曰：「取類也大。」則事不繁；《中庸》曰：「文理密察。」則條不亂。姜白石曰：「小詩精深，短章醖籍，大篇開合。」或一作數解，或一題數作，須宜布置，無失倫次。

體格

心志由中，英華發外，形于話言，徵于文獻。文必有式，式必有宗，純而不雜，雜而不越。或《經》、或《騷》、或《樂府》、或漢、或魏、或唐，古詞不可雜以近體，漢風不可雜以唐律，律、絶不可雜以《經》、《騷》也。李空同于晉魏則曰：「有意者比詞而屬義也。」于《騷》則曰：「有蹊者異其志而襲其言也。」然不糟粕，其似古必入《風》而出《雅》焉。故曰取式乎上，僅得乎中，爲上而未極，猶勝其下者。若失始于下而圖上，難矣。朱子曰：「取漢魏古詞如蘇、李、《十九首》及曹、劉七才子選。以附《楚騷》，又次等近古者如阮、陶、李、杜選各爲一編，羽翼輿衛。其不合者，悉去之，不使接吾耳目，入吾胸次，使方寸無一世俗語，意則不期高遠而自高遠矣。」宋濳溪云：「爲詩當自名家。若體規畫圓，而準方作矩，終爲人之臣僕，尚烏得謂之詩哉？」王氏曰：「藉格襲詞，猶畫臨粉本，書模法帖，求一毛之似，幸半體之同。未若蜕棄陳骸，自標形神也。」

右説詩總辨凡二十章。

格式

温厚

「温柔敦厚，《詩》之教也。」無失于愚。諷言以戒，聞之者有補；毁謗以聞，怒之者何益？如《長門》及《自悼》之賦，怨而不亂；《柏粱》、《郊祀》之詩，樂而不淫；李紳《憫農》詩，稱其有宰相器。楊龜山曰：「東坡諸作，譏誚朝廷，非詩教也。若伯淳詩『未須愁日暮，天際是輕陰』，何温厚也！」

含蓄

事有餘而詞不盡，古人之用心；言有盡而意無窮，天下之至言。漫齋曰：「用意十分，下語三分，可幾《風》、《雅》；下語六分，可追李、杜；下語十分，晚唐及宋也。」如杜之「勳業頻看鏡，行藏獨倚樓」，含意也。何氏謂以艱詰晦塞爲含蓄，失矣。

高古

模式舊典，方軌前修。雖意遠語疏，而風高調古，自脱去乎凡態，闇合乎曩篇。吴氏曰：「魏晉以來，詩凡幾度。字以鍊而精，句以鍊而巧。識者舍旃而尚陶、韋者，不以字句新奇，而以性情真率，近于古耳。」况《風》、《雅》乎？

超詣

詩有恒裁，變無方體，貴在脱灑，不可滯泥。或超遥雅俗不群，詣極文質至當。蘇氏曰：大王遷豳八章、九章，事文不屬，氣象自聯。如杜甫《哀江頭》，亦遺法也。白樂天拙于記事，寸步不遺，猶恐失之，所以望杜遠矣。

自然

木體實而華蔓，水性虚而淪漪，自然之文也。情與景相會，物與理相宜，自然之志也。不苦艱思，吐言成詠，不假繩削，備句成章，自然之詩也。曾子固曰：「大巧自然，人力何施。」臨川吳氏曰：「《國風》田夫、閨婦，而後文士不及者，發于自然也。」

本色

至寶不雕，尚生成之質；衣錦尚褧，惡文章之著。貴扶質以立幹，無垂條以結繁。其詞直而切于至理，其事核而不假于虛文。嚴氏曰：「韓愈《琴操》本色，唐人莫及。」喻鳧求謁不遇，曰：「我詩無鉛粉綺羅，宜不見售也。」

平澹

水不動而清澈，火不亂而光輝。率意而情暢，委和而理融。司空圖云：「梅止于酸，鹽止于鹹，味在酸鹹之外，是謂之詩。」《韻語陽秋》曰：「平澹本于組麗，落其紛華。今人以拙易爲平澹，乃絶倒也。」陸放翁曰：「詩到無人愛處工。」

飄逸

平易得之，其詞飄；閑澹得之，其詞逸。色象欲其平澹，其失也拙；韻度欲其飄忽，其失也輕。皎然曰：「欲高遠而離疏闊，欲飛揚而離輕浮。」嚴氏曰：「太白詩飄逸，如《天姥吟》、《遠別離》，子美不能也。」

邃永

文自淵含，理惟遠燭。深造以詣其極，修詞以立其誠。稱文小而指意大，舉類邇而見義遠。魏武之詩：「老驥伏櫪，志在千里。」言用不言名也。杜甫之詩：「乾坤萬里眼，時序百年心。」言近而指遠也。

沉蔚

沉者，隱也，文外之重旨，隱以複意爲工；蔚者，秀也，篇中之獨拔，秀以卓絶爲巧。若刻鏤爲巧，非蔚；隱辟爲工，非沉。嚴氏曰：「子美詩沉蔚，《兵車行》、《垂老别》也。」范氏曰：「優游不迫，沈著痛快。」是也。

雄健

雄，辨而言端；健，羡而意駿。吞吐山川之象，俯仰古今之懷；氣高而不怒，力勁而不犯，詞豪而不放，字堅而難移，音響而不滯。如杜之《王兵馬角鷹》之詩、《趙卿大食刀歌》是也。

壯麗

高論宏裁，正宗炳蔚。詞豐而義貫串，文采而意周密。模式經典，洞達權變，體故而孔碩，用新而肆好。猶充實光輝之謂大，經天緯地之謂文，如楊、馬之賦，李白《天姥吟》、杜甫《洗兵馬》之詩。

變化

動而變，變而化，化而裁之，變而通之。執正以馭奇，勢雖反而相成；剉剛以制柔，體雖殊而相濟。如《詩》云牛不服箱、女不報章、斗更柄揭、箕更翕舌之類，《騷》之侘傺天門，歌舞祀神，杜之千彙萬狀也。

遷革

事有新故，法有因革，善述者明，丕變者達。有反其意而用之者，謂之翻案、駁文。誠齋云「羞將短髮還吹帽，笑倩傍人爲正冠」，孟嘉以落帽爲歡，老杜翻（異）[以]爲羞。有用句而不用意，謂之脱胎换骨。復齋云：「太白《俠客行》『事了拂衣去，深藏身與名』，元稹《俠客行》『事成不肯藏名姓』。」

精緻

曹子建云：離名辨白，分毫析釐。改章難于造篇，易字艱于代句。必考殿最于錙銖，定去留于微茫。〔二〕吕氏曰：「文字頻改，工夫自出。」子西曰：「苦吟成篇，未見羞處。明日取讀，瑕疵百出。故杜『新詩改罷自長吟』也。」

簡約

除煩以約，理舉而義不孤；去濫以清，通制而義不混。學有餘而約用之，善用事者也；意有餘而約以盡之，善措詞者也。若士衡才優而詞繁綴，士龍思劣而好清省，謝艾繁而不可删，王濟略而不可益。復齋云：「樂天云：『野火燒不盡，春風吹又生。』不若長卿詩『春入燒痕青』爲

〔二〕以上所引僅「離名辨白，分毫析釐」句出自曹植，見《文心雕龍》卷六「定勢」所引，《四部叢刊》景明嘉靖本《文心雕龍》「離名」作「離言」。「改章」句見《文心雕龍》卷九「附會」。「必考殿最」句見陸機《文賦》，《四部叢刊》景明翻宋本《陸士衡文集》卷一《文賦》「微茫」作「毫芒」。

簡也。」

圓通

清圓快速，發之流通，書寫便利，動無違礙。謝朓云：「好詩圓美流轉如彈［丸］。」王直方曰：「圓熟失之平易，老硬失之乾枯。不失于二者之間，得矣。」韓子蒼曰：「古詩不太熟，自好；近作忌語生，更不佳。」

充贍

氣充者善舒，則理融而情暢；思贍者善積，則詞殊而義顯。義制而微，則隱晦而非充；詞布而重，則蕪穢而非贍。如蔡琰《悲憤》詩開其源，子美《北征》詩繼其後。李空同曰：「元、白、韓、孟、皮、陸之輩，連聯鬥押數千百言，何異入市攫金、登場角戲也哉？」

抑揚

詩以言志，志以意逆，誤詞雖過，司意無妨。故抑或甚其詞，揚或極其意，如詩言速則「人爲飄風」，久則「一日三歲」，怨則「南箕翕舌」，訟則謂「雀有角」，美則「堇荼如飴」，變則「桃蟲爲鳥」，皆不然而然，甚言其極也。

清穆

富貴風流，見乎所處；性情陶染，原乎其心。善于形容者，至貴非軒冕，至富非金玉；拙于夸飾者，以錦繡爲富麗，以勢位爲貴盛。碧溪云：「『香飄合殿春風轉，花覆千官淑景移』，在朝富貴之詞也；『梨花院落溶溶月，柳絮池塘淡淡風』，在野富貴之詞也。」

右詩得式二十章。

躁戾

哀而得之，其詞傷；怒而得之，其詞憤。失之太哀，其詞戾；失之太怒，其詞躁。丁謂詩云：「天門九重關，終當掉臂入。」王禹曰：「此人必不忠。」竟如其言。孟郊詩云：「食蘿思亦苦，强歌聲無歡。出門即有礙，誰謂天地寬。」蘇子曰：「苦于爲詩，陋于聞道。」

淺露

理侈情直，詞輕韻流。欲其直置，其失也淺；欲其敷演，其失也露。綜詞謭者，類乏醞籍；

眩情演者，拙無委曲。朱子云：「『旁人不識予心樂，將謂偷閑學少年。』眩露無含蓄也。」王氏云：「《風》、《騷》引喻，不露本情。水中之月，鏡中之影，可以自睹，難以實求也。」

新奇

詞變舊爲新，意反正爲奇。詞既新奇，法乃顛倒。唐詩「鳥鳴山更幽」，荆公變爲「一鳥不鳴山更幽」。如程、孔傾蓋，《孫佯》詩：「與君蓋亦不須傾[一]。」如劉寬蒲《鞭蘇》詩云：「有鞭不使安用蒲。」此新奇也。

鄙近

鄉閭而魏闕，城市而山林。心之高遠，誇富耀貴，悼屈嗟卑，詞之下流。故曰：「人所多言，我寡言之，不鄙。人所易言，我難言之，不近。」樂天作詩，令嫗解之則録，未解，復易之，故淺俗。唐人《劍》詩：「青天拔出鯨鯢泣，白日潛驚魑魅愁。」嚴氏云：「此巫咒耳。」

[一]「與君蓋亦不須傾」，見明成化本《東坡集》卷十一《次韻答孫佯》。

磨鍊

成器者，剛柔爲用；制作者，平化爲功。苟失其宜，不鬬則鈍，故摹體以定習，因性以鍊才。樂天云：「煉字不如煉句，煉句不如煉意，煉意不如煉格。」蔡寬夫云：「『紅稻啄餘鸚鵡粒』二句，非自然工也。」

雕飾

追琢其章，素以爲絢，經之文采，後之儀式。窮刻削則傷巧而不(壯)[莊]，繁彩繪則淫麗而不雅。唐子西曰：「『池塘生春草』、『澄江浄如練』，如鼻無堊，斤將曷(連)[運]？如目無膜，篦將曷施？」如李商[老]改杜『桃花欲共楊花語』[一]，雕飾矣。

枯槁

思緒艱則義脉不流，才氣乏則詞色不潤，臭味亂則文體備枯。故遺勢鬱湮而餘風不暢矣。

〔一〕「老」，原本無。清乾隆刻本《苕溪漁隱叢話》前集卷八：「李商老云嘗見徐師川説一士大夫家有老杜墨迹，其初云『桃花欲共楊花語』，自以淡墨改三字，乃知古人字不厭改也。」據補。

貴朴而不華，質而不俚，外枯而内腴，似槁而實秀，阮、陶、韋、柳是也。朱子曰：「梅聖俞是枯槁。」

放蕩

變通有術，乃既從而復横，區分在兹，亦禁邪而制放。樂天云：「失之太喜，其詞放，『春風得意馬蹄疾，一日看盡長安花』是也；失之太樂，其詞蕩，『驟然始散東城外，倏忽還逢南陌頭』是也。」

隱僻

求異而逐荒唐，好奇而語歇後，藏文義以爲深，尚邪説以爲遠。《離騷》托詞隱僻，班固謂「非經傳」；曹詩自用「凶奴」，劉勰謂「庇美篇」。歐陽脩云：「目前景物，古今無盡。世之索隱語、自耽僻者，昧矣。」

怪誕

構語聯篇，欲明心志于外；佹詞索怪，文理反翳于中。《騷》之木天九首、土伯三足，乃怪誕之言，而人以爲琦瑋。《經》云：「鳥翼覆稷于寒冰，玄鳥遺(卯)[卵]而生契。」似妄誕之説，而傳者以爲異常。

卑弱

競今棄古者風味爽，忘遠趨近者體式劣。樂天云：「好吟而不工，才卑；好奇而不工，格卑。」山谷云：「寧律不諧，不使句弱；寧字不工，不使語弱。」是謂篆刻者骨萎，象繪者氣索，景會者情遺，華繁者核衰，末流者原竭矣。

輕靡

《玉臺》、《香奩》、《西崑》，乃輕盈之類；《黎園法曲》、《樂府新聲》，有靡慢之音。縹緲以附俗，艷麗以衒時。珶溪云：「俗尚綺綉，儒雅鄙之；少年風花，老大厭之。」[二]詞工而理副于情，盛唐律體得焉；詞勝而意脱于影，齊梁、晚唐失矣。

[二] 以上所引，宋刻本《草堂詩話》、《苕溪漁隱叢話》前集卷十均題「《詩眼》云：世俗喜綺麗，知文者能輕之；後生好風化，老大即厭之。」

乖匿

文同求異，則名實兩乖；事邇泥遠，則心聲返匿。陳後山云：「子雲好奇而不能奇，故思苦而詞艱。」謂用奇難句字，時人載酒而問焉。後靈光《江海賦》中旁搜遍索，讀者苦之。《書》曰：「詞尚體要，勿爲好異。」

砌合

各代兼收，體之駁雜；異才並蓄，篇之繁縟；同詞重意，文之疣贅。左思云：「相如《上林》引『盧橘』，揚雄《甘泉》陳『玉樹』，班固《西都》嘆『比目』，張衡《西京》遊『海若』，皆非所有。」荆公云：「用漢人語，參以異代，體不相類，詩固不佳。」

錯誤

斯言有玷，古不可爲；擬人失倫，于今尤甚。謬以自爲是，毋謂人不知。《西清》云凡用事就討閱時記，乃不誤也。如王維詩「衛青不敗由天幸」乃霍去病，非衛也。李白詩「應寫黄庭籠白鵝」，舊説乃《道德經》也。

局迷

局見謂明，無由洞達；迷執謂真，不能裁究。王岐公詩用金玉富貴，荆公謂之「玉寶册」。玉泉子云：「楊炯詩好用古人名，時謂之『點鬼簿』；駱賓好用數目對，時謂之『算博士』。」如杜愁、李酒，性然。

繁悲

《風》《雅》綜音清切，《離騷》錯韻繁悲。圓和者，宛轉無滯；悲憤者，慷慨激烈。故張華論陸機詩：「銜屈、宋之餘聲，乃失黄鐘之正響。」朱子謂：「項羽《垓下》之歌，有千載不平之憤。」

沿襲

徵經訓而古式者善沿，酌《風》《雅》而富言者善襲。竊語非經者，拙鈍無能而淺露。竊意换詞者，假事用情而善避。竊勢殊意者，才巧意精而無迹。則沿濁而更清，襲故而彌新，如杜甫用庾信詩也。

直置

直詞暢義，切理厭心，謂顯附之語，非抑揚之義。直賦常情而無宛轉比興，切近俚語而無變態文詞。薛許譏人曰：「百首如一首，卷初如卷終。」〔二〕范氏曰：「痛巧尚直，而神思不得直。」

陳腐

景寫陳章，誤爲博古；涉獵腐語，謬以通今。舊染污俗，時用爽經。如陳、隋、唐初，承徐、庾之浮華；晚唐及宋，益沈、宋之靡麗。若此謂之翰林陶學士，依樣畫葫蘆耳。陸云「怵他人之我先」，韓云「惟陳言之務去」，是矣。

右詩失格二十章。

〔二〕「薛許」下當脱一「州」字。明《稗海》本《北夢瑣言》卷六：「薛許州能以詩道爲己任，《還劉德仁卷有詩》云：『百首如一首，卷初如卷終。』譏劉不能變態，乃陸之比也。」

經體

體法

孔穎達曰：「詩章之法，不常厥體。或重章共述一事，《采薇》之類是也；或一事疊爲數章，《甘棠》之類是也；或首同而末異，《東山》之類是也；或首異而末同，《漢廣》之類是也；或事訖而更申，《既醉》之類是也；或重章而事別，《鴟鴞》之類是也；或隨時而改易，《何草不黄》之類是也；或因事而變文，《文王有聲》之類是也；或一章而再言，《采采芣苢》之類是也；或三章而一發，《賓之初筵》之類是也。篇有數章，章有數句，章句衆寡不等，句字多少不同。」包括詩體，孰逾此説？

儷語

句字偶儷，意義聯屬，不局于聲，不束于律，今作參之古式，得矣。《詩》曰：「發彼小豝，殪此大兕。」又曰：「遘憫既多，受侮不少。」又曰：「誨爾諄諄，聽我藐藐。」又曰：「無縱詭隨，以謹惛怓。式遏寇虐，無俾民憂。無棄爾勞，以爲王休。」又曰：「匪鶉匪鳶，翰飛戾天。匪鱣匪鮪，潛逃于淵。」又曰：「無矢我陵，我陵我阿。無飲我泉，我泉我池。」此皆順流對偶，元無勉强也。

曲折

句若重復，意自曲折。《大雅》云：「王猶允塞，徐方既來。徐方既同，天子之功。四方既平，徐方來庭。徐方不回，王曰旋歸。」此歸功天子之意曲折也。《國風》云：「云誰之思，西方美人。彼美人兮，西方之人兮。」此思賢之意曲折也。《頌》云：「儀式刑文王之典。」又曰：「自古在昔，先民有作。」又曰：「匪且有且，匪今斯今，振古如兹。」皆曲折之詞也。

取諧

正文相協者詞之常，權文相協者詞之變。常不協助詞者，「左右流之，寤寐求之」、「其實七兮，迨其吉兮」之類；變助詞爲協者，「是究是圖，亶其然乎。其虚其邪，既亟只且」之類。有換文以協者，《小雅》「六轡如濡」至「周爰咨諏」四章也，只換數字耳。互文以協者，《大雅》「恒之秬秠，是穫是畝」、「恒之穈芑，是任是負」，「秬秠」亦「任負」，「穈芑」亦「穫畝」也。錯文交協者，《頌》之《雝篇》，「雝雝」間協「辟公」，「肅肅」間協「穆穆」也。分章承協者，《頌》之「有瞽有晳，在周之庭」，二節協「晳」字，三節協「庭」字韻也。

斷句

句隨短長，古調自若，樂府猶然。後之體製，則刻畫矣。有長句者，《小雅》云：「我不敢傚，我友自逸。」《頌》云：「學有緝熙于光明。」又《召旻》篇中多用長語也。有短句者，《小雅·魚麗》篇「鱨鯊」，《周頌·維清》篇「肇禋」，又「振振鷺」，《頌》詩篇中多用短語也。《小雅·北山》篇「或燕燕居息」十二句，皆「或」字發語。《大雅·綿》篇末章「予曰有」四句，《生民》篇「誕寘之」四句，皆重複而不殺也。

虚助

字虚者句活，詞助者文壯，如舟之柁，如户之樞也。《周南·漢廣》篇每章疊「不可」字，每句以「思」字助之。《召南·江有汜》篇每章疊「不我」字二句。《齊風·著》篇「俟我于著乎而」十二句，皆「乎而」助之。《還篇》、《猗嗟》二篇，每章每句，皆「兮」字助之。《鄘風·墻有茨》三章，皆「也」字助之。《齊風·雞鳴》末章，皆「之」字助之。《小雅·魚麗》末三章，皆「矣」字助之。《衛風·碩人》末三章，皆「雙」字助之。《鄭風》「叔善射忌，又良御忌」，《鄘風》「母也天只，不諒人只」，《小雅》「日月陽止」、「征夫歸止」。又：「不尚息焉」、「又已焉哉」、「既亟只且」、「上慎旃哉」，「忌」、「止」、「只」、「且」、「旃」、「焉」，皆助詞也。

問詞

詞本于人情，情通于彼此。或設言相謂，或設問相答。《大雅》：「魚在在藻，王在在鎬。」上「在」者問，下「在」者答也。《鄭風》：「女曰雞鳴，士曰昧旦。子興視夜。」又：「女曰觀乎，士曰既且。且往觀乎。」皆女問士答，而女復云也。《魏風》：「不知我者，謂我士也驕。彼人是哉？子曰何其。」又父曰：「嗟！予子行役，夙夜無已。上慎旃哉。」皆設人相語也。《小雅》：「夜如何其？夜未央。」又如：「伊誰云從，維暴之云。」《大雅》「其肴維何」六句，皆設問而自答也。又如「誰謂」、「謂之」、「予曰」、「無曰」、「雖曰」、「言告」、「言歸」之類。

叠語

古多叠詞，今何相忌？經用虚字，俗何不然？《詩》有「侯主侯伯，侯亞侯旅，侯疆侯以」，六「侯」字也。「迺慰迺止，迺左迺右，迺疆迺理，迺宣迺畝」，八「迺」字也。「維熊維羆，維虺維蛇」，又云「价人維藩，大師維垣」，七句皆「維」字也。「乃安斯寢，乃寢乃興，乃占我夢」，四「乃」字也。「弗躬弗親，庶民弗信，弗問弗仕」，五「弗」字也。「如壎如篪，如璋如圭，如取如携」，六「如」字也。「拊我畜我，長我育我。顧我復我，出入腹我」，七「我」字也。「既優既渥，既霑既足」，「以饗以祀，以妥以侑」，「自東自西，自南自北」，「爰居爰處，爰笑爰語」，「于以采蘩，于沼于沚」，「克明克類，克長克君」，「是類是禡，是致是附」，「有驈有皇，有驪有黄」，「或剥或亨，或肆或將」，「我任我輦，我車我牛」，「載震載夙，載生載育」，「不虧不崩，不震不騰」，「飲之食之，教之誨之」，「菶菶萋萋，雝雝喈喈」。《詩》篇中一句疊字，二句對疊，鬲句間疊，助語虚詞，不勝枚録，好古者自玩焉。

右詩經體十章。

説詩卷之中

南豐譚浚纂　男希哲希彦校

選言

志以發言，言以生句，句以成章，章以成篇。篇、章、句、言，必須選鍊。陸士衡曰：「立片言以居[要]，[乃]一篇之警策。」一避詭異字體奇怪也，如「三人不識，將成字妖矣」。二省聯邊半字同文也，或至三接之外，其爲字林矣。三權重出同字相犯也，如兩字俱要相避爲難。四諷單複字體虚實也，或累肥瘠，參伍爲善。白石云：「意格欲高，句法欲響。只求工于句字，末矣。」寬夫云：「鍊字勝則意不足，意不足則格力弱矣。」

分篇

凡詩篇大約三分，大篇一分頭、五分腹、三分尾，小篇一分頭、三分腹、一分尾。起欲緊重而包含，中欲充滿而曲折，結欲詞輕而意足。篇段要分明，不露其迹。蓋意分而語串，意串而語分也。戴帥初曰：「作者宜致意焉。」篇中三段各致其意，故操詞易，命意難，如構宫室，必法度刑似備於胸中，始施斤鉞也。

托意

《離騷》以善鳥香草比君子，惡禽臭物比小人。或托男女寓意君臣，如靈修比己以婦悦夫之名，美人比君以男悦女之號。《九歌》因舊俗祀神，更其詞以寄己意。以神比君，人慕神也。山鬼陰賤不可比君，則以人比君，鬼喻己也。以椒蘭、菌桂、蓀芷、江離、揭車、杜若，皆設空言，並非實有，而史遷《屈原傳》有令尹子蘭之説，班氏《古今人表》有令尹子椒之名，王逸因注司馬子蘭、大夫子椒，後勿誤焉。

副景

景適性情之内，情融景物之中，則情景兩得。次則情景代勝，下則情景俱違。故曰：「天地以合，四時以叙，萬物以昌，七情以當。」如《古詩》「枯桑知天風」，又「明月皎夜光」八句，景也；「思君令人老」四句，情也；「獨宿累長夜」，終篇情也。唐律詩「月隨碧山轉，水合青天流」、「氣蒸雲夢澤，波撼岳陽城」，景也；「水流心不競，雲在意俱遲」，景在情也；「感時花濺淚，恨别鳥驚心」，情觸景也；「白首多年病，秋風昨夜凉」，一情一景也。

仍倣

《騷》云：「啓九辨與九歌。」言啓承禹樂，辨九州之物，歌九功之德。屈平仍名《九歌》，則有十一篇，宋玉又仍名《九辨》，又仍古作《招魂》，景差又作《大招》。《楚騷》有《惜誦》、《惜往日》，賈生遂有《惜誓》。漢樂府曲，效題盛矣。《騷》托漁父、太卜問答，後世效之。相如有子虛、烏有先生、亡是公，揚雄有翰林主人、子墨客卿，班固有西都賓、東都主，張衡有馮虛公子、安處先生，左思有西蜀公子、東吴王孫、魏國先生。至六朝而後，遞相祖述矣。

命題

作詩者，每不追于古；命題者，亦鮮能于今。以一篇文意命題者，如《楚詞·橘頌》、漢《天馬歌》、《孤兒行》也。以一句命題者，漢《陌上桑》、《白頭吟》也。命題不在篇句者，漢《折楊柳行》、《飲馬長城窟》也。命題以首句二字者，《三百篇》、《漢樂府詞》也。或曰：「觀古今諸集，不必玩詩，望見題引，而世代人品可辨矣。」

序節

序其作詩之意，引其所胤之詞。舜用作歌，先述其意。《五子之歌》，史臣作序。《詩》三百篇，《大序》、《小序》，毛萇、衛宏爲之。《楚詞》則序貫篇首。《招魂》有帝告巫陽，對而下招曰。荀卿直云：「天下不治，請陳佹詩。」賈誼《服賦》，以歲月故問先之。又篇章既成，撮其大要爲節曰「亂」。《國語》曰「其輯成也之亂」，《史記》曰「《關雎》之亂爲風始」。《禮》曰：「既奏以文，又亂以武。」又曰「倡」，唱發歌句。曰「誶」，音碎，一作信，告也。曰「少歌」，曰「小歌」，皆音節之名，樂之卒章也。後世效之，而序跋尤繁矣。

唱和

朱子曰：「和詩原于《賡歌》。」今失其意也。夫舜歌勑命時幾，皋陶颺言慎憲；舜《卿雲》倡歌，八伯進和；夏人醉歌，伊尹賡和。俱見《尚書大傳》。《玉海》云：「鄭都則七子均賦，梁苑則三英接曲。」唱和之制，由是生焉。嚴氏曰：「次韻最害事，始于元、白，極于蘇、黄。」杜甫、王維等和賈至《早朝》詩，未始是也。洪氏曰：「古人答和來意，非若今人次韻所局也。」

評品

觀意不以人，擬人必以倫。徇聞者衆，知音者希。異于己則忌，符其意則取。劉勰曰：「貴古賤今者，二(王)[主]也；崇己抑人者，班、曹也；信僞迷真者，樓護也。」《詩》云：「其詩孔碩，其風肆好。」《騷》云：「衆不知余之異采。」皆自誇其美。杜甫《戲爲六絶》，擬議時作；李白云「大雅久不作」，褒貶異代。如杜以陰鏗比李白，非其當也；云「庾文過屈宋」，浮于實也。蓋隱惡(楊)[揚]善者，忠厚之君子；操戈入室者，名教之罪人矣。

取尚

自古取詩，以精爲尚。作者不以多而重，知者不以少而忽，遇之者非以大而顯。夫《詩》三百，孔子獨取「思無邪」之一言。南容三復「白圭」之章，子路終身誦「不忮不求」之句。靈運以「池塘生春草」之言，玄暉以「澄江浄如練」之句，王勃以「秋水」、「長天」之聯，崔佑以「吴江楓落」之句，崔顥以《黄鶴樓》之詩，見重於後世；相如以《子虚》之賦，杜牧以《阿房》之篇，見顯於當時。皆非多而大也。

右詩時論十章。

章句

析言

隻字爲言，裒言爲句，句止爲章，章畢爲篇。長短相雜者，古經兼于歌詞；說見後《斷句》章。全篇無異者，後代多于前作。劉氏云：「二言肇于黄世『竹彈』之謡，三言興于虞時『元首』之歌，四言見于夏年《洛汭》之訓，五言廣于周代《行露》之章，六言、七言出于《齊風》《還》、《著》之篇。」舊說曰：「晉夏侯湛始爲三言，漢韋孟始爲四言，漢蘇、李始爲五言，漢谷永始爲六言，漢武伯梁始爲七言，魏高貴(卿)［鄉］公始爲九言。」此謂通篇一體也。一句七言者，漢《董宣歌》：「抱鼓不鳴董少平。」一句五言者，明帝時謡：「其奈爾曹何。」二句七言者，《越婦採葛歌》、《范舟歌》。二句五言者，《原壤歌》、《左傳・宋人歌》。二句四言，《大傳・夏人歌》、《左傳・役人歌》。三句七言，《孔叢子・獲麟歌》、漢《李夫人歌》。三句五言，《禮記・夢奠歌》。三句四言，《左傳・士蔿歌》、《參乘歌》。三句八言，漢《皇甫歌》。四句三言，漢《匡衡歌》、《潁川歌》。六句三言，漢《廉范歌》、《行者歌》。長句三言，漢武《郊祀歌》。長短句，《左傳・祈招詩》。長篇，荀卿《成相章》。四句六言，孔文舉譏操詩。三、四言，《黄澤謡》。三、五言，《戚夫人歌》。三、七言，《商歌》。六、五言，《猛虎行》。三、五、七言，鄭世翼詩、唐李白詩。

古篇五言

寓意深遠，托詞温厚，推己及人，感今懷古。悲歡則含蓄不過，美刺則婉曲不露，閑適則瀟灑不流，反覆深切而不迫，賦、興、比義而不越。如短句者，漢《上留田》四句、成帝時謡二句也；長篇者，漢《羽林郎》、《陌上桑》也。子美《北征》，退之《南山》，叙事敷衍，陳情附轃，《詩》之變體，《騷》之旁軌。蔡琰《悲憤》之作，開其源也。

古篇七言

鋪叙開合，血氣貫通，風度高雅，波瀾宏闊，音韻鏗鏘，議論超然，學問充之。如短句，則《采葛詞》、《易水歌》也；長篇，漢魏《燕歌行》、《木蘭詞》，唐《兵車行》、《天姥吟》尚矣。

雜詩

不拘流例，遇物即言，命題曰雜。雜宜不越區而有别。漢《古詩十九首》，魏晋因之。《文選》又以荆軻《大風》諸作，目爲雜歌。

擬古

後人效古作，命題曰「擬」。嚴氏曰：「自漢有之。」梁江淹擬陶、謝、左、郭，皆似獨擬。李陵不似西漢，其鮑、謝擬作，仍自體耳。

律詩

守法度曰律。有古律，謝多此體；有排律，杜多此體。五言律始于沈約，七言律始于沈、宋。

古律排律

滄浪曰：「靈運詩首尾對，是以不及建安也。」以謝詩爲古則多有對，爲律則對不嚴。及唐，諸作盛矣。

近律

五言、七言限于八句，四聲、四韻嚴于法度。七言句難于五言句，七言律難于五言律。七言可截作五言，八句可截作六句，非詩也。楊仲宏曰：「句要藏字，字要藏意。」其法有四，起、承、轉、合也。一破題曰起，或興、比、賦起，或引事就題，必包占高遠，則後可鋪叙矣。二領聯曰承，或寫景物，或用事實，必承題不脱，則穩健而充滿矣。三腰聯曰轉，或景意事理，必承前引後，相應而相避，貴不空疏而已。四結尾曰合，或繳前聯，或因時感事，期後望遠，言盡意餘，乃克有終也。

絶句

句以絶名，義則數説。一曰不相聯屬曰絶句，一曰絶妙之句，一曰絶取律詩之四句。五言絶句，樂府古詞《出塞》詩也；七言絶句，後周趙王《從軍行》也。絶律前四句，李白「昭君拂玉鞍」詩也；律中四句，如杜「江動月移石」詩也；律後四句，如杜「功蓋三分國」詩也。七言絶倣此。須婉曲回環，删蕪就簡，句絶而意不絶，詞短而情有餘。

聯句

聚客合句成詩曰聯句，始於漢孝武柏梁臺詔群臣，能爲七言者上坐。自後宋孝武華林都亭、梁武帝清暑殿皆效爲之，至唐盛矣。

集句

采古句合爲一詩，始于晉傅咸，集《毛詩》句、《孝經》句、《易經》句、《周官》句、《論語》句各爲一詩，見《藝文志》。至宋盛矣。

接句

次章首句字接前章尾字。《大雅·既醉》篇「介爾昭明，昭明有融」數章也，曹植《贈白馬王彪》詩也。

重句

首章首句重出篇中，《周南·樛木》篇也；下句接上句，《鄘風·相鼠》篇也；重出句下，張衡《四愁》、靈帝時《董逃》、魏武《秋胡行》也。

斷續句

後二句互相續接前二句，杜甫詩「待爾嗔烏鵲」，李白詩「毛不隨井」四句，及杜《存没口號》

二作也。

問答句

句中問答，如漢詩「誰其穫者婦與姑」、「丈夫何在西擊胡」之類也。又見《問詞》。

順流句

二句一事，順意成文。李白詩：「如何青草裏，也有白頭翁。」杜甫詩：「遷轉五州防禦使，起居八座太夫人。」

拗句

字當平聲，易之以仄；當仄，易之以平。其言逆而氣健。如司空曙詩：「雁識楚山晚，蟬知秦樹秋。」杜詩：「一雙白魚不受釣，三寸黄柑猶自青。」

用舊句

始于太白云：「解道澄江浄如練，令人却憶謝玄暉。」杜牧云：「如何故國三千里，空唱歌詞滿六宮。」（崔佑）［張祜］絶句。

用經句

漢《古詩》云：「携手同車歸」、「涕泣零如雨」、「道路阻且長」，皆《詩經》語，加「歸」字、「零」字、「路」字也。

用文句

杜牧詩云：「受圖黄石老，學劍白猿翁。」用庾信《墓誌銘》，加「老」、「翁」字也。

加減句

王維詩：「漠漠水田飛白鷺，陰陰夏木囀黄鸝。」李嘉祐減「漠漠」、「陰陰」四字。張祜《思歸樂》詩，減王維律詩四句。

翻言句

韋應物詩：「詩似水壺澈底清。」又云：「冰壺澈底未爲清。」

反意句

杜詩云「陂塘五月秋」，又「六月風日冷」，又「五月江深草閣寒」。方干詩：「寒岩四月始知春。」

假言句

李白云「江城五月落梅花曲」，杜云「竹葉酒於人既無分」。

真僞句

杜詩云：「筍根稚子無人見，沙上鳧雛傍母眠。」

藏字句

杜云：「岐王宅裏尋常見，崔九堂前幾度聞。」藏「君」字。

大言句

李白云「白髮三千丈」，又云「燕山雪花大如席」。

謬言句

杜甫云：「霜皮溜雨四十圍，黛色參天二千尺。」大而短不稱。

誕語句

「太華峰頭玉井蓮，花開十丈藕如船。」韓文公

梵語詩 又爲雙聲疊韻。

「方穿詰曲崎嶇路，又聽鈎輈格磔聲。」李群玉

鬼語詩

「樹底有天春寂寂，人間無路月茫茫。」曹彦

一句三意又虚字多。

「對食暫餐還不能，一去三年竟不歸。」

一句一意又實字句。

《柏梁詩》：「枇杷橘栗桃李梅。」七實字。又《上林》、《子虚賦》多實字，如梗、枏、橡、樟、桂、椒、木蘭之類。

字眼句

「旅愁春入越，鄉夢夜歸秦」，「朝登劍閣雲隨馬，夜渡巴江雨洗兵」，此實字爲眼。五言第三字爲眼，七言以五字爲眼。杜詩多用「俯」字、「自」字、「受」字，此虚字眼也。

右詩章句三十四章。

對偶

《詩苑》曰：「文貴對屬，謂出于自然，非假于牽强。」《詩史》曰：「晚唐尚切對，氣甚卑弱。」《文心》曰：「析句彌密，聯字合趣。契機者入巧，浮假者無功。」

言對

言對，雙比空詞也。長卿《上林》云：「修容乎禮囿，翺翔乎書圃。」

事對

事對，並舉人驗也。宋玉《神女賦》：「毛嬙鄣袂不足程式，西施掩面比之無色。」

正對

正對，事異義同也。孟陽《七哀》云：「漢祖想枌榆，光武思白水。」

反對

反對，理殊趣合也。仲宣《登樓》云：「鍾儀幽而楚奏，莊舄顯而越吟。」

首尾對

八句首尾皆對，杜多此體，如「鬓毛垂領白」之類。

律不對

似律而非古詩，盛唐多此體，如李白「牛渚西江夜」詩。

蜂腰對

兩聯不對而意相貫，如李白《沙丘寄杜》詩也。

偷春體

起聯對而次聯不對，如杜甫《百五日夜對月》詩。

隆冬體

腰聯不對而尾聯對，如「皇皇三十載」詩也。

隔聯對 扇對。

「得罪台州去，時危棄碩儒。移官蓬閣裏，穀貴没潛魚。」

就句對 當對。

一句中對，《騷》云：「桂櫂兮蘭枻，斲冰兮積雪。」杜云：「三分割據紆籌策，萬古雲霄一羽毛。」

從活對

「江流天地外，山色有無中。」「黄鶴一去不復返，白雲千載空悠悠。」

錯綜對

顛倒上下對。《騷》云：「蕙肴蒸兮蘭籍，奠桂酒兮椒漿。」

交股對

「百年雙白鬢，一别五秋螢。」「舳艫争利涉，來往接風濤。」

倒置對 右四異而同。

「舞鑑鸞窺沼，行天馬渡橋。」「花酣蓬報謝，葉在柳呈疏。」

轉韻對

「岸樹共紛披，渚牙相緯經。」「星河盡涵泳，俯仰迷下上。」

假對

「自朱耶之狼狽獸名，致赤子之流離鳥名。」杜詩：「枸杞因吾有，雞栖奈爾何。」

借對

「關河一栖旅，楊柳十東風。」「佳山今十載，明日又遷居。」

巧對

「雁兒争水馬，燕子逐檣烏。」「野禽啼杜宇，山蝶夢莊周。」

佳對

「自天題處濕，當暑著來清。」「長因送人處，憶得到家時。」

順對

「如何百年内，不見一人閑。」「蕭蕭千里馬，個個五花文。」

一事對

「安得相如草，空餘封禪文。」「更尋嘉樹傳，不忘角弓詩。」

以經對

杜詩云：「車鄰鄰，馬蕭蕭。」「濟潭鱣發發，春草鹿呦呦。」

實字對

「芙蓉秦地沼，盧橘漢家園。」「輶軒鳳皇使，林藪鷃雞冠。」

虚字對

「相逢難衮衮，告别莫匆匆。」「飄遥擊搏近，容易往來遊。」

比人對 上玉川，下杜詩。

「蚊虻當家口，草木是情親。」「大暑去酷吏，清風來故人。」

象鬼對

李義山詩：「雲間雞犬劉安過，月裏笙歌煬帝歸。」

駢枝對 合掌。上張華，下劉琨，《文選》。

「遊雁比翼翔，歸鴻知接翮。」「宣尼悲獲麟，西狩泣孔丘。」

右詩對偶三十章。

聲韻

用韻 古今韻

朱子曰：「古用叶韻，以頭一字爲準。《楚詞》叶不定，以轉注也。古韻寬疏惟好，後分韻嚴切反，隔矣。由周顒構其説，沈約著其書，唐因準之。分清濁輕重，以『東』、『冬』、『鍾』不同也。韓愈『此日足可惜』，旁出六韻。杜甫《戲呈元》，旁出五韻。故法古諸體用古韻，律、絶、近體，唐韻可也。」吴棫作《韻補叶音》，即六書之諧聲。楊升庵集轉注，亦六書之一。俱見元書。

惑韻 雙韻。

獨孤及曰：「世以八病四聲爲梏，拳拳守之，如奉法令。聞皋陶、史克之作，呷然笑之。痛流俗之惑人也久矣。」李德裕曰：「詞高爲工，不泥音韻；意盡而止，不拘隻偶。故篇無足曲，詞寡累句。」班固《書贊》多用叶韻，「猗歟元勳，佐漢舉信」之類。曹植《七哀》出四韻，《文選》有五韻、七韻、十一韻、十三韻也。今文四韻至百韻無有隻者。古詞如金石，尚于至音；今文如鞞鼓，迫于促節，則聲律爲弊甚矣。

重韻

古詩一篇一韻。六七用者，《焦仲卿妻》是也。一字二、三用者，任彦升《哭范僕射》，三「情」字也；曹植《美女篇》，二「難」字也；杜甫《八仙歌》，二「船」字、二「眠」字、二「天」字、三「前」字也。

外韻

先二後四曰「葫蘆韻」，雙出雙入曰「轆轤韻」，一進一退曰「進退韻」，首句尾句用外韻曰「借韻」。此律詩之韻，古詩則否。

押韻

倒字押韻，經體既多，說見前卷。陶之「起坐弄書琴」、杜之「高秋爽氣相鮮新」。全不押韻，古《採蓮曲》也。押啞韻，五支二十四鹽。押響韻，中原黄鍾之音也。

疊韻

陸龜蒙詩序云：「疊韻起于梁武帝詩云『後牖有朽柳』，侍臣皆唱和之。」《南史》謝莊曰：「疊韻，同音同韻也。」如「礅」、「碻」，同牙音又同韻也。「童」「蒙」、「空」「同」、「侏」「儒」、「螳」「螂」、「滴」「瀝」皆是。或曰：「卑枝低結子，接葉暗巢鶯。」正切卑、賓、邊、卑，回切枝、真、氊、枝；正切接、精、箋、接，回切葉、寅、延、葉，疊韻也。此本淺也，而鑿之使深矣。

雙聲

皮日休《雜體詩序》云〔一〕：「《詩》曰：『蝃蝀在東』又曰：『鴛鴦在梁。』此雙聲之起。」謝莊

〔一〕「雜體詩序」，原本作「詩序雜體」，據明毛氏汲古閣刻本《松陵集》卷十改。

曰：「雙聲，同音不同韻也。」如「互」、「護」，同爲唇音，不同韻也。如「彷彿」、「熠耀」、「騏驥」、「慷慨」、「咿喔」、「霡沐」皆是。或曰：「嬌鶯新睍睆，乳燕舊泥喃。」正切睍、興、掀、睆，回切睆、興、掀、睍，正切泥、寧、年、喃，回切喃、寧、年、泥，雙聲也。此謂本易也，而求之使難矣。

聲病

四聲起于周顒，八病嚴于沈約，此齊梁之靡靡也。病云平頭一、上尾二、蜂腰三、鶴膝四、大韻五、小韻六、正紐七、旁紐八也。白樂天云：「八病，惟上尾、鶴膝最忌。」上尾者，如「西北有高樓，上與浮雲齊」，病指「樓」、「齊」二字同聲也。鶴膝者，如「客從遠方來」三句，病指「來」、「思」皆平聲也。右二作，漢詩之冠冕，而指其病，不亦愈于沈、白之作無病者乎？

偏聲

律詩起句第二字平聲爲正格，仄入爲偏格。引韻失粘，如杜甫詩：「浣花溪水水西頭，主人爲卜林塘幽。」「花」字、「人」字皆平聲。二聯失粘，如杜詩：「摇落深知宋玉悲。」「落」字與第三句「望」字皆仄聲。三聯失粘，如柳詩：「衡岳新摧天柱峰。」第六句平聲，第八句「想」字仄聲。首尾失粘者，如「扁舟徑度石頭去」一句，第三句、第五句、第七句之第二字皆平聲也。以諸作推之，善學者豈局局乎聲韻哉！

拘韻

《史正義》云：「先儒音字比方，至魏孫炎始作反音，又未甚切。」晁氏曰：「漢魏以前無反切，許氏《説文》、鄭氏《箋注》，但曰『讀若某』。」及自西域之書入中國，至齊梁間盛行，而後周顒、沈約有聲病之説。隋陸法言附爲《廣韻》，分五音之呼吸，别四聲之清濁，乃有音同韻異，如「東」、「冬」，「青」、「清」之不雜。此豈三代兩漢所未然，後世反以夷音而拘束耶？故歷敘之而歷辨之，欲復其古也。知者察焉。

右詩聲韻十章。

詞義

詩

《周禮》曰：「太師教六詩：一曰風，二曰賦，三曰比，四曰興，五曰雅，六曰頌。」又曰「六義」。《大序》曰：「是謂四始，詩之至也。」《史》曰：「《關雎》之亂爲《風》始，《鹿鳴》爲《小雅》始，《文王》爲《大雅》始，《清廟》爲《頌》始。」《周禮》又曰：「六德爲之本，中、和、祇、庸、孝、友也。六律爲之音，六陽、六陰相間曰六呂。相侶也。」《書》曰：「詩言志，歌永言，聲依永，律和聲。」

風

《大序》曰：「上以風化下，下以風刺上。言之者無罪，聞之者以戒。言一國之事，係一人之本也。」仲宏曰：「感事陳詞不失性情之正，忠厚懇惻而無怨懟之詞。」

雅

《大雅》曰：「雅者，正也。王政之所由廢興也，言天下之事，形四方之風。」朱子曰：「歡忻和悦，近群下之情；恭敬齊莊，發先王之德。」

頌

《大序》曰：「頌者，美盛德之形容，以其成功而告于神明也。」仲宏曰：「或褒之太過，則近于諛。不合人情，則失於陋矣。」

賦

賦者，敷布其義而直陳其事也。如《經》之《葛覃》、《卷耳》，漢之《羽林郎》也。

比

比者，以二物狀一事，而所指者則出言外。如《經》之《螽斯》、《緑衣》，《楚詞》之《九歌》也。

興

興者，借一物起一事，而所言者直見下文。如《經》之《關雎》、《兔罝》，漢《大風歌》也。

右賦、比、興，所以製作《風》、《雅》。其《小弁》八章，賦而比也；《氓》之六章，賦而興也；《下泉》，比而興也；《漢廣》，興而比也；《頌》則賦多而興少也。

樂章

《虞書》：「舜命夔典樂，歌詩聲律。」《左傳》：「季札觀周樂工歌《詩》、《雅》、《頌》。」漢班固《賦序》，孝武、孝宣内設金馬、石渠之署，外典樂府協律之事。李延年爲協律都尉。是有代、趙之謡，秦、楚之風，皆感哀樂，緣事而發。元稹曰：「在音聲以度詞，審調以節唱，皆由樂以定詞，非選詞以配樂也。」朱子曰：「方其詩也，未有歌也；及其歌也，未有樂也。以聲依永，以律和聲，乃樂爲詩而作，非詩爲樂而作也。」

右詩詞義八章。

名目

騷

班固曰：「『離』猶『遭』也。」顔師古曰：「擾動曰『騷』。」又曰：「痛極其情曰『騷』。」王逸注：「離，别。騷，愁也。」宋景文公曰：「『離騷』，詞賦之祖。」何氏曰：「漢唐續《騷》，皆宗其矩矱，莫能尚之。」

賦

劉向曰：「不歌而誦曰賦。」班固曰：「古詩之流。」揚雄曰：「詩人之賦麗以則，詞人之賦麗以淫。」《左傳》曰：「登高能賦可爲大夫。」鄭莊「大隧」，士蔿「狐裘」，短章稱之。荀卿《五賦》，宋玉續《騷》，賈、馬繼之。祝氏曰：「情形于詞故麗，詞合于理故則，故取《詩》中賦義爲賦，又取《騷》中麗詞爲詞，則詩人之賦、詞人之賦、賦人之賦異矣。」相如曰：「合綦組成文，列錦綉爲質，一經一緯，一宮一商，賦之迹也。」包括宇宙，總覽人物，賦家之心也。

頌

容告神明謂之「頌」。頌者，容也，誦盛德而述容也。至晉之《輿人》、衛之《南蒯》，則短言野誦，誦之變也。《楚詞》言橘，秦政刻碑，頌之流也。詳見《言文》。

贊

《文心》曰：頌家之細條曰讚。讚者，明也，唱發之詞也。益贊于禹，伊陟贊于巫咸，颺言以明事，嗟嘆以助詞也。至相如始贊荆軻，班固托贊《書》、《史》，皆約文以總録，頌體而論詞也。《昭明》曰：「圖象則贊興。」餘見《言文》。

歌

放情曰歌。《廣雅》曰：「聲比琴瑟曰歌。」《韓詩章句》曰：「有章曲曰歌。」《説文》曰：「歌，詠也。」徐氏曰：「長引其聲以誦之也。」梁元帝《纂要》云：「齊歌曰謳，吴歌曰歈，楚歌曰艷，浮歌曰哇，振旅而歌曰凱歌，堂上奏樂而歌曰登歌、曰升歌。」《吴歌雜曲》始曰：「徒歌原于《卿雲》、《賡歌》。」《通典》曰：「韓娥鬻歌于齊，故雍門善歌。」

謡

通里俗曰謡。《爾雅》曰：「徒歌曰謡。」《韓詩章句》曰：「無章曲謂之謡。堯時《康衢謡》、周穆王《白雲謡》也。」

謳

衆歌曰謳。謳，聲有曲折也。歌，長言也。孟云：「王豹處淇而河西善謳。衛人音也。」《左傳》：「宋人築者謳。」《通典》云：「周衰，秦青善謳。」

吟

悲如蛩螿曰吟。吟，呻吟也。《吴越春秋·木客吟》，漢孔明《梁父吟》，卓文君《白頭吟》。

行

體如行書曰行。漢有《武溪深行》、《相逢行》也。

歌行

行體兼歌體曰歌行。漢有《長歌行》、《艷歌行》。

曲

委曲盡情曰曲。又曰：「和樂而作曰曲。」漢《鐃歌曲》、《横吹曲》、《江南曲》、《蒿里曲》。

引

述本末曰引。衛女作《思歸引》，子高妻麗玉作《箜篌引》，楚南梁[作]《辟歷引》。

篇

長語成章曰篇。《選》有《名都篇》、《白馬篇》，曹植詩也。

章 亂、誶

樂竟爲一章。《離騷》、《九章》又曰亂、曰誶、曰倡，皆樂之卒章，音節之名。見前《序節》章。

詞 「辭」通，見《言文》。

《説文》云：「在音之内、言之外也。」古雅諧歌曰詞。《左傳》吴《乞糧辭》、周穆王《黄澤辭》，漢武《秋風辭》，樂府古詞，唐人宫詞。餘見上卷《統辨》、《情詞》章。

詠

聲通於物曰詠。曹植《九詠》，顔延年《五君詠》。

嘆

事感于中曰嘆。樂府《楚妃嘆》、《明妃嘆》、《續騷九嘆》。

調

聲音和曰調。周樂遺聲有平調、清調、長調、短調，漢並之曰三調。

辯

《説文》云：「辯，理也。从言在辡，閰罪人相訟也。」《騷》云：「啓九辯。」禹樂名。《楚詞》又有伏羲《駕辯》、宋玉《九辯》。

語言

發端曰言，答述曰語。《月令注》引里語，崔寔引農語，《史記》引鄙語。古語皆韻語也，唐有雜言、寓言。

問答

相訊相訪曰問。《騷》有《天問》，唐人有《山中問答》。

戒

警訓之詞曰戒。《淮南子》有《人間訓》、《堯戒》、《方朔誡》、《義方誡》。

祝

祭主贊詞曰祝。《周禮》六祝之詞，《史記·淳于髡傳》有《禳田祝》，《吴越春秋》有《越臣祝》。

箴

中失刺病曰箴。《汲冢周書》防《夏箴》[一]、《大正箴》，《管子·弟子職》八箴。

銘

正名審用曰銘。《國語·商銘》、《大戴禮·武王銘》十七章、《左傳·鼎銘》。

操

窮不失守曰操。《琴曲》云：「憂愁而作曰操。」《古今樂録》《雉朝飛操》、《猗蘭操》，漢《采芝操》。

謀

攖括曰謀。《左傳》衛人登觀謀，樂府又名《謳良夫謀》。

[一] 按，「防」字疑誤或衍。

暢

《琴曲》云：「和樂而作曰暢。」操之反也。堯時有《神人暢》。詞見《風雅廣逸》。

唱「倡」通。

《左傳》云：「内外倡和。」《史》云：「一倡三嘆。」《戰國策》載：「田單士卒倡。」又魏明帝《氣出唱》，晉夏統《小海唱》。

弄

玩戲曰弄。唐志《楚調四弄》，蔡邕《五弄》，楚漢《九弄》，鄭述《龍吟十弄》，《陽春》、《白雪》、《緑水》、《悲風》、《雙鳳》、《雜鸞》、《别鶴》、《流泉》、《長短》、《側清》。樂府《江南弄》。

拍

擊節曰拍。樂有撫拍、韋屬。拍板。木屬，韓子目爲樂句。蔡琰《胡笳十八拍》。

舞

詞節舞曰舞。漢有《公莫舞》，吴有《白紵舞》。

鹽

竦動滿座曰鹽。薛道衡作《昔昔鹽》。《玄怪録》：「籧篨三娘工唱《阿鵲鹽》，更奏新聲《刮骨鹽》。」

樂

喜見于外曰樂。宋臧質《石城樂》、《莫愁樂》，劉道彦《襄陽樂》。

怨

恚恨于中曰怨。古樂府《獨步怨》，《選》詩四怨，宫怨、閨怨。

思

慮遠曰思。樂府《有所思》，宋惠休《江南思》，續騷《九思》。

愁

鬱鬱不得志曰愁。漢張衡《四愁》，樂府《玉階愁》、《寒夜愁》、《宫愁》、《邊愁》、《春愁》。

哀

吕向云：「痛而哀，義而哀，感而哀，愁而哀，口嘆而哀，聞見而哀，鼻酸而哀。」漢莊忌《哀時命》，曹植、仲宣《七哀》。

離别

遠曰離，近曰别。樂府《古别離》、《翁離》、《雙燕離》，後有《潛别離》、《遠别離》、《久别離》、《長别離》、《生别離》，杜甫有《無家别》、《垂老别》、《新婚别》。

興

他物引詠曰興。有《古興》、《感興》、《漫興》、《雜興》、《書興》《寫興》、《遺興》、《春興》、《秋興》。

懷

發胸臆所抱者，阮籍《詠懷》，謝惠連《秋懷》，續騷《九懷》。

意

心有憶度曰意。比意則隱此事而只題彼物，興意起因他物而說出此事。後有《古意》、《寓意》、《詠意》。

口號 口占

草成速就，達意宣情曰口號。杜有《存沒口號》。《增韻》曰：「隱度其詞，口以授人，曰口占。」

百一

百慮而有一得之謂。晉應璩作一百三十首，及李彪、李夔各撰一卷。

招

招其來歸，以手曰招，以言曰召。宋玉作《招魂》，景差作《大招》，淮南小山《招隱賦》，陸機《招隱詩》。劉勰曰：「帝嚳之世，咸墨歌《九招》。」

反

轉覆其事而言之。楊雄《反離騷》，王康琚《反招隱》。

右詩名目四十六章。

題目

紀一事，詠一物，題有目，録有類。兹舉經見義而述古略今，漢魏以下，不勝舉矣。今作推之，古可復也。

京都 宫殿

《大雅·文王有聲》爲始。班固賦《兩都》、張衡《二京》、左思《三都》，其流也。夫建都營室，在相形勝，詢卜筮，考農隙，資材榦。唐李華謂班、張、左輩角立，未之備也。宫殿之作亦此爲宗。若漢王文考《靈光殿賦》，則務恢張飛動矣。以《大雅·綿》篇、下文《居室》參之亦通。

居室

徙居營室落之于既成，追其言始，頌禱其終。《鄘風》「楚宫」、《小雅·斯干》、《大雅·公劉》、《禮記》張老詞。

廟郊

祀祖于廟。廟，貌也，形容其德。《周頌》諸篇、班固《登歌》也。祀天南郊，祀地北郊。郊，交也，郊接其神。揚雄《甘泉賦》、漢武《郊祀歌》。

朝會 朝覲會同。

《記》曰：「天子當依，諸侯北面，曰覲；當宁，公侯東西面，曰朝。」又春見曰朝，秋見曰覲，時見曰會，衆頫曰同。頫，見也，獻也。《小雅・采菽》、《周頌・載見》、班固《辟雍》、曹植《應詔》。

巡幸 巡守行幸。

天子適諸侯、巡所守也，車駕行在所至，臣民被其德澤曰幸。《周頌》《時邁》、《般》篇，《大雅・棫樸》，《左傳・祈招》。

封錫

《記》曰：「天下有王，分地建國，置都立邑。」明試以功，車服以庸，因功旌異也。《大雅・韓奕》、《江漢》，曹植《責躬》。

燕饗 「宴」、「醼」、「讌」通，「享」、「嚮」、「鄉」通。

《左傳》：「享以訓共儉，宴以示慈惠。享有體貌，設几不倚，爵盈不飲，肴乾不食。宴有折俎，相與共食。」《詩》云：「既右饗之。」《禮記》：「饗，鄉也。」《漢宣紀》：「上帝嘉嚮。」《小雅·湛露》燕臣，《魚藻》答君，《行葦》燕父老，《車舝》燕新昏。《古詩》「良宴會」，曹、劉《公讌》。

耕耤

帝親耕而蹈耤之言，上下相賴而相報。《小雅》《楚茨》、《大田》、《信南山》、《甫田》，《周頌》《臣工》、《噫嘻》、《載芟》、《豐年》、《良耜》。潘岳《藉田賦》。耤，从耒加艸，誤矣。

畋獵

《車攻》、《吉日》、《駟鐵》爲宗。其相如《子虛》、《上林》，子雲《羽獵》、《長楊》，則李白徧其用心齷齪，不能以大道匡君王者。四海爲家，萬姓爲子，山林鳥獸，豈與衆庶異之！

軍戍

《出車》勞將，《杕杜》勞卒，《六月》燕歸，《采芑》軍行，《采薇》遣戍，《小戎》樂戰，《常武》王征。王粲《送從軍》、《七哀詩》。

宗族

《生民》、《玄鳥》推本，《綿》篇、《皇矣》念親，《蓼蕭》報德，《螽斯》比子孫，《下武》言繼述。漢韋玄成《自劾》、王粲《思親》。《角弓》怨宗族，《小弁》怨父子。

兄弟

《常棣》言性情，《頍弁》言樂時，《唐風·杕杜》無兄弟，《葛藟》遠兄弟。蘇武四詩「骨肉緣枝葉」，曹植《贈弟彪》。

朋友

《伐木》求友，《菁莪》見友，《小雅·谷風》怨友，《何人斯》絶交。蘇武四詩「燭燭晨明月」。

夫婦

《關雎》正始，《雞鳴》相警，《柏舟》之節，《思齊》之順，《卷耳》思聚，《谷風》念離。蘇武四詩「結髮爲夫婦」。

女色

好色而不淫者，《鄘風·偕老》、《衛風·碩人》，宋玉《高唐》、漢《陌上桑》、魏《美女篇》，皆諷之也。

閨怨

怨誹而不亂者，《邶風·緑衣》、《小雅·白華》、長卿《長門》、班姬《自悼》、曹植《種葛》，亦刺詞也。

警戒

《抑》篇警德，《小宛》戒禍，《小毖》懲患，《伐檀》厲志，《賓筵》戒飲，《鶴鳴》納誨，《小旻》惑邪，《民勞》戒虐，《齊·甫田》戒貪大，《蜉蝣》戒玩微。漢傅毅《迪志》，玄成《戒子孫》。

稱美

《魚藻》稱君，《蓼蕭》稱臣，《鴻雁》稱政，《淇奧》稱德，《猗嗟》稱藝，《兔罝》稱才，《采芑》稱武，《天保》稱福，《南山》稱壽，《鳲鳩》稱儀。

期會

《鄘風・干旄》，《鄭風・緇衣》，《唐風》有《杕之杜》，《豳風・伐柯》，楚《越人歌》，魏《遊宴詩》。夫善善賢賢，好而欲致之，贈而歸美之，去而欲留之。

贈答

《衛風・木瓜》贈而答，《邶風・静女》見而贈，《崧高》、《卷阿》贈物、贈言，古詩《客從遠方來》贈物答詞，蘇武、李陵贈詩、答詩。

離别

《燕燕》、《烝民》送别，《渭陽》、《崧高》贈别，《竹竿》、《河廣》憶别，《晨風》、《九罭》愁别，《白駒》留别。唐詩以一旅寓而一歸曰留别。漢古詩《行行重行行》，蘇武《携手上河梁》。

懷思

《甘棠》懷德，《下泉》懷國，《蒹葭》懷人，《北風》懷歸，《采綠》懷夫。古詩《凛凛歲云莫》，思而夢也；《孟冬寒氣至》，思而憂也。

感悼

《黍離》、《都人士》感廢興，《十月》、《雲漢》感災變，《雨無正》、《苕華》傷饑饉，《大雅》《板》、《蕩》傷喪亂。漢《長歌行》、王粲《七哀》、蔡琰《悲憤》、嵇康《憂憤》、陸機《嘆逝》，皆寓時世而嘆傷也。

讒邪

《采苓》惑讒，《巧言》傷讒，《青蠅》聽讒也，《召旻》、《瞻卬》嬖倖也，孔融《臨終》，皆刺讒也。《巷伯》、《節南山》、漢《樊暐歌》，皆畏惡也。《權輿》、《侯人》、趙壹《疾邪》，皆言慢賢也。

勞困

《北山》言勞，《葛屨》言儉，《北門》言窮，《碩鼠》言困。漢《東門行》、《滿歌行》。

賦役

《大東》、《隰楚》，役之苦；《七月》、《蟋蟀》，役有休；《黍苗》，役之成。

行旅 旅衆出而寓于外。

《東山》詩、班彪《北征》、梁鴻《適吴》，行邁也。《四牡》勞使臣，《皇華》遣使臣也。《式微》、《小明》，魏武《苦寒行》，皆羈旅也。

登覽

《陟岵》、王粲《登樓》，望而思也。《靈臺》、《青青陵上柏》，樂同人也。《山樞》、《生年不滿百》，樂及時也。

游俠

《溱洧》、《宛丘》、漢《招商歌》、曹植《鬥雞篇》，遊蕩也。《鄭·叔于田》，漢《羽林郎》，曹植《白馬》、《名都篇》、唐《俠客》、《少年行》，任俠也。

隱逸

《考槃》、《衡門》、《商山》、《紫芝歌》、張衡《歸田》、潘岳《閑居賦》。《大田》、《良耜》、漢《岑君歌》，農也；《十畝間》、漢《拊缶歌》，圃也；《南有嘉魚》、魏文《釣竿》，漁也；《無羊》、甯戚《商歌》，牧也。評曰：「陶詩，古今隱逸之宗。」

神仙

好誕立言，托事申志。《穆王傳》、《白雲謠》、班固《通幽》、張衡《思玄》、蔡邕《釋誨》、曹植《遊仙》。

詠史

援古諭今，因事斷義。鍾嶸云：「班固《詠史》，質木無文。」孔明《梁父吟》，曹植《三良》，王粲、左思《詠史》。

音樂

《記》曰：「音由人心生也。樂，音之所生也。」《詩》《有瞽》、《那》篇，王褒《洞簫賦》、馬融《笛賦》、晉成公綏《嘯賦》。

天文

《大東》後篇、荀卿《雲賦》、宋玉《風賦》、虞卿《雲漢景星》。

時令

《豳風·七月》、《小雅·四月》、漢武《郊祀四時》、魏武《冬十月》。

地理

《周頌·天作》、《文選》木華《海賦》、魏武《碣石篇》。

草木

《采蘋》、《甘棠》、《楚詞·橘頌》、漢《齊房》、生芝處。《艷歌行》。松。

蟲類

《鵰鴞》、鳥。《潛》、魚。《駉》、馬。荀卿《蠶賦》、賈誼《服賦》、漢《天馬歌》。

器物

《葛覃》、《羔裘》、衣。《小戎》、車。荀卿《箴賦》、漢《怨歌》。扇。

説詩卷之下

南豐譚浚篹　男希哲希彦校

世代

世代有遷，詞章式變。夫謂一國之作爲《風》，天下之作爲《雅》，神明之作爲《頌》。小人歌之以貢其俗，君子賦之以見其志，帝王采之以觀其變，聖人取之而著于經，賢者述之而紀于傳。故見于經傳者，聖賢之所删定；出于子史者，或文士所依托也，博古者察焉。所謂改弊用中，亦助聖賢之道是矣。

唐虞

上古混沌，太音希聲。考之典籍，肇于陶唐《康衢》之謡，出于《列子》《擊壤》之歌，見于逸傳《虞書》《明良》、《賡歌》，《大傳》《卿雲》倡和，《孔子家語》《南風》之詩，《吕氏春秋》《塗山》之詠。又見《吴越春秋》。并詳《風雅逸篇》。

三代

《詩三百》尚矣。别見書史者，五子述大禹之訓，伊尹賡夏人之歌。箕子《麥秀》，夷齊《采薇》，武王《支詩》、《辟雍》、《貍首》，周宣《石鼓》、《謀父》、《祈招》，穆王《黄竹》、《黄澤》、《白雲》，此亦殷周之逸也。甯戚《商歌》，子産《鄭誦》，晏子數歌，仲尼數作。《接輿》孔、莊異云，《滄浪》騷、孟同述。時則春秋之作也。

戰國

李白云：「王風委蔓草，戰國多荆蓁。」夫伍員渡吴江，楚王歌越人，鄴民美賢令，葛婦傷越王，《古今樂録》、《風雅廣逸》、史傳、《説苑》不過數詞，荀卿獨廣四詩、五賦。

楚風

李白云：「正聲何微茫，哀怨起騷人。」屈平倡之，其徒宋玉、景差、唐勒續詞。漢武愛騷，淮南作傳，謂兼《風》《雅》。王逸以爲詩人提耳。漢宣嘆合經術，揚雄《反騷》又謂「諷味言同詩雅」。班固謂騷「露才揚己」，不合傳義，可謂茂才。此抑揚過美，褒貶任聲矣。

西漢

徐禎卿云：「漢祚鴻朗，文章作新。」杜甫詩云：「騷人嗟不見，漢道盛於斯。」故曰《大風》存霸，《柏梁》不亡，七言始也。孟玄成始四言〔一〕，蘇、李始五言，賈、馬賦作，漢風盛矣。

東漢

《文心》曰：「古漢《十九首》，或稱枚乘；而《孤竹》一篇，則傅毅之詞。兩漢雜收，五言冠冕也。」李善亦曰：「詞兼東都，非一人之作明矣。班、張首出，不逮西都焉。」

建安 黄初

建安，漢末。黄初，魏年。曹操父子，鄴中七才。李白詩云：「自從建安來，綺麗不足珍。」杜甫詩云：「多病鄴中奇。」所謂「慷慨任氣，磊落使才」也。

〔一〕 按，「孟玄成」當爲「韋孟」之誤。

正始 魏年號

《文心》云：「正始明道，詩雜仙心。何晏之徒，率多浮淺。惟嵇旨清峻，阮志遥深。」

太康 晉年號

《文心》云：「二陸、二張、左、潘、劉、郭，采縟于正始，力柔于建安。析文爲妙，流靡自（研）［妍］。」鍾嶸《序》云：「陸機爲太康之英。」

元嘉 宋年號

杜詩云：「永懷江左逸。」又云：「安得思如陶謝手。」史稱謝靈運「江左第一」，蓋句則爭奇，字以儷偶，極情寫物，窮力追新。

六朝

魏、周、齊、梁，南北朝也。晉、宋、齊、梁、陳、隋，六朝也。杜甫詩云：「恐與齊梁絶後塵。」韓愈詩云：「齊梁及陳隋，衆作等蟬噪。」

唐初

王、楊、盧、駱，當世稱爲「四傑」。沈、宋始工律體，謂七言詩。皆靡麗之尤也。

盛唐

開元、天寶之間，陳子昂始變顔、鮑，以復晉、魏之體，遂有杜審言、張九齡。孟浩然之後，王維、岑參、高適，時惟李、杜爲最。

晚唐

大曆而後，韋、柳爲工。錢起、李端等，時稱「十才子」。貞元而上，劉禹錫、王建、李頻、李涉，繼前取善耳。

宋朝

元祐體，蘇、黄、陳、劉、戴、王爲首。江西宗派，吕居仁譜列黄山谷以下二十五人。《苕溪漁隱》辨其選擇不精，謂當時所稱，數人而已，餘無聞焉。及劉氏、晁氏序説可知矣。見《通考》，餘見卷末。

右詩世代十六章。

編集

詩經

孔子純取周詩，上采殷，下取魯，凡三百一十一篇。《漢書》云「三百五篇」，以見在爲數，亡六篇者，或謂「笙詩」，本無其文。晉束晳補六篇，見《文選》、《正宗》，幸焉耳。

文選

梁昭明所編選賦、詩、文、詞。賦始于屈、宋，詩始于蘇、李。杜甫云：「熟精文選理。」又云：「續兒誦文選。」東坡云：「去取失當，五臣所注荒陋，至唐李善頗詳。」

楚詞

晁氏所集。宋玉而下十六篇，楚、漢、唐人共五十篇。以騷、續、變三書爲一集。朱子曰：「宋玉、賈生、相如、揚雄爲冠。宋、馬，詞有餘而理不足，長于頌美，短于規過。雄則摹擬掇拾，視宋、馬猶不及矣。獨賈生卓然，命世之才，俯就騷律，非諸所及。」

樂府集

四始之外，上自唐虞，下及漢魏，蓋由漢武立樂府之官用之，甘泉、圜丘所始也。後代之集，寔無全録。如郭茂倩、楊士弘、左克明之刊者，所謂統收古今，尚略于前，豈詳于後乎？其歷代《郊廟》樂章之目，略見《通考》，如漢高帝《安世房中歌》十七章、漢武《郊祀》十九章、《鼓吹鐃歌》二十二曲。迨于魏晉《横吹鼙歌》，篇名不一矣。謂略于古者，如楊氏、馮氏《風雅廣逸》之類也。

古文苑

唐人編録，莫知誰是。宋章樵序云：「史傳所不載，《文選》所不録。」張琳曰：「疑以傳疑，間非真手。」

藝文志

《玉海》云：「《藝文志》，凡詩、賦百六家，一千三百一十八篇。入揚雄八篇。」

藝文類萃

唐歐陽詢所選。陳氏云：「附詩、賦、頌贊之文，多今世所無之集。」

文章正宗

劉後村云：「《正宗》初萌，真西山以詩歌門屬余編類，且約以世教民彝，如仙釋、閨情、宫怨弗取。」

唐文粹

吴興姚鉉所選。序云：「唐之類集者，詩有《類選》、《英靈》、《間氣》、《極玄》等集；賦有《甲賦》、《賦選》、《桂香》等集。率多聲律，鮮及古道。」

文苑英華

宋李昉等選。集唐人詩、文千卷，間存南北朝一二。古體、律、絶兼收。

唐詩品彙

高棅爲翰林選。初唐爲正始，盛唐爲正宗、大家、名家、羽翼，中唐爲接武，晚唐爲正變，異人爲傍流，凡九十卷，五千八百首，總名《品彙》。于内復采取聲律純正者，凡九百三十首，名曰《正聲》，謂唐備古今諸體以集大成耳。其元楊士弘所選《正音》略異焉。

右詩正編，十一章。此外，或賦，或律，或絶，或失正者不與。

七經

晉傅咸爲《七經詩》，見前集句。王羲之寫，見《初學記》。

玉臺

劉後村曰：「六朝詩無全集，惟《玉臺新詠》，徐陵所叙，《文選》所棄。賞好不出月露，氣骨不脱脂粉。《玉臺後集》，唐李康成、鄭子敬選前所遺者。」

西崑

李商隱、温庭筠及劉、楊之詩，儷偶繁縟，詞旨恢譎，時好事者次爲集。歐陽公始排之，王荊公又與之。

香奩

韓偓之詩，多裙裾、臙粉之語。或謂沈括所著，乃麗而無骨。

迴文

皮日休《雜體詩序》云：「晉温嶠始有迴文詩。」或謂竇滔之妻所作，織錦寄文，倒讀成文。

盤中

蘇伯之妻所作，寫盤中，屈曲成文。

離合

漢孔融作《漁父》，屈節詩字，析合成文。見《古文苑》。

藁砧

五雜組

兩頭纖纖

右三題皆古詩之名，後王融擬作之。

四氣

春、夏、秋、冬爲四首字，如晉顧凱之摘句也。以下諸名倣此。

四色　六甲　八音　口字　建除　字謎　六府　四方　十二辰　姓名　叱語　歇後語

數名　藥名　花名　鳥名　獸名　相名　歌曲名　龜兆名　斜冗名　將軍名　宫殿名　屋名

車名　船名　樹名　草木　里名　州名

右三十餘名，皆六朝之作，見歐陽詢《藝文類萃》及惠洪《天厨禁臠》諸家詩格。至此，厄之甚也。並前十體，詩法已壞，而宋之蘇、黄諸公名家每效爲之，何其謬矣！此猶書之所以禁之也。

右詩雜編一十章。凡四十一名。

人物

人物惟考世次則明。秦燔之前，譜諜邈矣。孔删之後，輯録紊焉。十厄既多，前説乃闕。始于大漢，俟于皇明。

西漢

漢高祖《大風》、《鴻鵠》之歌，天縱英作，雄壯奇偉，文中謂：「其霸心之存乎！」項籍《垓下歌》，悲而憤也。田横門人《薤露歌》、《蒿里曲》，哀而傷也。漢風興而楚聲微矣。

唐山夫人作《安(石)[世]房中歌》，改《饗神歌》。徐禎卿云：「楚聲温純而雅厚，詞法本約而澤宏。」

商山四皓作《採芝操》，暴秦滅學，高皇病儒，其樂饑棲遲之言也。

戚夫人作歌，子趙幽王作詩。夫以小逾大，以賤妨貴，事成則唐爲周，不成則吕禍戚矣。

賈誼，長沙王太傅，作《弔屈原》、《服賦》。太史公讀之，有爽然自失之嘆。《文心》云：「賈生俊發，文潔體清。」朱子云：「卓然命世之才。」或云：「才高而量狹。」

司馬相如，名長卿，居茂陵。朱子曰：「《長門賦》古妙，詩人之賦也。較之《子虚》、《上林》，如出二手，則詞人之賦矣。」昭明云：「荀、宋表前，賈、馬繼後。」《文心》云：「長卿傲誕，理侈詞溢。」吕氏曰：「文似相如殆類俳。」

漢孝武定郊祀之禮，作《十九章》之歌，祠太一於甘泉，祭后土於汾陰。集五經之詞，多爾雅之文。「柏梁展讌會之詩，金堤製恤民之詠」，君臣風雅盛矣。

李廣利，貳師將軍，斬大宛王，獲天馬而作歌。逞志于四夷，内耗于中國，謬哉！

烏孫公主，傷和親而作歌。夫武帝肆征，盛迎降王，結親夷狄爲雄，誇矣！

劉安，淮南王，好古愛士，八公之徒，分造詞賦，或稱大山、小山。小山作《招隱賦》，比漢諸作，最爲高古。

蘇武子卿，典屬國。鍾云：「子卿《雙凫》，五言警策。」

李陵少卿，官都尉，在匈奴，相别贈答詩。杜甫云：「李陵蘇武是吾師。」元稹云：「雖雜《雅》、《鄭》，而詞意簡古，稱五言肇作。」東坡云：「後人所擬。」此謂宋無詩也。

韋孟，鄒人，作《諷諫》詩、《在鄒》詩，隱而不私，直而不切，身退居鄒，心不忘君。四言首倡，繼軌周詩。

韋玄成少翁，貶黜父爵孟而詩自劾責，此仍世作相而戒子孫也。

班婕妤，彪之姑也。《自悼賦》、《怨歌行》，引分自安，援古自慰，托物自興，怨而不傷。鍾嶸曰：「從李都尉迄班，有婦人焉，一人而已。」評列「上品」。

揚雄子雲，自謂賦莫深于《離騷》，反而廣之；詞莫麗于相如，作四賦而斟酌，皆依仿而馳騁。陸氏曰：「《長楊》作而《騷》亡。況嗜酒少算，事莽喪身矣。」

右西漢人物凡十二章。

集載詞章者，書記其名。以世代爲詮，不以優劣爲次。其軍中曲及民間歌有詞無名者，闕之。柏梁諸臣、侯王夫人及文儒仲舒、匡衡、劉向、劉歆、楊惲、班彪、王褒、枚叔，以詞少而略名耳。後代倣此。

東漢

世宗光武中興，息馬論道。顯宗、肅宗，克承其烈，臨雍拜老，東京吏治，歌頌盈盈。

班固孟堅，中護軍令史，作《兩都賦》、五詩、見史。《十八侯銘》、《史贊》。劉氏云：「孟堅雅懿，裁密思靡。」鍾評「下品」。

班昭，孟堅女弟，曹大家世叔妻也。隨子至官，作《東征賦》，述所經行，詞敷義正。

張衡平子，西鄂人。《二京》、《南都》、《思玄賦》、《四愁》詩。楊泉云：「文章卓然。」劉云：「慮周藻密。」李白云：「平子桂林，理在文外。」拜尚書。

梁鴻伯鸞，過京師作《五噫歌》。肅宗聞而悲之，求而不得。易姓將行，作《適吴》詩。

孔融文舉作臨終詩，禰衡正平作《鸚鵡賦》。二子剛而不遜，才而被殺。劉云：「文舉氣盛爲筆，正平思鋭爲文。」忌于當時，傷于後世也。

蔡邕，字伯喈，中郎。集賦、詩，其《釋誨》，足明己志。

文姬，名琰，伯喈女，董祀妻。被虜在胡，作《胡笳十八拍》，歸作《悲憤》詩。晁氏取以續《騷》云：「琰能知耻，與揚雄反騷之意有間矣。」

酈炎文勝，范陽人。劉履云：「當桓、靈時，語特矯峻，已有曹魏風氣矣。」鍾評「下品」。

右東漢人物凡八章。

王文考延壽《靈光殿賦》、馬融季長《笛賦》二作，獨擅于《文選》。孔明諸葛亮、後漢丞相。作《梁父吟》，責善于相國，惜詞不多耳。

魏

曹操孟德，追封武帝。《正宗》注：《苦寒行》，有恤勞憫下之意。《短歌》云「周公吐哺」，傾漢計耳；「解憂」、「杜康」，幾於謔焉。鍾評「下品」。

曹丕子桓，稱文帝。靈運曰：「論物靡沉浮，羅縷豈闕詞。」《正宗》云：「《芙蓉池》詩，何異秦二世。」

曹植子建，封陳思王。謝曰：「不及世事，但美遊遨，頗有憂生之嗟。」鍾云：「骨氣高奇，詞(不)[采]華茂，情兼雅怨，建安之傑也。」列于「上品」。

劉禎公幹，文學，後丞相，與植稱曹、劉。謝曰：「卓犖偏人，文最有氣，所得頗奇。」鍾云：「氣過於文，彫潤恨少。」列之「上品」。東平人。

王粲仲宣，侍中。謝曰：「遭亂流寓，自傷情多。」鍾曰：「文秀質羸。」列之「上品」。《文心》曰：「操鋭穎出，才果高。」子略曰：「《登樓》，魏賦之極。」山陽人。

陳琳孔璋，中郎。謝曰：「志本書記之士，故多喪亂之述，其《飲馬長城窟》詩也。」廣陵人。

阮瑀元瑜，籍之父。謝曰：「管書記之任，多優渥之言。」劉云：「展其翩翩之樂。」陳留人。

徐幹偉長，北海人。謝曰：「少無宦情，有箕穎之志，故事多素詞。」魏文曰：「時有齊風。」謂齊俗，文體舒緩也。

應瑒德璉，汝南人。謝曰：「流離世故，有飄薄之嘆。」劉云：「綜其斐然之思。」

右稱建安七才子。時繁欽、丁廙、楊修、荀緯，皆以文學名顯，而不在七人之列。《文心》云：「文蔚、休伯之儔，子和、德祖之侶，並志深筆長，梗概多氣也。」

魏明帝，名叡，文帝子。作《櫂歌》、《善哉行》。《文心》云：「徵篇章之士，置崇文之觀，何、劉群才，迭相照耀。」何晏、劉劭。

嵇康叔夜，譙國人。居山陽，貧，鍛以自給，官中散大夫。劉云：「嵇俠，興高采烈。」

阮籍嗣宗，陳留人，爲步兵。劉云：「淑儻，響逸調遠。」史曰：「得意忘形，發言玄遠。」鍾曰：「詩無雕琢，言猶耳目之内，情寄八荒之外，洋洋乎會于《風》《雅》。」列之「上品」。

阮咸仲容，籍兄子、向秀子期、劉伶伯倫、王戎濬仲、山濤巨源，與嵇、阮友善，稱「竹林七賢」。

繆襲，字熙伯，東海人，魏尚書光禄勳。造十二樂曲及《挽歌》。劉云：「正始餘風，篇體輕澹，繆登路矣。」

韋昭，字弘嗣，晉諱，改名曜，仕孫吴中書僕射，製十二樂曲，詩猶魏聲。

右魏人物凡十四章。

晉

劉云：「晉世群才，稍入輕綺。張華摇筆散珠，左思動墨成錦。岳、湛二潘曜聯璧之華，機、雲二陸標二俊之采，應璩、傅玄、成父子、三張載、協、亢、孫楚、綽父子、摯虞仲治、夏侯湛孝若、成公綏子安之屬。元皇中興，明帝繼盛，彼時之漢武也。束晳文雅補詩，曹攄清美長篇。季膺辨切短韻，劉昆雄壯多風，盧湛情發理昭，郭璞挺拔俊敏。《史》云：『運涉季世，人未盡才也。』」

左思太冲，臨淄人，記室，秘書郎。劉云：「業深思覃，盡鋭於《三都》，拔萃於《詠史》。」嚴氏云：「阮、陶之外，高出一時。」鍾列「上品」。

張華茂先，范陽人，爲司空。劉云：「寓意《鷦鷯》，短章清暢。」鍾云：「兒女情多，風流氣少。」

潘岳安仁，河陽令。謝混云：「爛若野錦，無處不佳。」劉云：「輕敏鋒發韻流。鍾美于《西征》，賈餘于哀誄。」

應璩休璉，汝南人，散騎侍郎。劉云：「《百一》詩名，見前。獨立不懼，詞詭義具，魏之遺直也。」李充曰：「風規治道，有詩人之旨。」

陸機士衡，吴郡人，平原相。張華云：「人恨才少，子更患多。」葛洪云：「玄圃積玉，五河吐流。弘麗妍贍，一代之絶。」鍾列「上品」。

陸雲士龍。劉云：「機才優而繁綴，雲才劣而清省。」史曰：「文章不及，議論過之，與兄機稱二陸。入洛，三張減價。」鍾曰：「皆原于曹植。」

張載孟陽，安平人，著作郎。《劍閣銘》見奇于張敏，《濛汜賦》取重于傅玄。

張協景陽，與兄孟陽才綺相埒。劉云：「協振其麗。」鍾云：「《苦雨》詩警策。」評爲「上品」。弟亢季陽，稱「三張」。

郭璞景純，弘農太守。李善云：「《遊仙》之作，文多自序，志挾中區，詞無俗累，見非前識。」

劉琨越石，都督并、幽、冀三州。晉臧緒曰：「托意非常陳。」鍾云：「善傷戾之詞，有清拔之氣。」李善云：「文雖厄運，故述亂多感恨。」朱子曰：「詩高東晉，已不逮前人。」

陶潛淵明元亮，謚靖節。蕭統曰：「語時事指可想，論懷抱曠且真。」歐曰：「兩晉無文，《歸去來詞》耳。」蘇曰：「質而實綺，癯而實腴。無陶之妙與韓之才，而學詩終樂天耳。」山谷曰：「巧斤斧者，疑其拙；窘檢拾者，病其放。」朱子曰：「詩淡有豪，《荆軻》一篇，露本相矣。」《正宗》曰：「學原經術，豈玄虛者可望耶！」楊文靖曰：「冲澹深粹，出于自然。」

宋

顔延年延之，光禄大夫。鮑照曰：「詩如鋪錦列繡，彫繢滿眼。」嚴氏曰：「顔不如鮑，鮑不如謝。」

鮑照明遠，東海人，臨海王前軍書記。長於樂府，杜云：「俊逸鮑參軍。」

謝靈運，臨川刺史，世稱康樂侯。文章江左第一。唐子西云：「三謝，靈運爲勝。」王通曰：「小人哉，其文傲。」鍾評「上品」。

謝惠連，靈運弟，陳郡夏陽人，司徒法曹。鍾云：「《秋懷》、《擣衣》詩警策，靈運何加！」李空同稱陸、謝。何仲默云：「古法亡于謝、陸，《詩》語俳體不俳，謝體語俱俳矣。」

齊梁 陳隋

謝朓玄暉，參軍。杜云：「綺麗玄暉擁。」唐子西曰：「江左六謝，莊希逸無詩《文選·月賦》，瞻宣遠、混叔源有而不工，靈運、惠連爲三謝。朓語益工，然蕭散漸起唐風矣。」

江淹文通，濟陽人，光禄大夫。晚節才思微退，人謂「才盡」。善擬古詩。

沈約休文，梁特進，著《四聲譜》。史謂能兼任昉彥升筆，約謝朓詩。范雲彥龍下筆輒成，人疑宿構，並以文義首居帷幄。

陰鏗子堅，武城人，法曹。與何遜稱「陰何」。杜云：「太白有佳句，往往似陰鏗。」今觀太白，過鏗遠矣。

何遜仲言，揚州法曹。范雲曰：「質則過儒，麗則傷俗，能清濁古今者，何生矣。」宋潛溪云：「何流于煩碎，陰涉于淺近。」

庾信子山，南陽人。東海徐陵，文並綺麗，稱「徐庾體」見史。杜云：「清新庾開府。」又云：「庾信文章老更成。」又云：「莫年詞賦動江關。」

王績無功，棄官而耕，號「東皋子」。周氏曰：「剪裁鍛鍊，開迹唐詩。」

右六朝人物凡二十三章。

仍時出衆者，録説从擇焉。見諸類輯詞章，姓名不盡。如劉云：庾亮以筆才逾親，温嶠以文思益厚，袁宏發軫高驤，孫綽規旋矩步，殷仲文孤興，謝叔源閑情，王、袁聯宗以龍章，顏、謝重葉以風采。皆泛論也。如何劭、木華、諸劉、諸王、諸范、諸蕭、諸徐、諸庾及梁武、簡文、陳後主、隋煬帝，君臣多作，見于《文苑》之前，續《文選》之餘，所謂「齊梁絶後塵」也。故不詳焉。

唐

《風》、《騷》響輟，六代體頽，至唐聲律稍復，昔謂集大成也。以世代爲次，非品列爲詮。

唐太宗時，君臣多作，雖徐、庾之風猶未丕變，而太宗首出群類，《詠風》詩云：「勞歌大風曲，威加四海清。」則漢高雄霸之圖，視簡文、陳後主、隋煬帝，多亦奚爲。

楊炯，待制弘文館，終盈川令。自云「恥居王後」。張説云：「文如懸河，注之不渴。」王勃子安，龍門人。王通孫。援筆成篇，時云腹稿。盧照鄰昇之，范陽人，王府典籤。楊云：「愧在盧前。」駱賓王，義烏人，臨海丞。裴行儉謂：「王、盧、駱，浮躁淺露，不得其死焉。」杜詩云：「王楊盧駱當時體，輕薄爲文哂未休。爾曹身與名俱滅，不廢江河萬古流。」蓋稱四子，而抑時人也。

沈佺期雲卿，學士。宋之問延倩，汾州人，學士。晁氏曰：「沈約、庾信，音韻屬對精密，沈、宋益加靡麗，唐律七言之始。」

陳子昂伯玉，拾遺。柳子厚云：「張説以著述之餘攻比興，而莫能極；張九齡以比興之隙窮著述，而不克備。唐興以來，稱是選而不作者，子昂而已。」王適見子昂《感遇》詩，乃曰：「是必爲海内文宗。」韓退之曰：「國朝盛文章，子昂始高蹈。」劉後村曰：「高雅冲澹，一掃六代之纖弱。」

杜審言必簡，襄陽人，甫之祖，與李嶠、崔融、蘇味道稱「文章四友」。天寶三載，芮挺章編《國秀集》，以李嶠《侍宴甘露》詩第一。

蘇頲廷碩，許公。張説道濟，燕公。史云：「文稱燕、許，詩益悽婉。人謂得江山之助。」張九齡子壽，曲江公，謚文獻。徐堅曰：「文如輕縑素練，實濟時用，而窘邊幅。宗元稱之，不究其極耳。」

崔顥，汴人，司勳員外。嚴滄浪曰：「唐詩七言律，崔顥《題黄鶴樓》詩第一。」李白云：「眼前有景道不得，崔顥題詩在上頭。」殷璠云：「一窺塞垣，説盡（戒）［戎］壘，鮑照並駕。」

唐玄宗，明皇帝。朱子云：「《早渡蒲關》多少飄逸。」王荆公《百家選》以爲開卷第一。《送賀知章》詩曰：「豈不惜賢達，其如高尚何。」亦好。

孟浩然，襄陽人。杜詩云：「作詩何必多，往往凌鮑謝。」皮日休曰：「涵然平天之興，若公輸子當巧而不者也。」殷璠云：「半遵雅調，全削凡體。」東坡云：「韻高才短。」劉須溪云：「孟詩如雪，雅澹無采。」

王維摩詰，右丞，别業輞川。東坡云：「味其詩，詩中有畫；觀其畫，畫中有詩。」又曰：「澹澄精緻，格在其中。」殷璠云：「在泉爲珠，著壁成繪。一句一字，皆出常境。」朱子云：「詩雖清雅，委弱少氣骨。獨《山中人》、《望終南山》、《迎神曲》爲勝。」山谷云：「胸次有泉石膏肓之疾。」杜云：「最傳秀句寰區滿，未絶風流相國能。」謂弟縉也。

右唐初至開元人物。

諸選集有薛稷、陶翰、崔國輔、李嶷、薛據、張謂、賀知章、賀蘭、劉眘虛、崔曙、賈至、獨孤及。唐殷璠評説及國朝高棅《品彙》不遺者，略其名耳。

杜甫子美，仕工部、拾遺，祖居襄陽，周流吴蜀。元稹曰：「善陳時事，律絶精深，千言不乏，世號『詩史』。」蘇公曰：「饑寒一飯未忘君。」朱子曰：「杜少年精細，晚年橫逸。秦州入蜀如畫。夔州後，鄭重煩絮。」荆公云：「杜自云：『讀書破萬卷，下筆如有神。』」嚴氏云：「憲章漢魏，取材六朝。」

李白，蜀人。時稱「(摘)〔謫〕仙」，爲翰林。曾鞏序云：「以汙永王璘，流夜郎，赦釋，徘徊潯陽、金陵，歷宣城，病卒，年六十四。詩雖少中法度，其閎肆佳偉，非騷人可及。」史曰：「才氣宏放，飄然超世之志。」李陽冰云：「馳騁屈、宋，鞭撻揚、馬。」殷璠云：「七言古篇，騷人以還，鮮此體調。」朱子云：「太白不專豪放，亦挨法度。《古風》五十首，原陳子昂《感寓》詩。」嚴氏曰：「李、杜不當優劣。太白《天姥吟》、《遠離別》，子美不能；杜之《北征》、《兵車行》、《垂老》等別，太白不能。」

高適，達夫、仲武，終常侍，五十始爲詩，即工，以質自高。殷云：「詩多胸臆語，兼有氣骨。」

岑參，南陽人，嘉州刺史。殷云：「語奇體峻，逸才幽致。」嚴氏云：「高、岑之詩，讀之使人感慨。」杜甫詩：「高岑殊緩步，沈鮑得同行。」

王昌齡，秘書，時謂王江寧。史稱：「詩縝密而思清。」殷云：「儲光羲氣同體別，而王稍聲俊。」

儲光羲，潤州人，爲御史。殷云：「挾《風》、《雅》之道，得浩然之氣，格高調逸，趣遠情深。」劉須溪云：「諸得古體，不須別意。」

元結次山，又稱漫郎、漫叟、聱叟，琦玗子。高子略云：「詞章奇古不蹈襲。」晁氏云：「冲澹隱約，譬古鍾磬，不諧于俚耳。」韓愈稱「唐文獨及結」云。

常建。殷云：「詩如初發通莊，却尋野徑，百里之外，方歸大道，旨遠興僻，唯論意表。」須溪云：「情景沉冥，不類著色。」

右天寶、大曆時中唐人物。

有皇甫冉、皇甫曾，劉文房、李嘉祐、郎士元、戴叔倫、李益、李頎、孫逖、祖詠、張巡、顧况、王灣、盧象、韋濟、袁暉、張嘉貞。大曆十才子：李端、司空曙、錢起、盧綸、韓翃、耿湋、崔峒等。《丹陽集》十八人，殷遥等。嚴氏曰：「戎昱，在盛唐爲最下。其他高者，不失盛唐，下者入晚唐有漸矣。」

韋應物，京兆人，蘇州刺史。白樂天云：「五言雅淡，自成一家。時人未甚愛，必身後而後貴之。」韓子蒼曰：「清深妙麗，唐人之盛亦少其比。」朱子云：「韋詩自在，氣象近道。高於王維、孟浩然，以其無聲色臭味也。」須溪云：「常意常言，枯澹欲無。」方虚谷云：「韋詩澹而緩，柳詩峭而徑。」

柳子厚宗元，爲儀曹。蘇云：「李、杜之後，獨韋、柳發纖穠于簡古，寄至味于澹泊。淵明之下，應物之上，退之豪放奇儉過之，而温厚清深不及也。謂外枯而中膏，似澹而實美。《南澗》詩，憂中有樂，樂中有憂。」朱子曰：「學詩雖從陶、柳門庭入。」嚴氏云：「唐人惟柳深得《騷》學。」劉辰翁云：「短調紆鬱，清美閑勝。」

韓愈退之，南陽人，謚文公，《昌黎集》。蘇曰：「詩之變自韓始。」韓自謂「詩不逮李杜」。歐公云：「韓詩得韻寬，則波瀾横溢。泛入旁韻，出入回合，不拘常格，『此日足可惜』之類。」又云：「唐無文章，惟盤谷序詩。」唐子西云：「《琴操》，柳不能；《皇雅》，韓不能。」嚴亦云：「《琴操》，唐人皆不可及。語經而簡，雅而文。」

劉禹錫夢得，官賓客。後村云：「沈著痛快，絶句尤工。」嚴云：「大曆後絶句，吾深取夢得也。」叠山云：「意在言外，寄有於無。」謂《石頭城》、《烏衣巷》絶句也。

右晚唐人物。

蘇云：「司空圖，詩文有承平遺風，得味外味，酸鹹詩喻，名言也。」嚴云：「馬戴在晚唐人之上，王建長於樂府，勝於宫詞。權德輿、李頻、李涉皆可取者。」歐公云：「晚唐周樸，構思尤艱。」曾南豐云：「鮑溶詩精約緊嚴，違理者少。」後村云：「李賀樂府最工，王建、張籍皆其下。」蔡氏云：「李商隱意不及語，用事深僻。」蘇公云：「郊寒孟東野島瘦賈浪仙，元輕稹微之白俗樂天居易。」其張籍、杜牧、許渾、劉滄、張祜、雍陶、姚合、崔塗、鄭谷、楊巨源、張喬，竇叔向五子常、牟、群、庠、鞏，有《聯珠集》。如前諸輩，歷代至今選輯未遺，姑列名氏。此外不勝舉録者多，及無評品者闕，亦知貞元而後，取其似上者希矣。

僧

皎然清晝，謝靈運之後。葉石林曰：「優于唐僧，其評駁老杜，所知可見。」湯靈澈，字澄源。劉夢得序云：「可入作者閫域，豈特雄于詩僧間耶？」嚴滄浪云：「唐諸僧有法振、法照、无可、護國、靈一、清江、不特、無本、齊己、貫休。皎然在諸僧之上。」其曰「優于雄于之上」，而《唐詩品彙》目爲旁流，則人物可辨矣。

右唐初至晚唐二十八章。

宋

李空同云：「詩至唐，古調亡矣，自有唐韻可歌詠也。宋人言理不主調，於是唐調亦亡矣。如黄山谷、陳後山，師法杜甫，稱爲大家。如土木骸冠服與人同，而謂之人，可乎？詩何嘗無理，若專作理語，何不作文而詩爲耶？」其言大家詩派若此，《江西詩派序》説得失，見《通考》及宋文集。則大儒周、程、張、朱、邵、陸固不屑于詩，其文士歐、曾、蘇、王又豈在于詩説乎？夫載道莫大于經，《詩》之六藝，何非理也？學理莫盛于宋，諸儒文士，何非詩也？此之謂風也、氣也、教也、習也。君子察之，其尚以復振古乎哉？

歷説

言詩，學詩，著于聖論。多識專對，利于世道。故叙《詩》者，子夏、毛公、鄭玄、衛宏；叙賦者，揚雄、班固、左思、陸機。《流别》論于摯虞，《雕龍》文于劉勰，評品者鍾仲宏，緣起者任彦升也。東周、兩漢、六代因之。盛唐逮今，諸説煩矣。其王昌齡《詩格》、《密旨》，賈島續之；白樂天《金針》，梅聖俞續之；僧皎然《式》、《(儀)[議]》，正字王玄擬之。有曰評曰格者，如托名魏文、李嶠，及德淳、神彧唐僧二格。有曰《風騷指格》齊己、《風騷要式》余衍述、《處囊詩訣》僧保暹、《流類手鑑》僧虚中、《緣情手鏡》李弘宣、《詩格要律》王夢簡、王叡《炙轂》，皆唐人也。《流離墨圖》、《雅道機要》、《雜圖》、《三話》、《詩眼》、《四六談塵》、《賦門魚鑰》、《賓朋宴語》，皆宋作也。又有《句圖》，如唐李倜、張爲，及宋太宗、楊大年、孔中丞、僧惠崇、林逋仙、吴觀林、高似孫、王仲志、方深道。皆句圖。宋又總集《吟譜》、《吟窗雜詠》蔡傳、《詩苑類格》王傳、李叔、《漁隱叢話》苕溪胡仔、《韻語陽秋》葛立方、《蛩溪詩話》黄徹，而歐陽公亦爲之，司馬君實續之。及蘇東坡、黄山谷、王直方、王半山、蔡西清、葉石林、許彦周、陳後山、劉貢父、唐子西、劉後村、嚴滄浪、姜白石、楊誠齋、趙章泉等，又名《續廣本事》、《天厨禁臠》、《藝苑雌黄》、《師友記聞》、語録、漫録、筆録、雜録、雜記、筆記、日記、苑談、名談、筆談、夜話、禁語、室中語、童蒙訓、遺珠、玉屑、補遺、新編，及今名家詩法，群言散出，不悉數矣。其言不必摭，名不必録。使言不擇从，録不憚煩，雖更胥徒，歷旬時而能終之，亦徒然矣。或煩卷帙而不便省閲，或涉偏頗而不通條貫，或遞因襲而不甚啓明，或議當時而鮮及歷代，或評新作而鮮及舊章，或屑瑣語而不究大旨，是逐末流而背本原，忽易簡而務穿鑿，妨民彝而乖至道也。揚子曰：「一卷之書，必立之師，習乎習，以習非之勝是也，況習是之勝非乎？」學者審其是而已。」(于)[余]乃博采會通，錯短取長，黜非存是，舉綱而列目，述詞而見義。辟即葉而緣柯，由泉而達海焉。

右附説。

玉笥詩談 二卷

續玉笥詩談 一卷

朱孟震◇撰

侯榮川◎點校

玉笥詩談卷上

明　新淦朱孟震秉器著

先大夫在邑庠喜爲詩，與黎先生汝登雲交莫逆。黎有滄洲書屋，先大夫嘗就其中倡和，或共放舟中流，從先大夫湖上飲。一日元夕，乘月從滄洲來，適旅人張燈湖濱，因邀黎共飲，酒闌黎去。又邀之返，見一人醉從月下歌，黎喜甚。先大夫復取大白酌黎，因聯句曰：「萬家簫管沸樓臺，想見金吾九禁開。清夜何人歌不寐，滄江有客去還來。燈幢掩映尊前動，春色分明月下迴。輸與山人得三昧，酒酣餘興更添杯。」又《詠老人燈》云：「白髮尚兒戲，身輕火煉成。形容雖潦倒，心孔却虛明。」前輩風流交契，可想見矣。

「公道世間惟白髮，貴人頭上不曾饒」，此唐人詩也。先祖素齋府君《挽周氏父子》云：「於今白髮無公道，不上周郎父子頭。」蓋反其意而用之也。府君少豪俠好義，尤喜爲詩，惜散逸不存。余又嘗於敝歷中見和唐人《無題》四首，俱有致。後計偕，往來數四，歸檢篋中，則已化爲烏有矣。止記一聯云：「綺檻留雲迷薜荔，玉簫吹月隔芙蓉。」此外有《桑榆詞藁》尚存。

武昌丞胡公芳者，華亭人也。少有聲場屋，尤工詩，書學蘇文忠，因自號後坡居士，居官清約，喜與先大夫遊。間命酒遊西山諸勝，酒中暢飲，酣然樂也。先大夫曾有詩云：「人在西山更倚樓，無端風景上簾鈎。萬松關近天低處，九曲亭當雲上頭。吴業只今何地著，楚山依舊帶江流。千巖萬壑鳴宵雨，洗我年來范老憂。」公擊節賞曰：「萬松關，九曲亭，自有西山來，殆爲今日設。」公有《宫詞》十首，嘗記一結句云：「丁寧積翠池頭水，紅葉無題莫漫流。」大有風人之致。一日，先大夫呼予出，公面試以對曰：「雨戰緑蕉驚鶴夢。」余應曰：「風敲斑竹亂鳩聲。」因呼予爲小友。先大夫擢應天教，公握手嘆曰：「子期行矣，誰爲賞音？我自是束管絶弦矣。」後擢某縣尹〔一〕，致政歸，予家尚有公手書詩若干幅。

予師許石城先生，家金陵，以尚寶卿致政。家居二十年，遊情山水，文酒自娱。性喜客，客來命酒必醉，夜漏下五鼓不輟也。金陵當吴楚之會，每門生故人來訪先生，必留連信宿。諸官留都者，率以歲誕日奉酒爲先生壽。先生輒賦詩張宴爲樂。予一夕詣先生，時王太僕在上元，先生折柬招與共飲，自日午洗酌，燒燈竟夕，仍起浮大白三，出門曙矣。嘗舉所爲詩笑謂余曰：「平生愛我無如酒，凡事輸人不但棋。」先生之寄興遠而達矣。錢塘周銀臺興叔，工爲詩，最不易許可，每稱説先生詩曰：「今稱詩者僅得一二，輒自謂過人，若清新雋逸，雄渾古雅，無所不有，

〔一〕「擢某」，原本乙倒，據明萬曆刻本《河上楮談》卷一改。

則石城之在白下，當稱大家矣。」予領渝州，先生贈之詩云：「久遊憲部蜚清譽，新拜名邦愜壯心。來往詞林聽戛玉，飛騰雲路羨橫金。節過巫峽才逾健，堂對岷江澤共深。從此登臺瞻漸遠，幾時重和白頭吟。」又《寄懷》詩云：「論文常下白雪司，別去俄驚二載餘。正指巫山看片月，忽從淮水得雙魚。甘霖此日隨熊軾，靈雀來年近隼旟。宦達有誰敦夙好，知君高誼古人如。」銀臺詩尤奇脱，其送余赴渝州云：「春陽已囀秣陵鶯，江渚東風趣上征。藝苑登壇誰並駕，秋曹讞獄久稱平。三山對酒離襟蹙，百丈牽雲疊鼓鳴。舊舞巴渝沿猛鋭，待君文教雅馴更。」

張中丞肖甫，銅梁人，名在七子中，又稱三甫。予在金陵時，見俞氏所選《盛明詩》，又得新安所刻張中丞詩，纔十之一耳。予爲渝州，公數以詩示予，幾百首。其所贈答予者無論也。嘗欲萃而刻之，以渝匙能書，不足配新安本耳。在南都送予領渝州詩云：「簡書朝下帝城春，此日分符得玉麟。自是使君稱長者，由來岳牧用詞人。雙旌夜入刀州夢，五馬風清折阪塵。便欲西歸從父老，相携簞食大江濱。夔門西望是江城，太守乘春皂蓋行。蜀道那論難與易，雪山應繫重還輕。兒童萬室巴渝舞，簫鼓千峰竹馬迎。高第昔稱朱北海，知君不讓異時名。」《寄懷》二首云：「秣陵亦是漢西京，詞賦君垂作者名。出領一州如斗大，來看五馬似龍行。民間歌舞褰帷見，郡裹江山坐嘯清。多少青梧齋閣外，政成應有鳳凰鳴。」「乞將骸骨卧岷峨，世事其如懶慢何?散髮林丘憎束帶,避人門巷或張羅。山川日待雙旌下,田野時聞五袴歌。説道使君能下榻,肯容孺子一經過。」《明虹太守同諸寮友餞予澄清樓偶作》云:「雉堞全扶閣勢平,雄看宛似石頭城。奇峰曲抱青尊起,寒斗高縣畫棟明。中夜巴渝當日舞,東流江漢使君情。登樓無用思吾土,多少風雲倚檻生。」《起家南行舟次渝州朱明虹公祖賦二詩贈别和韻奉答》云:「歌發驪駒夾岸頻,臘殘愁見柳條春。寒江月淡孤帆客,去國雲依白髮親。失計倉皇違鹿豕,垂名未必畫麒麟。笥中尚擬陳情草,異日將行上紫宸。」「天門一佩左符來,千里山河保障哉。滿地棠留巴子國,明堂人自豫章材。尊前意氣看龍匣,江上風流憶鳳臺。不見潁川終拜相,期君中夜望三台。」《金陵江望有懷明虹使君時將入計矣》云:「天垂西極望渝州,景物偏生萬里愁。江勢散從巴字水,鴻聲不盡秣陵秋。稍聞肆覲來群后,遥想遮留夾去輈。試聽明堂傳劍履,幾人高第似君侯。」《明虹公祖行部山城喜而賦此》云:「衡門長夏足卑栖,忽報前茅業已西。不盡真人傳紫氣,頓教野老杖青藜。天垂露冕千峰出,雲拂旌旗落日低。小隊儻從雞黍約,草堂亦在浣花溪。」《明虹朱公招飲治平寺》云:「相携春草遍禪堂,紺殿蓮燈綺席光。洞裏桃花欺酒色,風前寶樹散天香。情同塗嶺千重厚,心逐渝江兩派長。語到明朝車馬路,何人不擬醉爲鄉。」《遊塗山奉柬明虹公祖》云:「青郊寒削萬芙蓉,支策捫蘿破紫茸。祠抱山川思夏后,春從天地入堯封。桃花水散龍門束,楊柳樓居雉堞重。君道案頭蒼翠色,何人持贈白雲峰。」《明虹太守餞余五福宫賦别》云：「登高遥借紫霞宫，福地追攀一逕通。城郭萬家春樹裏，江山雙目雨天中。雲穿仙樂憑闌得，露浥桃花照酒紅。指點闕門楊柳色，誰歌三疊對東風？」《白市山行有懷明虹使君》云：「躡屩風氣佳，迴光照谷口。樵徑分羊腸，巖泉濺馬首。白雲非一態，烟嵐蔽林藪。上發青天歌，下若建瓴走。寺鐘穿峽來，松花落吾手。回瞻巴渝城，丹霞散培塿。埽石時一謳，顧戀區中友。山水疲雙眸，寄言永嘉守。」《朱秉器太守擢河南憲副送别》十首云：「使者乘軺入大梁，中臺列柏儼成行。寒風六月生沙海，玉壘高横柱後霜。」「漢庭高第是渝州，五馬如龍陸海遊。明發江干攀卧處，也停軒蓋慰遮留。」「梁園百尺有高臺，嵩影河流相對開。一自鄒枚裁賦後，千秋又見使君來。」「天風一飽布帆過，繞樹流鶯兩岸多。峽口猿聲聽不盡，巴童又和竹枝歌。」「詞賦翩翩準二京，年來治郡見功名。請看漢使班生傳，文苑誰兼循吏聲。」「郡國婆娑棠樹枝，尊前折贈慰相思。繞城無數江心石，留作他年墮淚碑。」「中原日月半樓臺，北去千峰立馬開。歌罷四愁聊寓目，粘天一片白雲來。」「驄馬平原此日行，繁臺秋色不勝情。黄河自是西來水，尺素無由達汴京。」「雄才馳騁氣如雲，愛士如從益部聞。明到夷門尋故事，何人不説信陵君。」「紫氣重封二室山，三花留待使君攀。懷人若縱西南目，天際峨嵋白雪間。」《明虹公祖將之中州遺書山中言别適當七夕之辰也因賦此見懷》云：「小結溪居竹萬竿，魚書忽報下江湍。開椷已帶中嵩氣，倚杖遥從北斗看。點點千峰隨雁落，盈盈一水傍秋寒。莫將此日悲牛女，乍見人間轉自難。」《明虹使君明發吾渝不佞屬廬居不能往送謹解佩劍贈别而侑以詩》云：「乘驄使者將欲行，秋氣蕭蕭班馬鳴。紅樹江頭開祖帳，峰烟半落渝州城。伊予塊寢康成里，孔融惠好殊無比。闗門遥憶攀轅人，恨不相隨諸邑子。涪白飛濤天怒摧，黎山九折車堪迴。渭城有曲不得奏，側身東望心悠哉！寥廓霜空暮雲紫，同心難隔千山水。蒯緱二尺平生親，脱贈相將贈行李。君不見吾家茂先佩干將，斗間之色從豫章。君生豫章望氣否？神物會合終當有。明到中原曉渡河，帆前津鼓揚洪波。風雷倏忽劍歌起，始信龍泉尋太阿。」嗟夫！嘗鼎一臠，公之所以主盟雅騷者，固可概見矣。

沔陽陳憲使蘇山先生柏、參知公文燭玉叔，父子俱以詩鳴興都。玉叔守淮安時，予爲南比部，結青溪社。玉叔以詩寄社中諸子，諸子爲江閣停雲詩贈之，而余爲之叙。余守渝，玉叔督四川學，相見歡甚，因折節爲交。時從郵筒中以詩文相示，先生有《職方題藁》，予爲序之。先大夫《墨泉詩藁》，則玉叔爲之序，蓋於是稱通家。先生亦復以詩文相贈答。先生才氣高一世，獨喜與文人遊，凡海内知名之士，争願從先生，即數千里，靡不意相結也。玉叔八九齡，即能讀古文詞，已揮筆作驚人語。既宦遊，所知交益廣，著作日富，其文不司馬、詩不盛唐不屑也。先生所著有《職方題藁》、《見南江閣詩文藁》、《借山亭詩藁》、《夏汭樂府》、《借山亭續藁》。玉叔詩有《廷中集》、《漢陰集》、《蜀中集》，文有《五岳山人文集》，俱行於世。先生嘗寄余詩，有《酬朱秉器使君用原韻》云：「錦字遥傳自錦官，詞源三峽倒生寒。才情豈但凌雲似，意氣還同折檻看。老去林間悲短羽，往來天外望長翰。平生萬户輕如洗，何意於今更識韓。」《答朱秉器太守》云：「錦字俄傳漢水涯，同心千里未云遐。雄詞已訝傾三峽，高誼還驚比二華。黄石敢忘曾進履，青門猶憶舊耘瓜。他時倘叶非熊卜，肯以勳名讓子牙。」先生冢嗣文燮，諸孫汝堪、汝封、汝均，俱才而能詩。二難競爽，且駕長文而三，潁水德星，今移聚漢陰之上矣。

劉元倩，名成穆，其先世新淦人，以大姓商崇慶州，從外氏爲杜氏。大父性謹厚，不御酒肉。妖人鐔亂蜀之歲，夢吞五色石三，占之曰：「石之言世也，五色備乎文矣。三世之後，其以文名乎？」祖勤庵先生，舉弘治壬子鄉試，仕弗耀。父朝紳，以正德甲戌正月甲寅夜夢有鶴翥於庭，遂生元倩，名之曰成穆，别名以嘉壽，字曰文孫，志先夢也。元倩生七歲能詩文，十歲博識，十五究經史百家，談玄理、談兵、談世務，珠貫川絡，且澹然有山林之意。嘉靖辛卯，朝紳督餉江西，留元倩侍其母。柱史熊雲夢、宗憲張南溟，檄有司起試，試嘉禾賦經義各一。比成，日未中，讀之蔚然，因强入試院，以《春秋》舉鄉試第三。又强之試春官，不第，發憤卒，壬辰春三月二日也。先是己丑，元倩夢入五雲洞，二道士迎於門，以詩贈别，末有「重龍望子回」之句。龍辰屬三辰月，甲辰之三月重龍也，人謂先兆云。升庵楊先生甚愛其《過漢武陵》，詩云：「歲暮霜殘過漢都，武皇陵墓舊荒蕪。不將玉匣藏天馬，猶使金燈照野狐。賦客詞園清露盡，仙翁丹竈白雲孤。千年惟有秋風曲，渭水長流啼野烏。」予愛其《温泉宫》云：「碧洞霜泉卧火龍，翠華宫冷玉芙蓉。遊人緑酒流春殿，妃子朱顔落夜峰。石閣獨逢明月醉，瑶塘虚有晚霞封。霓裳不見梨園曲，愁聽秦箏雜野蛩。」元倩於詩文初不經意，即席揮穎，有甚嘉者，若《秋霖賦》之類，俱散失不傳，所存集纔三之一。初名誠穆，南溟改誠爲成，易文孫以元倩，故集名《元倩集》云。

華州張明府維訓爲余言惠逸人事，余請傳之。傳詞多，不具載，載其概。惠逸人者，名沐，字子新，自謂一松子，東西南北人也。或曰：上世惠妃族，以事謫秦中北里籍，乃爲秦人。逸人志氣軒豁，好古書，習名賢法帖。長安張太微與武功康太史、鄠杜王太史、盩厔王東谷遊終南，見逸人詩有佳句，遂引與遊。逸人一日款有司，求籍長安太村里，按察孫公限韻令賦雪竹，逸人曰：「請無拘禮法。」乃解衣睥睨良久，揮筆題曰：「誰人種此琅玕玉，引得清風俗尚淳。待月忽疑青鳳至，凌霄常與白雲親。渾如娥女漬殘粉，清似夷齊不受塵。獨有歲寒君子節，肯隨桃李競芳春。」孫大稱賞，因爲繫籍長安，自是名益振振起矣。康太史延之武功，作詩爲贈。然性至孝，秋夕忽聞促織，感而詠曰：「我聞促織音，月下淚雙落。嗟我白頭親，寒衣著未著？」康憐其意，贈予還里。後從雲總戎徵入爲幕客，乃遊皋蘭，歷雲中，又入承天。平生奇崛不平之氣〔二〕，

〔二〕「生」，原本作「入」，據《河上楮談》卷二改。

間寓於詞賦。晚又從總制劉公徽作《固原志》，尤好談黄白術。或詰其好仙者，逸人曰：「子欲居九夷，而能以王道與九夷乎？子未知古達者之寓言也，而何以謂我哉？」年六十卒，葬長安曲江。維訓與華原張子志川宗尉爲題「明詩人惠一松墓」，有《一松集》若干卷。

予鄉簡西㽔紹芳，弱冠客遊滇南，題詩山寺。楊升庵先生一見異之，使人物色，遂定爲忘年交，凡先生出入必引與俱。先生藏書甚多，簡一覽輒記。每清夜劇談，他人不能答，簡一一應如響。在滇南倡和及評較文藝，惟簡爲多，張愈光諸人不及也。簡年幾六十，西歸蒙山。先生之詩云：「金蘭意氣昔論文，宴坐朝霜竟夕醺。千里馳驅來僰道，十年羈旅共滇雲。交游落落晨星散，蹤迹悠悠逝水分。江南江北從此别，何時何地再逢君？」因大慟不已。簡歸數年卒，其子謁先生瀘陽，時先生以疾卧床，呼拜床下。問：「西㽔安否？」其子曰：「死矣。」先生長吁數四，以袖拭淚，遂向壁卧，不復言，數日卒。先生交誼，當求之于古矣。

張德南，名煒，閩人。初爲南大理司務，署中有奇竹二，産檐下，已乃屈曲循檐出。德南援筆爲《瑞竹賦》，諸郎競傳詠之，又傳書諸郎，以便面從乞書者屨滿户外。詩喜爲平淡。一日，舍中芍藥盛開，乃命酒招余飲，取薔薇和麪煎之佐酒，極有致。又邀余從南城諸寺玩月，極歡而罷。以事詿誤，稍遷爲龍安推官以歸。余爲渝州守，復會於蜀，寄予詩云：「白下悲歌送我行，西風逐客淚沾纓。百年盟好耽風雅，萬里羈栖憶弟兄。蜀郡兒童迎使節，閩洲蝦菜計歸程。相看咫尺難相晤，山自青青鳥自鳴。」

梁彦國，順德人，名柱臣，爲大理評事。作詩一以古爲憲，有《寶劍吟》贈予云：「豫章有龍劍，紫氣干斗牛。至人識其精，豐城遂奇搜。感君重意氣，持贈結綢繆。啓匣已電發，麾鐔忽星流。太乙曾下觀，封胡將見求。應同櫑具佩，持向漢庭遊。慚非張公子，靈貺焉可酬。」

陳子野，名芹，金陵人。爲長沙令九十日，解印歸，卜居鳳凰泉之左。又構别業新林浦，時垂綸其上，浦有横厓，因自題曰「横厓小隱」。又即邀笛步爲閣其上，云「邀笛閣」，而引騷人倡詠爲樂。嘗取古高士，自巢、許而下迄於宋、元，得七十餘人，人爲之詩，以自見其志，號《思古吟》。其《喜諸君子入社》詩云：「邀笛亭前舍釣竿，丹楓林外候金鞍。吟邊緑酒今逾暖，花底幽盟久未寒。才子一時追鄴下，故人幾載隔雲端。諸君莫更輕離别，萍迹應憐此會難。」《詠美人走馬》云：「明妝驅駿足，晴日麗春風。各倚千金貴，齊驕三市中。蹁躚疑舞鳳，恍忽似游龍。一盼揚鞭去，幽情已自通。」《窗中度落葉》云：「静聽高林響，還過虚牖前。蕭條如帶雨，閃爍似含烟。孤影隨飛鳥，寒聲和晚蟬。妝臺有思婦，相對惜華年。」《鳳凰客所社會》云：「鳳凰泉上瑞烟輕，自煮新泉待友生。賴有香茶將一盌，殊無旨酒速諸兄。賡酬會意思投轄，湖海論交惜聚萍。莫以更闌問歸路，秦淮東畔月初明。」《秦淮烟月》詩：「淮水平如江水平，今人情似古人情。英雄滚滚隨波去，留得波間此月明。秦淮烟暝水長流，明月空懸萬古愁。春去秋來風景别，鳴箏不下酒家樓。」《折欄會和周銀臺》云：「新歲詩豪集，深更興未闌。共憐今夜月，仍似去年看。社主歡投轄，車徒怨折欄。彩梅紅對酒，忘却外邊寒。」《鳳凰臺上憶吹簫》云：「有人春日發高臺，翩躚綵服從風來。忽舒玉指吹玉簫，花風千林天上飄，衆賓各進酒一瓢。竹音稍（亭）〔停〕繼以肉，盡道鳳鳴在山麓。彩霞垂天日西没，衆賓大斗飲不足。鳳兮鳳兮忽飛去，嘉爾靈禽在南國。」《長干曲》云：「長干女兒茜裙新，琵琶一曲驚千人。三吴少年豪傑士，醉待梅樹回陽春。春風一夕朱英發，珊瑚枝頭掛明月。茜裙挽住五花驄，梅花落盡歡永歇。」《感别送朱比部》云：「使節三年野老家，鳳凰泉水自煎茶。今日西川成遠别，金尊空對碧桃花。離筵花雨亂紛紛，宛轉情言到夜分。巴峽聞猿應憶我，江樓望月正思君。」《聞笛有懷朱比部》云：「空林索寞雨絲絲，折得梅花未放枝。正是鄰家夜吹笛，倚闌無限故人思。」《虚堂夏日有懷朱重慶》云：「虚堂白日永，竹樹陰相錯。纖羅無風吹，裊裊隔簾箔。乳雀巡檐來，翻階映紅藥。時有屋上雲，凉氣從空落。瞻雲思友生，竟日坐寂寞。蜀山修且阻，雙鯉何由托。」

姚典客原白，名漸，家金陵武定橋，以貲入爲郎，久之辭疾歸。性好吟，就所居構市隱園，水竹之勝，甲於白下。時時招詞人墨卿觴詠其内，醉取古墨玩之，時引筆作真草數幅，雅有致。晚好作梅，從閩王山人遊，盡得其妙。子之裔爲郡博士弟子員，亦能詩。其《邀笛閣喜諸君子入社》云：「青溪文酒已三秋，復喜群公集水樓。藻思久傳鸚鵡賦，芳時今逐鳳凰遊。寒花照座金爲蕊，明月窺簾玉作鈎。夜静忽聞三弄曲，依然江左舊風流。」《病後諸君子邀入社》云：「巖廊詞客擅風流，自喜漁樵得共遊。病裏愁心違授簡，秋來詩思一登樓。疏簾棐几山當座，楊柳芙蓉月滿洲。伏想年來題詠處，家家珠斗夜光浮。」《青溪對雨》云：「長空飛急雨，虚閣對滄洲。蕭索三秋盡，微茫十里收。絲飛桃葉渡，雲憶鳳凰樓。坐領寒江趣，烟蓑起釣舟。」《鬱鬱園中柳》云：「園柳吐春姿，鬱鬱寒塘側。盈盈陌上條，日日送離别。玉筯掩深閨，金鞍遊上國。韶光日以暮，彫落良可惜。攀條欲寄之，不語淚沾臆。中情豈故殊，何嗟失顔色。離别勿復道，願言崇令德。」《喜諸君分詠小園》云：「輞川賡和處，裴迪有新詩。豈意千年後，風流今在兹。買山成小隱，投轄得雄詞。今夜青溪上，文光照水湄。」《冬夜程孟孺莫雲卿姚光虞過集》云：「坐深銀箭燭花開，荒徑能勞二仲來。書變鼎彝傳古法，吟餘風雅盡詩才。談生麈尾將迴雪，暖盎枝頭欲放梅。更喜吾宗同笑詠，草堂今夕聚三台。」《賦得白鷺洲送黄參軍奏績》云：「岷山遠發大江流，采石東連白鷺洲。一片蒹葭摇雪浪，三山臺殿枕丹丘。地邀彩筆增新色，人對離尊起别愁。羡爾雲帆天路近，春風吹到鳳凰樓。」《冶城餞吴莫魏張四才子》云：「冶麓高寒結駟來，旗亭巵酒傍丹臺。黄金舊鑄雙龍劍，白雪新傳四傑才。天半月明瑶鶴下，林間星聚石壇開。送君翻念青溪社，醉倚離筵不放杯。」

華明伯，名復初，無錫人。父補庵先生雪，爲比部郎，博雅好古，家藏書甚富。明伯少有才名，克嗣其家學，取藏書一一校讎之。又喜爲詩，與盛仲交相友善。隆慶癸酉，以貢授應天學訓導，仲交尚爲弟子員，雅相師友，意各自得也。從所寓構秉燭軒延客，客至，輒舉白賦詩爲樂。《軒中雨集得四言》云：「有客客膝，亦孔之安。載集佳賓，佩玉珊珊。佳賓至止，德容幾幾。四座講德，周道孔邇。湛湛我池，鑑爾令儀。君子攸萃，燕笑孔宜。酌我洞泉，瀹我山茗。客醉而歌，亦既酩酊。陽既伏止，澤藏乃宜。迅雷風烈，慨焉非時。賓既醉矣，雨亦滂矣。夜如何其，夜未央矣。」《雪中借馬》云：「踏凍非無東郭履，沾花空有杜陵詩。錦韉不惜晚來借，紫叱何妨醉後騎。自是看山揮策緩，非因傍險得歸遲。長安陌上多遊冶，不似灞橋風雪時。」《美人走馬》云：「艷質輕千里，翩然自出群。乍聞乘月駟，驚見逐飆輪。飛鞚驕纔逞，縈鞭捷有神。霓裳同躞蹀，霞帶共繽紛。來似花成陣，迴看雪滿身。鬟拋鸞欲墜，襪躡不生塵。柳漾垂青組，桃飛蹙錦茵。波涵秋欲轉，峰斂翠猶顰。猿掛巫山夜，珠浮洛浦津。星流行更穩，電掣態逾新。彷彿雲中見，飄飄認未真。」《市隱園冬日》云：「殘冬景倍暄，欻似入冬候。山家酒初熟，鷗盟復如舊。水底見鍾峰，窗間列遐岫。何須絲竹響，但喜花木秀。日暮繞池行，清風滿懷袖。」《鵝群閣觀水邊芙蓉》云：「昔曾詠秋水，又見秋深時。芙蓉故繞徑，菊英尚滿籬。有花不來賞，時過復惜之。紛紛塵中人，擾擾將何爲？徒倚不忍別，殷勤銜玉卮。」《今日良宴會》云：「今日良宴會，射堂何鬱盤。勝友畢來集，寶樹棲鵷鸞。揮筆飛雲烟，字字青琅玕。人生貴適志，和音良獨難。

主賓既款洽，藹藹如金蘭。聚散慨落葉，誰能念歲寒。」《姚原白病後入社》云：「芙蓉夢隔三秋月，黄菊歡同此夜尊。幾度鳳凰臺上望，閲江樓畔荻花村。」《送朱比部守重慶》云：「巴江曲曲萬載流，提封百里古諸侯。江流晝夜自不息，何人遺愛傳千秋。曾聞宋季余安撫，闢館招賢資幕府。聚米爲山衍陣圖，二冉奇謀爲誰吐。釣魚山下江之衝，移堡依山設險重。枚甯搉輯稱良牧，至今猶羡中興功。使君光價重璠璵，玉笥山中曾著書。一麾出守青雲色，僰道新乘五馬車。只今有道成沃壤，桑土應須計安攘。巴渝千里起淳風，重爲余公拂遺像。」

盛貢士，金陵人，名時泰，字仲交，爲社中詩，援筆立就，已輒失其藳。其《立春後一日同莫雲卿蔡世卿訪朱比部用韋左司韻》云：「梅花柏葉彩華新，官舍蕭蕭竹樹鄰。露壓經時虹氣健，雲筒隔歲馬蹄頻。久甘鴻迹爲樵客，不愧鳩司作從臣。最是江南明月夜，共將花柳詠初春。」《送朱比部》云：「幾年官寄白雲司，日日行吟湖水湄。五馬西川來作守，一尊南郭暫相持。天邊雲樹依臺遠，雪後春濤出峽遲。自昔蜀中多勝蹟，品題應是待新詩。」《同友晚遊方山》云：「千山迴合日將曛，一片鐘聲下白雲。茅嶺葉飛寒色早，秦淮水落暮烟分。風含石竇疑泉響，月朗巖扉過鹿群。却憶向時曾載酒，桃花細雨共氤氲。」《曉登雞鳴山塔院望後湖殘雪》云：「夕陽斂湖光，殘雪散山麓。鐘聲飄寒空，人家隱深竹。一鳥下高天，迴翔向叢木。老僧澹無言，相看幽意足。」《黄以藩過訪》云：「竹下論詩寒色生，蕭蕭僧舍夕陽明。湖光若是山陰道，雪片應飛白下城。酒琖暫依梅樹坐，琴囊何惜蘚痕行。高天欲晚還留句，何愧任翻半字情。」《寄陳仲魚》云：「臺上重開碣石宫，海鵬南徙趁長風。青雲原是天邊客，白馬羞爲歷下雄。溪叟不妨漁艇在，洞仙應許鶴書通。海陽春色知能早，何處桃花開最紅。」《同莫山人過市隱園》云：「向夕風吹池水平，高天雲净雨初晴。朱闌隔岸魚俱躍，蒼玉當軒筍亂横。作客不堪憑遠眺，吟詩一爲寫閒情。醉來坐愛松林好，共向凉臺待月生。」《寄費參軍》云：「青溪流水繞長堤，别後懷人芳草萋。同社不堪重載酒，逢人空憶舊留題。宦情落莫悲蓬鬢，世路參差共馬蹄。不信君才原出衆，可容長日在途泥。」《和許太常秋日書懷》云：「淮浦新潮映月流，秣陵曉色又驚秋。庭除共喜生三樹，鄰里何勞羡五侯。疏廣自知金玉賤，山濤不爲簡書留。年來嬴得身强健，却笑虞卿枉解愁。」「池塘坐見一螢流，遂有梧桐爲報秋。柘境近知新拓地，醉鄉曾許舊封侯。不妨出郭青藜伴，最喜尋僧白社留。潘岳近來多閣筆，悔將詞藻賦閒愁。」

周山人才甫，字文美，永嘉人，嘉靖中以詩鳴，所著有《雁川集》。隆慶辛未遊青溪社，所爲詩具載社藁中。家故貧，客游江湖，以文酒自適。喜作梅，每對客酒間命筆，殊可人意。又自爲詩其上，詩才亦秀逸，南都士大夫能詩者皆樂與之遊。余去金陵，文美從方子及結社，以詩寄余渝州。其《同方計部集安茂卿寓閣》云：「層閣倚鍾山，芳筵得勝攀。乾坤容我醉，日月向誰閒。

粤客驚狂態，吴歈索笑顔。想忘軒冕貴，白眼浩歌還。」《李比部方計部載酒齊王孫園亭見訪》云：「並馬名園裹，携尊就隱淪。已憐金作谷，况倚玉爲人。白髮狂何劇，青山懶是真。詞名歸二子，誰不仰清塵。」《新正六日同丁周方三計部集王元德大夫宅》云：「背郭堂初敞，開尊聚酒星。歲新頭漸白，人舊眼俱青。山水存高調，風塵笑獨醒。若非憐意氣，何以慰沈冥。」《送王按察四川》云：「憲府開西極，分符重地曹。帆前春樹遠，天上法星高。旌旆懸三峽，圖形按六韜。君才堪賦蜀，萬象待揮毫。」「迢遞巴山路，千盤鳥道懸。馬前浮曉日，雲裹響春鵑。交態慚余拙，疏狂藉爾憐。不能隨去旆，夢飛到西川。」《雪中方子及席上閲康山人詩》：「傾尊飛雪滿江津，披對瑶華憶故人。身寄黄金臺上月，歌翻玉樹郢中春。獨醒天地堪容傲，高卧烟霞不受塵。客久星霜凋短鬢，何如回首共垂綸。」

費左軍民益懋謙，少保費文通公子也，家世爲鉛山人。自文憲公以龍首當揆，文通繼起，鉛山之費，遂爲西江甲族。民益以貴公子顧折節下帷，讀古人書。性又喜吟，以蔭入爲御史臺都事。鄉人楊懋功祠部[一]，郢中陳玉叔大理，時俱以詩名燕山，民益閒就爲社會，已爲南左樞參軍。青溪之社，民益實首倡之。又從樞府第構籌筆軒，客星槎，瀹茗焚香，山人墨客，延接無虚

[一] 按，「楊懋功」下原本衍「二「以」字，據《河上楮談》卷三删。

日。聞有王山人者，善寫梅，民益即從作梅。金陵陳子野善墨竹，民益即從作墨竹。晉江黃孔昭工山水，民益即爲山水。皆得其意。余領渝州，民益復招余籌筆軒。長洲周秀才懋修，雅士也，適同盛仲交來，因共即席賦詩贈余。周詩云：「五馬雙旌滿路輝，郎官出刺兩川湄。才同何遜離京日，望重文翁化蜀時。閣道使星臨錦里，岷江卿月映峨眉。詞情到處堪留社，樞管梅花遲所思。」民益云：「追隨白社六年餘，羡爾新詩獨起予。遠指雙旌臨錦水，先驅五馬向匡廬。江梅試暖離觴劇，苑柳迎人執袂初。重握春風更何許，涪江魚雁莫教疏。」又從江閣以《停雲詩》一册訊予渝州。民益詩云：「玉麟西綰憶當年，龍劍公携思黯然。雲自褰帷高北極，春從露冕下東川。花間曾醉新豐酒，江上猶歌郢雪篇。聞道蠶叢多勝概，新詩應向故人傳。」

李龔美，一字于美蔭，南陽内鄉人，所著有《李陽穀詩》、《吏隱軒詩話》。所贈予詩，已見他集。其《得朱憲使潼關》詩云：「書傳遠道動經旬，讀罷依然字色新。今日鍾情還我輩，向來詛嶽是何人？露零仙掌寧滋渴，峰削蓮花不染塵。莫使山靈成悵惘，好憑吟筆鬥嶙峋。」《送吕山人中甫歸四明》云：「羡爾昂藏七尺身，簪冠芒屩遠風塵。只疑黄鶴樓前客，不作非熊夢裏人。把臂且酣燕市酒，拏舟猶及甬江春。刀名錐利成何事，樗散偏宜鬢髮新。」《春日同何啓圖啓範二太史集李子禹宅》云：「馳思無勞入杳冥，問奇同過子雲亭。春歸芳樹禽相媚，客有霏談麈詎停。雙鬢漸于羈旅白，一尊還對假山青。明時雅會非容易，太(使)［史］何當奏德星。」《元夕後二日周民部見過》云：「帝鄉何幸共彈冠，咫尺翻令見面難。芳醑喜同今夕飲，花燈猶作上元看。雅談頓使塵襟静，春色平分朔氣寒。正是主恩休沐日，不妨傾倒盡餘歡。」《鄭伯良席上同華存叔馬遜之作八音體得如字》云：「金門無復待公車，石户爲農樂自如。絲肉漫娱高士耳，竹松長護故山廬。匏尊緑酒能供醉，土鼓聲高可佐鋤。革履紵袍人不識，木公東望有來書。」《送黎秘書歸嶺南》云：「乞歸豈是厭承明，欲向山中采杜蘅。興在孤雲多喜色，圖開五岳見真形。將因仙驥招王子，詎借姬雛壽伏生。别後漫愁鴻雁少，梅花消息遠含情。」《夏日集吏隱軒得風字》云：「吏隱開軒爽氣通，晚來花竹媚簾櫳。羽衣遞舞中天月，麈尾頻揮四座風。歌似接輿狂不減，飲從擊筑氣還雄。主賓未醉寧分手，况復天涯四美同。」《松泉寺看芍藥》云：「牡丹零落已無春，芍藥猶堪發興新。雅到未須論伯仲，花奇真見有君臣。離離影匝黄金地，冉冉香浮白氎巾。空處不勞稱色相，任教吹作路旁塵。」是日大風。

任山甫，字夢榛，休寧人也，而寓於杭。初冒曹氏姓，後復姓任，因自稱任公子。歙有五安山，又自稱五安山人。山甫於社中齡甚少，然意度才藻，逾於老成。初入金陵，從惠山、金山携二泉至。余候之，山甫出虎丘茗，瀹二泉試之。金山泉味頗重，覺惠山稍勝，昔人評中泠第一，恐非今水也。予爲賦四絶句。山甫遊冶城，過盛仲交蒼潤軒，有携雙鶴至者，山甫納之署中，仲交與予爲《聘鶴賦》。一日，鶴飛去，半月還，魏季朗、張仲立又爲賦還鶴。山甫雅好事，爲一册屬縉紳歌詠之，遂爲白下勝事。性又好古篆籀，所藏斯、邈氏迹及古彝鼎款識文甚富，又能以古篆作私記，文奇而刀法精絶，諸名家不及也。出爲興都參軍，以才著，城孝昌，署當陽，俱有成績。然居興都時，每怏怏不樂。在當陽睹玉泉山鶴有感，賦詩云：「豈戀乘軒寵，深懷別主情。雲泥一相失，雞鶩不堪争。乍夢傳書舞，時聞振錫鳴。試令生八翼，可但返遼城。」民益量移德安，邂逅武陵，因各賦詩數章。民益云：「武陵川上路，旅館忽逢君。白下三秋夢，滇南萬里雲。朔鴻來浦溆，霜葉映寒曛。祇恐明朝别，相期坐夜分。」山甫云：「我昔出白門，黯然欲銷魂。思君隔楚水，脉脉不得言。我今辭異域，夜夜聽啼猿。迢遞萬里餘，相思無晨昏。因君能縮地，忽漫逢仙源。一爲具雞黍，所欽古道存。伊人洵芳潔，佩服蘭與蓀。孰知匣中刀，不别讎與恩。世路良悠悠，請君勿復論。」《雨中同民益話舊》云：「江城樓閣暮雲低，遷客登臨手重携。楚國大風仍溗溗，秦時芳草已萋萋。停杯似索黄花笑，擊節還驚白鳥啼。當日誤傳流水曲，妒人春色是青溪。」民益和云：「白門送爾思依依，回首風塵事已非。郢曲陽春知寡和，吴鈎寒色看雄飛。孤亭載酒江城晚，一榻談天夜雨微。意氣如君復能幾，肯令琴劍滯征騑。」《與山甫登武陵驛樓》云：「高樓時騁望，樓下武陵溪。細雨山容失，繁霜草色萋。帆流江漢遠，杯逐野雲低。何處尋幽境，仙源路不迷。」山甫和云：「擁傳楚江隈，登樓作賦才。城頭飛雨暗，殿角曉鐘催。

客路仙源杳，漁舟極浦迴。憑闌話羈思，芳信托寒梅。」《送民益轉運浙東》云：「臨岐日未曛，落葉感離群。望越山猶隔，浮湘路又分。關門多紫氣，袍裏滿青雲。倘到蘭亭下，風流見右軍。」民益《送山甫充貢使入燕》云：「使節度遥岑，迢迢歲月深。豪吟多白雪，入貢有黄金。滇水春風遠，燕關劍氣深。蒼生思舊澤，莫動故園心。」《卧病懷歸》云：「伏枕仍羈思，那堪夜雨聲。天涯琴鶴侣，歲晏薜蘿情。家遠書難到，衾寒夢不成。何時理舟楫，望入豫章城。」「孤劍停山館，秋深此一過。愁隨羈旅盡，淚向逐臣多。渺渺鄉園路，悠悠漢水波。倚閭人望久，惆悵白雲阿。」山甫和云：「楚客原同病，羈人共漢津。孤燈懸雨雪，雙劍老風塵。既與朋儕好，還憐骨肉親。寒宵不能寐，相對淚沾巾。」「萬里事行役，經年往復還。多愁生白髮，一病改朱顏。不厭沽新釀，還思反舊山。因君嘆留滯，窗外雨潺潺。」噫！二子之志見矣。山甫社中詩携去興都，僅記《雪中借馬》云：「裘馬千金輕借客，少年倚馬復裁詩。即尋賣酒罏邊去，更向看花陌上騎。桃葉雲寒垂勒晚，鳳泉風急促鞭遲。天閑此日多神駿，曾是諸君得意時。」《送朱比部》云：「使君五馬向西川，千樹桃花悵别筵。飛夢即隨梁月遠，愁心還共署雲懸。銜杯白眼知何日，染翰青蓮亦有年。書記本來耽著述，因將高倡郢中傳。」山甫後遷雲南倅，余入汴，復握手西陵，天涯知舊，忽漫相逢，蓋不勝慨矣。

玉笥詩談卷下

明　新淦朱孟震秉器著

莫廷韓，初名是龍，字雲卿，後以字行，華亭人，以貢入北太學。父中江先生，嘉、隆間以詩名，爲廣西藩伯。廷韓尤有雋才，書畫琴弈，投壺射藝，歌曲戲劇，無不精絶。癸酉以諸生應督學召，校書南都。時與吴瑞穀、魏季朗、張仲立、邵長孺從青溪社中爲詩會。社有邀笛閣，乃陳大令所構。初入社諸君，各分韻賦詩。廷韓得「孤」字云：「小閣邀歡興不孤，錦屏畫燭照清娱。漫投白社携詩草，共許青山卧酒罏。風笛蕭蕭催落木，烟楞漠漠暗平蕪。倦遊廿載無知己，拂拭令將慰旅途。」是日雪，余以馬載長孺還，長孺會中作《雪中載馬》詩。華明伯因舉《美人走馬》詩，有云：「似驕還似怯，憐駿復憐神。」廷韓因令和長孺詩，而又以「美人」二句令各成一詩，詩成乃罷。次日復集，賦《青溪對雨》及《窗中度落葉》詩。次集姚原白市隱園，共賦《鬱鬱園中柳》及分賦《鶴逕》、《鷗波》、《秋影亭》、《鵝群》、《秋水》諸詩。次集陳子野環碧樓，共賦《相逢行》及《環碧樓》、《懶真山房》詩。次集射堂，賦《今日良宴會》。次集高座寺雨花臺，賦《雨花臺》、《城南晚眺》諸詩。次集朝天宫白鶴樓，賦《塞下曲》。次集普德寺，各爲别詩而罷。

廷韓既以貢入太學，又從都下遊，一時名動公卿間。乃走書約予丁丑爲十日飲。已下第歸，余乃入都門，不及晤，蓋矯矯雲間之龍也。《雪中借馬》云：「蹀躞争憐駿骨奇，灞橋衝雪漫裁詩。還將范叔綈袍意，分得郎官厩馬騎。色借五花驄影亂，寒摇匹練客心遲。莫言東郭先生賤，不是長安曳履時。」《美人走馬》云：「何處青樓俠，來馳紫陌塵。似驕仍似怯，憐駿復憐神。顧影裝全墮，停鞭態轉新。稍遲應索伴，每避爲逢人。結就花爲陣，翻來燕是身。飛揚雲外色，撩亂苑邊春。夾道風流眼，争看恐未真。」《窗中度落葉》云：「綺疏臨野渡，秋樹響前林。颯颯含風入，紛紛逗雨深。拂來紅袖掩，積處緑塵侵。誰送哀蟬曲，無端攪客心。」「獨樹蕭蕭下，邊淮正可憐。誤投齋閣裏，不似御溝前。灑户驚秋夢，翻經助夜禪。江潭悽惻處，但莫問長年。」《鬱鬱園中柳》云：「聊暇陟中園，差可遊予矚。當春赴和節，櫓柳報新緑。繁陰憑林起，浩霧澄空沐。曖曖清池幽，冉冉平臺曲。玲瓏起朱扇，阿那迴丹轂。移根建章道，拂絮雲陽谷。宛彼黄鳥言，流音戾華屋。華屋栖佳人，欣至嘆别促。况乃及衰暮，惄焉感情育。」《鶴逕》云：「一徑掩雙扉，蒼雲墮鳥衣。欲巢珠樹遍，閒點翠苔稀。霧薄秋陰浄，霜空夜色微。共憐霄漢意，猶此傍人飛。」《懶真山房》云：「懶慢非緣傲，天真亦自宜。青山欹枕慣，白日放關遲。坐有烟霞主，人疑土木姿。從來嵇叔夜，禮法未能羈。」《相逢行》云：「吾黨本自東西人，闊絶萬里歧形神。忽然邂逅漫相值，意氣乃若平生親。我時落魄長安道，貂裘無色蘇卿老。白眼茫茫視何物，先生歸乎苦不早。長安自昔稱豪華，結駟擁蓋爲高奢。羈旅何心謝聲勢，不才差可沈泥沙。鄉歌無端涕横下，調將彌高和彌寡。偶因世道值熙明，耿耿心期共風雅。石頭城邊霜氣寒，桃葉渡口淮河乾。窈窕長堤啓朱閣，紛紜五色披琅玕。余乃東吳漫遊客，誰其傾心借温澤。昔聞先達恥彈冠，今有諸君下縫掖。世態悠悠難可論，素交寂寞無雷陳。烈士由來重然諾，片語相復輕千鈞。君不見侯生睥睨待公子，北面刎頸斯何人？又不見荆感恩卿易水上，持利匕首西入秦。丈夫突兀固如此，安能俛首溝中死。雄飛雌伏命所使，諸君麒麟我鹿豕。萬事咋舌我不鳴，爾時但倡相逢行。狂來叫嘯一起舞，芙蓉夜吼珊瑚驚。才俊縱横坐夜發，三峽詞源流不歇。飛霞片片盡可餐，瑶草枝枝盡堪擷。潤色真成昭代觀，風流已駕前朝轍。海内文章稱阿誰，吾黨崛起何矜奇。俯仰一世未肯下，得失千載誰當知。嗟嗟空名稍可緩，河清難期鬓白短。只今且盡壚前歡，歸去山中雪應滿。」《塞下曲高常侍韻》云：「孤戍十年心，材官舊羽林。愁迷青塞闊，夢繞玉閨深。匣劍彂雄氣，邊笳和朔音。陰山無過雁，一字抵南金。」《立春日普德寺留别》云：「山寺一尊酒，其如欲别何？交逢青眼舊，坐入翠微多。芳草春邊路，雲帆天際波。從今遠公社，寥落幾人過。」《立春後一日與盛仲交蔡世卿同過朱比部用韋左司韻》云：「帝里風光入望新，天涯時喜得比鄰。似憐薄命才情減，可奈浮生歲序頻。南郭栖遲歸大隱，西曹閒散屬詞臣。長安裘馬凋行色，又見鶯花及早春。」餘不悉載。

魏季朗，名學禮，長洲人，以貢入太學。初與劉侍御子威遊，結社相倡和，有《比玉集》。後又與黄太學孔章遊，刻《采蓉辭》。崑山連璧，蘭澤同心，王中丞謂：「滔滔洪藻，名下固無虚士矣。」青溪癸酉之會，季朗作《下第入邀笛閣》詩云：「漂泊猶存原憲風，不將名墮五陵中。梅花吹落思桓子，蓮社邀來異遠公。古渡霜寒流水在，石城秋盡暮烟空。蕭條莫問招賢事，回首荆山泣未窮。」又《邀笛閣》云：「王令風流尚可攀，何人清弄水雲間。月明朱雀音疑吐，梅落長干人未還。憑檻戍懷生折柳，倚床别思在關山。桓生千載如公等，暮雨蒼茫苦竹間。」《雪中借馬》云：「衝冷漫成髀裏嘆，據鞍仍奉郢中詩。寒生梁苑憑誰賦，名傍燕臺借爾騎。數里豈煩千里捷，五花應爲六花遲。黄金結束曾無惜，尤勝昭王下士時。」《鬱鬱園中柳》云：「園柳何芳菲，垂條蔭新陌。朝華露未晞，春陽益鮮澤。攀條寄所思，所思在遠道。别離傷春心，歲月忽已老。河漢多秋蘭，原上多芳草。故園日蕭條，歡會苦不早。思君不能寐，顔色凋美好。」《塞下曲》云：「寒風驚客心，飛雪滿長林。漢月臨關黑，胡沙積塞深。征鴻辭戍角，邊馬識笳音。但使匈奴滅，無勞捧賜金。」《别朱比部》云：「曉霜鐘鼓動嚴城，秋署爲郎薄送迎。玄武北看雙劍在，大江西掛片虹明。梁園後至能傾座，燕市高歌不爲名。緑綺欲須鍾子聽，夜來空作别離聲。」予丁丑入覲，季朗寓王宫詹館中，爲予評《郁木藁》。予西還，贈詩云：「巴江劍閣似秦關，計吏初辭玉殿班。腰下雙龍看紫氣，斗邊五馬度青山。蠶叢舊國微茫外，鳥道丹梯杳靄間。賦就新詩堪照乘，漫誇合浦夜珠還。」後授某學博士云。

吴瑞穀，字子玉，新安人，博學，尤工古文詞，有《吴子玉集》四册。詩亦典實，然構思良苦。其《入社》詩云：「銀燭金杯向夜清，初冬風日似春城。帝鄉古渡枌榆社，官舍新歡薛荔清。笛弄潛漪雲外度，劍開鏽澀斗邊明。遨遊上國延州事，欲聽簫韶入座音。」《雪中借馬》云：「白下久聞歌白雪，不妨雪裏過論詩。雲司肯借三花駿，柳外還教十里騎。剪拂憐才心獨許，驕嘶銜意步應遲。馮驩不用悲長鋏，青眼孫陽一顧時。」《美人走馬》云：「遊睇過金埒，方瞳起紫塵。迴花雙弄影，入柳一傷神。試體疑矜寵，嘶馳欲帶顰。裾翻纓絡急，裙閃障泥新。輕似臨風迅，驕還顧步頻。金羈揺釧穩，朱汗透蘭紉。飄去香垂手，散來雲滿身。未須看步襪，陌上遍生塵。」《窗中度落葉》云：「綺疏秋色暮，萬壑樹悲鳴。飄户風將入，穿櫺雨送聲。乍飛寒鳥亂，遥度片雲輕。不次題詩句，那堪寄遠情。」《市隱園海月樓》云：「丈人貪得月，海上結樓居。素暈浮仙島，金波湛綺疏。光生滄渤裏，氣溢影娥餘。更有明珠在，清輝夜自如。」《相逢行》云：「廿載冥心汗漫遊，一望暝色迷滄洲。歸墟直探鷩陽侯，風雨黑夜生窮愁。持向人間何所投，清輝夜夜照培塿。崇臺聚處已成丘，幾迴涣散無人收。我心自咤還自休，鏡中白髮詎寧羞。北望長天慘敝裘，人前不慣歌蒯緱。青溪勝地標風流，相逢一笑大白浮。飛詞純藻期千秋，論交一片心綢繆。惜無厚風借前籌，開懷已許青雙眸。咨嗟漫嘆千古上，且盡尊前瓦甓甌。」《懶真山房》

云：「陶令真成懶，悠然三徑餘。意隨檐鳥倦，心共幔雲舒。棐几惟玄草，匡床有逸書。勞勞亭上客，那似卧精廬。」《贈比部朱大夫》云：「公車待問蜚名早，載筆一心雄妙藻。氣横渤澥邁千秋，豪動帝王容草草。一時會集俱時名，大夫緩頰四座傾。俠思如山能借客，貞心如水肯逢迎。清時稱幸爰書少，藴藉爲郎窮浩渺。厚力憑陵萬里遊，詞華交映五雲曉。東南有美豫章材，孤高百仞何崔嵬。一柱天摩楨祕閣，森羅地軸起蘭臺。大國之風漢魏上，直數百代神猶王。黄序階前畫象流，白雲司裏雕龍蕩。南都文采高燭天，戛玉敲金誰是先。勸君漫把誇時輩，與君相須萬古前。」《城南晚眺》云：「返照駐南樓，眈奇郭外遊。烟光團帝里，雲物静仙丘。二水清逾落，千山翠欲流。低回難便去，晚色繫人幽。」《留别青溪諸友》云：「叢雲疏木淡離筵，樓角三聲雁去邊。歸客風塵看短劍，思君雲際誦瑶篇。驅猿獨出長干里，聽曲渾依古渡前。勝地從來悲去住，青溪璧月幾回圓。」瑞穀于文極意憲古，故於時義少遠，將入貢京師，值督學使者至，考列四等。戊寅以書訊余，并述坎壈之態，爲咨嗟久之。然以瑞穀之文，上追左、馬間，區區一青衫，奚足置牙頰也。

張仲立，名文柱，崑山人。年最少，家貧，從其父遊業金陵，後歸，補邑博士弟子員。邑木涇周公復俊甚器重之。寠居一室，扁曰「絲涎館」，讀書賦詩，意澹如也。詩清新雋逸，然以窮愁，故多羈栖咨嗟之語。其《邀笛閣入社》云：「聯翩飛蓋鄴中聞，亦許褒衣一席分。白社有情邀弄笛，青山無恙記移文。浮杯暝墮秦淮葉，下榻寒生楚澤雲。久客不須愁歲暮，陽春曲裏正氛氳。」《雪中借馬》云：「不是郎官裘馬意，高人那得慰尋思。暫逢鄭客橋邊使，轉憶山翁醉後騎。曳履已無行雪恨，穿林猶爲看花遲。五陵年少如相問，可似驕嘶十里時？」《窗中度落葉》云：「裊裊回風下，蕭蕭薄歲陰。一山方隱几，片雨自前林。重以經霜色，淒其入曲心。高居尚瑶落，不敢更登臨。」《青溪對雨》云：「十日卧長安，何人裏飯看。尊前今雨合，句裏客星寒。故國關河阻，他山烟霧寬。欲從荷蓑者，隨地著漁竿。」《市隱園鷗波》云：「聞道午橋莊，中連谷水陽。主人滄海意，都與白鷗忘。沙合寒烟積，磯深夜雨長。江頭風浪惡，常得聚迴塘。」《鬱鬱園中柳》云：「昔聞隋河柳，摇颺千里堤。至今名園内，常與東風期。陰陰羅曲岸，靄靄蔽芳池。静倚高樓望，但見青絲垂。無烟亦慘澹，無雨亦離披。啼鶯出其中，聲聲動柔思。我欲一折之，恐使行人知。行人會有適，春華難及時。」《環碧樓》云：「不淺元龍卧，翛然百尺餘。神猶栖澗壑，目已到清虚。猿鶴中林近，烟霞四户舒。自成招隱賦，真笑買山居。」《相逢行》云：「聽我相逢行，悠然天宇孤。且攬鐵如意，起擊君唾壺。君不見人世飄飖多客卿，我來騎馬長干城。秋風落落今如此，帷下青雲心欲死。有賦難令天子知，有名不入時人耳。手提蒯緱劍，自歌行路難。一歌白日没，再歌夜漫漫。偶然聲繞梁，宜動諸君嘆。諸君往往大夫才，更到憑高意氣哉。腰間三尺綬，爲我俱徘徊。徘徊荆生市，爛漫阮公厨。不奏高卿筑，不彈隋侯珠。出門大道風塵黑，轉向風塵見狂客。或時執轡候升車，或時曳履迎逢掖。向來臨歧淚，對君頻拭之。滄江碧海渾無際，望入浮雲杳杳馳。浮雲馳處空山暮，言問山前邀笛步。隊隊征鴻斷故城，紛紛隕葉迷荒渡。隕葉征鴻思慘然，鳳凰臺畔起寒烟。昔人遺曲今人和，莫道相逢不可憐。聽我相逢行，視君眉宇都。我有逸思凌飛凫，諸君况是翩翩者。金蘭之契古所無，爲君高叫揮桑榆。好手遭時亦易耳，百年鼎鼎何爲乎。今日荷君裾，他日夢君地。聚散由來萍梗輕，行藏稍涉英雄事。諸君一一廟堂身，我亦甘心白璧珍。門前長揖彭城相，别後相逢是故人。」《塞下曲》云：「有雁逐歸心，無書返上林。天山陰不斷，秋至雪花深。白草分秦甸，清笳雜漢音。將軍横戰馬，價是一千金。」《城南晚眺》云：「郭外千山傍夕看，稍凌高處覺衣寒。林疏寺静將歸鳥，日落江深更急瀾。舊國凄迷芳草遠，佳人迢遞碧雲殘。烟中忽辨孤帆色，悔不從風寄羽翰。」《黄鵠篇酬朱比部》云：「黄鵠有修翼，汗漫青雲期。一飛薄九州，一息崑崙池。鷦鷯周十仞，恒苦渴與飢。幸蒙嘘拂意，因風覿光儀。天路不可致，躑躅從此辭。朝覽城闕間，暮愁白日儀。依依玉林露，無由寄南枝。賢貴而愚賤，造物固如斯。惟當戀明德，感激以心悲。」《留别社中諸子》云：「浪迹頻年類鳥居，群公相繼枉籃輿。馬卿病徹遊梁後，莊舃聲殘失越餘。去國浮雲常黯黮，還家寒樹半扶疏。長安米價今猶貴，更復何門可曳裾。」仲立去金陵，携黄孔昭詩，序而刻之吴中。嗟夫！世未嘗無知音，仲立子虚之賦，必有因狗監而得者，豈終於不遇也！

邵長孺，名正魁，休寧人。父早卒，母夫人矢志鞠之成長，乃肆力於古文詞，爲續劉更生《列女傳》。嘗遊梁客燕，已又從燕客金陵，入青溪社。一日，訪予官舍，會雨雪，余遣騎送之，因就社中作《雪中借馬》詩，遂爲一時佳倡。詩云：「東郭先生淹待詔，西曹才子久稱詩。人憐玉樹朝相過，馬借銀鞍雪與騎。控縱自防身覺穩，迷漫那得路嫌遲。青雲先達容徐步，却急京華歲暮時。」《美人走馬》云：「紅妝輕結束，紫陌逞芳春。色借桃花暈，蹄翻白雪新。似驕還似怯，憐駿復憐神。挽有金爲勒，行知玉是塵。過都應絶足，傾國復何人。一顧同千里，雙飛拚此身[二]。逢歡楊柳陌，流盼見情親。」《窗中度落葉》云：「秋思動蕭蕭，前林送寂寥。隨風催入户，帶露乍辭條。妾命應同薄，郎蹤豈盡飄。青年能再不，魂爲可憐銷。」《青溪對雨》云：「未了看山興，重登溪上臺。好風迎客至，今雨爲誰來。賦擬攀青桂，行知破翠苔。爲霖時已暮，相對且銜杯。」《贈陳子野明府》云：「二十年來傲吏身，陰成五柳傍溪濱。還將舊日鳴琴意，邀取風前弄笛聲。」《名士悦傾城》云：「月照流黄滿，情將芍藥深。豈緣矜國色，應爲得琴心。比翼看雙舞，和鳴識好音。青春願長在，莫遣歲華侵。」《留别社中諸子》云：「策馬燕關雲，一駐金陵雨。金陵城南樂事多，前輩風流尚堪數。誰家高閣青溪邊，集中冠蓋皆時賢。閣上署書邀笛字，令我恍

[二]「拚」，原本作「拌」，據《河上楮談》卷三改。

惚懷當年。我曹意氣要自足，相逢何必論因緣。翩翩入座忘賓主，大呼岸幘群公前。青溪主人陳子野，解官久作忘機者。埽地焚香自晏如，客來不厭同瀟灑。何知雋逸才莫當，參軍近地費與黄。朱君長者能任俠，起家况是尚書郎。句吴文學華公子，談經亦有詩名起。盛先袖出兩京賦，要與三都角長技。吴季揮毫先刻燭，魏朗同工翻異曲。莫卿早發雲間龍，張郎神采崑山玉。姚翁久宦稱客卿，一時通刺多豪英。清狂復見任光禄，疏曠何如阮步兵。群公豈是平生好，以我片言盡傾倒。酹酒爲歡重布衣，結交即晚知名早。邂逅親同落地親，男兒四海自比鄰。今宵興盡且歸去，明日重逢是故人。」長孺有《梁園燕臺詩》，黎祕書惟敬序而刻之。丁丑，余入覲，長孺入爲太學生，寓歐博士楨伯繡佛齋，相見歡甚。余别，復贈以詩云：「郡侯不與省郎同，倒屣猶存下士風。詩自中和稱益部，社曾淪落問吴宫。時名海内千金重，世事尊前一笑空。霄漢憐才公等在，豈堪結侶五湖東。」

方子及，名沆，莆田人，舉戊辰進士，爲全州守，入爲南户部郎中。爲文倣司馬《史記》，詩非大曆、貞元以上語不道也。當子及入爲郎也，予適出守渝，子及以詩送予云：「君去停驂涪水源，回瞻清署白雲繁。山川舊記蠶叢俗，郡國新推五馬尊。巴徼鶯啼詞客興，嘉陵春遍大夫軒。懸知治行兼經術，報政先沾漢主恩。」余去後，子及乃入社中，又以詩訊余云：「别離猶憶帝城東，西去巴山指顧中。消息三秋疏雁字，幨帷萬里入蠶叢。政成堪下黄金詔，賦就還傳白雪工。

知爾高齋時北望，五陵佳氣鬱葱葱。」其《市隱園橋成》云：「臨流重結構，夾岸往來通。小艇迷花下，長虹落鏡中。客從蘿逕入，檻倚水亭空。興洽思題柱，高軒日過逢。」《同社中七君子冶城納涼》云：「高閣憑臨野望寬，翩翩賦客共登壇。百年逸興還河朔，七子才名自建安。牛渚風生檣影動，龍山翠落酒杯寒。悠然鐘磬江城暮，不盡狂歌更倚闌。」《聽竹》云：「淇園似在石頭城，半畝琅玕拂檻清。傲吏未忘麋鹿伴，空林忽作鳳凰鳴。聽來風雨千山暮，賦就瀟湘萬里情。自是王猷多逸興，還期尊酒坐深更。」《白鶴樓曉望》云：「紫殿嵩呼曉仗收，聯鑣猶喜訪丹丘。樓開白鶴來真氣，山對青龍擁上游。曙色忽從雙闕散，浮雲不盡大江流。佳晨誰負登臨興，潦倒琴尊樂未休。」《雪後送康山人兼懷元甫本寧》云：「白下初聞碣石談，何來朔雪動征驂。五陵俠客皆虛左，一日詞林見指南。去路丹楓江上盡，思家芳草夢中含。燕臺自昔多同調，矯首龍門意不堪。」《社中諸子夜集寓館余以事後至》云：「結駟從容訪草堂，自公忽漫倒衣裳。到門有客題凡鳥，貰酒從人典鷫鸘。夜静不妨清漏徹，雪殘猶傍彩毫光。怪來百里星才聚，稍似風流汝潁旁。」《雨夜同丁庸卿集周璩方蔡諸子飲弈》云：「結客張春宴，酣歌此夜偏。已拌清中聖，轉覺弈猶賢。雨急長江外，寒深短燭前。不緣投轄興，爾輩好誰憐。一局消幽事，清齋夜色虛。如澠行臘酒，帶雨摘春蔬。上客歌魚少，浮生夢鹿餘。當時嵇阮輩，軒冕意何如。」《開歲二日文美仲玉子虛過飲》云：「椒花兩日媚佳辰，詞客招携漢苑春。頌酒風流諸子在，談天意氣一時新。已知湖海狂相傍，更覺文章老自神。典盡鷫鸘堪共醉，清時那數獨醒人。」《姚典客陳明府姚太守安秀才陳吴周璩四山人小集寓館》云：「獨守玄經心事違，何來車馬款柴扉。懷中白璧俱明月，江上春星半少微。斗酒不辭今夜醉，庭花猶覺冒寒稀。早知詞賦追梁苑，彩筆憑陵四座輝。」子及爲郎，以公用銀爲同舍所訐，事甫白，又坐領敕事就逮，降二秩去。子及去，而青溪之社於是廢矣。

金山人在衡，名鸞，隴西人。從其父宦金陵，因占籍爲金陵人。在衡初爲諸生，才名藉藉，後刻意爲詩及樂府諸詞曲，一時名輩咸服其工，所著有《徙倚軒集》、《爽蕭齋詞藁》。年八十二，猶能作細書。余領渝州，山人贈之詩云：「萬里橋邊憶舊遊，野雲江樹接天浮。懸知别路初經暑，只恐歸鴻已報秋。涪水東來通劍閣，岷山西望達夔州。武侯相業文翁化，千古巴人頌未休。」又云：「遥憶青溪社，於今又五年。放歌明月底，長醉落花前。山氣平分楚，江雲半入川。不知垂老日，雁足幾回傳。夕林初霽後，春服既成時。桃李含情久，瓊瑶報德遲。青尊憐遠别，白首幸深知。明月梅花夢，相思未有期。」又寄余云：「清世文章早見知，湖山蹤迹各天涯。荒蕪馬色勞延佇，細雨蘋香入夢思。江館正逢新釀酒，僧堂猶寄舊題詩。邇來料得文翁教，歷遍春風又幾時。」

張太學獻翼，字幼于，長洲人。文名藉藉，以貲入爲太學上舍，王公貴人争折節願與交，即司成亦禮重之，不弟子畜之也。其爲詩清新雅麗，類其爲人。近著《易説》，尤爲時所稱云。有《寄吴明卿太守》詩云：「曾于白雪見文章，不爲青山憶武昌。藝苑才名多七子，宦途心事半三湘。人前落筆看鸚鵡，郡内褰帷下鳳凰。見説漢庭思校獵，未容長孺薄淮陽。」

黄山人孔昭，名克晦，晉安人，善山水，尤工詩。其爲詩意嘗獨造，一以古人爲宗，而不蹈襲其語。初從晉安泛彭蠡，遊匡廬，渡九江，登武昌黄鶴樓，吟眺久之，乃來金陵。在匡廬贈僧，有「道高弟子堪傳少，行苦鄰僧共住難」之句，盛仲交亟稱之。其與人交，默默若無所營者，一發之深沈之思，而奇句逸韻，見者動色，信隱淪之高致、文苑之端人也。其贈予《金臺》云：「晝軾轔轔至，青春古北平。别來雙白眼，相見幾同聲。意氣尊前諾，循良闕下名。支離君莫問，天地且吾生。君入渝州後，新詩句句傳。孤雲飛楚峽，明月出巴川。春暖談交處，風生説劍前。請看河上柳，開葉爲誰憐。」《自芋源發舟至劍津》云：「畫船簫鼓霧中開，一日上灘幾百迴。野樹自花還自落，水禽雙去忽雙來。金沙月亂星星影，錦石濤翻冉冉苔。五嶽從今遊迹遍，不因溪險阻徘徊。」《暮遊武夷至四曲歸宿萬年宫》云：「千峰暝合水生輝，玉女潭邊返棹歸。拂徑藤蘿春自引，傍檐猿鶴夜相依。來時髮白從教變，夢覺自輕只欲飛。大隱屏西仙侣在，爲予種樹待成園。」《病中風雨寄歐楨伯》云：「薊門衰病颯驚秋，風雨蕭蕭獨倚樓。四海新知名下老，頻年多病客中愁。雲連北極迷宫樹，水發西湖出御溝。京國逢君歡不淺，可憐經月不同遊。」《送顔範卿馬上值雨》云：「天涯雙鬢易成絲，何處凄凉不淚垂。花下一尊相送後，雨中匹馬獨歸時。逐臣離恨迷芳草，滯客愁心掛柳枝。明發西山風日好，道房禪榻與誰期。」《立馬古城下》云：「立馬古城下，日暮沙塵昏。齊國多義士，出自田横門。田横恥爲虜，不屈萬乘尊。二客甘自殉，感激驚乾坤。如何五百人，殞首無復存。寥寥海島中，烈烈千古魂。漢室諸侯王，誰非國士恩。礪刃起相向，俎醢何足論。」《歐楨伯博士邀集繡佛齋時魏季朗郭建初程無過存上人同集得家字》云：「四門已下先生榻，雙樹因過大士家。床上詩書連釋部，桁間袍帶雜袈裟。疏簾映日垂垂白，絳帳牽風故故斜。古調自應傾海内，同聲况復滿天涯。冰河赤鯉堆霜膾，火圃黄蔬煮緑芽。社友舊曾期惠遠，門生今更識侯芭。酒中爲壽身先起，醉後留歡興却賒。落日龍鍾扶上馬，寒天蕭索數歸鴉。陰沈九陌雲如墨，颯沓千林雪欲花。爲問何時還此集，吟鞭早拂五城霞。」

梅禹金，名鼎祚，一字彦和，宣城人。父參知公宛溪先生，名守德，以直節聞。二伯氏才而早卒。禹金年尚幼，參知公尤愛憐之。禹金少攻舉子業，後稍厭棄之，而工爲古文詞。時王山人寅、陳山人鶴，俱從參知公遊最久。禹金因友二山人，又最暱沈太史君典。予在白下，禹金來訪，已别去；癸酉復來，已下第去。然數以詩往來問訊不輟。予守渝，禹金獨從數千里來訊。其白下寄余詩云：「雄才原自豫章聞，列署風流盡屬君。珠自驪龍干北斗，錦從飛雁破南雲。

天低二水回青影，日落諸陵散紫氛。即有金莖慰消渴，漢庭今重子虚文。」「延眺高林宿雨開，輝輝初日照樓臺。千峰寒影雲邊落，百道泉聲樹杪來。紫氣中原遥入望，鴻書南國若爲裁。翩然一嘯真何意，江漢風情濁酒杯。」「對酒酣歌倒著冠，中宵星斗共憑闌。三山只隔雙溪水，不盡寒雲醉裏看。別來事事轉堪憐，風葉霜花媚晚天。不分白雲西署裏，長隨仙客馬蹄旋。」「仙才吏隱大江濱，談劍飛觴坐夕曛。却羨黄金能結客，因逢白雪倍思君。梅萼冲寒慚向榮，何郎名振鳳凰城。愁邊側望棫鸞藻，夢裏頻疑度雁群。」《渝州》詩云：「巴江楊柳幾回新，憶爾行春五馬停。舊日諸郎推起草，同遊詞客感飄萍。漢家良牧南陽頌，蜀道雄文劍閣銘。西望迢迢無一舍，暮蟬凄斷不堪聽。」「隔年萬里一書還，當代人才岳牧間。矯首青雲懸蜀道，銷魂夜雨夢巴山。星疏朋舊驚華髮，歲暮空山戀苦顔。妒殺渝江江上月，憑君能載入燕關。」「故人五馬在，遠道一鴻稀。巫峽秋偏壯，蛾眉月自輝。丘中縱偃蹇，鞲上憶翻飛[一]。不敢操流水，知音有是非。」余入汴，禹金又訊余詩云：「雙鯉巴江一札傳，西風木落又經年。逢人馬首中原入，憶爾嵩山畫戟前。十年開府未爲遲，回首青溪結社時。玉樹歌聲俱散盡，桓家一笛向君吹。」「一片飛雲入大梁，黄河北望正茫茫。從知幕府多詞客，日向平臺醉幾場。虚左當年意氣真，信陵千載

[一]「鞲」，原本作「講」，據《河上楮談》卷三改。

尚如新。抱關小吏勞君問，亦有夷門任俠人。」禹金之於交道厚矣。禹金詩甚富，有《遊白岳詩》、《黄白遊藁》，已刻之宛陵。其所自校而未刻者，余爲之序。

黄進士雲龍、王山人寅，俱歙人。夏山人曰瑚，錢塘人。莫山人公遠，吴人。紀亳州振東、程秀才應魁，玉山人。陳將軍經翰，南海人。俱先後來白下相倡和。黄有社藁，其人深沈多苦思，説《書》自出意見，與朱説稍異同，然精者獨窺理奥，非漫語也。文宗六朝，詩亦有致，第甲戌進士，卒。夏詩已刻之社中。王久有詩名，有《仲房集》。其人卓犖不群，書法亦佳甚。嘗從塞上遊，還至白下，余贈之葛，山人以詩謝，有云：「秋來定擬攀鄣岳，老去還從善寶刀。」殊有俠氣。莫詩往往有奇語。紀初宦粤中，從吴按察明卿遊，又從五羊諸騷人作社會，最後遷亳州判，詩刻甚富，以母老歸玉山。程善顔書，詩亦清雅。有《客越藁》。陳少有才名，晚乃棄儒服，從塞上遊。余官金陵，爲序陳山人藁。後從都下晤之逆旅，則已嗚劍揮霍，馳志伊吾，非復舊日陳生矣。嘗以詩訊予渝州云：「巴江西望賦停雲，五馬音徽久不聞。彈鋏人前猶滯遠，折梅天畔益思君。風塵自厭遊燕日，富麗誰雄喻蜀文。尚憶秦淮爲别意，至今凄斷雁鴻群。」「太守聲華北斗懸，才情原是藝林賢。鶯花郡閣晴相媚，書劍天涯秋可憐。客計吾惟餘短鬢，遊囊人自重名篇。半生漂泊思投筆，莫忘青雲一札傳。」

汪仲淹，名道貫，汪仲嘉，名道會，歙司馬公伯玉弟也。族叔子建，名顯節，吴人。與邑文學程子虚、謝少廉結豐干社山中。癸酉來白下，費民益、任山甫同余置酒莫愁湖招之，仲淹俱來，而程以事不至。時宣城沈君典亦遊白下，仲嘉曰：「有一客在，但不速即來，速之即不來矣。」已君典至，大笑劇飲，各即席賦《莫愁湖》詩。明日子虚亦以詩來，遂成勝集。仲淹下第歸，數以書相問。甲戌四月，從子建北上，道中以書訊予渝州，並緘所爲詩相示。仲淹《下第》云：「得路難如此，飄零似去年。曉風城上月，秋水鏡中天。咄咄悲生事，勞勞問酒錢。啼猿與征雁，總使淚潸然。」「有弟猶分散，無天不可呼。斷鴻依落日，匹馬泥長途。一爲芳顔誤，俱令緑鬢徂。平生肝膽在，終不落江湖。」

歐楨伯博士，名大任，南海人。少與梁比部公實、黎祕書惟敬、梁廷評彦國結社山中。以貢入京，授江都教諭，遷光州學正。聞母疾，棄官歸。服除，遷國子博士。爲人慨忼，不爲儒生尋摘章句，其大概具王中丞《浮淮序》中。余丁丑入計，謁楨伯繡佛齋中，邵長孺適在寓，楨伯出酒爲歡，意氣甚相許可。贈余詩云：「新年逢計吏，大郡得雄才。學豈巴渝曲，歌從燕薊來。春秋將入對，旦夕且銜杯。知奏文翁最，諸生待爾回。」余還蜀，贈詩云：「前殿春開五丈旂，諸侯班瑞寵行時。政成小苑裁桃竹，賦就東樓擘荔枝。巴岳雪消飛騎遠，岷江濤起掛帆遲。翰音朱博君差勝，更有風流蜀郡詩。」《都下和答潼關見寄》云：「百二關城借使權，河山半在節樓前。仙人掌上浮雲過，玉女池頭片月懸。舊好幾家留筆札，中原何地問櫜鞬。側身西望驊騮遠，沈陸金門祇自憐。」楨伯雖以詩自見，然海鶴雲鴻，神志固遠。會惟敬掛冠南還，意落落，嘗擬拂衣去。然今公卿愛才禮賢，知楨伯者不少，恐當不得賦遂初也。楨伯詩有《浮淮》、《軺中》、《南翥》、《北轅》諸藁，多不録。録所未刻數章及《浮淮集》序，可以知楨伯矣。《答張助甫凉州見寄》云：「涕淚椷書手自題，故人偏憶庾安西。孤城落日臨青海，千騎浮雲過月氏。射石不妨能飲羽，閉關何事更丸泥。越吟僅得餘雙鬢，莫向風塵問執珪。」《送金子魯督學楚中》云：「文藻風流爾獨雄，傳經寵借省曹中。明珠今出隋侯握，白雪深知郢客工。游獵堪誇雲夢澤，題詩應滿祝融宫。五花暫向都亭别，一躍還堪氣似虹。」《司馬曾公澹然齋玩梅》云：「尺書邀賞鳳城隈，獻歲春因淑氣回。齋裏花停羌管奏，尊前雪待郢歌來。上林漸及芳菲日，東府今推賦詠才。獨有何郎驚節序，十年官閣興偏催。」《仁聖太后壽日午門酺燕》云：「内殿承歡步輦趨，九枝燈裏六龍扶。陛前萬國朝方岳，闕下千官慶大酺。膳使頒分青豹髓，酒人擎出紫駝酥。金門愧似東方朔，三沐皇恩在漢都。」

胡文甫，名汝焕，洪都人。予讀書洪都時，文甫從其父南湖先生居同仁，年可十一二，見之娟娟然，瑶環瓊珥，美好童子也。然洪都爲舉子業者，則已推文甫。文甫又與余弟仲爲同仁會，余見文甫舉子業獨有奇氣，蓋心服之。文甫庚午舉於鄉，又七年計偕入京師。歐楨伯見文甫詩，爲予嘖嘖誦不輟。予以計吏不即得謁文甫，比事竣，投刺邸中。文甫知爲予，乃出握手叙論往昔，然後把予詩讀之。余爲西山遊，文甫以他事不得往。既下第歸洪都，李襲美書責文甫西山詩，文甫乃爲《西山》詩以報襲美，且爲序述其意曰：「李京兆于美、朱太守秉器，爲予治裝遊西山諸剎，予方疲於津梁，不得往。黄徵君孔昭往之，各以履歷諸勝紀詩若干首，事在秉器語中。予既歸豫章，于美走書并詩責和，展讀數四，神情自王，風雅各殊，嵐光水色，起自據梧，竹韻松聲，生於凝壁，真藝苑之慧筌，詞宗之上乘也。余不揣，謹依來玉，謬酬俚音。附驥之私，真可爲慰，續貂之誚，是所免乎？草具如左。」《金山寺燈字》云：「尋山君自好，林路恍然登。看竹無論主，拈花不問僧。諸天憑指掌，半偈了傳燈。予亦逃禪者，相從恨未能。」《華嚴寺航字》云：「最是關情地，追陪此上方。千峰凌日起，一水浸天長。遥望諸陵紫，時驅我馬黄。到時爲彼岸，何必問慈航。」《碧雲寺遥字》云：「(占)［古］剎倚岧嶢，峰峰插絳霄。諸天携縹緲，雙屐轉逍遥。流水如鐘磬，長松似猲獠。攀緣忘去住，身世半漁樵。」《寶林寺蕭字》云：「林壑意蕭蕭，遊仙去不遥。泉飛三竺練，鐘落五湖潮。小憩臨空翠，高談破寂寥。山中多桂樹，莫謂隱難招。」《宏恩寺懷字》云：「思君如日月，朗朗照人懷。自謂交難合，由來興與諧。營生無長物，縭佛有清齋。一别經芳草，離心遍九垓。」《香山寺陰字》云：「不禁春到此，想憶一何深。自汝開雙徑，堪誰賦上林。山根晴亦雨，洞口晝長陰。盡解遊人意，還依静者心。」《延壽寺連字》云：「人世真難遇，春風一笑前。鴻濛開色界，林響落鈞天。峽斷雲爲水，村虚柳是烟。懷君如戀景，一步一留連。」《山字》云：「風塵偏傲吏，杖屨有名山。鼎立文章事，昂藏意氣間。華夷天作塹，南北燕爲關。康濟還公等，遊情未是閒。」《古風贈于美秉器》云：「太行接天亘天起，蜿蜒長城一萬里。天子不聞西擊胡，但見遊人似流水。成都太守心自閒，宛平京兆風可攀。我欲從之行路難，遥望白雲永長嘆。」《送秉器于美西遊諸刹同志近感》云：「遥望旌旗指翠微，吏情真與世情違。飄然五馬同杯渡，去矣雙梟傍錫飛。白雪自高同調寡，青山不改故人稀。浮生天地終爲寄，采盡芙蓉亦當歸。」其《六郡良家子》云：「六郡良家子，翩翩意氣雄。結營當大白，吹劍拂長虹。心折胡塵外，名高漢殿中。請纓君等事，長揖莫論功。」《秋日答張幼于》云：「登高望四海，藹藹見停雲。何物真如練，相思疑似君。愁從今日至，書以故人聞。一葉猶千里，關河落雁紛。」《康裕卿黄孔昭邵長孺胡仁仲集盛泰甫宅得隈字》云：「北斗近城隈，西山照酒杯。無妨車馬地，不是狹斜來。白雪如今事，黄金自古臺。平生多感慨，臨眺獨徘徊。」《又得違字》云：「意氣看如此，滄洲諒不違。同聲歌一曲，千里和應稀。寒月當尊墮，春雲傍酒飛。長安無限景，偏照薜蘿衣。」《秋懷寄潘文學》云：「北斗插天天欲斜，水樓殘夜蕩荷花。雲流廬嶽杯當手，月泛銀河客在槎。三輔故人猶蔓草，兩湖秋水已蒹葭。安仁更有《閒居賦》，莫遣星霜到鬢華。」《答張伯起見訪京邸之作》云：「尊前曾問白鷗狂，何意萍蹤又帝鄉。葭莩東吴人是陸，星槎南斗客爲張。相看鬢髮蕭蕭短，一説肝心字字長。握有蒯緱操不得，知君袖裏是干將。」《同康裕卿陳忠甫黄公補公紹蔣兆卿人日集盛泰甫宅得年字》云：「黄金諸子盡翩翩，長兄飛翻綵筆前。春色更逢人日好，寒光猶借客星懸。時名一附三千牘，意氣何須十萬錢。尚有小山招未得，攀援桂樹不知年。」《即景口占呈巍父佳父二仲》云：「無數飛花欲暮春，萋萋芳草倍憐人。吳鈎翠削芙蓉麗，楚服青裁薜荔新。三徑只緣何客埽，一尊偏向故交親。談天況是高陽侶，遮莫風流藉角巾。」《集張徵君節伯宅得侯字》云：「長鋏歸來且敝裘，一尊寒色共江流。村當白社尋高士，人在青山拜隱侯。三楚樓臺明月夜，五陵烟樹碧梧秋。投珠何地無知己，不謂風塵已倦遊。」

友人張助甫爲予言任楚臬時，與同官遊河上寺，寺有洞，下瞰深潭，水色澄緑，殊可人意。潭龍靈怪不測，歲禱雨恒應。是日張筵洞中，坐甫畢，有彩虹從潭起，其光射日，倏忽薄洞門，若窺而入者，四座辟易，酒不及舉，又無所避匿，咸以爲神，良久影漸落入潭中。蓋平生目所未睹也，因賦詩云：「古刹臨峭岸，下有千尺淵。開門見波濤，洪汝左右盤。火雲垂到地，兩兩掛前川。飄風自南來，爽氣灑衰顔。慧日俄迴照，雙虹動我前。乃知炎蒸地，别有清凉山。顧瞻諸天裏，蒼茫一龍還。」先儒釋蝃蝀之詩，謂日與雨交，倏然成質，乃大地之淫氣也。然河上之虹，乃起自深淵，薄於巖洞，若有知者。考諸載記所言，若飲薛願之釜，入子良之宅。劉義慶廣陵之粥，振户有聲；韋南康郡庭之筵，若驢爲首。或自蝦蟆赤鵠，或化女子丈夫，要之，物理茫昧，不可一端測也。

余北還入楚，郵傳中題詠甚多，如諸鉅公篇什炳炳無論矣，乃海内未知名者，若潁陽外史林掖章題長灘館壁《由楚歸梁過界嶺遭雨呈儲見雲年丈》云：「相逢無復接輿狂，風雨千山過楚鄉。主聖何須歌鳳德，途危猶自怯羊腸。完來和璧真如月，佩得虔刀已似霜。歸去閉門辭載酒，蕭齋白日著書長。」林中州仕楚別駕乞歸者，然不可考其科名邑里矣。

續玉笥詩談

明　新淦朱孟震秉器著

古人詩，得意句不厭重複。王右丞《桃源行》有云：「峽裏誰知有人事，世中遥望空雲山。」蓋兩用之，此其妙在有意無意之間，雖右丞不自覺也。而岑嘉州《太白胡僧歌》云：「山中有僧人不識，城裏看山空黛色。」即右丞意也。嘉州豈蹈襲人者？蓋觸象寫微，冥搜神會，意之所到，自然合作。乃知理在人心，亘千萬人千萬世無不妙合，寧獨王與岑也？

《漢·王莽傳》：「三輔盜賊麻起。」李白《永王東巡歌》：「三川北虜亂如麻。」「麻」字本此，一時讀之不辨也。古人詩無一字無來處，信然。

太白《長干行》：「八月胡蝶來。」《唐文粹》作「胡蝶黄」，謂「秋蝶多黄」。白樂天詩云「秋蝶黄茸茸」亦此意，然不若「來」字佳。

李紳鎮淮南，張又新罷江南郡，過淮。張有夙嫌，投之以刺，乃釋舊憾，宴飲極歡。又新從事廣陵時，眷一酒妓，終不果納。至是二十年猶在席，又新以酒染指，題詩盤上，命李妓歌以送酒。妓歌此詩，紳問曰：「張郎中於汝致情乎？」妓泣下沾襟，因命妓侍張。詩曰：「雲雨分飛二十年，當時求夢不曾眠。今來頭白重相見，還上襄王玳瑁筵。」或者病之，謂既云「求夢」，何曰「不眠」？不知求夢而不眠，即致情而不果納之意也。説詩者，乃以詞害意，未爲通論。

杜牧之《阿房宫賦》云：「長橋卧波，未雲何龍？複道行空，不霽何虹？」詞最新麗。而譏之者云誤用龍見而雩事，謂龍乃龍星，非龍也。不知杜所用，乃雲從龍之龍，正取《易》「雲從龍」之義，蓋雲而非雩也。少陵詩云「日落青龍現水中」，與此正同。且「雲」與「霽」正相對，若作「雩」，乃祭名也。有何義相涉而引以爲偶耶？

予鄉新修寺，古伏魔寺也，舊邊大江，今移置山中。岳忠武王飛曾駐兵馬，留詩壁間曰：「膽氣堂堂貫斗牛，誓將直節報君讎。斬除元惡還車駕，不用登壇萬户侯。」

金黄華老人詩：「帝遣名山護此邦，千家瑟瑟嵌西窗。山僧乞與山前地，招客先開四十雙。」胡蒙溪《真珠船》云：「四十雙，人多不知其義。按元李京《雲南志略》云：諸夷多水田，謂五畝爲一雙。」然《輟耕録》所載，謂白夷種田，以牛爲雙，謂四角爲雙，則所謂雙者，雖指田而實因牛也。少時於友人黄汝修家見此不解，黄後訊之潘氏子，指《輟耕録》爲對，檢之果然，乃後悔讀書不多也。潘，儒家子，貧，訓蒙自給云。

陶靖節《讀山海經》十三首，宋姚寬以今本差誤，各爲之注釋。惟第十三篇云：「巖巖顯市朝，帝者慎用才。何以廢共鯀？重華爲之來。仲文獻誠言，薑公乃見猜。臨没告飢渴，當復何及哉！」「共鯀」，引《竹書紀年》、《神異經》釋之矣，而下云「仲文」、「薑公」未詳。愚按，「仲文」乃「仲父」之誤；薑公，即姜公也。意指管仲論易牙、竪刁、開方事耳。後讀顔氏解甚詳，乃敢自信。孝威博學多識，乃闕疑若此，因是服前輩之慎。

新喻簡西嵒紹芳遊滇南，有《題昆明池廢妙湛寺》詩云：「昆明池中妙湛寺，延祐露碑空記年。螺房布地照白日，鷊草被墻生花烟。圮臺竟作田父逕，欹塔尚參先佛天。山門囂散夜岑寂，燐火續燈漁叩船。」此詩寫廢寺岑寂之態，良自苦心。其自言云「鷊草」二字，雖出《詩》「邛有旨鷊」句，然心每不安。後見嚴氏曰：「古人名物，多取形似。瓠之細腰者曰蒲盧，故蜂之細腰者亦名蒲盧。正如綬草綬鳥，皆名以鷊；青黑之茭，青黑之鳩，皆名以鵻。」乃宿疑頓釋。

長卿家徒四壁立，已爲貧矣。韋蘇州《答李澣》云：「相如猶有壁，漁父自無家。」是以今事翻古案也。蔡謨《戲王導》曰：「短轅犢車，長柄麈尾。」而《期盧嵩無馬不赴》云：「莫道無來駕，知君有短轅。」是以古事翻今案也。他如：「無情尚有歸，行子何獨難。」「臨觴自不飲，況與故人違。」「不見心尚密，況當相見時。」「莫道無相識，要非心所親。」「人意有悲歡，時芳獨如故。」「不是平生舊，遺蹤要可傷。」皆抑揚其語，而意度自遠，謂蘇州止於平澹，要非至論。

「曲罷碧天高，餘聲散秋草」，「人生豈草木，寒暑移此心」，「草木知賤微，所貴寒不易」，「年華逐絲淚，一落俱不收」，「雲澹水容夕，雨微荷氣涼」，「都門且盡醉，此別數年期」，「須臾在今夕，尊酌且循環」，「別離從何生，乃在親愛中」，「昨遊忽已過，後遇良未知」，「別思方蕭索，新秋一葉飛」，「禁鐘春雨細，宫樹野烟和」，「我懷自無歡，原野滿春光」，「同是山中人，不知往來躅」，「日日生春草，空令憶舊居」，「野曠歸雲盡，天清曉露新」，「客從東方來，衣上灞陵雨」，「銜恨已酸骨，何况苦寒時」，「佳人不再攀，下有往來躅」，「雨餘山氣寒，風散花光夕」，「存亡三十載，事過悉成空」，「寧知故園月，今夕在兹樓」，「微雨夜來過，不知春草生」，皆玩之而有餘色，咀之而有餘味。其他幽情遠韻，爲前輩所稱述者，姑置弗論也。

「茫茫黄出塞，漠漠白鋪汀。鳥去風平篆，潮回日射星。」相傳爲宋詩人龍大初《詠沙》詩也。然予少時觀陸天隨《魯望集》，已有之矣，豈宋人誤耶？又「處士不生巫峽夢，空勞神女到陽臺」，乃唐洪都西山處士陳陶《辭妓》詩也，而相傳以爲陳希夷，蓋緣姓而誤也。

事有出於前古，而好異者引以傳諸當今。曩毛尚書征安南，相傳世皇贈以詩云：「大將南征膽氣豪，腰横秋水吕虔刀。」然不知爲高皇《送楊文》詩也。麻苗亂時，有「錦鱗個個密如針」之詩，不知爲滇中夷酋作也。趙風子亂時，有「虎賁三千，直抵幽燕之地；龍飛九五，重開混沌之天」之句，不知爲元末韓林兒語也，第以混沌易大宋耳。近有作《道聽録》者，指黄巢《詠菊》、元梁王《曉行》之作，以爲高皇。宋人譏高宗養鴿詩，載葉子奇《草木子》，而以爲武宗北狩。書非異聞，時非久遠，尚謬妄若此，况遠且僻者哉？

李于鱗選唐詩，内李憕《奉和聖製從蓬萊向興慶閣道中留春雨中春日之作應制》一首云：「別館春深淑氣催，三宫路轉鳳凰臺。雲飛北闕輕陰散，雨歇南山積翠來。御柳遥隨天仗發，林花不待曉風開。已知聖澤深無限，更喜年芳入睿才。」因與王維同一詠，當時附入維詩之後，而刻《詩選》者不爲較别，乃混於維詩之後，遂雜於維《敕賜百官櫻桃》四首之前。後刻《詩删》者，遂以四首，爲憕詩，又删去此首，增入維詩二首，共《櫻桃》四首，殊爲可笑。《唐詩紀》收憕詩，止《和户部楊員外伯成》同《望幸新亭賜錢公宴》，共此篇正三首耳。

《西嵒詩話》云：「殷璠《集》，李白詩有《沙丘城下寄杜甫》云：『我來竟何事？高卧沙丘城。城邊有古樹，日夕連秋聲。魯酒不可醉，齊歌空復情。思君若汶水，浩蕩寄南征。』其風骨音節，爲白詩無疑。後人不之見，以爲李無寄杜詩，乃僞作『飯顆』一絶，淺俗特甚，未有一字似白語。」予觀白集，又有《魯郡東門送杜二甫》一首云：「醉别復幾日，登臨遍池臺。何時石門路，重有金樽開？秋波落泗水，海色明徂徠。飛蓬各自遠，且盡手中杯。」蓋不止《沙丘》一首也。然考殷《集》無《沙丘》詩，意近日新刻者省工費而删之耳。近《百家唐詩》亦然。至有取一人之詩，僞作三四人者，可嘆也。

臨潼驪山華清宫，温泉在焉，中有萃玉亭，皆宋元及今人詩刻。内杜常詩四篇，《曉至華清》云：「東别家山十六程，曉來和月到華清。朝元閣上西風急，都入長楊作雨聲。」《夜雨晨霜》

云：「柏葉青青櫟葉紅，高低相倚弄秋風。夜來雨後輕塵斂，繡出驪山嶺上宫。」《温泉》云：「已去開元四百年，此泉猶自響潺潺。也知不憤當時事，長作悲聲恨禄山。」《驪山》云：「漁陽烽燧起雲間，玉輦蒼黄下此山。何事君王自神武，區區南渡鹿頭關。」前題「權發遣秦鳳等路提點刑獄公事太常寺杜常」。後跋云：「正甫大寺，自河北移秦鳳，元豐三年九月二十七日過華清，有詩四首，詞意高遠，氣格清古。邑人曹端儀，既親且舊，因請副本勒之方石，以傳不朽。閏九月初一日，潁川杜詡記。」及觀楊修撰《丹鉛餘録》載詩話云：「杜常方澤，在唐人中名姓不顯，惟存《華清宫》一首。」孫公《談圃》以爲宋人。近注《唐詩三體》者，亦引《談圃》，而不正其非唐人，蓋不欲顯選者之失耳。予又見范蜀公文集《手記》，一時交游中有杜常名姓，(不)〔下〕注曰詩學〔二〕。又《宋史》有《杜常傳》云：「杜，太后之姪，能詩。」以《史》與《談圃》、《手記》參之，爲宋人無疑矣。修撰當時，豈未見兹刻耶？然前詩首句云：「行盡江南數十程，曉風殘月入華清。」而此刻稍異。今《臨潼志》並存之，一作唐杜常，一作宋杜常。又《驪山》首句，大類唐吴融《華清》詩，僅易數字，豈杜熟唐人詩而暗合耶？抑用其語而稍易以後意也。又《温泉》詩，「年」、「山」非一韻，而《志》作宋王素詩，何也？石刻真與僞，良不可知。以多識如楊公，當時何

〔二〕　按，「不」或爲「下」字之訛。《河上楮談》卷二亦作「不」。

不見此？惜生也晚，不及一請質也。

古今明妃詩多矣，曩見閩工書林公爃云當以儲光羲爲第一〔一〕，蓋即事寫情，更無長語，而殊域不堪之態，盡於二十八字中，真知言也。其詩云：「日暮驚笳亂雪飛，旁人相勸易羅衣。强來前殿看歌舞，共待單于夜獵歸。」但穹廬毳帳，無宫室城郭，詩云「前殿」，殆非事實。然老上有龍庭之稱，恐匈奴中或别有殿名，未可知也。考明妃事，班史紀之甚詳，無足道者。青冢之傳，畫史之誤，良不可信。自石季倫濫觴爲曲，而後世詞人，連篇累牘，競新角異。總之，不出哀怨悼惜，更無質其謬者。杜陵氏，百代詩聖也，而猶祖雜記之説，何也？至琵琶胡語，本出烏孫，季倫創之，後世不察，竟指爲一事，又可發笑矣。

鄱陽山中有木客，秦時因造阿房宫入山，食木實得不死。時下山就民間取酒，爲詩云：「酒盡君莫沽，壺乾我當發。城市多囂塵，還山弄明月。」又李道昌大曆十三年爲蘇州觀察使，一日，郡城外虎丘山，有鬼題詩二首，隱於石壁之上云：「青松多悲風，蕭蕭聲且哀。南山接幽隴，幽隴空崔嵬。白日徒昭昭，不照長夜臺。誰知生者樂，魂魄安能迴。况復念所親，慟哭心肝摧。慟哭復何言，哀哉復哀哉！」又曰：「神仙不可學，形化空遊魂。白日非我朝，青松爲我門。雖

〔一〕「工」，原本作「公」，據明萬曆刻本《汾上續談》卷一改。

復隔生死，猶知念子孫。何以遺悲惋，萬物歸其根。寄語世上人，莫厭臨芳尊。莊生問枯骨，王樂成虚言。」道昌異其事，遂具奏聞，准敕令致祭。道昌爲之文曰：「嗚呼！萬古丘陵，化無再出，君若何人？能閑詩筆。何代而亡，誰人子姪？曾作何官，是誰仙室？寂寞夜臺，悲乎白日。不向紙上，石中隱出。桃源三月，深草垂楊。黄鶯百囀，猿聲斷腸。不題姓氏，寧辨賢良。嗚呼哀哉！嘆昔先賢。空傳經史，終無再還。青松嶺上，嵯峨碧山。大唐正業，已記時言。痛復痛兮何處賓，悲復悲兮萬古墳。能作詩兮動天地，聲悲怨兮淚沾巾。感我皇兮列清酌，願當生兮事明君。」祭後數日，再有詩一絶於石曰：「幽冥雖異路，平昔忝攻文。欲知潛寐處，山北兩孤墳。」寺後山之地，果有二墳，極高大，竟不知何姓氏。又《酉陽雜俎》載鬼詩云：「流水涓涓芹吐芽，織烏西飛客還家。荒村無人作寒食，殯宫空對棠梨花。」又：「爺孃送我青楓根，坐見青楓幾迴落。當時刺繡衣上花，今日爲灰豈堪著。」又：「江上桅竿一百尺，山中樓臺十二重。老僧樓上望江上，遥指桅竿笑殺儂。」又：「一徑入青松，飛流淡晴緑。道人晚歸來，長歌振林谷。山深不知求，落葉下枯木。須臾翠烟銷，月色照緑服。」

成都天寧寺，西廊有僧寮一，余以重慶（八）［入］省謁上官，寓焉。堂有墨竹一幅，陳南賓題其上云：「九疑何處泣湘靈，汗簡裁成數尺綾。鶴馭已迷胡蝶夢，龍香猶濕鳳凰翎。將軍節操凌冰雪，主器文章麗日星。白髮小臣懷舊德，摩抄遺墨淚交零。」其前有題云：「雪樵下筆寫琅玗，意在湘江萬玉間。幸得披圖洗詩眼，恍如僧寺一偷閒。」又勤有者題其後云：「老榦垂秋雨，蒼根洗濁泉。虚心三百尺，高節幾千年。」詳陳之詩意，竹乃明玉珍所寫。而所謂主器者，或即昇將軍者，或戴壽、鄒興輩耶？勤有似是隱語，豈明氏遺裔耶？漫識於此。

鄱湖之戰，《資治》、《通紀》等書，皆以爲郭興建火攻之策，遂獲全勝。偶睹他載記，謂僞漢以火舟來攻，而天忽反風，敵舟悉自焚焉，此殆有天助者。予初不謂然，及觀鄉先達周所立先生《康浪山歌》，始知聖明之興，固天所命。大風揚沙，實基漢業，千載而下，異事同符，固不誣也。《歌》云：「康浪歌，鯨鯢振鬣揚洪波。天子親乘六龍駕，樓船巨舸高嵯峨。翠華摇摇懸日月，左秉白旄右黄鉞。縱横大戰數十圍，錦浪翻紅漲腥血。敵常脂韋張毒氛，北風反火輒自焚。焦頭爛額沈波裏，奄忽蛟飛水上軍。山爲組兮水爲練，自古英雄無此戰。威聲振撼馮夷宫，殺氣奔騰龍伯殿。康浪水，康浪山，霸氣奄忽烟焰間。黿鼉蝦蟹總淪没，猰貐梟獍無生還。軒轅指南𨍏飛轂，康浪坐令爲涿鹿。小鯢中身赴鬱攸，大鯨左目中箭鏃。我皇笳鼓震溟洲，凱歌歸奏丹鳳樓。降軍十萬散海浦，太白曉掛蚩尤頭。康浪山，康浪水，王業艱難自兹始。海宇清平垂萬年，敬獻頌歌繼青史。」周先生，國初人，所傳聞當不謬也。赤壁之戰，阿瞞以數十萬衆火於東吴，而杜紫薇云：「東風不與周郎便，銅雀春深鎖二喬。」此言似辨而理。孫武《火攻篇》亦云：「發火有時，舉火有日。」蓋用火攻之策，當察風之有無逆順。此於水戰，尤當審之。若田單火牛，其勢必往以奔敵軍，固無俟他虞矣。

石鐘山，在湖口縣，當彭蠡之衝，上下二山，嵌空岩崿。余以丁卯北上南宫登焉。閲蘇文忠詩叙，謂山下有巖洞，江濤流轉，觸而成聲。又謂上有魚池，今廢不存矣。自文忠而外，又有吴明卿、陳于韶二參伯詩。明卿云：「楚客登高秋思濃，白雲隨杖入芙蓉。九江落日迷山市，萬壑寒濤響石鐘。古閣懸空愁過鳥，輕帆挾雨帶飛龍。俯看天塹雄南北，何事中原有戍烽。」于韶云：「一片孤城雙石鐘，稜層傑閣隱芙蓉。雲摧峭壁愁黄鵠，雷起陰潭上白龍。(楊)[揚]子暮潮摇極浦，匡廬殘雪見中峰。乾坤今古雄天塹，却訝南州有戍烽。」「一眺滄波萬里流，東南吴楚坐中收。峰高烏鵲凌寒渡，水闊鼋鼉吹浪遊。落日倒翻河漢影，斷虹長掛石梁秋。天涯憔悴誰能醉，芳草浮雲處處愁。」時吴以南康節推游，陳以豫章參伯西歸，芳草浮雲，殆有旨也。予渝州入覲，于韶自閩從丘使君之請爲文以贈。蓋余初不相聞，而蜀有覲者，于韶初未以文贈也。予感其誼，賦詩謝之。于韶答以詩云：「使者書來問水濱，草堂芳訊忽嶙峋。豈云聞俗憐憔悴，耐可論交到隱淪。經術一時歸大雅，巴渝何地不陽春。舊遊竟阻登龍會，慚愧南州下榻人。」于韶在豫章，吏事精敏，每文牒旁午，一一按閲，批摘如神，諸胥吏咋舌，不得出一語。其歸也，意或爲忌者所中云。

釣魚城，在合州治東北，城下十五里，有温湯寺，山如翔鳳，泉出山中，氣勃勃，流爲浴池。

又從池繞出殿前爲大池，迂回曲折，清暖可掬，有魚黑色游池中。又左流入前浴池，池三四，皆覆以屋。又從池繞山下流入江，亦一勝境也。陳督學玉叔行部合州，因游焉，有《遊温泉兼懷社中諸子》詩云：「招尋古寺酒尊同，濯得温泉興不窮。芳樹青山春更好，上方朱閣晚尤紅。二千品秩稱良吏，十五詩篇見國風。記得向來投贈意，故人多在大江東。」

升庵楊先生《題唐僖宗行宫柱礎》云：「唐帝行宫有露臺，礎蓮幾度换春苔。軍容再向蠶叢狩，王氣遥從駱谷來。萬里山川神駿老，五更風雨杜鵑哀。始知蜀道蒙塵駕，不及胡僧渡海杯。」礎今故在，游大初爲予言，寺僧令匠鑿而丹之，乃知李文饒方竹未嘗無對。

升庵楊太史年十三，過馬嵬，賦詩云：「鳳輦悤悤下九天，馬嵬西去路三千。漁陽鼙鼓烟塵裏，蜀道淋鈴夜雨前。方士遊魂招不返，詞人長恨曲空傳。蛾眉尚有閒丘隴，戰骨如山更可憐。」殊有諷詠。又唐温庭筠云：「穆滿嘗爲物外遊，六龍曾此暫淹留。反魂無焰青烟滅，埋血空山碧草愁。香輦却歸長樂殿，曉鐘還下景陽樓。甘泉不復重相見，誰道文成是故侯。」亦有致，校義山駐馬牽牛，不知誰復先後也。

桃川洞，在常德武陵縣。洞出方竹，即晉漁人遇秦隱者處，然洞當孔道，又乏流泉，似非當時舊迹，疑好事者因陶《記》而附和之與。邑有楊生者，題對聯二，頗佳。其一云：「仙迹久荒，方竹依然環洞口；神機誤洩，清流無復到人間。」其一云：「半空風雨灑天台，樵子留連，直要看盡了一番棋局，滿壁烟霞迷石洞，漁郎消息，只因誤放出幾片桃花。」先大夫有詩云：「故事相傳始晉秦，桃花依舊往年春。明庭萬里重來譯，流盡殘紅誰問津？」

《一統志》載忠州有荔枝樓，爲白香山建。詩云：「荔枝新熟雞冠色，燒酒初開琥珀香。欲摘一枝傾一醆，西樓無客共誰嘗。」今忠州更無荔枝，惟涪有荔枝園。臨江挺荔樹一，相傳爲楊妃時所植。予未至前三四年尚生，今惟枯幹存矣。意居民及有司疲於將送，故殺之耶？江津縣治亦有荔枝園，問之縣令，今亦枯死矣。

唐士人投刺不得，獻詩，有「無錢乞與韓知客，名紙毛生不爲通」之句。後有萬彤雲者，爲白太傅所知，遊梓州，累爲閽人艱阻，爲獻以詩，盧尚書宏宣乃怒閽者而禮之。詩曰：「荷衣拭淚幾回穿，欲謁朱門抵上天。不是尚書輕下客，山家無物與王權。」蘇秦云：「謁者難見如鬼，王難見如天帝。」因鬼見帝，自昔固嘆之矣。

古詩：「藁砧今何在？山上復重山。何時大刀頭，破鏡飛上天。」藁砧，謂砆夫也。山上山，出也。大刀頭環，還也。破鏡上天，半月形，月初也。又：「石闕生口中，銜碑不得語。」石闕，謂碑，悲也。又梁簡文詩：「圍棋燒敗襖，著子故依然。」圍棋，著子也。燒敗襖，然故衣也。又蘇長公：「蓮子擘開須見薏，意也。楸枰著盡更無棋。期也。破衫却有重縫逢也。日，一飯何曾忘却匙。時也。」即「黃絹幼婦，外孫齏臼」之意。

黄巢五歲時，侍翁、父爲菊花聯句，翁思索未就，巢信口應曰：「堪與百花爲總首，自然天賜赭黄衣。」巢父怪，欲擊之。翁曰：「孫能詩，但未知輕重。可令再賦一篇。」巢應曰：「颯颯西風滿院栽，蕊寒香冷蝶難來。他年若我爲青帝，執與桃花一處開。」又云：「待到秋來九月八，我開花後百花殺。衝天香陣透長安，滿籬盡挂黄金甲。」後舉進士不第，聚衆爲盜，號衝天大將軍。此事載《貴耳集》及《清夜録》中。然記曩有一小説中載此詩云：「百花發時我不發，我開花後百花殺。衝天香陣透長安，滿籬盡掛黄金甲。」與前小異，覺莊質類巢語。前二詩，或記載者稍潤色之，未可知也。後詩第三句，或改云「要與西風戰一場」，而謬以爲高皇詩者，大可笑也。宋太祖少時《詠日》云：「初出海時光辣撻，千山萬山如火發。須臾捧上一輪紅，趕退殘星并殘月。」後史臣潤色之曰：「未離海底千山暗，纔到中天萬國明。」大與此相類。

莊定山昶《節婦》詩云：「二十夫君棄妾身，諸郎癡小舅姑貧。自甘薄命同衰葉，不埽蛾眉嫁別人。化石未成猶有淚，舞鸞雖在不驚塵。瑣窗獨對東風樹，歲歲花開他自春。」羅一峰先生倫評之云：「苦心苦語，可泣鬼神。」簡西畬《詩話》謂：「起俚淺而中穠冶，似非本色語。」推取楊石齋一聯云：「烝嘗所寄惟黄口，形影相依到白頭。」然一峰亦有詩云：「婦人自我如男子，造化由他似小兒。」較莊稍實。近《麈談》載謝子象一詩云：「朗日行天夜照星，私嚴淵默竦雷霆。苦經世故艱危地，要保人間婦女形。萬事到終頭已白，九原識面眼猶青。敢偷一死全遺息，莫道冥冥夢不醒。」庶幾擺脱陳俗，而不拘拘用事者。然起句似書生語，結亦稍不稱，蓋節婦入律詩中，較難著力，要當於古選中求之。

王中丞《(扈)[巵]言》云：「正德間，有妓女，失其名，於客所分詠，以骰子爲題云：『一片寒微骨，翻成面面心。自從遭點污，抛擲到如今。』」考元人關漢卿雜劇載錢可、謝天香事亦有之。謝云：「一把低微骨，置君掌握中。料應嫌點涴，抛擲任東風。」錢云：「爲伊通四六，聊擎在手中。色緣有深意，誰爲馬牛風。」特後人稍易其語耳。

唐崔湜初執政時，年二十七，容止端雅，文詞清麗。嘗暮出端門，下天津橋，馬上吟曰：「春還上林苑，花滿洛陽城。」張燕公時爲工部尚書，望之杳然而嘆曰：「此句可效，位可得，其年不可及也。」高宗承貞觀之後，天下無事，上官儀獨持國政，嘗凌晨入朝，巡洛水堤步月，徐轡詠詩云：「脉脉廣川流，驅馬歷長洲。鵲飛山月曉，蟬噪野風秋。」群公望之如神仙云。二相事大相類，一以曉入，一以暮出，俱馬上賦詩，而人羡之。

余鄉磐谷，國初有周所立先生者，善口辯，能詩文，跅弛不羈，今所傳僞漢上梁文，其手筆也。時有定住字子静者，爲陳友諒守臨江，與周詞賦往還頗密。子静與太祖抗於鄱湖，被殺。周哭之以詩曰：「緑劍池頭舊使君，近傳消息不堪聞。的盧竟死檀溪險，鸚䳇翻成鄂土墳。蒿葉蕭條生夜月，棠陰迢遞起秋雲。陳琳老大頭如雪，無復軍前草檄文。」「清江重鎮牧旌麾，常憶蒸鵝餅餡時。文采風流三國士，才情穠麗六朝詩。石龍劃起波濤變，金鳳翻從澤國辭。千載羊公遺愛在，行人揮淚峴山碑。」至洪武中，以臨江十才子同梁石門寅、張司成美和、黄體方徵入京，練中丞子寧以其人輕脱，僅得臨江教授以歸。其子以麟經中鄉試，仕止縣令。先生扁其門曰：「皓首窮經，郡祭酒馳四方之翰墨；青雲接武，邑大夫化百里之絃歌。」黄體方亦予近鄉人，仕止王官，詩效李青蓮，亦俊爽可喜。余僅見其《古風》一篇。二公家世微矣，集皆散落，《志》亦無及之者，良可痛哉！

孫典籍蕡，五羊人，有詩名。今廣中刻《五先生集》，孫其一也。高皇時，坐藍玉事死，臨刑口占一絶云：「鼉鼓三聲急，西山日又斜。黄泉無客店，今夜宿誰家？」高皇得詩，怒監斬者不以聞，因并殺之。《雙槐歲抄》載《朝雲集句》數十首，殊膾炙人口，乃以詿誤不得其死，惜哉！

臨川聶大年，爲仁和學諭，後以修史召至京，卒。其詩在國初頗爲人傳誦，有《辭四省校文》詩云：「名藩較藝遺徵書，使者頻煩走傳車。老大難過太行路，平生厭食武昌魚。五羊城古仙遊遠，八桂林寒木葉疏。寄語青雲舊知己，莫因辭賦薦相如。」

國初王孟端，以墨竹擅名，雅善書，能以篆隸筆法作松檜奇石。詩尤有致，得風人體。有同舍友旅中娶妾，孟端贈詩云：「金猊香冷酒初醒，銀燭光殘月正明。今夜情懷非別夜，有人低語唤卿卿。」又云：「新花枝勝舊花枝，從此無心念別離。肯信秦淮今夜月，有人相對數歸期。」友人得詩，不勝感慨，即日東歸。孟端二詩，賢於諄諄勸諭者百相倍矣。

鄒瑾，一名公瑾，吉安永豐人，常遊成都。建文二年，爲大理寺丞，靖難後不屈死。今重慶崇因寺僧續燈方丈，有草書詩一幅云：「黄金甲脊三千丈，乘雲直上九天上。胸中有雨濟八荒，四海蒼生皆仰望。」末題「重慶鄒公瑾詠龍之作」。今《四川志》作江津人，不知孰是。以詩題證之，似爲蜀人矣，然不知永豐家世何如。

胡子昭，大足人。以榮縣訓導陞翰林檢討，歷刑部左侍郎。建文元年，充纂修官。靖難初，與方孝孺不屈死。臨刑有詩云：「兩間正氣歸泉壤，一點丹心在帝鄉。」弟子義，膺薦任威遠訓導，歷山東僉事，聞兄死，棄官隱丹稜民家。蜀獻王知而憐之，命祝髮爲僧，子義以父母遺體辭。子義有子二，各年數歲。嘆曰：「嗟乎！吾兄無後，天不絶胡氏，二子當免於難。」竟棄去，不知所終。有《懷鄉》詩云：「一區廢宅棠山下，半畝芳塘夕照中。鄉國匪遥身自遠，乾坤雖大足難容。」

練中丞死於靖難，文皇怒其不屈，誅及十族。余先族祖及先宜人吴氏祖，俱以詩朋謫戍。其他以片紙隻字株連者餘幾千家。練有一妾一女，靖難前俱留淦，後就先生金陵，先生一見輒泣下不止，蓋知二人者不能死也。先生死，俱發浣衣局。仁皇帝時，女得歸嫁東坊陳氏，今淦有練小户云。練之先，由三洲居城東坊，爲東坊民，而祖籍尚有人，靖難時或死或竄，俱無存者。

今三洲有村農姓練氏，蓋遠孫也。羅太史洪先過三洲，訊之，因哭以詩曰：「三洲烟草暮江濱，未問遺墟淚下頻。破家有山歸別主，遠孫無食寄貧鄰。百年天地誰非幻，千古綱常獨在身。莫爲英雄倍惆悵，天涯多少未歸人。」

陳尚書汝言，潼關人。天順初，以奪門功至兵部尚書，後竟坐石亨黨敗。然其詩亦清麗可誦。《秋夜》云：「喔喔荒雞唱五更，起瞻北極大星明。佳人搗練秋如水，壯士吹笳月滿城。江海久慚生計拙，干戈深動故園情。尺書望斷南來雁，惆悵空令涕淚零。」余入關，意家必有集存，訪之，後人微甚矣。《關志》僅載汝言資敏家貧，嗜學不倦。時衛未有學，乃遊荆蜀，訪聞人學，學成歸，客寓西安。有某公者，每夜聞讀書聲不輟，問之，因閲所業，乃爲占籍長安，遂魁戊午鄉薦，壬戌登劉儼榜進士。潼士選舉，蓋陳爲首云。

給諫李宗一，名元，祥符人，而獻吉業師也。獻吉年十四，隨其父教授公寓汴，從宗一學《毛詩》。不數年，宗一以解元登第爲夕郎，獻吉亦以解元登第爲户部主政，同立於朝，每相倡和。宗一有詩得「能」字，獻吉和之云：「奉和高韻，兼申賀忱。春風白髮拜新陞，舊署重來有夢曾。官暇更饒詩酒興，病餘甘遜簿書能。吏人埽閣將移竹，賓客臨軒或遇僧。他日門墻三鱣在，愧從雲路接飛騰。」集偶不載。惟時王伯安爲主政，與獻吉莫逆，併善宗一，亦和之云：「懶愛官閒不計陞，解嘲還計昔人曾。沈迷薄領今應免，料理詩篇老更能。未許少陵誇吏隱，真同摩詰作禪僧。龍淵且復三冬蟄，鵬翼終當萬里騰。」獻吉又和宗一韻云：「奉次高韻，語意縱放，伏惟恕而進之。坐便涼爽入西齋，天末黄雲送晚霾。蠅虎技微空守户，葡萄陰重欲翻階。瘦餘子夏非關病，醉後陽城不爲懷。古往今來共回首，世人猶自巧安排。」以上三詩皆和韻，或謂唐人《早朝》諸篇，止和其意，近世和韻，非唐人指。然李、王二公，與關中王允寧，往往和韻，亦未爲不可也。宗一先名源，後易元，平臺其别號也。

東里楊文貞公士奇，洪武中被薦教授職，未幾以失事去官，更姓名曰易大可，游湘、鄂間，嘗題詩黄鶴樓曰：「黄鶴西飛竟不回，青山樓閣自崔嵬。昔年賣酒人何在？今日題詩客又來。舟繫城邊官柳長，笛吹江上野梅開。不堪回首東歸去，目斷長安一雁哀。」又先生少日即事賦詩云：「霏雪初停酒未消，溪山深處踏瓊瑶。不嫌寒氣侵人骨，貪看梅花過野橋。」爲劉伯川所器。此二詩也，一則當流離之際而瀟灑自如，一則處寒冱之時而興致不改，出而當天下事，其堅定凝重，以致君澤民，不爲是非利害所摇奪，三朝相業，有光昭代，豈偶然而已哉！

李獻吉先生始祖曰貞義公，名思，故扶溝人，贅於邑人王聚。聚當戍慶陽，貞義公代往，遂冒王姓者三世。獻吉父惟中，名正，以歲貢起家，始復李姓，爲周藩封丘王教授。獻吉年十四，隨入汴，尋入爲扶庠生。弘治壬子，將應河南鄉試，汴人謂獻吉聖童，試必發解，將阻抑之，遂日夜兼程如慶陽。督學邃庵楊公，一試輒許發解，既而果然。明年登進士第，正德丁卯，爲户部員外郎。大司徒韓公文等論逆瑾罪惡，瑾知疏出獻吉，逐歸汴。明年戊辰三月，移家扶溝。其《飲張氏芳園會諸君子》詩云：「三月到扶亭，扶亭春正好。綠水帶烟城，林花白皓皓。況與會心人，銜杯坐芳草。微言時剖晰，幽意恣探討。風來落英滿，醉卧不須埽。」《再遊張氏園》云：「莫道園林春事稀，重來尚見一花飛。葉心梅實垂垂結，樹底山蜂款款歸。百罰酒杯真不厭，故鄉風景舊多違。濁河清濟天波遠，更上高城眺落暉。」《寓扶亭》云：「霜落扶亭已暮秋，遠人翻作故園遊。天低曠遠沙扶樹，月混高城水近樓。千里關河今一到，百年桑梓竟何求。畫堂銀燭親朋酒，車馬何妨數日留。」以上三詩，集偶失載。緣宅基未愜初意，其《臘日》詩有「腐儒奔走竟何事，鄉土栖遲多苦心」之句，意可知矣。詩所謂親朋者，謂生李佩德與焉。佩德名瑶，身長九尺餘，賦性樸直，聲響如鐘，居密邇獻吉，朝夕與晤。獻吉每語人曰：「吾鄉李生佩德，貌與性行皆似古人，今世不多覯也。」其爲佩德爲鄭王相。卒，誌銘出工部主政李伯材手。伯材名技，獻吉冢嗣，嘉靖癸未進士也。伯材第四子名四維，以鄉貢士爲沔陽守。邑李伯實與善，爲題公舊宅云：「曾聞汴上抱離憂，一日移家曲洧遊。避地不妨辭竹苑，還鄉自合老桐丘。年深楊子元亭在，壁故江淹綵筆留。況有成書傳海内，每從詞客話風流。」宅今屬曹氏，知者咸指爲空同宅云。

王中丞元美，名在海内，稱七子。又其最，稱李王，謂于鱗與公，視弘正間獻吉、仲默也。今士大夫交口傳誦其詩篇，如靈蛇夜光，洋溢中外。李(金)[全]集已刻，中丞公有《弇州山人四部集》，刻而不欲傳，故人鮮盡識。公生平推李甚至，故名稍抑在下。今觀其詩，視于鱗誠伯仲之間。文之高下，雖非小生淺學所能窺，然合而觀之，則李云「擬議以成其變化」者，雖自負稍高，人亦不易及。第論其至擬議之功，李差盡矣；究其變化，似猶局促在繩墨中。若信意所適，隨物而施，不失往程，不滯舊迹。滔滔莽莽，愈達而愈神；紛紛紜紜，愈變而愈妙。則公之文，當爲明興獨步，即獻吉贈送諸篇，尚瞠乎後矣。其詩爲于鱗所選，似止一時贈答，亦尚未盡。余嘗愛其《聞警》二首云：「春雪輕寒草未長，北風吹日晝倉皇。羽書實報臨三輔，貂綺虚傳出尚方。愁見材官投灞上，喜聞飛將下漁陽。請纓投筆憑誰寄，老婦孤兒更可傷。」「黄雲白草漢關頭，豹虎荒村總百憂。永夜茅堂看斗柄，中天畫角起邊愁。龍驤候月三千騎，雁塞横空百二州。最是聖明惟薄伐，玉門何地覓封侯。」《夏日同僚友崔都尉山莊分韻》云：「别館横臨鄠杜邊，偶逢三伏勝遊偏。夾堤楊柳凉全得，出水芙蓉曉故鮮。北極雲霞供檻外，西山風雨落尊前。誰家暗度秦臺引？回首朱門月可憐。」即此三詩，置之老杜盛唐，誰復辨者？况其未見故多也。公自云：「吾於詩文，不作專家，亦不雜調。夫意在筆先，筆隨意到，法不累氣，才不累法，有境必窮，有證必切，敢於數子云有微長。」公之所自負如此，蓋大而非詩矣。至明興，博雅必稱楊修撰用修，今《丹鉛》所録，公復爲正數條；《尺牘》所遺，公又爲補數卷。若公《（扈）［巵］言》、《别録》，如入海藏龍宫，無所不有。蓋非僅止於博古，而又於當今典章文物，考索評訂，汪洋浩博，精擇朗識，實足以垂後來，照當世。張中丞肖甫嘗謂余云：「與公居常談笑吟諷外，或酣酌竟日達旦，似無一刻事佔畢者。不知公書從何所得，從何時讀也？茲真有天授哉！」

扶溝李時芳伯實，以萬曆壬午貢入京師。八月，應順天鄉試，不售。九月，給諫王公使高麗，要與俱往，伯實難之。王謂：「伯實平生欲遊五岳，追向平之蹤。東夷九種，宣聖欲居，茲九夷併於高麗，可毋先五岳遊耶？況葱山浿水之勝，密邇海島，殊庭過之，庶幾與烟客遇，而箕子化俗八條，至今遵奉不衰，稱爲東藩。試往而觀其遺風，亦奇遊也，奚難之爲？」伯實遂飄然偕往，盡覽海國諸勝。其國王姓李名松，務學而雅重文墨，既徵伯實詩歌草書，一日，命禮曹判書李珥者謁伯實，問：「中國文人，弘、正間有李獻吉、何仲默二氏，東藩嘗購求其書傳境内矣。不知近世繼二氏者幾人？有成書行世者幾人？」伯實答：「明興，諸名家不可勝數，嘉靖、隆、萬以來，其最著者，山東則李于鱗，南京則王元美、敬美、汪伯玉，江西則余德甫、朱秉器，陝西則王允寧，浙江則徐子與，湖廣則吴明卿、李本寧，四川則張肖甫、楊用修，河南則張助甫、劉致和，山西則王明輔，北畿則穆敬甫，皆接迹李、何，巍然文名當代，有集行世，偶未全挈。獨元美《四部集》與敬美詩數十首在耳。」次日復命，珥求去，遂以李、杜二全集訓之。珥復斂容謂：「漢有兩司馬、班、楊，而唐惟李、杜、韓、柳，宋稱歐、蘇二氏，合漢、唐、宋不越數人。而皇明自李、何後，統之亡慮數十人，以一時而倍前數代，皇明其千古絶勝哉！」伯實以爲知言。迨冬(未)[末]還，會助甫以晉憲入覲，聞伯實來自異國，復見其詩，遂爲詩書扇頭以贈曰：「天涯芳草遍春原，客裏逢君與晤言。渡海探奇箕子國，遊梁授簡孝王園。」「林間片月開青嶂，雪後輕寒逗緑尊。自是賦成應有薦，抱關甯復老夷門。」黄太史、魏侍御覽之，皆曰：「箕子國，孝王園，千古的對，待助甫用耳。」逾年，敬美聞之，以書報伯實：「足下以一書生遊異國，而橐中能貯王元美《四部集》，腹中能貯其弟百篇詩，使鴨緑江外人，傳誦天朝有二王生，即恐長慶白公未獲此奇覯。家兄自可耳，僕何人斯，而厚幸至此云云。」伯實獨恨未挈于鱗諸公集負東藩輔耳。

升庵楊先生夫人黄氏，遂寧黄簡肅公女，博通經史，能詩文，善書札，嫻於女道，性復嚴整，閨門肅然。雖先生亦敬憚之。嘗見先生從子大行有仁云：「夫人雖能詩，然不輕作，亦不作藁，即子姪輩不得而見也。」今海内所傳，若「雁飛曾不到炎方」及「懶把音書寄日邊」，久爲人傳誦。簡西嶨又記一詩云：「纔經賞月時，又度菊花期。歲月東流水，人生遠別離。」只二十字，而感時傷別，不必斷腸墮淚，而聞者凄然不堪，殆絶唱也。《國雅》又記一詩云：「螻螘也知春色好，倒拖花瓣上東墻。」則諸書所記不一，且聲調與夫人百相遠矣。

邑人黄棨，字體方，在國初以十才子徵，後爲周王府伴讀。余求其集不得。所著有《詩海珊瑚》，其《自序》云：「僕學詩數十年，讀詩數萬篇，求其渾然天成之句，於百中得一二，録爲一帙，命曰《詩海珊瑚》。」蓋所選皆五七言佳聯，而附以己作。其五言云「風月雙清夜，乾坤萬里秋」、「八極風爲馬，三山月釣鰲」、「盤石中流坐，青山隔岸看」、「對此十分月，能消千古愁」、「水天同一色，風月自雙清」、「雲生雙澗口，人坐兩松間」、「移舟秋水渡，載酒夕陽亭」、「玉宇秋無際，瑶臺月正明」。《滕王閣》云：「江湖襟帶外，棟宇斗牛邊。」《學士竹》云：「玉堂揮翰手，滄海釣鰲竿。」七言有小序云：「《東坡志林》云：七言之偉麗者，杜子美『旌旗日暖龍蛇動，宫殿風微燕雀高』、『五更鼓角聲悲壯，三峽星河影動摇』，爾後寂寞無聞焉。直至歐陽永叔云『滄波萬里流不盡，白鳥雙飛意自閒』、『萬馬不嘶聽號令，諸番無事樂耕耘』，可以並驅争先矣。小生亦云：『令嚴鐘鼓三更月，夜宿貔貅萬竈烟』，又云『露布朝馳玉關塞，捷書夜報甘泉宫。』亦庶幾焉爾。僕非敢追蹤前賢，於千百首中，亦有數聯，不揣鄙陋，輒敢效顰於後云。」《遠遊詩興》云：「帝子假臣閒日月，天公助我好江山。」《揚子江》云：「群江只似三千客，一水過如百萬兵。」《長江》云：「東南形勝包中國，多少英雄據上游。」「扁舟一日馳千里，兩岸青山過萬重。」《閩中》云：「千里溪山無限景，四時花木一般春。」《太湖》云：「白晝風雲連海起，青山烟雨使人愁。」《赤壁》云：「兩篇詞賦千年在，三國英雄一戰休。」《隆中》云：「當時鼎足三分國，定策茅廬數語中。」《中秋》云：「人在山河秋影裹，酒斟天地玉壺中。」《蘭亭帖》云：「盛事一觴還一詠，名書千古重千金。」《蘭亭圖》云：「一時人物風流甚，千載斯文感慨多。」《孟浩然像》云：「鹿門歸去人如玉，驢背吟成骨已仙。」《大風》云：「一天雲霧多吹盡，半夜星河影動摇。」《寄玉堂故人》云：「三年共作京華客，五夜曾隨劍珮聲。」《送人致仕》云：「三逕水邊松菊在，一人林下布衣間。」《邯鄲》云：「三千食客侯門下，一枕黄粱旅夢間。」《寄僧》云：「茶瓜留客竹深處，竿木隨身雲半間。」《燕子》云：「去來不見春秋社，新舊幾經王謝家。」《三山客况》云：「身似無官爲客久，秋來有月與誰看？」《送弟》云：「鄉思共隨雲北起，客心忍看雁南飛。」《雪》云：「玉宇瓊樓原不夜，琪花瑶草總無香。」餘無題云：「玉階鵷序聯班定，金闕龍庭進表來。」「野田青處麥千頃，楊柳緑邊人幾家。」「雲淡日昏晴雨景，今來古往短長亭。」「清曉喜聞鸜鵒語，殘春留得牡丹看。」「夜來春雨滿山谷，曉起白雲翻海濤。」「風急數聲聞遠笛，月明何處擣寒衣。」「幾處佳人看北斗，誰家長笛怨西風。」「山頭一夕風雨過，門外雙溪春水生。」「疏疏密密雨纔過，白白紅紅花亂開。」「風送花香留客座，月移樹影過墻來。」「半夜雨聲殘暑退，一天秋色晚凉新。」「野橋流水三叉路，茅屋人家獨樹村。」「行看野岸數楊柳，驚起沙洲雙鴛鴦。」「江上故園頻入夢，天涯芳草未歸人。」「百年爲客雙蓬鬢，千里思親寸草心。」「秋風匹馬黄華路，落日孤雲白雁天。」「去帆離汴麥秋晚，行李到江梅雨時。」「楊柳春風千里馬，蓬萊宫闕九重城。」「離筵九日黄花酒，行李千金紫綺裘。」「杏花雨中頻過我，椿樹屋下時論文。」細觀其中，頗有得失，然不失其爲工也。余曩曾見其《送周堃長歌》，酷似太白，今藁不存矣，惜夫！

司禮張君名維，薊人也，少侍今上春宮。爲予言上初學詩，詠《新月》云：「天邊一輪月，其形光皎潔。可比聖人心，乾坤多照徹。」帝王氣象，宛然二十字中。信天縱之聖也，豈尋常可望哉！

藝圃擷餘

一卷

王世懋◇撰

侯榮川◎點校

藝圃擷餘序

昔徐昌穀《談藝》謂蕭統簡輯冗而不精，劉勰緒論略而未備，故所著多標準的，幾于鍾嶸之《品》矣。其後楊用修有《丹鉛録》，王元美有《藝苑巵言》，博雅並稱，中多詩話。今敬美有《藝圃擷餘》，專爲詩而發也，哲匠鴻才，巧心獨運，皆古人所未道，今人所難言者。竊謂《巵言》所紀，如長江大河，無所不有；兹編所載，如中泠惠泉，尤足快意。高言絶識，真足羽翼迪功云。敬美比才子于佳人，嘆絶代之難。平原、清河，一時並秀，公家兄弟似之乎？余乃叙而傳焉。千載誦之，可餐秀色也夫！

萬曆乙酉冬日，五嶽山人沔陽陳文燭玉叔撰。

藝圃擷餘

吴郡王也懋敬美　著
門人　王湛　馬焱　同校

《詩》四始之體，惟《頌》專爲郊廟頌述功德而作，其它率因觸物比類，宣其性情，恍惚游衍，往往無定。以故説詩者，人自爲見。若孟軻、荀卿之徒，及漢韓嬰、劉向等，或因事傅會，或旁解曲引，而春秋時王公大夫賦詩以昭儉汰，亦各以其意爲之，蓋詩之來固如此。後世惟《十九首》猶存此意，使人擊節詠嘆，而未能盡究指歸。次則阮公《詠懷》，亦自深於寄托。潘、陸而後，雖爲四言詩，聯比牽合，蕩然無情。蓋至於今，餞送投贈之作，七言四韻，援引故事，麗以姓名，象以品地，而拘攣極矣。豈所謂詩之極變乎？故余謂《十九首》，五言之《詩經》也；潘、陸而後，四言之排律也。當以質之識者。

今人作詩，必入故事。有持清虚之説者，謂盛唐詩即景造意，何嘗有此？是則然矣。然亦一家言〔二〕，未盡古今之變也。古詩，兩漢以來，曹子建出而始爲宏肆，多生情態，此一變也。自此作者多入史語，然不能入經語。謝靈運出而《易》辭、《莊》語，無所不爲用矣。剪裁之妙，千古爲宗，又一變也。中間何、庾加工，沈、宋增麗，而變態未極。七言猶以閒雅爲致，杜子美出，而百家稗官都作雅音，馬浡牛溲咸成鬱致，於是詩之變極矣。子美之後，而欲令人毁靚妝，張空拳，以當市肆萬人之觀，必不能也。其援引不得不日加而繁。然病不在故事，顧所以用之何如耳。善使故事者，勿爲故事所使，如禪家云：「轉《法華》，勿爲《法華》轉。」使事之妙，在有而若無，實而若虛，可意悟不可言傳，可力學得不可倉卒得也。宋人使事最多，而最不善使，故詩道衰。我朝越宋繼唐，正以有豪傑數輩，得使事三昧耳。第恐二十年後，必有厭而掃除者，則其濫觴未弩爲之也。

作古詩先須辨體，無論兩漢難至，苦心模倣，時隔一塵。即爲建安，不可墮落六朝一語；爲三謝，縱極排麗，不可雜入唐音。小詩欲作王、韋，長篇欲作老杜，便應全用其體，第不可羊質虎皮，虎頭蛇尾。詞曲家非當家本色，雖麗語博學無用，况此道乎？

詩有古人所不忌，而今人以爲病者。摘瑕者因而酷病之，將並古人無所容，非也。然今古

〔二〕「亦」，《王奉常集》本作「則」。

寬嚴不同，作詩者既知是瑕，不妨並去。如太史公蔓詞累句常多，班孟堅洗削殆盡，非謂班勝於司馬，顧在班分量宜爾。今以古人詩病，後人宜避者，略具數條，以見其餘。如有重韻者，若任彦昇《哭范僕射》一詩，三壓「情」字；老杜排律，亦時誤有重韻、有重字者；若沈雲卿「天長地闊」之三「何」。至王摩詰尤多，若「暮雲空磧」、「玉靶角弓」，二「馬」俱壓在下；「一從歸白社，不復到青門」、「青菰臨水映，白鳥向山翻」，「青」、「白」重出。此皆是失點檢處，必不可借以自文也。又如風雲雷雨，有二聯中接用者，一二三四，有八句中六見者，今可以爲法邪？此等病，盛唐常有之，獨老杜最少，蓋其詩即景後必下意也。又其最隱者，如雲卿《嵩山石淙》，前聯云「行漏」、「香壚」，次聯云「神鼎」、「帝壺」，俱壓末字；岑嘉州「雲隨馬」、「雨洗兵」，「花迎蓋」、「柳拂旌」，四言一法；摩詰「獨坐悲雙鬢」、「白髮終難變」，語意異重；《九成宫避暑》，三四「衣上」、「鏡中」，五六「林下」、「岩前」。在彼正自不覺，今用之，能無受人揶揄？至於失嚴之句，摩詰、嘉州特多，殊不妨其美。然就至美中亦覺有微缺陷，如吾人不能運，便自誦不流暢，不爲可也。至於首句出韻，晚唐作俑，宋人濫觴，尤不可學。

六臣注《文選》，極鄙繆無足道，乃至王導、謝玄同時而拒苻堅，諸如此類不少。惟李善注旁引諸家，句字必有援據，大資博雅。然亦有牽合古書，而不究章旨。如曹顔遠《思友人》詩「清陽未可俟」，善引《詩》以爲「『清揚婉兮』，人之眉目間也」，然于章法句法，通未體貼。其詩本言

「霖潦」、「玄陰」，與歐陽子別句朔而思之甚，故曰「褰裳」，以應「潦」也。「清陽未可俟」，猶曰河清難俟耳，蓋以「清揚」反「霖潦」、「玄陰」也，其意自指「日出」。或即「青陽」而誤加三點，如上「褰裳」誤作「寒裳」字耳，何必泥《毛詩》「清陽」，令句不可解耶？又如「晨風」之訓爲「鷹」，而李陵「晨風」，自從風解。「翠微」者，山半也，古詩亦有別用者，豈可盡泥？

唐律由初而盛，由盛而中，由中而晚，時代聲調，故自必不可同。然亦有初而逗盛，盛而逗中，中而逗晚者。何則？逗者，變之漸也；非逗，故無繇變。如四《詩》之有變《風》變《雅》，便是《離騷》遠祖。子美七言律之有拗體，其猶變《風》變《雅》乎？唐律之由盛而中，極是盛衰之介。然王維、錢起，實相倡酬，子美全集，半是大曆以後，其間逗漏，實有可言，聊指一二。如右丞「明到衡山」篇，嘉州「函穀」、「磻溪」句，隱隱錢、劉、盧、李間矣。至於大曆十才子，其間豈無盛唐之句？蓋聲氣猶未相隔也。學者固當嚴於格調，然必謂盛唐人無一語落中，中唐人無一語入盛，則亦固哉其言詩矣！

少陵故多變態，其詩有深句，有雄句，有老句，有秀句，有麗句，有險句，有拙句，有累句。後世別爲大家，特高於盛唐者，以其有深句、雄句、老句也；而終不失爲盛唐者，以其有秀句、麗句也。輕淺子弟，往往有薄之者，則以其有險句、拙句、累句也，不知其愈險愈老，正是此老獨得處，固不足難之。獨拙、累之句，我不能爲掩瑕。雖然，更千百世無能勝之者何？要曰無露句耳。其意何嘗不自高自任，然其詩曰：「文章千古事，得失寸心知。」曰：「新詩句句好，應任老夫傳。」温然其辭，而隱然言外，何嘗有所謂吾道主盟代興哉？自少陵逗漏此趣，而大智大力者發揮畢盡，至使吠聲之徒，群肆撏剥，遐哉唐音，永不可復。噫嘻，慎之！

律詩句有必不可入古者，古詩字有必不可爲律者。然不多熟古詩，未有能以律詩高天下者也。初學輩不知苦辣，往往謂五言古詩易就，率爾成篇。因自詫好古，薄後世律不爲。不知律尚不工，豈能工古？徒爲兩失而已。詞人拈筆成律，如左右逢源，一遇古體，竟日吟哦，常恐失却本相。樂府兩字，到老摇手不敢輕道。李西涯、楊鐵崖都曾做過，何嘗是來？

唐人無五言古。就中有酷似樂府語而不傷氣骨者，得杜工部四語曰：「兔絲附蓬麻，引蔓故不長。嫁女與征夫，不如棄路傍。」不必其調云何，而直是見道者，得王右丞四語，曰：「曾是巢許淺，始知堯舜深。蒼生詎有物，黄屋如喬林。」

太白《遠别離》篇，意最參錯難解，小時誦之，都不能尋意緒。范德機、高廷禮勉作解事語，了與詩意無關。細繹之，始得作者意。其太白晚年之作邪？先是肅宗即位靈武，玄宗不得已稱上皇，迎歸大内，又爲李輔國劫而幽之。太白憂憤而作此詩，因今度古，將謂堯、舜事亦有可疑。曰「堯舜禪禹」，罪肅宗也；曰「龍魚」、「鼠虎」，誅輔國也。故隱其詞，托興英皇，而以《遠别離》名篇。風人之體善刺，欲言之無罪耳。然幽囚野死，則已露本相矣。古來原有此種傳奇議論。

曹丕下壇曰：「舜、禹之事，吾知之矣。」太白故非創語。試以此意尋次讀之，自當手舞足蹈。

李于鱗七言律，俊潔響亮，余兄極推轂之。海内爲詩者，争事剽竊，紛紛刻鶩，至使人厭。予謂學于鱗不如學老杜，學老杜尚不如學盛唐。何者？老杜結構自爲一家言，盛唐散漫無宗，人各自以意象聲響得之。政如韓、柳之文，何有不從《左》、《史》來者？彼學而成，爲韓爲柳，吾却又從韓、柳學，便落一塵矣。輕薄子遽笑韓、柳非古，與夫一字一語必步趨二家者，皆非也。

今人作詩，多從中對聯起，往往得聯多而韻不協，勢既不能易韻以就我，又不忍以長物棄之，因就一題，衍爲衆律。然聯雖旁出，意盡聯中，而起結之意，每苦無餘。於是别生支節而傅會，或即一意以支吾，掣衿露肘。浩博之士，猶然架屋叠床，貧儉之才彌窘。所以《秋興》八首，寥寥難繼，不其然乎？每每思之，未得其解。忽悟少陵諸作，多有漫興，時於篇中取題，意興不局，豈非柏梁之餘材，創爲别館；武昌之剩竹，貯作船釘？英雄欺人，頗窺伎倆，有識之士，能無取裁？

談藝者有謂七言律一句不可兩入故事，一篇中不可重犯故事。此病犯者故少，能拈出亦見精嚴，然吾以爲皆非妙悟也。作詩到神情傳處，隨分自佳，下得不覺痕迹，縱使一句兩入，兩句重犯，亦自無傷。如太白《峨眉山月歌》，四句入地名者五，然古今目爲絶唱，殊不厭重。蜂腰、鶴膝、雙聲、叠韻，休文三尺法也，古今犯者不少，寧盡被汰邪？

于鱗選唐七言絶句，取王龍標「秦時明月漢時關」爲第一，以語人，多不服。于鱗意止擊節「秦時明月」四字耳。必欲壓卷，還當于王翰「葡萄美酒」、王之涣「黄河遠上」二詩求之。

晚唐詩，萎薾無足言。獨七言絶句，膾炙人口，其妙至欲勝盛唐。愚謂絶句覺妙，正是晚唐未妙處；其勝盛唐，乃其所以不及盛唐也。絶句之源，出於樂府，貴有風人之致，其聲可歌，其趣在有意無意之間，使人莫可捉著。盛唐惟青蓮、龍標二家詣極，李更自然，故居王上。晚唐快心露骨，便非本色。議論高處，逗宋詩之徑；聲調卑處，開大石之門。

今世五尺之童，纔拈聲律，便能薄棄晚唐，自傅初、盛；有稱大曆而下，色便赧然。然使誦其詩，果爲初邪、盛邪？中邪、晚邪？大都取法固當上宗，論詩亦莫輕道。詩必自運，而後可以辨體；詩必成家，而後可以言格。晚唐詩人，如温庭筠之才，許渾之致，見豈五尺之童下，直風會使然耳，覽者悲其衰運可也。故予謂今之作者，但須真才實學，本性求情，且莫理論格調。

李頎七言律，最響亮整肅。忽於「遠公遯迹」詩第二句下一拗體，餘七句皆平正，一不合也；「開山」二字最不古，二不合也；「開山幽居」，文理不接，三不合也；重上二「山」字，四不合也。余謂必有誤。苦思得之，曰必「開士」也。易一字而對仗流轉，盡祛四失矣。余兄大喜，遂以書《藝苑卮言》。余後觀郎士元詩云：「高僧本姓竺，開士舊名林。」乃知襲用頎詩，益以自信。

詩稱發端之妙者，謝宣城而後，王右丞一人而已。郎士元詩起句云「暮蟬不可聽，落葉豈堪聞」，合掌可笑。高仲武乃云：「昔人謂謝朓工於發端，比之於今，有慚阻矣。」若謂出於譏戲，何得入選？果謂發端工乎，謝宣城地下當爲拊掌大笑。

崔郎中作《黄鶴樓》詩，青蓮短氣；後題《鳳凰臺》，古今目爲勍敵。識者謂前六句不能當，結語深悲慷慨，差足勝耳。然予意更有不然，無論中二聯不能及，即結語亦大有辨。言詩須道興比賦，如「日暮鄉關」，興而賦也；「浮雲」、「蔽日」，比而賦也。以此思之，「使人愁」三字雖同，孰爲當乎？「日暮鄉關」、「烟波江上」，本無指著，登臨者自生愁耳。故曰：「使人愁」，烟波使之愁也。「浮雲」、「蔽日」、「長安不見」，逐客自應愁，寧須使之？青蓮才情，標映萬載，寧以予言重輕？尺有所短，寸有所長，竊以爲此詩不逮，非一端也。如有罪我者，則不敢辭。

常徵君《贈王龍標》詩，有「松際露微月，清光猶爲君」之句，膾炙人口。然王子安《詠風》詩云：「日落山水静，爲君起松聲。」則已先標此義矣。二詩句雅堪作配，未易優劣也。

錢員外詩「長信」、「宜春」句，於晴雪妙極形容，膾炙人口，其源得之初唐。然從初竟落中唐，了不與盛唐相關，何者？愈巧則愈遠。

杜必簡性好矜誕，至欲衙官屈、宋。然詩自佳，華於子昂，質于沈、宋，一代作家也。流芳未泯，乃有杜陵嗣其家風，盛哉！然布衣老大，許身稷、契，屈、宋又不足言矣。

一日偶誦賈島《桑乾》絶句，見謝枋得注云：「旅寓十年，交遊歡愛，與故鄉無異。一旦別去，豈能無情？渡桑乾而望并州，反以爲故鄉也。」不覺大笑。拈以問玉山程生曰：「詩如此解否？」程生曰：「向如此解。」余謂此島自思鄉作，何曾與并州有情？其意恨久客并州，遠隔故鄉，今非惟不能歸，反北渡桑乾，還望并州，又是故鄉矣。并州且不得住，何況得歸咸陽？此島意也，謝注有分毫相似否？程始嘆賞，以爲聞所未聞，不知向自聽夢中語耳。

古人云：「秀色若可餐。」余謂此言惟毛嬙、西施、昭君、太真、曹植、謝朓、李白、王維可以當之。而司馬長卿夫婦各擅，尤以爲難。至於平原、清河，急難並秀；飛燕、合德，孿生雙絶，亦各際其盛矣。近世無絶代佳人，詩人乃似不乏。

詩有必不能廢者，雖衆體未備，而獨擅一家之長。如孟浩然洮洮易盡，止以五言雋永，千載並稱「王孟」。我明其徐昌穀、高子業乎？二君詩大不同，而皆巧於用短。徐能以高韻勝，有蟬蜕軒舉之風；高能以深情勝，有秋閨愁婦之態。更千百年，李、何尚有廢興，二君必無絶響。所謂成一家言，斷在君采、稚欽之上，庭實之下，益無論矣。

高季迪才情有餘，使生弘、正李、何之間，絶塵破的，未知鹿死誰手。楊、張、徐故是草昧之雄，勝國餘業，不中與高作僕。

子美而後，能爲其言而真足追配者，獻吉、于鱗兩家耳。以五言言之，獻吉以氣合；于鱗以趣合。夫人語趣似高於氣，然須學者自詠自求，誰當更合。七言律，獻吉求似於句，而求專於骨；于鱗求似於情，而求勝於句。然則無差乎？曰：噫！于鱗秀。

余嘗服明卿五七言律，謂他人詩多於高處失穩，明卿詩多於穩處藏高，與于鱗作身後戰場，未知鹿死誰手。

家兄讞獄三輔時，五言詩刻意老杜，深情老句，便自旗鼓中原；所未滿者，意多於景耳。青州而後，情景雜出，似不必盡宗矣。

每一題到，茫然思不相屬，幾謂無措。沉思久之，如瓻水去窒，亂絲抽緒，種種縱横坌集，却於此時要下剪裁手段，寧割愛，勿貪多。又如數萬健兒，人各自爲一營，非得大將軍方略，不能整頓攝服，使一軍無譁，若爾朱榮處貼葛榮百萬衆。求之詩家，誰當爲比？

生平閉目摇手，不道《長慶集》。如吾吴唐伯虎，則尤《長慶》之下乘也。閻秀卿刻其「悵悵」、「擁鼻」二詩，余每見之，輒悢悢悲歌不已。詞人云：「何物是情濃？」少年輩酷愛情詩，如此情，少年那得解？友人張伯起詩云：「而今秋老春情薄，漠漠寒江水自流。」袁魯望亟爲余稱之。伯起於是時年僅强立，其於情故早達，此道中項槖、甘羅也。今伯起風流如故，而魯望已數載異物。悲夫！

世人厭常喜新之罪，夷於貴耳賤目。自李、何之後，繼以于鱗，海内爲其家言者多，遂蒙刻鶩之厭。驟而一士能爲樂府新聲，倔强無識者，便謂不經人道語，目曰上乘，足使耆宿盡廢。不知詩不在體，顧取諸情性何如耳。不惟情性之求，而但以新聲取異，安知今日不經人道語，不爲異日陳陳之粟乎？嗚呼才難！豈惟才難，識亦不易。

作詩道一淺字不得，改道一深字又不得，其妙政在不深不淺，有意無意之間。

嘗謂作詩者，初命一題，神情不屬，便有一種供給應付之語；畏難怯思，即以充役，故每不得佳。余戲謂河下輿隸須驅遣，另换正身。能破此一關，沉思忽至，種種真相見矣。

閩人家能佔畢，而不甚工詩。國初林鴻、高廷禮、唐泰輩，皆稱能詩，號閩南十才子。然出楊、徐下遠甚，無論季迪。其後氣骨崚峻，差堪旗鼓中原者，僅一鄭善夫耳。其詩雖多模杜，猶是邊、徐、薛、王之亞。林尚書貞恒修《福志》，志善夫云：「時非天寶，地靡拾遺，殆無病而呻吟云。」至以林釴、傅汝舟相伯仲，又云「釴與善夫頗爲鄉論所訾」，過矣。閩人三百年來，僅得一善夫，詩即瑕，當爲掩。善夫雖無奇節，不至作文人無行，殆非實録也。友人陳玉叔謂數語却中善夫之病。余謂以入詩品，則爲雅譚；入傳記，則傷厚道。玉叔大以爲然。林公，余早年知己，獨此一段不敢傅會，此非特爲善夫，亦爲七閩文人吐氣也。

附遺家兄元美書

世懋以丙子歲六月受《四部稿》於鄖邸，奔走終歲，卒業舟車間，未遑窺作者之奧也。在昔士龍獻評於平原，君子無譏焉。竊不自揆，略攄所見，倘汙我者以爲阿好，則有斯集在。夫角力者，力有大小；角藝者，藝有精疏。所以皦然易辨者，何在旅勝旅負耳？書畫稍涉印證，便自難於藝力，然有迹可尋，具眼自見。至乃文章之業，寸心千古，雕蟲自工，刻鵞忘贋，匠鑄既自殊途，評騭又尠恒論。雌雄今古，於斯實難。若區區之見猶謂匪然，政以世無真才，才乏通方。即以吾兄言之，《弇州》一集足藏數賢，即忌才者，可謂文章小道，不可謂才遜古人。由斯而言，寧無定價？蓋繆悠之談，至乎人才極矣。以是古非今之口，值朝賢暮佞之身，幸則藏拙於筆端，不幸則毁成於吻角。所以我明三百年來，堂堂大業，而必謂聖庭絶從，哲廡隔塵，遠則董相之賢不信於歆、固，近則文成之詣尚卑於羅、李，良可嘆也！詩道拓基於北地，極深於濟南，然而採蓄之途尚狹，游矯之神未充。兼此二家，登乎彼岸，古唯陳思、子美，今則吾兄庶幾。吾兄境雖神詣，然亦學以年卲。白雲之什，雖經删改，未離矜莊；逮乎讞獄三輔，建節青土，字字快心，言言破的，性靈效矣，變化見矣。擊節賞勝，每恨古人無此快句。然謂稍遜古《十九首》意者，亦坐斯媺。居憂以後，縱心觸象，取材愈博，演教彌神，或鬼篆蛇文，冥搜六合之外；或牛溲馬勃，近取咫尺之間。離觀則邈若無關，湊泊則天然一色。大都字險者韻必妥，韻奇者聲必調，天壤之間，若爲預設。此真藝林之絶技，律家之玄造也。甚或直指故陳，纖辭間作，雖淮陰用兵，多多益善，瞿曇拈指，頭頭是道。然弟臆陳，則謂周行所示，末流宜慎，何者？恐比丘無飯鍼之能，效羅什而有室也。所以鄖、襄諸篇，特寡游戲，簡善謔以示娱，弘大雅而垂訓，意在兹乎？騷、賦同源，長短各擅，作者無幾，成章斯達。即使美不逮於古人，長足掩乎末世，况文質麗爾、彬彬具足者哉！樂府一出，必使于鱗匿響，明卿竄影。宏篇奥句，故是苦心極力之言，齊梁小調，當與六言並觀。前無敵手，世眼不解，服膺青蓮，異時分道並馳，未可知也。文章之妙，尤不易言。自宋迄明，可謂無文。而吾兄獨收二李之都長，上接西京之宗旨，紀事持論，各臻妙境，出没變幻，殊非一途。所謂大能使之小，小能使之大，虚能使之實，實能使之虚，遠能使之近，近能使之遠，斷能使之續，續能使之斷。庖丁解牛，輪扁斫輪，莊生喻道，吾以論文。唯諸小論，稍質於歐、蘇，而微弱於韓、柳，尚未當家，故毋足傷其大也。弟與胡郎元瑞論古今文人，互有雌黄。至於吾兄，無可瑕摘，妄謂具美之中，稍露巧骨，似于古人滔滔莽莽渾厚質直之意少殊，然作文至此，正亦何須莽直？胡郎笑而不答。元瑞又爲弟言，古人文章大家，無關博洽，至專門肉譜，尚多謁漏；而君家中丞，於博洽中特擅精覈，此在古人尤以爲難。弟頗賞其能言，抑亦可爲篤論矣。昔玄德短氣於伯符，衛媪揮涕於逸少，弟豈敢謂來者之無人，終自信真才之難再耳。輿集神來，不知所裁，倘獲首肯，毋以示人。如其未安，請俟來諭。

胡應麟◇撰

詩藪

二十卷（内編）

侯榮川◎點校

詩藪序

夫詩，心聲也，無古今一也。顧體由代異，材以人殊，世有推遷，道有升降，説者以意逆志，乃爲得之。耳視則凡，目巧則詭，抑或取諸口給而無所概于心，其無當均也。元美雅多明瑞，來者此其先鳴。余既傾其橐于婁江，則信媢于詩矣。乘舟接席，相與揚搉古今，覈本支，程殿最，旦暮千古，以神遇之。「我思古人，實獲我心」，斯人之謂也。聞者或睨明瑞：「若殆干盟主邪？」吾兩人置弗聞也者，而心附之，姑俟論定。奄及五載，胥會嚴陵。明瑞出《詩藪》三編，凡若干卷。蓋將軼《談藝》，衍《卮言》，廓虚心，操獨見，凡諸耄倪妍醜，無不鏡諸靈臺。其世則自商周、漢魏、六代、三唐以迄于今，其體則自四詩、五言、七言、雜言、樂府、歌行以迄律絶，其人則自李陵、枚叔、曹、劉、李、杜以迄元美、獻言、于鱗。發其櫝藏，瑕瑜不掩，即晚唐、弱宋、勝朝之籍〔二〕，吾不欲觀，雖在糠秕，不遺餘粒。其持衡，如漢三尺；其握算，如周《九章》。其中肯綮，如庖丁解牛；其求之色相之外，如九方皋相馬未也。嚴羽卿、高廷禮，篤于時者也，其所品選，亟

〔二〕「勝朝」，程本作「胡元」。

稱其大有功。先是，誦法于鱗，未嘗釋手；推尊元美，兼總條貫，《三百篇》、《十九首》而下一人。乃今抗論醇疵，時有出入。要以同乎己者正之也，即羽卿、廷禮，不耐不同；以異乎己者正之也〔二〕，即元美、于鱗，不耐不異。無偏聽，無成心，公而生明，則自盡心始。盡心之極，幾于無心。彼徒求之耳目心思，僅得一隅耳。吾將以是質元美，無論聞者然疑之。

萬曆庚寅春二月朔。

〔二〕「即羽卿、廷禮，不耐不同；以異乎己者正之也」，原本缺，據内閣本、程本、江本補。

詩藪内編一　古體上　雜言

東越胡應麟著

四言變而《離騷》，《離騷》變而五言，五言變而七言，七言變而律詩，律詩變而絶句，詩之體以代變也。《三百篇》降而《騷》，《騷》降而漢，漢降而魏，魏降而六朝，六朝降而三唐，詩之格以代降也。上下千年，雖氣運推移，文質迭尚，而異曲同工，咸臻厥美。《國風》、《雅》、《頌》，温厚和平；《離騷》、《九章》，愴惻濃至；東西二京，神奇渾璞；建安諸子，雄贍高華；六朝俳偶，靡曼精工；唐人律調，清圓秀朗。此聲歌之各擅也。《風》、《雅》之規，典則居要；《離騷》之致，深永爲宗；古詩之妙，專求意象；歌行之暢，必由才氣；近體之攻，務先法律；絶句之構，獨主風神。此結撰之殊塗也。兼哀總挈，集厥大成；詣絶窮微，超乎彼岸。軌筏具存，在人而已。

曰《風》、曰《雅》、曰《頌》，三代之音也；曰歌、曰行、曰吟、曰操、曰辭、曰曲、曰謡、曰諺，兩漢之音也；曰律、曰排律、曰絶句，唐人之音也。詩至於唐而格備，至於絶而體窮，故宋人不得不變而之詞，元人不得不變而之曲。詞勝而詩亡矣，曲勝而詞亦亡矣。明不致工於作，而致工於述，不求多於專門，而求多於具體，所以度越元、宋，苞綜漢、唐也。

優柔敦厚，周也；樸茂雄深，漢也；風華秀令[二]，唐也。三代政事俗習，亦略如之。魏繼漢後，故漢風猶存；六代居唐前，故唐風先兆。文章關世運，詎謂不然？

裂周而王者，七國也；閏漢而統者，六朝也；竊唐而君者，五代也。七國所以兆漢，六朝所以開唐，五代所以基宋。然七國、六朝，變亂斯極，而文人學士，挺育實繁。屈、宋、唐、景，鵲起於先。故一變爲漢，而古詩千秋獨擅；曹、劉、陸、謝，蟬連於後，故一變爲唐，而近體百世攸宗。五季亂不加於戰國，變不數於南朝，而上靡好文，下曠學古，故自宋至元，歷年三百，莫能自拔，非天開明德，宇宙其無詩哉？

文章非末技也，權侔警蹕[三]，功配生成，氣運視以盛衰，塵劫同其悠遠。語其極至，則源委於六經，澎湃於七國，浩瀚於兩都。西京下無文矣，非無文，文之至弗與也；東京後無詩矣，非無詩，詩之至弗與也。

孔曰：「草創之，討論之，修飾之，潤色之。」千古爲文之大法也。孟曰：「不以文害辭，不以辭害意，以意逆志，是爲得之。」千古談詩之妙詮也。

[二]「令」，江本作「發」。
[三]「侔」，江本、吳本作「謀」。

世謂三代無文人，六經無文法。吾以爲文人無出三代，文法無大六經。《彖》、《象》、《大傳》，一何幽也；《誥》、《頌》、《典》、《謨》，一何雅也。《春秋》高古簡嚴，《禮》、《樂》宏肆浩博。謂聖人無意於文乎？胡不示人以璞也？夫周之所尚，孔之所修，四教所先，四科所列，何物哉？

《詩》三百五篇，有一字不文者乎？有一字無法者乎？《離騷》，《風》之衍也；《安世》，《雅》之纘也；《郊祀》，《頌》之闡也。皆文義蔚然，爲萬世法。惟漢樂府歌謡，采摭閭閻，非由潤色。然質而不俚，淺而能深，近而能遠，天下至文，靡以過之。後世言詩，斷自兩漢，宜也。

周、漢之交，寔古今氣運一大際會。周尚文，故《國風》、《雅》、《頌》皆文，然自是三代之文，非後世之文；漢尚質，故古詩、樂府多質，然自是兩漢之質，非後世之質。文質彬彬，周也。兩漢以質勝，六朝以文勝。魏稍文，所以遜兩漢也；唐稍質，所以過六朝也。

《國風》、《雅》、《頌》，並列聖經。第風人所賦，多本室家、行旅、悲歡、聚散、感嘆、憶贈之詞，故其遺響，後世獨傳。楚一變而爲《騷》，漢再變而爲《選》，唐三變而爲律，體格日卑，其用于室家、行旅、悲歡、聚散、感嘆、憶贈則一也。《雅》、《頌》閎奥淳深，莊嚴典則，施諸明堂清廟，用既不倫；作自聖佐賢臣，體又迴别。三代而下，寥寥寡和，宜矣。

《琴曲》虞舜至文王，猶《閣帖》蒼頡至大禹，皆後人僞作無疑。

四言之贍，極於韋孟；五言之贍，極於《焦仲卿》；雜言之贍，極於《木蘭》；歌行之贍，極於《疇昔》、《帝京》；排律之贍，極於《岳州》、《夔府》諸篇。雖境有神妙，體有古今，然皆叙事工絶。詩中之史，後人但知老杜，何哉？

晉四言，惟《獨漉篇》詞最高古。如：「獨漉獨漉，水深泥濁。泥濁尚可，水深殺我。」「空床低帷，誰知無人？夜行衣繡，誰知假真？」「猛虎班班〔一〕，游戲山間。虎欲嚙人，不避豪賢。」大有漢風，幾出魏上。然是樂府語，非四言本色也。

四言短章效《三百》，長篇仿二韋，頌體間法唐、鄒，變調旁參操、植，晉以下無論矣。

四言典則雅淳〔二〕，自是三代風範。宏麗之端，實自《離騷》發之。

紆迴斷續，騷之體也；諷諭哀傷，騷之用也；深遠優柔，騷之格也；宏肆典麗，騷之詞也。

自聖門學《詩》，大者興、觀、群、怨，次則多識草木鳥獸之名。然《國風》、《雅》、《頌》，篇章

〔一〕「班班」，江本、吴本作「斑斑」。

〔二〕「言」，内閣本、程本作「詩」。

簡古，詠嘆悠長，或一物而屢陳言，或片語而三致意，蓋六經之文體要當爾。屈原氏興，以瑰奇浩瀚之才，屬縱横艱大之運，因牢騷愁怨之感，發沉雄偉博之辭，上陳天道，下悉人情，中稽物理，旁引廣譬，具網兼羅，文詞鉅麗，體制閎深，興寄超遠。百代而下，才人學士，追之莫逮，取之不窮，《史》謂「争光日月」，詎不信夫！

昔人云：「詩文之有騷賦，猶草木有竹、禽獸有魚，難以分屬。」然騷實歌行之祖，賦則比興一端，要皆屬詩。近之若荀卿《成相》、《雲》、《禮》諸篇，名曰詩賦，雖謂之文可也。屈、宋諸篇，雖遒深閎肆，然語皆平典。至淮南《招隱》，疊用奇字，氣象雄奥，風骨稜嶒，擬騷之作，古今莫迨。昭明獨取此篇，當矣。

「餐秋菊之落英」，談者穿鑿附會，聚訟紛紛，不知三閭但托物寓言。如「集芙蓉以爲裳」、「紉秋蘭以爲珮〔二〕」，芙蓉可裳，秋蘭可珮乎〔三〕？然則菊雖無落英，謂有落英亦可。屈雖若誤用，謂未嘗誤亦可。以《爾雅》、《釋名》讀《北山》、《雲漢》，則謬以千里矣。余爲此論，衹足供曲士一笑。質之曠代，當有知言。王介甫「黄菊飄零滿地金」，此却有病。屈乃寓言，王則詠物也。

〔二〕「珮」，吴本作「佩」。
〔三〕「珮」，吴本作「佩」。

「沅有芷兮澧有蘭，思公子兮未敢言。恍忽兮遠望，觀流水兮潺湲。」唐人絶句千萬，不能出此範圍，亦不能入此閫域。

「嫋嫋兮秋風，洞庭波兮木葉下。」形容秋景入畫。「悲哉！秋之爲氣也，憭栗兮若遠行，登山臨水兮送將歸。」模寫秋意入神，皆千古言秋之祖。六代、唐人詩賦，靡不自此出者。

「王孫兮不歸，春草生兮萋萋。歲暮兮不自聊，蟪蛄鳴兮啾啾。」漢「凛凛歲雲暮，蟪蛄夕鳴悲」，齊「春草秋更緑，公子未西歸」，咸自此。《選》出於騷，往往可見。

「美人出，游九河」，全用《騷》詞；「江有香草目以蘭，黄鵠高飛離哉翻」，亦本騷格。賈、馬諸賦，不必言矣。

騷與賦句語無甚相遠，體裁則大不同。騷複雜無倫，賦整蔚有序；騷以含蓄深婉爲尚，賦以誇張宏鉅爲工。

和平婉麗，整暇雍容，讀之使人一唱三嘆者，《九歌》等作是也；惻愴悲鳴，參差繁複，讀之使之涕泣沾襟者，《九章》等作是也。《九歌》托於事神，其詞不露，故精簡而有條；《九章》迫於戀主，其意甚傷，故總雜而無緒。

騷盛於楚，衰於漢，而亡於魏；賦盛於漢，衰於魏，而亡於唐。

以《反騷》視《離騷》，以《九懷》視《九辨》，以宓妃視神女，以景福視靈光，無論作述，優劣較然。求騷於漢之世，其《招隱》乎？求賦於魏之後，其《三都》乎？

漢詩、文、賦皆極至，獨騷不逮。然《大風》之壯，小山之奇，冠絶千古，故不在多。

四言盛於周，漢一變而爲五言；《離騷》盛於楚，漢一變而爲樂府。體雖不同，詞實並駕，皆變之善者也。

世之有戰國也，文之有《左》、《莊》也，騷之有屈、宋也。其時周之後、漢之先也，其業周之下、漢之上也。

三言之工，蓋莫過於《練時日》、《天馬徠》等篇。自後遞相祖述，若繆襲、韋昭、傅玄輩，第得其章句，神奇奥眇處頓爾懸絶。漢人事事不可及，庸詎五言？

《郊祀歌》、《練時日》、《天馬》、《華燁燁》、《五神》、《象載瑜》、《赤蛟》六章，三言；《日出入》、《天門》、《景星》三章，雜言；餘皆四言。雖語極古奥，倘潛心讀之，皆文從字順，旨趣瞭然。惟雜言難通，計中必有脱誤，不可考矣。

鐃歌曲句讀多訛，意義難繹，而音響格調，隱中自見。至其可解者，往往工絶。如《巵言》所稱「駕六飛龍，四時和」等句是也。然以擬《郊祀》，則興象有餘，意致稍淺。

漢三言中可法者：「靈之車，結玄雲。駕飛龍，羽旄紛。」「牲繭栗，粢盛香。尊桂酒，賓八鄉。」「衆嫭並，綽奇麗。顏如荼〔二〕，兆逐靡。」「天馬來，龍之媒。歷閶闔，觀玉臺。」「月穆穆以金波，日華耀以宣明〔三〕。」「百君禮，六龍位。勺椒漿，靈已醉。」「靈殷殷，爛揚光。延壽命，永未央。」「游石闕，望諸國。月支臣，匈奴服。」「巫山高，高以大。淮水深，難以逝。」「芝爲車，龍爲馬。覽遨游，四海外。」「聖人出，陰陽和。美人出，游九河。」「泰山崔，百卉殖。民何貴？貴有德。」

《郊祀》煉辭煅字，幽深無際，古雅有餘；鐃歌陳事述情，句格峥嶸，興象標拔，惜中多不可解。今人《安世》等篇多不點目，寧暇此乎？

鐃歌《朱鷺》、《思悲翁》、《艾如張》，語甚難繹，而意尚可尋。惟《石流》篇名詞義，皆漫無指歸，後人臆度紛紛，終屬訛舛。《翁離》一章有脱簡，非全首也。

《郊祀》多近《房中》，奥眇過之，和平少乏；鐃歌多近樂府，峻峭莫並，叙述時艱。漢人詩文，率明白典雅，惟此稍覺不類，亦猶《書》之《盤庚》、《易》之《太玄》耳。

元李孝光云：「《郊祀》若《頌》，鐃歌、鼓吹若《雅》，琴曲、雜詩若《國風》。」此就樂府言之

〔二〕「荼」，原本、江本、吴本作「茶」，據内閣本、程本改。
〔三〕「明」，江本、吴本作「朗」。

耳。若通舉一代，則唐山諸篇於《頌》，韋孟諸篇於《雅》，枚、李諸篇於《風》，體制格調尤近。

鐃歌詞句難解，多由脱誤致然。觀其命名，皆雅致之極。如《戰城南》、《將進酒》、《巫山高》、《有所思》、《臨高臺》、《朱鷺》、《上陵》、《芳樹》、《雉子班》、《君馬黄》等，後人一以入詩，無不佳者。視他樂府篇目，尤爲過之。意當時製作，工不可言。今所存意義明了，僅十二三耳，而皆無完篇，殊可惜也。《石流》、《上邪》等篇名，亦當有脱誤字，與諸題不類。

漢四言自有二派：《安世》、《諷諫》、《自劾》等篇，典則淳深，商周之遺軌也；《黄鵠》、《紫芝》、《八公》等篇，瑰奇風藻，魏晉之前驅也。

唐山後，東平《武德歌》，韋孟後，傅毅《勵志》詩，皆典實不浮，差可紹響。然高古渾噩，大弗如也。

秦嘉《述昏》，語雖簡短，而和平雅則，諷詠有餘。《白狼》三章，太淺無味，《明堂》五章，太質無文，皆出此下。

高帝《黄鵠歌》〔一〕，是「月明星稀」諸篇之祖，非《雅》《頌》體也。然氣概横放，自不可及，後惟孟德「老驥伏櫪」四語，奇絶足當。若「山不厭高」及仲達「天地開闢」等句，雖規模宏遠，漸

〔一〕「黄」，吴本作「鴻」。

有蹊徑可尋。

子建《責躬》一章，詞義高古，幾並二韋。《應詔》贍而不冗，整而有序，得繁簡文質之中，絶可師法。《朔風》稍露詞人脚手，格調在漢魏間。「來日大難」是樂府，非《風》《雅》體也。

魏陳思下，仲宣數章，間有稚語，而典則雅馴，去漢未遠。子桓篇什雖衆，《雅》《頌》則微。公幹諸人，寥寥絶響。至嵇、阮乃復大演，而四言又一變矣。

臨淄《矯志》，大類銘箴；邯鄲《答贈》，無殊簡牘；薛瑩《獻主》，章疏之體；晉人《獨漉》，樂府遺風。皆非四言本色，甚矣！合作之難也。

四言，漢多主格，魏多主詞，雖體有古近，各自所長。晉諸作者，浮慕《三百》，欲去文存質，而繁靡板垛，無論古調，並工語失之。今觀二陸、潘、鄭諸集，連篇累牘，絶無省發，雖多奚爲？

傅毅《迪志》詩，亦法二韋，典則近之，高古不逮。然東京整贍，獨見此章。叔夜《幽憤》，抑又下矣。

叔夜《送人從軍》至十九首，已開晉、宋四言門户。然雄辭彩語，錯互其間，未令人厭。至士龍兄弟，泛濫靡冗，動輒千言，讀之數行，掩卷思睡。説者謂五言之變，昉於潘、陸，不知四言之亡，亦晉諸子爲之也。宋齊顔、謝，遞相祖述，遂成有韻之文。梁、陳、隋氏，棄而不講，風雅湮没，匪朝夕矣。

晉以下，若茂先《勵志》、廣微《補亡》〔一〕、季倫《吟嘆》等曲，尚有前代典刑。康樂絶少四言。元亮《停雲》、《榮木》，類其所爲五言。要之，叔夜太濃，淵明太淡，律之大雅，俱偏門耳。

四言句法高古者，已經前人採摭。自餘精工奇麗，代有名篇，雖非本色，不可盡廢，漫爾筆之。仲長統：「乘雲無轡，騁風無足。沆瀣當餐，九陽代燭。」竇玄妻：「煢煢白兔，東走西顧。衣不如新，人不如故。」秦嘉：「皎皎明月，皇皇列星。嚴霜慘凄，飛雪覆庭。」魏武：「山不厭高，海不厭深。周公吐哺，天下歸心。」「月明星稀，烏鵲南飛。繞樹三匝，無枝可依。」「老驥伏櫪，志在千里。烈士暮年，壯心不已。」文帝：「丹霞蔽日，采虹垂天。山谷潺潺，葉落翩翩。」「上山采薇，薄暮苦饑。溪谷多風，霜露沾衣。」「芙蓉含芳，菡萏垂榮。朝采其實，夕珮其英。」東阿：「昔我初遷，朱華未稀。今我旋止，素雪云飛。」「月落參横，北斗闌干。親交在門，饑不及餐。」「子好芳草，豈忘爾貽。榮華將茂，秋霜瘁之。」晉宣帝：「天地開闢，日月重光。肅清萬里，總齊八方。」叔夜：「目送飛鴻，手揮五弦。俯仰自得，游心太玄。」步兵：「青陽曜靈，和風容與。明月映天，甘露被宇。」士衡：「來日苦短，去日苦長。今我不樂，蟋蟀在房。」右諸語或

〔一〕「微」，原本作「徵」，據吴本改。

類古詩，或類樂府，或近文詞，較之《雅》《頌》則遠，皆四言變體之工者。典午以後，即此類不易得矣。

上古四言，《明良》、《喜起》無論，若《康衢》、《擊壤》，後之識者，疑信相參。然語大類《典》、《謨》，非周末所能僞也。次則《穆滿》二章，亦自淳雅。《紫玉》一歌，實開後世情感之祖，而語不甚類《春秋》。如：「故見鄙姿，逢君輝光。身遠心近，何能暫忘？」酷似東京樂府，恐漢人取高帝《黄鵠歌》擬作也〔一〕。

晉樂府四言有絶似漢人者，如《獨漉篇》全章逼近。又《隴頭謡》：「隴頭之水，流離四下。嗟我行役，飄然中野。」《安東平》：「凄凄烈烈，北風爲雪。船道不通，步道斷絶。」皆相去不遠。齊梁後，此調不復睹矣。

魏武《短歌行》二篇，其二「對酒當歌」末四語，含寄已自不淺。其一亦四言，首言西伯，次齊桓，又次言晉文，則終篇皆挾天子令諸侯、三分天下之意，而猶以尊王攘寇、臣節不墜爲盛德。噫！孟德之心，不待分香賣履而後見矣。

魏武「對酒當歌」、子建「來日大難」，已乖四言面目，然漢人樂府本色尚存，如「明明如月，

〔一〕「黄」，吴本作「鴻」。

何時可掇？憂從中來，不可斷絶」、「自惜袖短，内手知寒。親交在門，饑不及餐」之類。至嗣宗、叔夜，一變而華贍精工，終篇詞人語矣。

太白云：「興寄深微，五言不如四言，七言又其靡也，况束之以聲調俳優哉！」唐人能爲此論，自是太白。然李集四言甚稀，如《百憂》、《雪讒》、《來日大難》等篇，以較漢魏遠甚。要之李五言不能脱齊梁，則所稱四言，亦非《雅》《頌》之謂也。

老杜無四言詩。然《羌村》「峥嶸赤雲西」、《出塞》「朝進上東門」二篇，實得《風》《騷》遺意，惜不盡脱唐調耳。

太白《獨漉篇》：「羅幃卷舒，似有人開。明月直入，無心可猜。」四語獨近。又《公無渡河》長短句中，有絶類漢魏者，至格調翩翩，望而知其太白也。

退之《琴操》、子厚《鼓吹》，鋭意復古，亦甚勤矣。然《琴操》於文王列聖，得其意不得其詞；《鼓吹》於鐃歌諸曲，得其調不得其韻，其猶在晉人下乎？

「臣罪當誅，天王聖明。」意則美矣，然語非商周本色。

「明月清風，良宵會同。星河易翻，歡娱不終。」「玉尊翠杓，爲君斟酌。今夕不飲，何時歡樂。」雖出唐人小説，「月明星稀」之後，實僅見此。蘇、黄謂非子建、太白不能，然太白不如此閒雅，頗類子建「來日大難」中語。

世以樂府爲詩之一體，余歷考漢魏、六朝、唐人詩，有三言、四言、五言、六言、七言、雜言、近體、排律、絶句，樂府皆備有之。《練時日》、《雷震震》等篇，三言也；《箜篌引》、《善哉行》等篇，四言也；《雞鳴》、《隴西》等篇，五言也；《烏生》、《雁門》等篇，雜言也；《妾薄命》等篇，六言也；《燕歌行》等篇，七言也；《紫騮》、《枯魚》等篇，五言絶也，皆漢魏作也。《挾瑟歌》等篇，七言絶也；《折楊柳》、《梅花落》等篇，五言律也，皆齊梁人作也。虞世南《從軍行》、耿湋《出塞曲》，五言排律也；沈佺期「盧家少婦」、王摩詰「居延城外」，七言律也，皆唐人作也。五言長篇則《孔雀東南飛》，七言長篇則《木蘭歌》，是樂府於諸體無不備有也。

漢樂府多於古詩，六朝相半，盛唐前尚三之一。中晚而下至於宋元，律詩日盛，古體且寥寥矣，况樂府哉！

樂府三言，須模仿《郊祀》，裁其峻峭，劑以和平；四言，當擬則《房中》，加以春容，暢其體制；五言，熟習相和諸篇，愈近愈工，無流艱澀；七言，間效鐃歌諸作，愈高愈雅，毋墮卑陬；五言律絶，步驟齊梁，不得與古體異；七言律絶，宗唐初盛，不得與近體同。此樂府大法也。

《三百篇》薦郊廟，被弦歌，詩即樂府，樂府即詩，猶兵寓於農，未嘗二也。詩亡樂廢，屈、宋代興，《九歌》等篇以侑樂，《九章》等作以抒情，途轍漸兆。至漢《郊祀》十九章、《古詩十九首》，不相爲用，詩與樂府門類始分，然厥體未甚遠也。如「青青園中葵」，曷異古風？「盈盈樓上女」，靡非樂府。魏文兄弟崛起，建安擬則前規，多從樂府。唱酬新什，更創五言，節奏既殊，格調復別，自是有專工古詩者，有偏長樂府者。梁陳而下，樂府、古詩變而律絶，唐人李、杜、高、岑，名爲樂府，實則歌行。張籍、王建，卑淺相矜[一]；長吉、庭筠，怪麗不典。唐末、五代，復變詩餘。宋人之詞，元人之曲，製作紛紛，皆曰樂府，不知古樂其亡久矣[二]。取樂府之格於兩漢，取樂府之材於三曹，以三曹語入兩漢調，而渾融無迹，會於《騷》《雅》。噫！未易言也。

樂府之體，古今凡三變。漢魏古詞，一變也；唐人絶句，一變也；宋元詞曲，一變也。六朝聲偶，變唐之漸乎？五季詩餘，變宋之漸乎？

唐歌曲如《水調歌》、《凉州》、《伊州》之類，止用五七言絶。近體間有采者，亦截作絶歌。至五七言古，全不入樂矣。

古樂府近代寥寥者，《房中》、《郊祀》，典奥難入；鐃歌、横吹，艱詰難通；相和、雜謡，悃質難會。後人讀《郊祀》、鐃歌，則見以爲太深，讀相和、清平，則見以爲太淺，故二者茫無入手。

[一] 「淺」，江本作「賤」。
[二] 「古樂」，内閣本、程本作「古樂府」。

其病皆在習近體不習古風，熟唐音不熟漢語耳。若爛讀上古歌謡及《三百篇》、兩漢諸作，溯其源流，得其意調，一旦悟入，真有手舞足蹈，樂不自支者。熟參《國風》、《雅》、《頌》之體，則《郊祀》、《房中》若建瓴矣；熟讀《白雲》、《黄鵠》等辭，則相和、清平如食蔗矣。

詩與文判不相入，樂府乃時近之。《安世歌》多用實字，如「慈」、「孝」、「肅」、「雍」之類，語之近文者也；鼓吹曲多用虚字，如「者」、「哉」、「而」、「以」之類，句之近文者也。相和諸曲，《雁門》、《折楊柳》等篇，則純是文詞，去詩反遠矣。

《郊祀》用實字，愈實愈典；鐃歌用虚字，愈虚愈奇，皆妙於用文者也，而源流實本《三百篇》。蓋《雅》《頌》語多典實，虚字助語，則全詩所同，但鐃歌下得更奇耳。

《雁門太守行》，通篇皆贊詞；《折楊柳》，通篇皆戒詞。名雖樂府，實寡風韻。魏武多有此體，如《度關山》、《對酒行》，皆不必法也。

樂府自魏失傳，文人擬作，多與題左，前輩歷有辨論。愚意當時但取聲調之諧，不必詞義之合也。其文士之詞，亦未必盡爲本題而作。《陌上桑》本言羅敷，而晉樂取屈原《山鬼》以奏。陳思「置酒高堂上」，題曰《空篌引》，一作《野田黄雀行》，讀其詞皆不合，蓋本《公讌》之類，後人取填二曲耳。其最易見者，莫如唐樂府所歌絶句，或節取古詩首尾，或截取近體半章，於本題面目，全無關涉。細考諸人原作，則咸自有謂，非緣樂府設也。

今欲擬樂府，當先辨其世代，核其體裁。《郊祀》不可爲鐃歌，鐃歌不可爲相和，相和不可爲清商；擬漢不可涉魏，擬魏不可涉六朝，擬六朝不可涉唐。使形神酷肖，格調相當，即於本題乖迕，然語不失爲漢魏、六朝，詩不失爲樂府，自足傳遠。苟不能精其格調，幻其形神，即於題面無毫髮遺憾，焉能有亡哉？

樂府大篇必仿漢魏，小言間取六朝，近體旁參唐律。用本題事而不失本曲調，上也；調不失而題小舛，次也；題甚合而調或乖，則失之千里矣。近代詩流，率精於證題，而疏於合調，漫發此論。

《董逃行》，實緣董卓作，然本色已全無此意〔一〕。至魏武乃言長生，陸機則感時運，傅玄復托夫婦，咸自足傳，玄詩遂爲六言絶唱。唐元稹、張籍，兢用本事，而卑弱靡瑣，了無發明。余謂擬魏晉樂府，盡仍其誤不妨，乃反有古色。正如二王字，律之六書，有大謬者，後人皆故學之。近時諸公，自是正論。余恐面目愈合，形神愈離，復闡兹義，第難爲拘拘者道也。明李、何樂府，《董逃》、《秋胡》亦止用本調。彼非不知事實者，政恐離去耳。

漢《古八變歌》，文繁於質，景富於情，恐是曹氏弟兄作。漢人語亦有甚麗者，然文藴質中，

〔一〕「色」，内閣本、程本作「曲」。

情溢景外，非後世所及也。

晉樂府奏子建「明月照高樓」詩，中四句云：「北風行蕭蕭，烈烈入吾耳。心中念故人，泪墮不能止。」陳王本辭所無，殊類魏武語也。

左延年《秦女休行》，叙事真朴，黄初樂府之高者。〔一〕

傅玄《龐烈婦》，蓋效《女休》作者，辭義高古，足亂東、西京。樂府叙事，魏晉僅此二篇。

繁欽《定情》，氣骨稍弱陳思，而整贍都雅，宛篤有情。《同聲》之後，此作爲最。

漢《郊祀歌》十九章，以爲司馬相如等作，而《青陽》、《朱明》四章，史題鄒子樂名。按，四章體氣如一，皆四字爲句，辭雖淳古，而意極典明，當出一人之手，是爲鄒作無疑。前有《帝臨》一章，與四篇絶類，章法長短正同，蓋五篇共序五帝，亦鄒作無疑，史缺文耳。餘《練時日》等篇，辭極古奥，意致幽深，錯以流麗。大率祖騷《九歌》，然騷語和平，而此太峻刻。至《天門》、《景星》篇中，間有句讀難定，文義眇通處。《日出入》一篇，絶與鐃歌相類，又與《郊祀》體殊，大率非一人作，未可據爲長卿也。

〔一〕按，此條江本無。

《練時日》，騷辭也，《維泰元》，頌體也，二篇章法絶整。《練時日》，三言之極奇者，《維泰元》，四言之極典者。一則贍麗精工，一則淳質古雅，後人擬《郊祀》者，當熟讀爲法。《華燁燁》、《赤蛟》二章，類《練時日》。《青陽》四章，短體之工者，亦當熟參。

鐃歌十八章，漫不得其所自。《郊祀》，則全樂首尾具存。《練時日》，迎神也；《帝臨》五篇，五帝也；《維泰元》，元精也；《天地》、《日出入》，三大也；《天馬》、《景星》、《靈芝》、《白麟》、《赤雁》，諸瑞也；《赤蛟》，送神也。《天門開》亦當是時事，后皇五神亦當是諸所祀神，或一時有所徵應，故列《天馬》後也。

擬《郊祀》，須得其體氣典奥處；擬鐃歌，須得其步驟神奇處。雖詰屈幽玄，必意義可尋，愈玩愈古乃佳。若牽强生澀，辭旨不通，而以爲漢，匪所知也。

鐃歌十八章，説者咸謂字句訛脱及聲文混淆，固然。要亦當時體制，大概如此。如郊祀歌《日出入》、《象載瑜》，樂府《烏生八九子》等篇，步驟往往相類，豈皆訛脱混淆耶？又魏繆襲、吴韋昭、晉傅玄，皆有擬鐃歌辭。當時去漢未遠，諸人固應見其全文，而所擬辭節奏意度，亦絶與今所傳漢詞相類。推此論之，鐃歌體制，概可見矣。

鐃歌如《上之回》、《巫山高》、《戰城南》三篇，皆首尾一意，文義瞭然，間有數字艱詰耳。《君馬黄》一篇，章法尤爲整比，斷非訛脱也。而《有所思》一篇，題意語詞，最爲明了，大類樂府

《東門行》等。《上邪》言情，《臨高臺》言景，並短篇中神品，無一字難通者。「妃呼狶」、「收中吾」二句，或是其奇，當直爲衍文，不害全篇美也。《上陵》一篇尤奇麗，微覺斷續，後半類《郊祀歌》，前半類東京樂府，蓋《羽林郎》、《陌上桑》之祖也。

餘篇，若「山有黄雀亦有羅，雀以高飛奈雀何」、《艾如張》語。「駕六飛龍四時和」、《聖人出》。「拉沓高飛暮安宿」、《思悲翁》。「何用葺之蕙與蘭」，《翁離》。皆此體之筌蹄。魏晉諸人，極力仿佛者，讀繆襲、傅玄辭可見。今徒取其字句詑脱不通處以擬鐃歌，此非口舌可争。第取魏晉諸人製作讀之，自當以余爲獨見也。餘章法、句法、字法，悉在前條所舉諸篇中，熟讀自得之。

《芳樹》一篇，不甚可解，而「君有他心，樂不可禁」二語，殊爲妙絶。然是樂府四言所自出，亦曹、李諸人之祖，非《風》《雅》體也。

《郊祀》、鐃歌諸作，凡結語，率以延齡益算爲言。蓋主祝頌君上，蔭庇神休，體故當爾。樂府諸作，亦有然者，意致率同，後學或以爲漢人套語，非也。甄后《塘上行》，末言「從軍致獨樂，延年壽千秋」，本漢詩遺意，而注家以爲婦人纏綿忠厚，由不熟東、西京樂府耳。

樂府尾句，多用「今日樂相樂」等語，至有與題意及上文略不相蒙者，舊亦疑之。蓋漢魏詩，皆以被之弦歌，必燕會間用之。尾句如此，率爲聽樂者設，即《郊祀》延年意也。讀古人書有不得解處，能多方參會，當自瞭然。

漢仙詩，若《上元》、《太真馬明》，皆浮艷太過，古質意象，毫不復存，俱後人僞作也。漢樂府中如《王子喬》及「仙人騎白鹿」等，雖間作麗語，然古意渟鬱其間。次則子建《五游》、《升天》諸作，詞藻宏富，而氣骨蒼然。景純《遊仙》，體格頓衰，尚多致語。下此無論矣。〔一〕

思王《野田黄雀行》，坦之云：「詞氣縱逸，漸遠漢人。」昌穀亦云：「錐處囊中，鋒穎太露。」二君皆自卓識。然此詩實倣「翩翩堂前燕」，非《十九首》調也。第漢詩如爐冶鑄成，渾融無迹。魏詩雖極步驟，不免巧匠雕鐫耳。

樂府長短句體，亦多出《離騷》，而辭大不類。樂府入俗語則工，《離騷》入俗字則拙。如「沅有芷兮澧有蘭，思公子兮未敢言」、「山有木兮木有枝，心欲君兮君不知」，句格大同，工拙千里，蓋榜枻實風謡類，非騷本色也。

「波滔天，堯咨嗟。大禹湮百川，兒啼不窺家。其害乃去，茫然風沙。」太白之極力於漢者

〔一〕 按，此條及以下「思王《野田黄雀行》」、「樂府長短句體」、「波滔天，堯咨嗟」四條，内閣本、程本在「王元美《藝苑卮言》云柏梁體」條後。

也，然詞氣太逸，自是太白語。「兔絲附蓬麻，引蔓故不長。嫁女與征夫，不如棄路傍。」子美之極力於漢者也，然音節太亮，自是子美語。

史游《急就篇》第三十二章云：「漢地廣大，無不容盛。萬方來朝，臣妾使令。邊境無事，中國安寧。百姓承德，陰陽和平。風雨時節，莫不滋榮。災蝗不起，五穀熟成。賢聖並進，博士先生。長樂無極老復丁。」右與漢《郊祀歌》《青陽》、《朱明》等章絶類。至雜置《白狼磐木》三章，殆不可辯。楊用修、馮汝言俱未拈及，録其全文於此，以諗好古者。王長公云：「馮汝言采古詩無所不備，第《易林》、《千文》等皆四言遺法。」余謂全章近似，莫如此篇。

又三十四章云：「山陽過魏，長沙北地。馬飲漳鄴及清河，雲中定襄與朔方。代郡上谷右北平，遼東濱西上平岡，酒泉彊弩與燉煌。居邊守塞備胡羌，遠近還集殺胡王，漢土興隆中國康。」此章亦甚類《雁門太守》等行。

又第三十三章末云：「與天相保無終極，建號垂統解怫鬱。四民康寧，咸來服集，何須念慮合爲一。」亦類《郊祀》。又三十六、二十七二章，俱頗近雜樂府詞。《折楊柳》之類。

王元美《藝苑卮言》云：「柏梁體中，『枇杷橘栗李梅桃』，雖極可笑，然亦有所自，蓋宋玉《招魂》篇中語也。」余戲謂此句遂爲《急就》一書所自出，諸篇中皆此體也。

文章自有體裁。凡爲某體，務須尋其本色，庶幾當行。柴桑《歸去來辭》，説者謂雖本楚聲，而無其哀怨切蹙之病。不知不類《楚辭》，正坐阿堵中。如《停雲》、《采菊》諸篇，非不夷猶恬曠，然第陶一家語，律以建安，面目頓自懸殊，况《三百篇》、《十九首》耶？

唐人諸古體，四言無論。爲騷者太白外，王維、顧况三二家，皆意淺格卑，相去千里。若李、杜五言大篇，七言樂府，方之漢魏正果，雖非最上，猶是大乘。韓《琴曲》，柳《鐃歌》，仿佛聲聞階級，此外蔑矣。

詩藪内編二　古體中　五言

東越胡應麟著

四言簡質，句短而調未舒；七言浮靡，文繁而聲易雜。折繁簡之衷，居文質之要，蓋莫尚於五言。故三代而下，兩漢以還，文人藝士，平生精力，咸萃斯道。至有以一篇之善，半簡之工，名流華貊，譽徹古今者。曰雕蟲小技，吾弗信矣。

五言盛於漢，暢於魏，衰於晉宋，亡於齊梁。漢，品之神也；魏，品之妙也；晉宋，品之能也；齊梁、陳隋，品之雜也。漢人詩，質中有文，文中有質，渾然天成，絶無痕迹，所以冠絶今古。魏人贍而不俳，華而不弱，然文與質離矣。晉與宋，文盛而質衰；齊與梁，文勝而質滅；陳隋，無論其質，即文無足論者。

無意於工而無不工者，漢之詩也；有意於工而無不工者，漢之賦；有意於工而不能工者，漢之騷。

魏之氣雄於漢，然不及漢者，以其氣也。晉之詞工於漢，然不及漢者，以其詞也。宋之韻超於漢，然不及漢者，以其韻也。

四言《風》《雅》，七言《離騷》，五言兩漢，圓不加規，方不逾矩矣。《騷》本雜言，舉其重者。《詩》亦不專四言也。

四言不能不變而五言，古風不能不變而近體，勢也，亦時也。然詩至於律，已屬俳優，況小詞艷曲乎？宋人不能越唐而漢，而以詞自名，宋所以弗振也；元人不能越宋而唐，而以曲自喜，元所以弗永也。

詩文固係世運，然大概自其創業之君。漢祖《大風》，雅麗閎遠〔二〕，《黃鵠》惻愴悲哀，魏武沉深古樸，骨力難侔；唐文綺繪精工，風神獨暢。故漢、魏、唐詩，冠絶今古。宋、元二祖，片語無聞，宜其不兢乃爾。

漢稱蘇、李，然武帝，蘇、李儔也；魏稱曹、劉，然文帝，曹、劉匹也；唐稱李、杜，然玄宗，李、杜流也。三君首倡，六子並驅，盛絶千古，非偶然也。

古詩浩繁，作者至衆。雖風格體裁，人以代異，支流原委，譜系具存。炎劉之製，遠紹《國風》。曹魏之聲，近沿枚、李。陳思而下，諸體畢備，門户漸開。阮籍、左思，尚有其質；陸機、潘岳，首播其華。靈運之詞，淵源潘、陸；明遠之步，馳驟太冲。有唐一代，拾遺草創，實阮前

〔二〕「雅」，内閣本、程本作「雄」。

踪；太白縱横，亦鮑近矱。少陵才具，無施不可，而憲章祖述漢魏、六朝，所謂風雅之大宗、藝林之正朔也。

古詩軌轍殊多，大要不過二格：以和平、渾厚、悲愴、婉麗爲宗者，即前所列諸家；有以高閒、曠逸、清遠、玄妙爲宗者，六朝則陶，唐則王、孟、常、儲、韋、柳。但其格本一偏，體靡兼備，宜短章不宜鉅什，宜古《選》不宜歌行，宜五言律不宜七言律。歷考前人遺集，靡不然者。中惟右丞才高，時能旁及，至於本調，反劣諸子。餘雖深造自得，然皆株守一隅，才之所趨，力故難强。

五言古，先熟讀《國風》、《離騷》，源流洞徹。乃盡取兩漢雜詩、陳王全集及子桓、公幹、仲宣佳者，枕籍諷詠，功深日遠，神動機流，一旦吮毫，天真自露。骨格既定，然後沿洄阮、左，以窮其趣；頑頡陸、謝，以采其華；旁及陶、韋，以濬其思；博考李、杜，以極其變。超乘而上，可以掩迹千秋；循轍而趨，無忝名家一代。

擬詩於文，則東、西二京，先秦、戰國也；魏，西漢也；晉，東都也。六代文如其詩，唐人詩勝於文。

準古於律，則《安世房中》，唐之初也；枚、李、張、蔡，唐之盛也；晉、宋，唐之中也；梁、陳，唐之晚也。魏，中、盛之交也；齊，中、晚之界也。

統論五言之變，則質漓於魏，體俳於晉，調流於宋，格喪於齊。

兩漢之詩，所以冠古絶今，率以得之無意。不惟里巷歌謡，匠心信口，即枚、李、張、蔡，未嘗鍛鍊求合，而神聖工巧，備出天造。今欲爲其體，非苦思力索所辦，當盡取漢人一代之詩，玩習凝會，風氣性情，纖悉具領。若楚大夫子身處莊岳，庶幾齊語。建安、黄初，才涉作意，便有階級可尋，門户可入。匪其才不逮，時不同也。

兩漢諸詩，惟《郊廟》頗尚辭，樂府頗尚氣。至《十九首》及諸雜詩，隨語成韻，隨韻成趣，辭藻氣骨，略無可尋，而興象玲瓏，意致深婉，真可以泣鬼神、動天地。魏氏而下，文逐運移，格以人變。若子桓、仲宣、士衡、安仁、景陽、靈運，以詞勝者也；公幹、太冲、越石、明遠，以氣勝者也。兼備二者，惟獨陳思。然古詩之妙，不可復睹矣。

詩不易作者五言古，尤不易作者古樂府。然樂府貴得其意，不得其意，雖極意臨摹，終篇勦襲，一字失之，猶爲千里。得其意，則信手拈來，縱横布置，靡不合節，正禪家所謂悟也。然殊不易言矣。

嚴氏以禪喻詩，旨哉！禪則一悟之後，萬法皆空，棒喝怒呵，無非至理。詩則一悟之後，萬象冥會，呻吟咳唾，動觸天真。然禪必深造而後能悟，詩雖悟後，仍須深造。自昔瑰奇之士，往往有識窺上乘、業阻半途者。

古詩自質，然甚文；自直，然甚厚。「上山采靡蕪」、「四坐且莫喧」、「翩翩堂前燕」、「洛陽城東路」、「長安有狹邪」等，皆閭巷口語，而用意之妙，絶出千古。建安如應璩《三叟》，殊愧雅馴；阮瑀《孤兒》，畢露筋骨。漢魏不同乃爾。

樂府至詰屈者，《朱鷺》、《臨高臺》等篇；至峻絶者，《烏生》、《東門行》等篇。然學者苟得其意，而刻酷臨摹，則亦無大相遠，故曹氏父子，往往近之。至古詩和平淳雅，驟讀之極易，然愈得其意，則愈覺其難。蓋樂府猶有句格可尋，而古詩全無興象可執，此其異也。

詩之難，其《十九首》乎？畜神奇於温厚，寓感愴於和平。意愈淺愈深，詞愈近愈遠。篇不可句摘，句不可字求。蓋千古元氣，鍾孕一時，而枚、張諸子，以無意發之，故能詣絶窮微，掩映千古。世以晚近之才，一家之學，步其遺響，即國工大匠，且瞠乎後，況其餘者哉〔一〕！

「世人但學蘭亭面，欲换凡骨無金丹」，魯直詩也。「古人遺墨，率有蹊徑可尋，惟《禊帖》則探之莫得其端，測之莫窮其際」，光堯語也。二君所論書法耳，然形容《十九首》極爲親切。非沉湎其中，不易知也。

《郊廟》、《鐃歌》，似難擬而實易，猶畫家之於佛道鬼神也。古詩、樂府，似易擬而實難，猶

〔一〕「哉」，内閣本、程本無。

畫家之於狗馬人物也。

東、西京興象渾淪，本無佳句可摘，然天工神力，時有獨至。搜其絶到，亦略可陳。如：「相去日以遠，衣帶日以緩。浮雲蔽白日，游子不顧返。」「枯桑知天風，海水知天寒。入門各自媚，誰肯相爲言？」「青青陵上柏，磊磊澗中石。人生天地間，忽如遠行客。」「南箕北有斗，牽牛不負軛。良無磐石固，虚名復何益。」「河漢清且淺，相去復幾許。盈盈一水間，脉脉不得語。」「所遇無故物，焉得不速老。奄忽隨物化，榮名以爲寶。」「浩浩陰陽移，年命如朝露。萬世更相送，賢聖莫能度。」「去者日以疏，來者日以親。白楊多悲風，蕭蕭愁殺人。」「生年不滿百，常懷千歲憂。晝短苦夜長，何不秉燭游？」「上言長相思，下言久離别。置之懷袖中，三歲字不滅。」皆言在帶衽之間，奇出塵劫之表，用意警絶，談理玄微，有鬼神不能思、造化不能秘者。

「東城高且長，逶迤自相屬。迴風動地起，秋草萋已緑。」「迴車駕言邁，悠悠涉長道。四顧何茫茫，東風揺百草。」「文彩雙鴛鴦，裁爲合歡被。著以長相思，緣以結不解。」「朱火然其中，青烟颺其間。從風入君懷，四坐莫不歡。」「明月皎夜光，促織鳴東壁。玉衡指孟冬，衆星何歷歷。」「穆穆清風至，吹我羅衣裾。青袍似春草，長條隨風舒。」「冉冉孤生竹，結根泰山阿。與君爲新婚，兔絲附女蘿。」「燕趙多佳人，美者顔如玉。被服羅裳衣，當户理清曲」等句，皆千古言景叙事之祖，而深情遠意，隱見交錯其中。且結構天然，絶無痕迹，非大冶鎔鑄，何能至此？

古詩正與《檀弓》類，蓋皆和平簡易。而其叙致周折，語意神奇處，更千百年大匠國工，殫精竭力不能恍惚。

嚴羽卿論詩，六代以下甚分明，至漢魏便鶻突，由此處勘覈未破。黄蘗所謂融大師横説竪説，尚未得向上關捩子也。昌穀始中要領，大暢玄風。〔一〕

秦嘉夫婦往還曲折，具載詩中。真事真情，千秋如在，非他托興可以比肩。曹、劉、阮、陸之爲古詩也，其源遠，其流長，其調高，其格正。陶、孟、韋、柳之爲古詩也，其源淺，其流狹，其調弱，其格偏。

「步出城東門，遥望江南路。前日風雪中，故人從此去。」雖旨趣深婉，音節鮮明特甚。作唐絶，則千古妙倡；爲漢體，乃六代先驅。

初讀「君子防未然」，以爲類曹氏兄弟作。及觀《子建集》中亦載此首，則非漢人，信矣！

蘇、李録别，枚、蔡言情，嗣宗感懷，太冲詠史，靈運紀勝，雖代有後先，體有高下，要皆古今

〔一〕按，内閣本此條後缺葉，鈔補「十九首之目」、「鍾氏謂古詩」兩條，見前雜編一。

絶唱。爲其題者，不用其格，便非本色。一剽其語，決匪名家。

古詩短體如《十九首》，長篇如《孔雀東南飛》，皆不假雕琢，工極天然，百代而下，當無繼者。〔二〕

三曹，魏武太質，子桓樂府、雜詩十餘篇佳，餘皆非陳思比。

建安首稱曹、劉。陳王精金粹璧，無施不可。然四言源出《國風》，雜體規模兩漢，軌躅具存。第其才藻宏富，骨氣雄高，八斗之稱，良非溢美。公幹才偏，氣過詞；仲宣才弱，肉勝骨；應、徐、陳、阮，篇什寥寥，間有存者，不出子建範圍之内。晉則嗣宗《詠懷》，興寄冲遠；太冲《詠史》，骨力莽蒼，雖途轍稍岐，一代傑作也。安仁、士衡，實曰冢嫡，而俳偶漸開。康樂風神華暢，似得天授，而駢儷已極。至於玄暉，古意盡矣。

子建《名都》、《白馬》、《美女》諸篇，辭極贍麗。然句頗尚工，語多致飾，視東、西京樂府天然古質，殊自不同。

古詩降魏，雖加雄贍，温厚漸衰。阮公起建安後，獨得遺響，第文多質少，詞衍意狹。東、西

〔二〕按，此條及以下「三曹」、「建安首稱曹、劉」、「子建《名都》」、「古詩降魏」、「步兵《詠懷》」、「何仲默云」共七條，原本缺葉，據内閣本、江本、程本補。

京則不然，愈樸愈巧，愈淺愈深。

步兵《詠懷》，其音響，漢與魏之間也，其語與格，則晉也，茲所以反不如魏歟？

何仲默云：「陸詩體俳語不俳，謝則體語俱俳。」可謂千古卓識。

仲默稱曹、劉、阮、陸，而不取陶、謝。陶、阮之變而淡也，唐古之濫觴也；謝、陸之增而華也，唐律之先兆也。

士龍文章，差亞乃昆，詩遠不如。中散不以詩名，然四言亦有佳處。

齊、梁、陳、隋，世所厭薄，而其琢句之工絶出人表，用於古詩不足，唐律有餘。初學暫置可也，若終身不敢過目，即品格造詣，概可知矣。

子建《雜詩》，全法《十九首》，意象規模酷肖，而奇警絶到弗如；《送應氏》、《贈王粲》等篇，全法蘇、李，詞藻氣骨有餘，而清和婉順不足。然東、西京後，惟斯人得其具體。

魏文《雜詩》「漫漫秋夜長」，獨可與屬國並驅，然去少卿尚一線也。樂府雖酷是本色，時有俚語，不若子建純用己調。蓋漢人語似俚，此最難體認處。

《怨歌行》舊謂古辭，《文章正宗》作子建。今觀前「爲君既不易」十餘語，誠然。至「皇靈大動變」等，不類子建，恐是漢末人作。

「人生不滿百，戚戚少歡娱」，即「生年不滿百，常懷千歲憂」也；「飛觀百餘尺，臨牖御櫺軒」，即「兩宫遥相望，雙闕百餘尺」也；「借問嘆者誰，云是蕩子妻」，即「昔爲娼家女，今爲蕩子婦」也；「願爲比翼鳥，施翮起高翔」，即「思爲雙飛燕，銜泥巢君屋」也。子建詩學《十九首》，此類不一。而漢詩自然，魏詩造作，優劣具見。

詩不可以一首得失，概一人終身。詩家咸謂《蒲生》不如《塘上》，信矣。然可謂子建之才不如甄后耶？若余所舉數條，則彼此皆常語，而常語之中，具見優劣。且諸作多爾，非若楊用修品題李、杜輿羽鈎金也。

漢人詩無句可摘，無瑕可指。魏人詩間有瑕，然尚無句也。六朝詩較無瑕，然而有句也。

曹公「月明星稀」，四言之變也。子建《名都》、《白馬》，樂府之變也。士衡《吴趨》、《塘上》，五言之變也。

《巵言》謂：「子建譽冠千古，實遜父兄。」論樂府也，讀者不可偏泥。

班姬《團扇》、文君《白頭》、徐淑《寶釵》、甄后《塘上》，漢魏婦人，遂與文士並驅，六代至唐蔑矣。

「漢兵日夜至，四面楚歌聲。大王意氣盡，賤妾何聊生。」決非虞美人作。

「明月照高樓，想見餘光輝」，李陵逸詩也。子建「明月照高樓，流光正徘徊」，全用此句而不用其意，遂爲建安絶唱。少陵「落月滿屋梁，猶疑照顔色」，正用其意而少變其句，亦爲唐古峥嶸。今學者第知曹、杜二句之妙，而不知其出於漢也。

汎觀前三句，則子建魏詩之神，杜陵唐體之妙，而少卿不過漢品之能。若究竟言，則「明月」、「流光」，雖神韻迥出，實靈運、玄暉造端；「落月」、「屋梁」，頗類常建、昌齡，亦非杜陵本色。少卿雖平〔二〕，然自是漢人語。

《鰕䱇篇》，太冲《詠史》所自出也；《遠游篇》，景純《游仙》所自出也。「南國有佳人」等篇，嗣宗諸作之祖；「公子敬愛客」等篇，士衡群製之宗。諸子皆六朝巨擘，無能出其範圍，陳思所以獨擅八斗也。

「明月照高樓，流光正徘徊」，謝靈運「清輝能娱人，游子澹忘歸」祖之；「凝霜依玉除，清風飄飛閣」，謝玄暉「金波麗鳷鵲，玉繩低建章」祖之。然「明月」、「高樓」，去漢尚不遠；「凝霜」、「飛閣」，不惟兆端齊、宋，抑且門户梁、陳。

魏文「朝與佳人期，日夕殊未來」，康樂「圓景蚤已滿，佳人猶未適」，文通「日暮碧雲合，佳人殊未來」，愈衍愈工，然魏、宋、梁體自别。

〔二〕「平」，程本作「平平」。

嚴謂建安以前，氣象渾淪，難以句摘，此但可論漢古詩。若「高臺多悲風」、「明月照高樓」、「思君如流水」，皆建安語也。子建、子桓，工語甚多，如「丹霞夾明月，華星出雲間」、「秋蘭被長坂，朱華冒緑池」之類，句法字法，稍稍透露。仲宣、公幹以下寂寥，自是其才不及，非以渾淪難摘故也。

漢人詩不可句摘者，章法渾成，句意聯屬，通篇高妙，無一蕪蔓，不著浮靡故耳。子桓兄弟努力前規，章法句意，頓自懸殊，平調頗多，麗語錯出。王、劉以降，敷衍成篇。仲宣之淳，公幹之峭，似有可稱，然所得漢人氣象音節耳，精言妙解，求之邈如。嚴氏往往漢魏並稱，非篤論也。

子建華贍精工，類《左》、《國》；步兵虚無恬憺，類《莊》、《列》；太冲縱横豪逸，類子長[一]。

魏三應，德璉諸作，頗雅馴。璩、瑗各有雜詩，如「哲人睹未形，愚夫闇明白」、「貧子語窮兒，無錢可把撮」之類，皆鄙俚不詞之甚。不知者以爲近漢，此正毫釐千里者也。無論三曹，視三謝便自霄壤，可以世代爲限耶？

世謂晉人以還，方有佳句。今以衆所共稱者，彙集於此。太冲：「振衣千仞岡，濯足萬里

〔一〕「子長」，原本作「短長」，據程本改。

流。」士衡：「和風飛清響，纖雲垂薄陰。」景暘：「朝霞迎白日，丹氣臨暘谷。」景純：「左挹浮丘袖，右拍洪崖肩。」休奕〔一〕：「志士惜日短，愁人知夜長。」正長：「朔風動秋草，邊馬有歸心。」顔遠：「富貴他人合，貧賤親戚離〔二〕。」淵明：「采菊東籬下，悠然見南山。」「日暮天無雲，春風扇微和。」康樂：「清暉能娱人，游子澹忘歸。」「池塘生春草，園林變鳴禽。」叔原〔三〕：「景昃鳴禽夕，水木湛清華。」延之：「鸞翮有時鎩，龍性誰能馴。」玄暉：「金波麗鳷鵲，玉繩低建章。」「餘霞散成綺，澄江浄如練。」吴興：「庭皋木葉下，隴首秋雲飛。」「太液滄波起，長楊高樹秋。」文通：「日暮碧雲合，佳人殊未來。」梁武：「金風徂清夜，明月懸洞房。」明遠：「繡甍結飛霞，璇題納行月。」「馬毛縮如蝟，角弓不可張。」仲言：「枝横却月觀，花繞凌風臺。」「露滋寒塘草，月映清淮流。」蕭慤：「芙蓉露下落，楊柳月中疏。」王籍：「蟬噪林逾静，鳥鳴山更幽。」休文：「標峰彩虹外，置嶺白雲間。」王融：「高樹升夕烟，層樓滿初月。」皆精言秀調，獨步當時。六朝諸君子生平精力，罄於此矣。謝氏兄弟佳句尚多，此不備録。

《青青河畔草》，相傳蔡中郎作。中郎文遠遜西京，而此詩之妙，獨絶千古。語斷而意屬，

〔一〕「休奕」，江本作「休文」。
〔二〕「離」，江本作「疏」。
〔三〕「原」，内閣本、程本作「源」。

曲折有餘而興寄無盡，即蘇、李不多見。

《青青河畔草》，斷而續，近而遠，五言之《騷》也；《昔有霍家奴》，整而條，麗而典，五言之賦也；《孔雀東南飛》，質而不俚，詳而有體，五言之史也。而皆渾朴自然，無一字造作，誠謂古今絶唱〔二〕。歌行則太白多近騷，王、楊多近賦，子美多近史，然皆非三古詩比。

子建《七哀》、《三良》、《觀門雞》、《贈徐幹》，仲宣、公幹並賦，而優劣自見。

今人律則稱唐，古則稱漢，然唐之律遠不若漢之古。漢自《十九首》、蘇、李外，餘《郊廟》、《鐃歌》、樂府及諸雜詩，無非神境，即下者猶踞建安右席。唐律惟開元、天寶，元、白而後，寖入野狐道中。今人不屑爲者，往往而是，亦時代使然哉！

長篇《孔雀東南飛》，斷不可學，則李、杜二家，滔滔莽莽，其長亦不容掩。然大須酌量，勿得造次。

杜之《北征》、《述懷》，皆長篇叙事。然高者尚有漢人遺意，平者遂爲元、白濫觴。李之《送魏萬》等篇，自是齊梁，但才力加雄，辭藻增富耳。

陳王古詩獨擅，然諸體各有師承。惟陶之五言，開千古平淡之宗；杜之樂府，掃六代沿洄

〔二〕「謂」，程本作「爲」。

之習，真謂自啓堂奧〔一〕，别創門户。然終不以彼易此者，陶之意調雖新，源流匪遠；杜之篇目雖變，風格靡超。故知三正迭興，未若一中相授也。

四傑，梁陳也；子昂，阮也；高、岑、沈、鮑也；曲江、鹿門、王丞、常尉、昌齡、光羲、宗元、應物，陶也。惟杜陵《出塞》、樂府有漢魏風，而唐人本色時露。太白譏薄建安，實步兵、記室、康樂、宣城及拾遺格調耳。李于鱗云：「唐無五言古詩，而有其古詩。」可謂具眼。

備諸體於建安者，陳王也；集大成於開元者，工部也。青蓮才之逸，並駕陳王；氣之雄，齊驅工部，可謂撮勝二家。第《古風》既乏温淳，律體微乖整栗，故令評者不無軒輊。

《三百篇》非一代音也，《十九首》非一人作也。古今專門大家，吾得三人：陳思之古，拾遺之律，翰林之絶。皆天授，非人力也。

唐初承襲梁、隋，陳子昂獨開古雅之源，張子壽首創清澹之派。盛唐繼起，孟浩然、王維、儲光羲、常建、韋應物，本曲江之清澹，而益以風神者也；高適、岑參、王昌齡、李頎、孟雲卿，本子昂之古雅而加以氣骨者也。

古詩自有音節。陸、謝體極排偶，然音節與唐律迥不同。唐人李、杜外，惟嘉州最合。襄

〔一〕「啓」，程本作「起」。

陽、常侍雖意調高遠，至音節，時入近體矣[二]。

孟五言不甚拘偶者[三]，自是六朝短古，加以聲律，便覺神韻超然，此其占便宜處。英雄欺人，要領未易勘也。

常侍五言古，深婉有致，而格調音節，時有參差。嘉州清新奇逸，大是俊才，質力造詣，皆出高上。然高黯淡之内，古意猶存；岑英發之中，唐體大著。

高、岑並工起語，岑尤奇峭。然擬之宣城，格愈下矣。

儲光羲閒婉真至，農家者流，往往出王、孟上。常建語極幽玄，讀之使人泠然如出塵表，然過此則鬼語矣。

韋左司大是六朝餘韻，宋人目爲流麗者，得之。儀曹清峭有餘，閒婉全乏，自是唐人古體，大蘇謂勝韋，非也。

唐初五言古，殊少佳者。王、楊、沈、宋集中，一二僅存，皆非合作，無論漢魏，遠却齊梁。此時古意垂燼，而律體驟開，諸子當强弩之末、鼎革之初，故自不得超也。

[二]「時入」，原本作「時人」，據内閣本、江本、程本改。
[三]「甚」，原本作「堪」，據内閣本、江本、程本、吴本改。

唐初惟文皇《帝京篇》，藻贍精華，最爲傑作。視梁、陳神韻少減，而富麗過之。無論大略，即雄才自當驅走一世。然使三百年中，律有餘，古不足，已兆端矣。

子昂《感遇》，盡削浮靡，一振古雅，唐初自是傑出。蓋魏晉之後，惟此尚有步兵餘韻，雖不得與宋、齊諸子並論，然不可概以唐人。近世故加貶抑，似非篤論。第自三十八章外，餘自是陳隋格調，與《感遇》如出二手。

審言集殊乏五言，僅《亂石》一二首。佺期間出，大概非長。之問篇什頗盛，意似規模三謝，第律語時時雜之。崔融有氣骨而未成就。薛稷《郊陜》之外，亡復他章。

仲默云：「右丞他詩甚長，獨古作不逮。」讀其集，大篇句語俊拔，殊乏完章；小言結構清新，所少風骨。孟五言秀雅不及王，而閒澹頗自成局。

高氣骨不逮嘉州，孟材具遠輸摩詰。然並驅者，高、岑悲壯爲宗，王、孟閒澹自得，其格調一也。

世多謂唐無五言古。篤而論之，才非魏晉之下，而調雜梁陳之際，截長絜短，蓋宋齊之政耳。如文皇《帝京》之什，允濟《廬岳》之章，子昂《感遇》之篇，道濟《五君》之詠，浩然「疏雨」之句，薛稷《郊陜》之吟，太白《古風》、《書懷》，少陵《羌村》、《出塞》，儲光羲之《田舍》，王摩詰之《山莊》，高常侍之紀行，岑補闕之覽勝，孟雲卿《古離别》、王昌齡《放歌行》、李頎《塞下曲》、常建《太白峰》、韋左司《郡齋》、柳儀曹《南澗》、顧況《棄婦》〔二〕、李端《洞庭》、昌黎《秋懷》、東野《感興》，皆六朝之妙詣，兩漢之餘波也。

樂府則太白擅奇古今，少陵嗣迹《風》《雅》。《蜀道難》、《遠別離》等篇，出鬼入神，惝怳莫測；《兵車行》、《新婚别》等作，述情陳事，懇惻如見。張、王欲以拙勝，所謂差之釐毫；温、李欲以巧勝，所謂謬於千里。

殷璠詩選，以常建爲第一；張爲句圖，以孟雲卿爲高古奥逸。蓋二子皆盛唐名家〔三〕，常幽深無際，孟古雅有餘。常：「戰餘落日黄，軍敗鼓聲死。今與山鬼鄰，殘兵哭遼水。」絶是長吉之祖。孟：「朝日上高堂，離人怨秋草。少壯無會期，水深風浩浩。」劇爲東野所宗。

少陵不效四言，不倣《離騷》，不用樂府舊題，是此老胸中壁立處。然《風》、《騷》、樂府遺意，杜往往深得之。太白以《百憂》等篇擬《風》《雅》，《鳴皋》等作擬《離騷》，俱相去懸遠，樂府奇偉，高出六朝，古質不如兩漢，較輸杜一籌也。

〔二〕「棄」，原本作「桑」，據内閣本、程本改。

〔三〕「蓋」，原本、内閣本、程本作「主」，據江本改。

楊用修謂中唐後無古詩，惟李端「水國葉黄時」、温庭筠「昨日下西洲」及劉禹錫、陸龜蒙四首。然温、李所得，六朝緒餘耳。劉、陸更遠，惟顧况《棄婦詞》末六句頗佳。

世多訾宋人律詩，然律詩猶知有杜。至古詩第沾沾靖節，蘇、李、曹、劉，邈不介意。若《十九首》、《三百篇》，殆於高閣束之。如蘇長公謂「河梁」出自六朝，又謂陶詩愈於子建，餘可類推。黄、陳、曾、吕，名師老杜，實越前規；歐、王、梅、蘇，間學唐人，靡關正始。南渡尤、楊、范、陸輩，近體愈繁，古風逾下。新安論鑒洞達，諸所製作，頗溯根源，然非詩人本色。其所宗法，又子昂也。宋末嚴儀卿識最高卓，而才不足稱；謝皋羽才頗縱横，而識無足取。

禪家戒事、理二障，余戲謂宋人詩，病政坐此。蘇、黄好用事而爲事使，事障也；程、邵好談理而爲理縛，理障也。

元名家稱趙子昂、虞伯生、楊仲弘、范德機、揭曼碩外，如元好問、馬伯庸、陳剛中、李孝光、楊廉夫、薩天錫、傅若金、余廷心、張仲舉輩，不下十數家。視宋人材力不如，而篇什差盛，步驟稍端。然高者不過王、孟、高、岑，最上李供奉，陳、杜二拾遺耳。六代風流，無復染指，况漢魏乎？國初季迪勃興衰運，乃有《擬古樂府》諸篇，雖格調未遒，而意象時近。弘、正迭興，大振風雅，天所以開一代，信不虚也。

由大曆而國初五百餘載，中間歌行、近體未嘗絶也，獨古體寥寥宇宙間。中興之績，信陽、北地斷不可誣。

古詩杜少陵後，漢魏遺響絶矣，至獻吉而始闢其源；韋蘇州後，六朝遺響絶矣，至昌穀而始振其步。故謂杜之後便有北地可也，謂韋之後便有迪功可也。

宋主格，元主調；宋多骨，元多肉。宋人蒼勁，元人柔靡；宋人粗疏，元人整密。宋人學杜，於唐遠；元人學杜，於唐近。國朝下襲元風，上監宋轍，故虞、楊、范、趙，體法時參；歐、蘇、黄、陳，軌躅永絶。

蕭統之《選》，鑒别昭融；劉勰之評，議論精鑿。鍾氏體裁雖具，不出二書範圍。至品或上中倒置，詞則雅俚錯陳，非蕭、劉比也。明則昌穀《談藝》，可並《雕龍》；廷禮《正聲》，無慚《文選》。

擬《十九首》，自士衡諸作，語已不倫。六朝而後，徒具篇名，意態風神，不知何在。惟近仲默十八章，格調翩翩，幾欲近之。樂府自晉失傳，寥寥千載，擬者彌多，合者彌寡。至於嘉、隆，剽敚斯極。而元美諸作，不襲陳言，獨挈心印，皆可超越唐人，追踪兩漢，未可以時代論。

詩至五言古，五言古至兩漢，無論中才，即大匠國工，履冰袖手。七言古即不爾，苟天才雄贍，而能刻意前規，則縱横排蕩，滔滔莽莽，千言不窮，點筆立就，無不可者。然五言古才力不足，可勉而能；七言古非才力有餘，斷不至也。〔二〕

〔二〕按，此條後吴本多三條：

古樂府：「步出白門冬，楊柳可藏烏。歡作沈水香，儂作博山爐。」語意涵畜渾成，妙絶千古。青蓮《楊叛兒》歌本用其意而發洩無餘，便落詩家第二義。今並取二詩讀之，樂府語隱而顯，淺而深，青蓮語讀一過，直是不堪載尋，只此是詩家一大關節。楊用修以「雙烟一氣」能發樂府之妙而擊節咨嗟，余以此四字皆聱耳。然余曩學詩日，固入用修之言矣。此意非涉歷滋深，未易領會。

「步出白門東，楊柳可藏烏。歡作沈水香，儂作博山爐。」語意妙絶，然字面自是六朝，似有意結構而成，非閭閻口語也。漢雜詩《詠銅爐》云：「朱火燃其中，青烟颺其間。從風入君懷，四坐莫不歡。」二十字天然飛動，讀之飄飄欲仙，便覺六朝語稍費工力，漢人地位迥絶乃爾。學者取青蓮短歌、六朝絶句及此二十字玩之，漢、晉、唐次第瞭然矣。

「打起黄鶯兒」一絶，唐人以爲詩法，然太傷淺迫。王長公《古意》云：「興慶宫前柳，蕭郎去日栽。藏鴉今漸穩，只是不歸來。」多少含畜，而順流直下之勢具在，真絶唱也。

詩藪内編三　古體下　七言

東越胡應麟著

七言古詩，概曰歌行。余漫考之，歌之名義，由來遠矣。《南風》、《擊壤》，興於三代之前；《易水》、《越人》，作於七雄之世。而篇什之盛，無如騷之《九歌》，皆七言古所自始也。漢則《安世房中》、《郊祀》、《鼓吹》，咸係歌名，並登樂府。或四言上規《風》《雅》，或雜調下倣《離騷》，名義雖同，體裁則異。孝武以還，樂府大演，《隴西》、《豫章》、《長安》、《京洛》、《東》《西門行》等，不可勝數，而「行」之名，於是著焉。較之歌、曲，名雖小異，體實大同。至《長》、《短》、《燕鞠》諸篇，合而一之，不復分別。又總而目之曰《相和》等歌，則知歌者曲調之總名，原於上古；行者歌中之一體，創自漢人，明矣。

今人例以七言長短句爲歌行，漢魏殊不爾也。諸歌行有三言者，《郊祀歌》、《董逃行》之類；四言者，《安世歌》、《善哉行》之類；五言者，《長歌行》之類；六言者，《上留田》、《妾薄命》之類。純用七字而無雜言，全取平聲而無仄韻，則《柏梁》始之，《燕歌》、《白紵》皆此體。自唐人以七言長、短爲歌行，餘皆別類樂府矣。

古歌謡，惟《皇澤》、《白雲》，典質雅淳，即非周穆本辭，亦非西京後語。《拾遺記》所載《皇娥》、《白帝》等歌，浮麗纖弱，皆子年僞撰無疑。

甯戚《白石歌》，前一首當是本詞；後一首全類六朝、唐語，卒章又出附會，蓋贋作也。

越謡：「君乘車，我戴笠，他日相逢下車揖。君擔簦，我誇馬〔一〕，他日相逢爲君下。」辭義甚古，唐人歌行，多作如此起者。

《白石歌》渾朴古健，漢魏歌行之祖也；《易水歌》遒爽飛揚，唐人歌行之祖也。

《易水歌》僅十數言，而凄惋激烈，風骨情景，種種具備。亘千載下，復欲二語不可得。

項王不喜讀書，而《垓下》一歌，語絶悲壯，「虞兮」自是本色。屈子孤吟澤畔，尚托寄美人公子，羽模寫實情實事，何用爲嫌？宋人以道理言詩，故往往謬戾如此。

《三侯》類《易水》而氣概横絶，《横汾》出《離騷》而風範少頽。《黄鵠》麗而則，有《雅》《頌》遺規，宣之所以中興；「青荷」艷而纖，爲齊梁前導，靈之所以末造。

七言古樂府外，歌行可法者，漢《四愁》、魏《燕歌》、晉《白紵》。宋齊諸子，大演五言，殊寡七字。至梁乃有長篇，陳隋浸盛，婉麗相矜。極於唐始，漢魏風骨，殆無復存。李、杜一振古今，

〔一〕「誇」，江本作「跨」。

七言幾於盡廢。然東、西京古質典刑，邈不可睹矣。

少卿五言爲百代鼻祖，然七言亦自矯矯。如「逕萬里兮度沙漠」，悲壯激烈，渾朴真致，非後世所能僞。然較之《易水》、《大風》，則夷爽調適不如。蓋當是時，《郊祀》、《鼓吹》並出七言，句法又一變矣。

平子《四愁》，優柔婉麗，百代情語，獨暢此篇。其章法實本風人，句法率由騷體，但結構天然，絶無痕迹，所以爲工。後人句模而章襲之，適爲厭飫之餘耳。

魏武《度關山》、《對酒》等篇，古質莽蒼，然比之漢人《東》《西門行》，音律稍艱，韻度微乏，其體大類《雁門太守行》。《氣出唱》三首類《董逃》，《秋胡行》二首類《滿歌》。《董逃》或作魏武，《滿歌》亦魏武辭未可知，大概氣骨峻絶。惟《陌上桑》類陳思，且張永《伎録》不載，恐非其作。子桓《燕歌》二首，開千古妙境。子建天才絶出，乃七言獨少大篇。

建安自曹氏外，殊寡七言。陳琳《飲馬長城窟》一章，格調頗古，而文義多乖。昌穀謂「意氣鏗鏗，非風人度」，其以是乎？公幹、仲宣，絶不復睹。惟繆熙伯《鐃歌》曲得西京體，左延年《秦女休》有東漢風，而名下應、徐遠甚。固知一代文人，冒濫湮没，時不免也。

晉《白紵辭》，綺艷之極，而古意猶存。自後作者相沿，梁武之外，明遠、休文，辭各美麗。然明遠「池中赤鯉」一章，語意不類。梁武僅作小言。休文雖創四時之體，至後半篇五首盡同，亦七言絶耳。若晉人形容舞態宛轉，妙絶諸家，似未窺也。

《白紵辭》前一首，自「質如輕雲色如銀」下，當另爲篇。

《休洗紅》二章，調甚高古，而語頗類《子夜》、《前溪》，非漢末辭，即晉人擬作。如：「新紅裁作衣，舊紅翻作裏。回黄轉緑無定期，世事返復君所知。」建安無此調也。

晉樂辭「今日牛羊上丘隴，當時近前面發紅」，絶似漢人語，但前四句不類。至「愛惜加窮袴，防閒托守宫」，則全是唐律矣。少陵「慎莫近前丞相嗔」出此，後二句楊用修以爲此老本色，何也？

《木蘭歌》，世謂齊梁作。齊人一代，絶少七言歌行，梁始作初唐體。此歌中古質有逼漢魏處，非二代所及也。惟「朔氣」、「寒光」，整麗流亮類梁、陳。然晉人語如「日下荀鳴鶴，雲間陸士龍」、「青松凝素髓，秋菊落芳英」，已全是唐律。至《休洗紅》、《獨漉》篇，其古質處又多近《木蘭》。齊梁歌謡，亦有傳者，相去遠甚。余以爲此歌必出晉人，若後篇則唐作也。

晉明世，柔然社崘始稱可汗，此歌出晉人手，愈無可疑。蓋宋、齊以後，元魏入帝中華，柔然屏居大漠，與黄河、黑山道里懸絶。惟東晉世五胡擾亂，柔然、拓跋常相攻幽、冀間，故詩人歷叙及之。世之疑《木蘭》者，率指摘「可汗」二字，不知此歌得此證佐益明，亦一快也。

《木蘭歌》是晉人擬古樂府，故高者上逼漢魏，平者下兆齊梁。如「南市買轡頭，北市買長鞭」，尚協東京遺響；至「當窗理雲鬢，對鏡貼花黄」，齊梁艷語宛然。又「出門見火伴」等句，雖甚樸野，實自六朝聲口，非兩漢也。

「大姊聞妹來」三疊，是倣《長安有狹斜》體。至「磨刀霍霍向豬羊」，六朝面目盡露矣。此等最易辯，亦最不易辯也。

六代兄弟齊名者，晉爲最盛，二陸、二張、二傅，士衡、景陽，烜赫詞場，休奕名出其下遠甚。然張、陸自五言外，歌行概不多見。休奕《龐烈婦》雜言，繼躅東京；《董逃行》六言，獨暢典午；《鐃歌》諸作，亦在繆襲、韋昭間。惟五言剽襲雷仝，絶少天趣，聲價不兢，職此之由。傅玄，嘏從兄弟[一]。玄子咸，孫敷，嘏子祗，孫暢，並有文名。

元亮、延之，絶無七言。康樂僅一二首，亦非合作。歌行至宋益衰，惟明遠頗自振拔，《行路難》十八章，欲汰去浮靡，返於渾朴，而時代所壓，不能頓超。後來長短句實多出此，與玄暉五言，俱兆唐人軌轍矣。

齊梁後，七言無復古意。獨斛律金《敕勒歌》云：「敕勒川，陰山下，天似穹廬蓋四野。天蒼蒼，野茫茫，風吹草低見牛羊。」大有漢魏風骨。金，武人，目不知書，此歌成於信口，咸謂宿

[一]「嘏」，原本、江本作「瑕」，據内閣本、程本、吴本改。

根。不知此歌之妙，正在不能文者以無意發之，所以渾朴莽蒼，暗合前古。推之兩漢樂府歌謡，采自閭巷，大率皆然。使當時文士爲之，便欲雕繢滿眼，況後世操觚者？

齊一代遂無七言，以宣城材具，而篇什寥寥，他可知已。王融擬「兩頭纖纖」歌，殊不成語，益見漢人製作之工。

曹氏父子而下，六代人主，世有文辭者，梁武、昭明、簡文，差足繼軌。七言歌行，梁武尤勝。《河中之水》、《東飛伯勞》，皆寓古調于纖詞，晉後無能及者。簡文《烏棲曲》，妙於用短；元帝《燕歌行》，巧於用長，並唐體之祖也。

建安以後，五言日盛。晉、宋、齊間，七言歌行寥寥無幾。獨《白紵歌》、《行路難》，時見文士集中，皆短章也，梁人頗尚此體。《燕歌行》、《搗衣曲》諸作，實爲初唐鼻祖。陳江總持、盧思道等，篇什浸盛，然音響時乖，節奏未協，正類當時五言律體。垂拱四子，一變而精華瀏亮，抑揚起伏，悉協宫商，開合轉换，咸中肯綮，七言長體，極於此矣。

《燕歌》初起魏文，實祖柏梁體，《白紵詞》因之，皆平韻也。至梁元帝「燕趙佳人本自多」，遼東少婦學春歌。黄龍戍北花如錦，玄兔城頭月似娥」，音調始協。蕭子顯、王子淵製作浸繁，但通章尚用平韻轉聲，七字成句，故讀之猶未大暢。至王、楊諸子歌行，韻則平仄互换，句則三五錯綜，而又加以開合，傳以神情，宏以風藻，七言之體，至是大備。要惟長篇鉅什，叙述爲宜，用之短歌，紆緩寡態。於是高、岑、王、李出，而格又一變矣。齊、梁、陳、隋五言古，唐律詩之未成者；七言古，唐歌行之未成者。王、盧出，而歌行咸中矩度矣；沈、宋出，而近體悉協宫商矣。至高、岑而後有氣，王、孟而後有韻，李、杜而後入化。

六朝歌行可入初唐者，盧思道《從軍行》、薛道衡《豫章行》，音響格調，咸自停勻，體氣豐神，尤爲焕發。

初唐短歌，子安《滕王閣》爲冠；長歌，賓王《帝京篇》爲冠。李嶠《汾陰行》，玄宗劇賞，然聲調未諧，轉换多躓，出沈、宋下。薛君采初唐獨取此篇，非是。

王翰《蛾眉怨》、《長城行》〔一〕，亦自傖楚，宜爲子美所重。

仲默謂：「唐初四子，雖去古甚遠，其音節往往可歌。子美詞雖沉著，而調失流轉，實詩歌之變體也。」此未盡然。歌行之興，實自上古，《南山》、《易水》，隱約數言，咸足詠嘆。至漢魏樂府，篇什始繁，大都渾朴真至，既無轉换之體，亦寡流暢之辭。當時以被管弦，供燕享，未聞不可歌也。杜《兵車》、《麗人》、《王孫》等篇，正祖漢魏，行以唐調耳。

李、杜歌行，擴漢魏而大之，而古質不及；盧、駱歌行，衍齊梁而暢之，而富麗有餘。

〔一〕「蛾」，江本作「娥」。

陳、杜歌行不概見，沈、宋厭王、楊之靡縟，稍欲約以典實而未能也。李、杜一變，而雄逸豪宕，前無古人矣。盛唐高適之渾，岑參之麗，王維之雅，李頎之俊，皆鐵中錚錚者。崔顥、儲光羲篇什不多，而婉轉流媚，亦有可觀。常建已開李賀，任華酷似盧仝，盛衰倚伏如此。

昌穀云：「歌聲雜而無方，行體疏而不滯，引以抽其臆，吟以達其情。」此大概言之耳。漢魏歌、行、吟、引，率可互换，唐人稍别體裁，然亦不甚遠也。

自五言古、律以至五、七言絶，概以温雅和平爲尚。惟七言歌行近體不然。歌行自樂府，語已峭峻，李、杜大篇，窮極筆力，若但以平調行之，何能自拔？七言律聲長語縱，體既近靡，字櫛句聯，格尤易下。材富力强，猶或難之，清空文弱，可登此壇乎？

凡詩諸體皆有繩墨，惟歌行出自《離騷》、樂府，故極散漫縱横，初學當擇易下手者。今略舉數篇：青蓮《擣衣曲》、《百囀歌》，杜陵《洗兵馬》、《哀江頭》，高適《燕歌行》，岑參《白雪歌》、《别獨孤漸》，李頎《緩歌行》、《送陳章甫》、《聽董大彈胡笳》，王維《老將行》、《桃源行》，崔顥《代閨人》、《行路難》、《渭城》、《少年》，皆脉絡分明，句調婉暢。既自成家，然後博取李、杜大篇，合變出奇，窮高極遠。又上之兩漢樂府，落李、杜之紛華，而一歸古質。又上之楚人《離騷》，鎔樂府之氣習，而直接商周，七言能事畢矣。

闔辟縱横，變幻超忽，疾雷震霆，凄風急雨，歌也；位置森嚴，筋脉聯絡，走月流雲，輕車熟路，行也。太白多近歌，少陵多近行。

短歌，惟少陵《七哀》等篇，雋永深厚且法律森然，極可宗尚。近獻吉學之，置杜集不復辯，所當並觀。李之《烏棲曲》、《楊叛兒》等，雖甚足情致，終是斤兩稍輕，詠嘆不足。

太白《蜀道難》、《遠别離》、《天姥吟》、《堯祠歌》等，無首無尾，變幻錯綜，窈冥昏默，非其才力學之，立見顛踣。少陵《公孫大娘》、《渼陂行》、《丹青引》、《麗人行》等，雖極沉深横絶，格律尚有可尋。

照鄰《古意》，賓王《帝京》，詞藻富者故當易至，然須尋其本色乃佳。

歌行兆自《大風》、《垓下》，《四愁》、《燕歌》而後，六代寥寥，至唐大暢。王、楊四子，婉轉流麗；李、杜二家，逸宕縱横。獻吉專攻子美，仲默兼取盧、王，並自有旨。

《大風》，千秋氣概之祖；《秋風》，百代情致之宗。雖詞語寂寥，而意象靡盡。柏梁諸篇，句調太質，興寄無存，不足貴也。

唐五言古，作者彌衆，至七言殊寡。初唐四子外，惟《汾陰》、《鄴都》；盛唐李、杜外，僅高、岑、王、李。中唐劉、韋一二，不足多論；至元、白長篇，張、王樂府，下逮盧、李，流派日卑，道術彌裂矣。

李、杜二公，誠爲勁敵。杜陵沉鬱雄深，太白豪逸宕麗。短篇效李，多輕率而寡裁；長篇法杜，或拘局而靡暢。廷禮首推太白，于鱗左袒杜陵，俱非論篤。

太白幻語，爲長吉之濫觴；少陵拙句，實玉川之前導。集長去短，學者當先明此。

李、杜歌行，雖沉鬱逸宕不同，然皆才大氣雄，非子建、淵明判不相入者比。有能總統爲一，實宇宙之極觀，第恐造物生材，無此全盛。近時作者，間能具備兩公之體，至鎔液二子之長，則未睹也。

唐七言歌行，垂拱四子，詞極藻艷，然未脱梁陳也。張、李、沈、宋，稍汰浮華，漸趨平實，唐體肇矣，然而未暢也。高、岑、王、李，音節鮮明，情致委折，濃纖修短，得衷合度，暢矣〔一〕，然而未大也。太白、少陵，大而化矣，能事畢矣。降而錢、劉，神情未遠，氣骨頓衰。元相、白傅，起而振之，敷演有餘，步驟不足。昌黎而下，門户兢開。盧仝之拙朴，馬異之庸猥，李賀之幽奇，劉叉之狂譎，雖淺深高下，材局懸殊，要皆曲逕旁蹊，無取大雅。張籍、王建，稍爲真澹，體益卑卑。庭筠之流，更事綺繪，漸入詩餘，古意盡矣。

詩五言古、七言律至難外，則五言長律、七言長歌，非博大雄深、横逸浩瀚之才，鮮克辦此。蓋歌行不難於師匠，而難於賦授；不難於揮灑，而難於藴藉；不難於氣概，而難於神情；不難於音節，而難於步驟；不難於胸腹，而難於首尾。又古風近體，黄初、大曆而下，無可著眼。惟

〔一〕「矣」，江本作「乎」。

歌行則晚唐、宋、元，時亦有之，故逕路叢雜尤甚。學者務須尋其本色，即千言鉅什，亦不使有一字離去，乃爲善耳。

李、杜外，短歌可法者，岑參《蜀葵花》、《登鄴城》，李頎《送劉昱》、《古意》，王維《寒食》，崔顥《長安道》，賀蘭進明《行路難》，郎士元《塞下曲》，李益《促促曲》、《野田行》，王建《望夫石》、《寄遠曲》，張籍《節婦吟》、《征婦怨》，柳宗元《楊白花》，雖筆力非二公比，皆初學易下手者。但盛唐前，語雖平易，而氣象雍容；中唐後，語漸精工，而氣象促迫，不可不知。

王勃《滕王閣》、衛萬《吴宫怨》，自是初唐短歌，婉麗和平，極可師法。中、盛繼作頗多，第八句爲章，平仄相半，軌轍一定，毫不可逾，殆近似歌行中律體矣。

《國秀集》有太子司議薛奇童，似是人名，然唐又有蔣奇童，豈亦人名耶？詩話評薛五言律「禁苑春風起」云：「如此麗則，不謂奇童而何？」則不得爲名，審矣。薛又有《雲中行》七言古，在王勃、李嶠間；《玉階怨》五言絶，得太白、昌齡調，蓋初盛之超然者。而名字湮没不傳，可爲浩嘆。

張若虚《春江花月夜》，流暢婉轉，出劉希夷《白頭翁》上，而世代不可考。詳其體製，初唐無疑。崔顥《雁門胡人》詩，全是律體，强作歌行；《黄鶴》實類短歌，乃稱近體。

崔顥《邯鄲宫人怨》，叙事幾四百言，李、杜外，盛唐歌行無贍於此，而情致委婉，真切如見。

後來《連昌》、《長恨》，皆此兆端。

韋楚老《祖龍行》，雄邁奇警，如：「黑雲障天天欲裂，壯士朝眠夢冤結。祖龍一夜死沙丘，胡亥空隨鮑魚轍。腐肉偷生五千里，僞書先賜扶蘇死。墓接驪山土未乾，赤光已向芒碭起。陳勝城中鼓三下，秦家天地如崩瓦。龍蛇撩亂入咸陽，少帝空隨漢家馬。」長吉諸篇全出此，而諸選皆不録，漫載之。

衛萬《吴宫怨》：「吴王宫闕臨江起，不捲珠簾見江水。曉氣晴來雙闕間，潮聲夜落千門裏。勾踐城中非舊春，姑蘇臺下起黄塵。祇今惟有西江月，曾照吴王宫裏人。」高華響亮，可與王勃《滕王閣》詩對壘，第末二句全與太白仝，不知孰先後也。

庾信詩「地中鳴戰鼓，天上下將軍」，駱賓王《蕩子從軍賦》「隱隱地中鳴鼓角，迢迢天上出將軍」全用此，然二語非警策，駱蓋偶然耳。《從軍賦》，近獻吉改爲歌行，考駱本辭，賦語實三之一。李但削去此類，餘皆仍其舊也。

元微之《樂府古題序》云：「自《風》、《雅》至於樂流，莫非諷興當時之事，以貽後世之人。沿襲古題，唱和重複，於文或有短長，於義咸爲贅賸，尚不如寓意古題，刺美見事，猶有詩人引古以諷之義。近代惟詩人杜甫《悲陳陶》、《哀江頭》、《兵馬》、《麗人》等，凡所歌行，率皆即事名篇，無有倚傍。余少時與友人白樂天、李公垂輩謂是爲當，遂不復擬賦古題。」觀微之此序，則唐人亦自推轂少陵樂府。近時諸公多主斯説，而微之序人少知者，故特録之。

仲默《明月篇序》云：「仆始讀杜子七言詩歌，愛其陳事切實，布辭沉著，鄙心竊效之，以爲長篇聖於子美矣。既而讀漢魏以來歌詩及唐初四子者之所爲而反復之，則知漢魏固承《三百篇》之後，流風猶可徵焉。而四子者雖工富麗，去古遠甚，至其音節往往可歌。乃知子美辭固沉著，而調失流轉，雖成一家語，實則詩歌之變體也。」于鱗云：「七言歌行，惟杜不失初唐氣格，而縱横有之。太白縱横，往往强弩之末，間以長語，英雄欺人耳。」李論實出於何，而意稍不同。

杜《七歌》，亦倣張衡《四愁》，然《七歌》奇崛雄深，《四愁》和平婉麗。漢、唐短歌，各爲絶倡，所謂異曲同工。

元和中，李紳作《新樂府》二十章，元稹取其尤切者十五章和之，如《華原磬》、《西凉伎》之類[一]，皆風刺時事，蓋倣杜陵爲之者，今並載郭氏《樂府》。語句亦多倣工部，如《陰山道》、《縛戎人》等，音節時有逼近，第得其沉著而不得其縱横，得其渾樸而不得其悲壯。樂天又取演之爲五十章，其詩純用己調，出元下，世所傳白氏諷諫是也。

太白《遠别離》舊是難處，范德機知其調之高絶，而不解其意所從來。近王次公獨謂太白

[一]「類」，原本作「頻」，據内閣本、江本、程本改。

晚年時事之作，深得之。所稱「幽囚」、「野死」，從古有此議論者。魏晉以還，篡奪相繼，創爲邪説，劉知幾《史通》載之甚詳。

太白《擣衣篇》等，亦是初唐格調。《蜀道難》、《夢游天姥吟》、《遠别離》、《鳴皋歌》，皆學騷者；《白頭吟》、《登高丘》、《公無渡河》、《獨漉》諸篇，出自樂府；《烏夜啼》、《楊叛兒》、《白紵辭》、《長相思》諸篇，出自齊梁。至《堯祠》、《單父》、「憶昔洛陽」之類，則太白己調耳。

題畫自杜諸篇外，唐無繼者。王介甫《畫虎圖》、蘇子瞻《烟江叠嶂夜遊圖》、韓子蒼《龍眠圖》、虞伯生《墨竹》、楊廉夫《青蓮像》、薩天錫《織錦圖》，皆有可觀，而骨力變化，遠非杜比。惟李獻吉、吴偉、林良等六詩，模寫精絶，而豪宕縱横，幾與杜並驅，真傑思也。

太白《懷素草書歌》，誠爲僞作，而校者不能删削，以無左驗故。今觀素師《自叙》，錢起、盧綸等句，無不備録，顧肯遺太白？此證甚明。「天若不愛酒」本馬子才詩，近又舉李墨迹爲證，尤可笑。詩可僞，筆不可僞耶？

「大麥青青小麥枯，誰當獲者婦與姑，丈夫何在西擊胡。」三語奇絶，即兩漢不易得。子美「大麥乾枯小麥黄，婦女行泣夫走藏，問誰腰鐮胡與羌。」才易數字，便有漢、唐之别。杜尚難之，況其下乎？

「長安城中頭白烏，夜飛延秋門上呼。又向人家啄大屋，屋底達官走避胡。」「車轔轔，馬蕭蕭，行人弓箭各在腰。爺娘妻子走相送，塵埃不見咸陽橋。」二起語甚古質類漢人，終是格調精明，詞氣跌宕，近似有意。兩京歌謡，便自渾渾噩噩，無迹可尋。

初唐七言古，以才藻勝，盛唐以風神勝；李、杜以氣概勝，而才藻風神稱之，加以變化靈異，遂爲大家。宋人非無氣概，元人非無才藻，而變化風神，邈不復睹，固時代之盛衰，亦人事之工拙耶？

古詩窘于格調，近體束于聲律。惟歌行大小短長，錯綜闔闢，素無定體，故極能發人才思。李、杜之才，不盡於古詩，而盡於歌行。孟襄陽輩才短，故歌行無復佳者。

唐人歌行烜赫者，郭元振《寶劍篇》，宋之問《龍門行》、《明河篇》，李嶠《汾陰行》，元稹《連昌辭》，白居易《長憾歌》、《琵琶行》[一]，盧仝《月蝕》、李賀《高軒》，並驚絶一時。今讀諸作，往往不厭人意，而盧、駱、杜陵、高、岑、王、李，大家正統，俱不以是著稱。同時惟太白《蜀道難》等篇爲世所慕，差不爽名實耳。

元和間，樂天聲價最盛。當時《挽詩》云：「孺子解吟長憾賦，胡人能誦琵琶篇。」又一女子能誦白《長憾歌》，遂索值百萬。其爲一代驚艶如此。少陵同谷作歌時，正拾橡栗，隨徂公覓一

[一] 「憾」，内閣本、程本、吴本作「恨」。下條「長憾賦」同。

飽不可得〔一〕，詩固有遇不遇哉！

余嘗評宋人近體勝歌行，歌行勝古詩，至《風》《雅》、樂謡，二百年間幾於中絶，今詩家往往訾宋近體，不知源流既乏，何所自來？

宋黄、陳首倡杜學，然黄律詩徒得杜聲調之偏者，其語未嘗有杜也。至古《選》歌行，絶與杜不類，晦澀枯槁，刻意爲奇而不能奇，真小乘禪耳，而一代尊之無上。陳五言律得杜骨，宋品絶高，他作亦皆懸遠。

楊用修《詩話》所載《洛春謡》、《夜歸曲》，皆宋人七言古可觀者。

勝國諸家，七言古篇什頗不乏，然自是元人歌行。擬王、楊則流轉不足，攀李、杜則神化非儔。至於瑰詞綺調，亦往往筆墨間，視宋人覺過之。

元末楊廉夫歌行，聲價騰涌。今讀之，大率穠麗妖冶，佳處不過長吉、文昌，平處便是傳奇史斷。漢魏風軌，未睹藩籬，而一時傳賞楮貴，信識真未易也。

勝國歌行，多學李長吉、温廷筠者，晦刻濃綺，而真景真情，往往失之目前。盛唐則不然，愈近愈遠，愈拙愈工，讀王、岑、高、李諸作可見。

〔一〕「徂」，江本、吴本作「狙」。

主拾遺，賓供奉，左中允，右嘉州，則沉雄秀逸，短什宏章，諸體悉備。至於千言百韻，取法盧、駱，什一爲之可也。

宋初諸子，多祖樂天；元末諸人，競師長吉。

玉川拙體非自創，任華與李、杜同時，已全是此調，特篇什不多耳。長吉險怪，雖兒語自得，然太白亦濫觴一二。馬異與盧同時，詩體正同；張碧差後長吉，亦頗相似。盧體不復傳，長吉則宋末謝皋羽得其遺意。元人一代尸祝，流至國初，尚有效者。

蘇子瞻《定慧寺海棠》、郭功父《金山行》等篇，亦尚有佳處，而不能盡脱宋氣。歐學韓，黄學杜，用力愈多，去道愈遠。

仲默論歌行，允謂前人未發。然特專明一義，匪以盡概諸方。王、楊四子，雖偏工流暢，而體格彌卑，變化未睹。唐人一代皆爾，何以遠過齊梁？必有李、杜二公，大觀斯極。仲默集中，爲此體僅《明月》、《帝京》、《昔遊》三數篇，他不盡爾，其意可窺。

國初季迪歌行，尚多佳作。弘、正特盛，李、何外，若昌穀、繼之、應登，皆有可觀。退之《桃源》、《石鼓》，模杜陵而失之淺；長吉《浩歌》、《秦宫》，倣太白而過於深。惟獻吉宗師子美，並奪其神；間作青蓮，亦得其貌。然爲初唐則遠。仲默，李同調，氣稍不如。《明月》、《帝京》，風神朗邁，遂過盧、駱。元美後起，並前諸子奄而有之。千古宗工，五君而已。

詩藪内編四　近體上　五言

東越胡應麟著

五言律體，兆自梁陳。唐初四子，靡縟相矜，時或拗澀，未堪正始。神龍以還，卓然成調。沈、宋、蘇、李，合軌於先；王、孟、高、岑，並馳於後。新制迭出，古體攸分，實詞章改變之大機〔一〕，氣運推遷之一會也。

五言律體，極盛於唐。要其大端，亦有二格。陳、杜、沈、宋，典麗精工；王、孟、儲、韋，清空閒遠。此其概也。然右丞贈送諸什，往往闌入高、岑；鹿門、蘇州，雖自成趣，終非大手。太白風華逸宕，特過諸人。而後之學者，才匪天仙，多流率易。唯工部諸作，氣象嵬峨，規模宏遠，當其神來境詣，錯綜幻化，不可端倪。千古以還，一人而已。

宏大則「昔聞洞庭水」，富麗則「花隱掖垣暮」，感慨則「東郡趨庭日」，幽野則「風林纖月落」，餞送則「冠冕通南極」，投贈則「斧鉞下青冥」，追憶則「洞房環珮冷」，吊哭則「他鄉復行役」

〔一〕「變」，内閣本、程本作「革」。

等，皆神化所至，不似人間來者。

學五言律，毋習王、楊以前，毋窺元、白以後。先取沈、宋、陳、杜、蘇、李諸集，朝夕臨摹，則風骨高華，句語宏贍，音節雄亮，比偶精嚴。次及盛唐王、岑、孟、李，永之以風神，暢之以才氣，和之以真澹，錯之以清新。然後歸宿杜陵，究竟絶軌，極深研幾，窮神知化，五言律法盡矣。

盛唐句如「海日生殘夜，江春入舊年」，中唐句如「風兼殘雪起，河帶斷冰流」，晚唐句如「雞聲茅店月，人迹板橋霜」，皆形容景物，妙絶千古，而盛、中、晚界限斬然，故知文章關氣運，非人力。

國朝仲默、明卿，亦是五言津筏。初學下手，所當並置坐右。近體先習杜陵，則未得其廣大雄深，先失之粗疏險拗，所謂從門非寶也。

曲江之清遠，浩然之簡淡，蘇州之閒婉，浪仙之幽奇，雖初、盛、中、晚，調迥不同，然皆五言獨造。至七言，俱疲薾不振矣。

晚唐有一首之中，世共傳其一聯，而其所不傳反過之者。如張祜「樹影中流見，鐘聲兩岸聞」雖工密，氣格故不如「僧歸夜船月，龍出曉堂雲」也；如賈島「鳥宿池中樹，僧敲月下門」雖幽奇，氣格故不如「過橋分野色，移石動雲根」也。

張祜字承吉，刻本大半作「祐」，覽者莫辯。緣承吉字，祜、祐俱通耳。一日偶閱雜説，張子小名冬瓜，或以譏之。答云：「冬瓜合出瓠子。」則張之名祜審矣。

薛奇童「禁苑春風起」，全篇典麗精工，王摩詰無以加；李季蘭「遠水浮仙棹」二語，幽閒和適，孟浩然莫能過。寧可以婦人、童子忽之？羽士若吴筠，盛唐翹楚，緇流若靈一，中唐共推，不在孟雲卿、皇甫冉下。

排律，沈、宋二氏，藻贍精工；太白、右丞，明秀高爽。然皆不過十韻，且體在繩墨之中，調非畦逕之外。惟杜陵大篇鉅什，雄偉神奇，如《謁蜀廟》、《贈哥舒》等作，闔闢馳驟，如飛龍行雲，鱗鬣爪甲，自中矩度；又如淮陰用兵，百萬掌握，變化無方。雖時有險朴，無害大家。近選者僅取「沱水臨中坐」，以爲他皆不及，塗聽耳食，哀哉！

宋人學杜，得其骨不得其肉，得其氣不得其韻，得其意不得其象，至聲與色並亡之矣。如無己《哭司馬相公》三首，其瘦勁精深，亦皆得之百煉，而神韻遂無毫釐。他可例見。

齊、梁、陳、隋句，有絶是唐律者，彙集於後，俾初學知近體所從來。簡文：「沙飛朝似幕，雲起夜疑城。」元帝：「叠鼓驚飛鷺，長簫應紫騮。」沈約：「山光浮水至，春色犯寒來。」江淹：「白日凝璚貌，明河點絳唇。」庾肩吾：「桃花舒玉洞，柳葉暗金溝。」吴均：「白雲浮海際，明月落河濱。」何遜：「野荻平沙合〔一〕，連山遠霧浮。」蕭鈞：「雲峰初辨夏，麥氣已迎秋。」王筠：「獻璫依洛浦，懷珮似湘濱。」劉孝綽：「翠蓋承朝景，朱旗曳曉烟。」劉孝威：「浴童争淺瀨，浣女戲平沙。」「月麗姮娥影，星含織女光。」劉孝先：「洞户臨松徑，虚窗隱竹叢。」「數螢流暗草，一鳥宿疏桐。」徐君倩：「草短猶通屣，梅香漸著人。」江洪：「夜條風淅淅，曉葉露凄凄。」王臺卿：「瑶臺斜接岫，玉殿上凌空。」惠慕：「馬色迷關吏，雞鳴起戍人。」陳後主：「水映臨橋樹，風吹夾路花。」「日月光天德，山河壯帝居。」「樓似陽臺上，池如洛水邊。」徐陵：「竹密山齋冷，荷開水殿香。」張正見：「飛棟臨黄鶴，高窗度白雲。」「雨師清近道，風伯静逢天。」「雲棟疑飛雨，風窗似望仙。」「清風吹麥隴，細雨濯梅林。」江總：「繡柱擎飛閣，雕欄架曲池。」「夜梵聞三界，朝香徹九天。」「終南雲影落，渭北雨聲多。」「玩竹春前笥，驚花雪後梅。」祖孫登：「高葉臨胡塞，長枝拂漢宫。」煬帝：「翠霞迎鳳輦。碧霧翼龍輿。」「流波將月去，潮水帶星迴。」盧思道：「晚霞浮極浦，落景照長亭。」薛道衡：「少昊騰金氣，文昌動將星。」「暗牖懸蛛網，空梁落燕泥。」王胄：「千門含日麗，萬雉映霞丹。」李巨仁：「雲開金闕迥，霧起石梁遥。」蕭慤：「朔路傳清警，邊風入畫旒。」王褒：「鬥雞横大道，走馬出長楸。」魏收：「瀉溜高齋響，添池曲檻平。」庾信：「春朝

〔一〕「荻」，内閣本、程本作「秋」，江本作「水」。

行雨去，秋夜隔河來。」皆端嚴華妙。精工者，啓垂拱之門；雄大者，樹開元之幟。用修集六朝詩爲《五言律祖》，然當時體制尚未盡諧，規以隱侯三尺，失粘、上尾等格，篇篇有之。全章吻合，惟張正見《關山月》及崔鴻《寶劍》、邢巨《遊春》，又庾信《舟中夜月》詩四首，真唐律也。

薛道衡《昔昔鹽》等篇，大是唐人排律，時有失粘耳。孔德紹《洪水》一章，則字句無不合矣。

隋尹武《别宋常侍》詩：「遊人杜陵北，送客廣川東。無論去與住，俱是一飄蓬。秋鬢含霜白，衰顔倚酒紅。别有相思處，啼烏雜夜風。」絶類中唐後詩。

陰鏗《安樂宫》詩：「新宫實壯哉，雲裏望樓臺。迢遞翔鵾仰，聯翩賀燕來。重檐寒霧宿，丹井夏蓮開。砌石披新錦，雕梁畫早梅。欲知安樂盛，歌管雜塵埃。」右五言十句律詩，氣象壯嚴，格調鴻整。平頭、上尾八病咸除，切響、浮聲五音並協，實百代近體之祖。考之陳後主、張正見、庾信、江總輩，雖五言八句，時合唐規，皆出此後，則近體之有陰生，猶五言之始蘇、李，而楊用修未及援引〔二〕。

〔二〕「未及援引」，江本此句後多「曷在其好古耶」句，内閣本、程本作「不知援引，曷在其好古耶」。

陰又有《夾池竹》四韻云：「夾池一藂竹，垂翠不驚寒。葉醒宜城酒，皮裁薛縣冠。湘川染別淚，衡嶺拂仙壇。欲見葳蕤色，當來兔苑看。」於沈法亦皆諧合。惟起句及五句拗二字，而非唐律所忌，第調與六朝徐、庾同。若《安樂》，則通篇唐人氣韻矣。

六朝五言合律者，楊所集四首外，徐摛《詠筆》、徐陵《鬥雞》、沈氏《彩毫》，雖間有拗字，體亦近之。若陳後主「春砌落芳梅」，江總「百花疑吐夜」，陳昭《昭君詞》，祖孫登《蓮調》，沈炯《天中寺》，張正見《對酒當歌》、《衡陽秋夕》，何處士《春日別才法師》、王由禮《招隱》十餘篇，皆唐律而楊不收。

唐人句律有全類六朝者，太宗：「露凝千片玉，菊散一叢金。」虞世南：「竹開霜後翠，梅動雪前香。」王勃：「野花常捧露，山葉自吟風。」楊炯：「伏檻排雲出，飛軒繞澗迴。」盧照鄰：「隴雲朝結陣，江月夜臨空。」駱賓王：「晚風連朔氣，新月照邊秋。」韋承慶：「山遠疑無樹，潮平似不流。」蘇味道：「月華連晝色，燈影雜星光。」趙彥昭：「宮樹千花發，階蓂七葉新。」李乂：「行戈疑駐日，步輦若升天。」樊忱：「十地祥雲合，三天瑞景開。」楊庶：「寶鐸含飇響，仙輪帶日紅。」王景：「重階青漢接，飛閣紫霄懸。」李嶠：「御筵陳桂醑，天酒酌榴花。」宗楚客：「湛露飛堯酒，薰風入舜絃。」袁暉：「九旗雲際出，萬騎谷中來。」孫逖：「漁父歌金洞，江妃舞翠房。」蘇頲：「豐樹連黃葉，函關入紫雲。」張說：「漢武橫汾日，周王宴鎬年。」張九齡：「日御馳中道，風師卷太清。」陳子昂：「鶴舞千年樹，虹飛百尺橋。」杜審言：「啼鳥驚殘夢，飛花攪獨愁。」沈佺期：「月明三峽曙，潮滿九江春。」宋之問：「野含時雨潤，山雜夏雲多。」玄宗：「春來津樹合，月落戍樓空。」右置梁、陳間，何可辯别？第人取其一，此類尚多。若唐初句格未諧者，自是六朝體，不復録。

作詩不過情、景二端。如五言律體，前起後結，中四句二言景，二言情，此通例也。唐初多於首二句言景對起，止結二句言情，雖豐碩，往往失之繁雜。唐晚則第三四句多作一串，雖流動，往往失之輕儇〔二〕，俱非正體。惟沈、宋、李、王諸子，格調莊嚴，氣象閎麗，最爲可法。第中四句大率言景，不善學者，凑砌堆叠，多無足觀。老杜諸篇，雖中聯言景不少，大率以情間之。故習杜者，句語或有枯燥之嫌，而體裁絶無靡冗之病。此初學入門第一義，不可不知。若老手大筆，則情景混融，錯綜惟意，又不可專泥此論。

作詩最忌合掌，近體尤忌，而齊梁人往往犯之。如以「朝」對「曙」，將「遠」屬「遥」之類。初唐諸子，尚襲此風，推原厲階，實由康樂。沈、宋二君，始加洗削，至於盛唐盡矣。

李夢陽云：「叠景者意必二，闊大者半必細。」此最律詩三昧。如杜：「詔從三殿去，碑到百

〔二〕「儇」，江本作「獧」。

鑾開。野館濃花發，春帆細雨來。」前半闊大，後半工細也。「浮雲連海岱，平野入青徐。孤嶂秦碑在，荒城魯殿餘。」前景寓目，後景感懷也。唐法律甚嚴惟杜，變化莫測亦惟杜。

詩自模景、述情外，則有用事而已。用事非詩正體，然景物有限，格調易窮，一律千篇，祗供厭飫。欲觀人筆力材詣，全在阿堵中。且古體小言，姑置可也；大篇長律，非此何以成章？用事之工，起於太冲《詠史》。唐初王、楊、沈、宋，漸入精嚴。至老杜苞孕汪洋，錯綜變化，而美善備矣。用事之僻，始見商隱諸篇。宋初楊、李、錢、劉，愈流綺刻。至蘇、黄堆叠詼諧，粗疏詭譎，而陵夷極矣。

「荒庭垂橘柚，古屋畫龍蛇」，「錫飛常近鶴，杯渡不驚鷗」，杜用事入化處。然不作用事看，則古廟之荒凉，畫壁之飛動，亦更無人可著語。此杜老千古絶技，未易追也。

杜用事錯綜，固極筆力，然體自正大，語尤坦明。晚唐、宋初，用事如作謎；蘇如積薪，陳如守株，黄如緣木。

用事患不得肯綮，得肯綮則一篇之中八句皆用，一句之中二事串用〔二〕，亦何不可？婉轉清空，了無痕迹，縱横變幻，莫測端倪。此全在神運筆融，猶斲輪甘苦，心手自知，難以言述。

〔二〕「事」，江本作「字」。

杜用事門目甚多，姑舉人名一類。如「清新庾開府，俊逸鮑參軍」，正用者也；「聰明過管輅，尺櫝倒陳遵」，反用者也；「謝氏登山屐，陶公漉酒巾」，明用者也；「伏柱聞周史，乘槎似漢臣〔二〕」，暗用者也；「舉天悲富駱，近代惜盧王」，並用者也；「高岑殊緩步，沈鮑得同行」，單用者也；「汲黯匡君切，廉頗出將頻」，分用者也；「共傳收庾信，不比得陳琳」，串用者也。至「對棋陪謝傅，把劍覓徐君」、「侍臣雙宋玉，戰策兩穰苴〔三〕」、「飄零神女雨，斷續楚王風」、「晉室丹陽尹，公孫白帝城」，鍛煉精奇，含蓄深遠，迥出前代矣。

義山用事之善者，如《題柏》「大樹思馮異，甘棠憶召公」，亦可觀。至「玉壘」、「金刀」，便入崑調。一篇之内，法戒具存。世欲束晚唐高閣，患頂門欠隻眼耳，要皆吾益友也。

錦瑟是青衣名，見唐人小説，謂義山有感作者。觀此詩結句及「曉夢」、「春心」、「藍田」、「珠泪」等，大概《無題》中語，但首句略用「錦瑟」引起耳。宋人認作詠物，以適怨清和字面，附會穿鑿，遂令本意懵然。且至「此情可待成追憶」處更説不通。學者試盡屏此等議論，只將題面作青衣，詩意作追憶，讀之當自踴躍。

〔二〕「槎」，原本、江本、吴本、内閣本作「查」，據程本改。
〔三〕「穰」，原本、内閣本、程本作「欀」，據吴本改。

初唐五言律，杜審言《早春遊望》、《秋宴臨津》、《登襄陽城》、《詠終南山》，陳子昂《次樂鄉》，沈佺期《宿七盤》，宋之問《扈從登封》，李嶠《侍宴甘露殿》，蘇頲《驪山應制》，孫逖《宿雲門寺》，皆氣象冠裳，句格鴻麗。初學必從此入門，庶不落小家窠臼。

李白《塞下曲》、《温泉宫》、《别宋之悌》、《南陽送客》、《度荆門》，孟浩然《岳陽樓》，王維《岐王應教》、《秋宵寓直》、《觀獵》，岑參《送李太僕》，王灣《北固山下》，祖詠《江南旅情》，張均《岳陽晚眺》，俱盛唐絶作。視初唐格調如一，而神韻超玄，氣概閎逸，時或過之。

劉長卿《送李中丞張司直》，錢起《秋夜對月》，皇甫冉《巫山高和王相公》，皇甫曾《送李中丞華陰》，司空曙《别韓坤》、《送史澤》，李嘉祐《江陰官舍》、《秋夜寓直》，韓翃《送陳録事》、《李侍御》，于良史《冬日野望》，李益《别内弟文》，皆中唐妙境，往往有不減盛唐者。

初唐五言律，「獨有宦游人」第一，盛唐「昔聞洞庭水」第一，中唐「巫峽見巴東」第一。晚唐，姚合《早朝》、許渾《潼關》、李頻《送裴侍御》，尚有全盛風流，全篇多不稱耳。

大曆以還，易空疏而難典贍；景龍之際，難雅潔而易浮華。蓋齊梁代降，沿襲綺靡，非大有神情，胡能蕩滌？唐初五言律，惟王勃「送送多窮路」、「城闕輔三秦」等作，終篇不著景物，而興象婉然，氣骨蒼然，實首啓盛、中妙境。五言絶亦舒寫悲凉，洗削流調。究其才力，自是唐人開山祖。拾遺、吏部，並極虚懷，非溢美也。

盈川近體，雖神俊輸王，而整肅渾雄，究其體裁，實爲正始，然長歌遂爾絶響。盧、駱五言，骨幹有餘，風致殊乏。至於排律，時自錚錚。

接迹王、楊，齊肩沈、宋，則李嶠、蘇頲、張説、九齡最著。諸公才力，大都在魯、衛間。必求甲乙，則蘇、李之整嚴，略輸沈、宋；二張之藻麗，微遜王、楊。然唐世詩人，達者無出四君。當時諸子，胡能與較萬一！大丈夫吐氣生前，揚眉身後，各從所尚可也。

唐初無七言律〔一〕，五言亦未超然。二體之妙，杜審言實爲首倡。五言則「行止皆無地」、「獨有宦游人」，排律則「六位乾坤動」、「北地寒應苦」，七言則「季冬除夜」、「毘陵震澤」，皆極高華雄整。少陵繼起，百代模楷，有自來矣。

子昂「野戍荒烟斷，深山古木平」、「城分蒼野外，樹斷白雲隈」等句，平淡簡遠，王、孟二家之祖。審言「楚山横地出，漢水接天迴」、「飛霜遥度海，殘月迥臨邊」等句，閎逸渾雄，少陵家法婉然。宋人掇其「牽風紫蔓」小語，以爲杜所自出，陋哉！

子昂「古木生雲際，歸帆出霧中」，即玄暉「天際識歸舟，雲中辨江樹」也。子美「薄雲岩際宿，孤月浪中翻」，即仲言「白雲岩際出，清月波中上」也。四語並極精工，卒難優劣。然何、謝古

〔一〕「唐初」，吴本作「初唐」。

體，入此漸啓唐風；陳、杜近體，出此乃更古意，不可不知。

審言「風光新柳報，宴賞落花催」，摩詰「興闌啼鳥换，坐久落花多」，皆佳句也。然「報」與「催」字極精工，而意盡語中；「换」與「多」字覺散緩，而韻在言外。觀此可以知初、盛次第矣。

太白「人分千里外，興在一杯中」，達夫「功名萬里外，心事一杯中」甚類。然高雖渾厚易到，李則超逸入神。

「宿雲鵬際落，殘月蚌中開」、「一葉兼螢度，孤雲帶雁來」、「勁風吹雪聚，渴鳥啄冰開」，皆奇絶語，能别此乃具眼。

二張五言律，大概相似，於沈、宋、陳、杜景物藻繪中，稍加以情致，劑以清空。學者間參，則無冗雜之嫌，有雋永之味。然氣象便覺少隘，骨體便覺稍卑。品望之雌，職此故耶？

燕國如《岳州燕别》、《深度驛》、《還端州》，始興如《初秋憶弟》、《旅宿淮陽》、《豫章南還》等作，皆冲遠有味。而格調嚴整，未離沈、宋諸公，至浩然乃縱横自得。

孟詩淡而不幽，時雜流麗；閒而匪遠，頗覺輕揚。可取者，一味自然。常建「清晨入古寺」、「松際露微月」，幽矣；王維「清川帶長薄」、「中歲頗好道」，遠矣。

右丞五言，工麗閒澹，自有二派，殊不相蒙。「建禮高秋夜」、「楚塞三江接」、「風勁角弓鳴」、「揚子談經處」等篇，綺麗精工，沈、宋合調者也。「寒山轉蒼翠」、「一從歸白社」、「寂寞掩柴扉」、「晚年惟好静」等篇，幽閒古澹，儲、孟同聲者也。

王昌齡「樓頭廣陵近」、「遥林夢親友」二首，甚類浩然。

蘇州五言古，優入盛唐；近體婉約有致，然自是大曆聲口，與王、孟稍不同。已上諸家，皆五言清淡之宗。才質近者，習以爲法，不失名家。

元微之云：「太白模寫物象及樂府歌詩，誠有差肩子美者。若鋪陳始終，排比故實，大或千言，小猶數百，則李尚不能歷其藩籬，况閫奥乎！」白樂天云：「杜詩最多，至貫穿古今，覼覼格律，盡善盡美，又過於李。」二公議論如此，蓋專以排律及五言大篇定李、杜優劣。然李所長，五、七言絶亦足相當。而杜句律之高，在才具兼該，筆力變化，亦不專排比鋪陳，貫穿覼覼也。

李、杜才氣格調，古體歌行，大概相埒。李偏工獨至者絶句，杜窮變極化者律詩。言體格則絶句不若律詩之大，論結撰則律詩倍於絶句之難。然李近體足自名家，杜諸絶殊寡入彀，截長補短，蓋亦相當。惟長篇叙事，古今子美。故元、白論咸主此，第非究竟公案。

唐人才超一代者，李也；體兼一代者，杜也。李如星懸日揭，照耀太虚；杜若地負海涵，包羅萬彙。李惟超出一代，故高華莫並，色相難求；杜惟兼總一代，故利鈍雜陳，巨細咸畜。

李才高氣逸而調雄，杜體大思精而格渾。超出唐人而不離唐人者，李也；不盡唐調而兼得唐調者，杜也。

太白筆力變化，極於歌行；少陵筆力變化，極於近體。李變化在調與詞，杜變化在意與格。然歌行無常矱，易於錯綜；近體有定規，難於伸縮。調詞超逸，驟如駭耳，索之易窮；意格精深，始若無奇，繹之難盡。此其稍不同者也。

太白五言沿洄魏晉，樂府出入齊梁，近體周旋開、寶，獨絶句超然自得，冠古絶今。子美五言《北征》、《詠懷》，樂府《新婚》、《垂老》等作，雖格本前人，而調由己創。五、七言律廣大悉備，上自垂拱，下逮元和，宋人之蒼，元人之綺，靡不兼總。故古體則脱棄陳規，近體則兼該衆善，此杜所獨長也。

盛唐一味秀麗雄渾。杜則精粗、鉅細、巧拙、新陳、險易、淺深、濃淡、肥瘦，靡不畢具，參其格調，實與盛唐大别。其能會萃前人在此，濫觴後世亦在此。且言理近經，叙事兼史，尤詩家絶睹。其集不可不讀，亦殊不易讀。

太白有大家之材，而局量稍淺，故騰踔飛揚之意勝，沉深典厚之風微。昌黎有大家之具，而神韻全乖，故紛拏叫躁之途開，藴藉陶鎔之義缺。杜陵氏差得之。

「飛星過水白，落月動沙虚」，吴均、何遜之精思；「春色浮山外，天河宿殿陰」，庾信、徐陵之妙境。「山河扶繡户，日月近雕梁。碧瓦初寒外，金莖一氣旁」，高華秀傑，楊、盧下風；「冠冕通南極，文章落上臺。詔從三殿去，碑到百蠻開」，典重冠裳，沈、宋退舍。「耕鑿安時論，衣冠與世同。在家常早起，憂國願年豐」，寓神奇於古澹，儲、孟莫能爲前；「片雲天共遠，永夜月同孤。落日心猶壯，秋風病欲蘇」，含闊大於沉深，高、岑瞠乎其後。「退朝花底散，歸院柳邊迷」、「花動朱樓雪，城凝碧樹烟」，王右丞失其穠麗；「地平江動蜀，天闊樹浮秦」、「日月低秦樹，乾坤繞漢宮」，李太白遜其豪雄。至「岸花飛送客，檣燕語留人」，則錢、劉圓暢之祖；「兩行秦樹直，萬點蜀山尖」，則元、白平易之宗。「兩邊山木合，終日子規啼」，盧仝、馬異之渾成；「山寒青兕叫，江晚白鷗饑」，孟郊、李賀之瑰僻。「凍泉依細石，晴雪落長松」，島、可幽微所從出；「竹齋燒藥竈，花嶼讀書床」，籍、建淺顯所自來。「雨拋金瑣甲，苔卧緑沉槍」，義山之組織纖新；「圓荷浮小葉，細麥落輕花」，用晦之推敲密切。杜集大成，五言律尤可見者。

「山隨平野闊，江入大荒流」，太白壯語也；杜「星垂平野闊，月涌大江流」，骨力過之。「九衢寒霧斂，萬井曙鐘多」，右丞壯語也；杜「星臨萬户動，月傍九霄多」，精彩過之。「氣蒸雲夢澤，波撼岳陽城」，浩然壯語也；杜「吴楚東南坼，乾坤日夜浮」，氣象過之。「弓抱關西月，旗翻渭北風」，嘉州壯語也；杜「北風隨爽氣，南斗避文星」，風神過之。讀唐諸家至杜，輒令人自失〔一〕。

詠物起自六朝。唐人沿襲，雖風華競爽，而獨造未聞。唯杜諸作自開堂奥，盡削前規。如《題月》：「關山隨地闊，河漢近人流。」《雨》：「野徑雲俱黑，江船火獨明。」《雪》：「暗度南樓月，寒深北浦雲。」《夜》：「重露成涓滴，稀星乍有無。」皆精深奇邃，前無古人，後無來者。然格則瘦勁太過，意則寄寓太深。他鳥獸花木等多雜議論，尤不易法。

杜排律五十百韻者，極意鋪陳，頗傷蕪碎，蓋大篇冗長，不得不爾。惟贈李白、汝陽、哥舒、見素諸作，格調精嚴，體骨匀稱。每讀一篇，無論其人履歷，咸若指掌，且形神意氣，踴躍豪楮，如周昉寫生，太史序傳，逼奪化工。而杜從容聲律間，尤爲難事，古今絶詣也。

「力侔分社稷，志屈掩經綸」，歐、蘇得之而爲論宗。「江山如有待，花柳更無私」，程、邵得之而爲理窟。「魯衛彌尊重，徐陳略喪亡」，魯直得之而爲沉深。「白屋留孤樹，青天失萬艘」，無己得之而爲勁瘦。「烟花山際重，舟楫浪前輕」，聖俞得之而爲閒澹。「江城孤照日，山谷遠含風」，去非得之而爲渾雄。凡唐末、宋、元人，不皆學杜，其體則杜集咸備。元微之謂自詩人來，未有如子美者，要爲不易之論。至輕俊學流，時相詆駁，累亦坐斯，然益足見其大也。

〔一〕「失」下，内閣本、程本多「矣」字。

唐以澹名者，張、王、韋、孟四家。今讀其詩，曷嘗脱棄景物？孟如「日休采摭」三語，備極風華；曲江排律，綺繪有餘；王、韋五言，秀麗可挹。蓋詩富碩則格調易高，清空則體氣易弱，至於終篇洗削，尤不易言。惟杜《登梓州城樓》、《上漢中王》、《寄賀蘭二》、《收京》、《吾宗》、《征夫》、《可惜》、《有感》、《避地》、《悲秋》等作，通篇一字不粘帶景物，而雄峭沉著，句律天然。古今能爲澹者，僅見此老。世人率以雄麗掩之，余故特爲粘出。第肉少骨多，意深韻淺，故與盛唐稍别，而黄、陳一代尸祝矣。

杜詩正而能變，變而能化，化而不失本調，不失本調而兼得衆調，故絶不可及。國朝明卿得杜正，不得其變；獻吉得杜變，不得其化。

杜五言律，規模正大，格致沉深，而體勢飛動。自宋以來，學杜者但刻意沉深〔二〕，如枯株朽株，無復生意。惟獻吉於杜體勢最親，所恨者陶冶未融，刻削時露，且於正大沉深處，反欠工夫耳。至句語偶爾相犯，豈足爲疵？觀其安身立命可也。

杜五言律，自開元獨步至今；七言，則國朝入室分庭者，往往不乏。然就杜論，七言亦微減五言。

〔二〕「沉深」，江本、吴本作「深沉」。

論詩最忌穿鑿。「朝廷燒棧北，鼓角滿天東」，「燒」與「滿」氣勢相應，而元晦以爲「漏天」；「關山同一照，烏鵲自多驚」，「照」與「驚」偶儷相當，而用修以爲「一點」。二君非不知詩者，朱乃偶爾失忘，楊則好尚新僻。

唐人賦、興多而比少，惟杜時時有之，如「寒花隱亂草，宿鳥擇深枝」、「獨鶴歸何晚，昏鴉已滿林」之類。然杜所以勝諸家，殊不在此。後人穿鑿附會，動輒笑端。余嘗謂千家注杜，類五臣注《選》，皆俚儒荒陋者也。

劉文房「東風吴草緑，古木剡山深」、「野雪空齋掩，山風古殿開」，色相清空，中唐獨步。郎君胄「春色臨關盡，黄雲出塞多」、「河源飛鳥外，雪嶺大荒西」，句格雄麗，天寶餘音。然劉集佳製甚多，郎二韻外，無可録者。

司空曙「乍見翻疑夢，相悲各問年」，戴叔倫「一年將盡夜，萬里未歸人」，一則久別乍逢，一則客中除夜之絶唱也。李益「問姓驚初見，稱名憶舊容」，絶類司空；崔塗「亂山殘雪夜，孤燭異鄉人」，絶類戴作，皆可亞之。

嚴維「柳塘春水慢，花塢夕陽遲」，字與意俱合掌，宋人擊節佳句，何也？秦系「流水閒過院，春風與閉門」，小見幽楚，此外絶無足采。唐人謂勝劉長卿，時論不足憑如此。滄浪謂戎昱濫觴晚唐，亦未然。戴叔倫尤甚。

楊巨源「爐烟添柳重，宫漏出花遲」，語極精工，而氣復濃厚，置初、盛間，當無可辯。又「岧廊開鳳翼，水殿壓鰲身」，奇麗不減六朝。此君中唐格調最高，神情少減耳。

晚唐句，「日月光先到，山河勢盡來」，「樹色連關迥，河聲入海遥」，「水向昆明闊〔二〕，山通大夏深」，「朔色晴天北，河源落日東」，「樹勢飄秦遠，天形到岳低」，「大河冰徹塞，高岳雪連空」，「河勢崑崙遠，山形菡萏秋」，皆有盛唐餘韻。

沈、宋前，排律殊寡，惟駱賓王篇什獨盛。佳者，「二庭歸望斷，蓬轉俱行役」，「彭山折坂外，蜀地開天府」，皆流麗雄渾，獨步一時。

初唐四十韻惟杜審言，如《送李大夫作》，實自少陵家法，杜《八哀·李北海》云「次及吾家詩，慨慷嗣真作」是也。而注者懵然，可爲一笑。

賓王《幽縶書情》十八韻，精工儷密，極用事之妙。老杜多出此，如「地幽蠶室閉，門静雀羅開」、「日惯秦庭痛，誰憐楚奏哀」、「争緣非易辯，疑璧果難裁」、「覆盆徒望日，蟄户未驚雷」之類，皆少陵前所未有〔三〕。

《靈隱寺》詩，舊傳賓王續成。《卮言》謂詳其格調，自當屬宋，最爲得之。然《本事詩》但

〔二〕「水」，程本作「山」。
〔三〕「少陵」，江本無。

稱「樓觀滄海日，門聽浙江潮」二句爲駱，末云：「僧所贈句，乃一篇警策。」即餘皆宋作，甚明。「觀」、「聽」二字，自是垂拱作法。駱果爲僧，未可知也。

沈七言律，高華勝宋；宋五言排律，精碩過沈。

七言排律，唐人僅數篇，而施肩吾乃有百韻者，其詩必不能佳，然亦異矣。

沈、宋本自並驅，然沈視宋稍偏枯，宋視沈較縝密。沈製作亦不如宋之繁富。沈排律工者不過三數篇，宋則遍集中無不工者，且篇篇平正典重，贍麗精嚴。初學入門，所當熟習。右丞韻度過之，而典重不如；少陵閎大有加，而精嚴略遜。

延清排律，如《登粵王臺》、《虛氏村》、《禹穴》、《韶州清遠峽》、《法華寺》等篇，叙狀景物，皆極天下之工。且繁而不亂，綺而不冗，可與謝靈運游覽諸作並馳，古今排律絕唱也。

排律自工部、考功外，雲卿《酬蘇員外》、《塞北》，必簡《答蘇味道》，伯玉《白帝懷古》，玄宗《曉發蒲關》，太白《寄孟浩然》、《登揚州西靈塔》、《贈宋中丞》，嘉州《送郭仆射》，摩詰《玉霄宮主山莊》〔二〕、《送晁監》、《感化寺》、《悟真寺》，皆一代大手筆、正法眼，學者朝夕把玩可也。〔三〕

〔二〕「宫」，江本、吴本作「公」。

〔三〕按，此條程本與上作一條。

作排律先熟讀宋、駱、沈、杜諸篇，倣其布格措詞，則體裁平整，句調精嚴。益以摩詰之風神、太白之氣概。既奄有諸家，美善咸備，然後究極杜陵，擴之以閎大，濬之以沉深，鼓之以變化，排律之能事盡矣。

初、盛間五言古，陳子昂爲冠；七言短古、五言絶，王勃爲冠；長歌，駱賓王爲冠；五言律，杜審言爲冠；七言律，沈佺期爲冠；排律，宋之問爲冠。

初唐沈、宋外，蘇、李諸子，未見大篇。獨曲江諸作，含清拔於綺繪之中，寓神俊於莊嚴之内。如《度蒲關》、《登太行》、《和許給事》、《酬趙侍御》等作，同時燕、許稱大手，皆莫及也。

盛唐排律，杜外，右丞爲冠，太白次之。常侍篇什空濬，不及王、李之秀麗豪爽，而《信安王幕府》二十韻，典重整齊，精工贍逸，特爲高作，亦王、李所無也。

嘉州格調整嚴，音節宏亮，而集中排律甚希。襄陽時得大篇，清空雅淡，逸趣翩翩，然自是孟一家，學之必無精彩。

杜贈李，豪爽逸宕，便類青蓮，如「筆落驚風雨，詩成泣鬼神」等語，猶司馬子長作《相如傳》也。

杜《謁玄元皇帝廟》十四韻，雄麗奇偉，勢欲飛動，可與吴生畫手並絶古今。《岷山圖》詩，氣象筆力，皆迴不侔。君采、用修舍此取彼，何耶？

凡排律起句，極宜冠裳雄渾，不得作小家語。唐人可法者，盧照鄰：「地道巴陵北，天山弱水東。」駱賓王：「二庭歸望斷，萬里客心愁。」杜審言：「六位乾坤動，三微曆數遷。」沈佺期：「閶闔連雲起，岩廊拂霧開。」玄宗：「鐘鼓嚴更曙，山河野望通。」張説：「禮樂逢明主，韜鈐用老臣。」李白：「獨坐清天下，專征出海隅。」高適：「雲紀軒皇代，星高太白年。」此類最爲得體。

讀唐盛時排律，延清、摩詰等作，真如入萬花春谷，光景爛熳，令人應接不暇，賞玩忘歸。太白軒爽雄麗，如明堂黼黻，冠蓋輝皇，武庫甲兵，旌旗飛動。少陵變幻閎深，如陟崑崙，泛溟渤，千峰羅列，萬彙汪洋。

《品彙》中《排律補遺》一卷，如朱延齡「雨洗高秋」、張良器「河出雲光〔一〕」、陳翥「曲池晴望」、柴宿「日照華清」、徐敞「早寒青女」十數篇，雖無高絶處，而秀麗莊嚴，精工縝密，要非大曆後語，惜世次漫不可考。

唐大曆後，五七言律尚可接翅開元，惟排律大不兢。錢、劉以降，篇什雖盛，氣骨頓衰，景象

〔一〕「雲」，江本、吴本作「榮」。

既殊，音節亦寡。韓、白諸公，雖才力雄贍，漸流外道矣。

錢、劉諸子排律，雖時見天趣，然或句格偏枯，或音調孱弱。初唐鴻麗氣象，無復存者。獨楊巨源《聖壽無疆詞》十首，典贍精工，莊嚴律切，大有沈、宋風骨，第每篇不過六韻。要之中唐諸作，此最傑然。

楊又有長律四十韻，鴻贍典實，多得老杜句法，章法亦近，大曆後僅此一篇。

錢製作富而章法多乖，劉篇什鉅而句律時舛，盛之降而中也，二子實首倡之。間有一二若皇甫冉《送歸中丞》、司空曙《和常舍人》、韓翃《送王相公》、常衮《贈員將軍》、顧況《樂府》、戎昱《涇州》等作，整齊閎亮，稍協前規。

劉長卿「地遠心難達，天高謗易成」、顧況「六氣銅渾轉，三光玉律調」二作，頗整贍，近老杜句格。

大概中唐以後，稍厭精華，漸趣澹净，故五、七言律清空流暢，時有可觀。至排律亦倣此，則躓矣。排律自楊、盧以至王、李，靡不豐碩渾雄，蓋其體制應爾。惟老杜大篇，時作蒼古，然其材力異常，學問淵博，述情陳事，錯綜變化，轉自不窮。中唐無杜材力學問，欲以一二致語撑拄其間，庸詎可乎？

洪景盧云：「作詩至百韻，詞意既多，故有失於檢點者。如杜老《夔府詠懷》，前云『滿坐涕潺湲』，後又云『伏臘涕漣漣』。白公《寄元微之》云『無杯不共持』，又云『笑勸迂辛酒〔一〕』、『華樽逐勝移』、『觥飛白玉卮』、『飲訝券波遲』、『歸鞍酩酊馳』、『酡顔烏帽側』、『醉袖玉鞭垂』、『白醪供夜酌』、『嫌醒自啜醨』、『不飲長如醉』，一篇之中，説酒者十一句，皆不點檢之過也。」

按，洪説作排律及長篇者，最所當知。第言酒，雖數聯并用，駢比一處，自不妨。若前後相犯，即老杜所重字〔二〕，亦詩家所忌。白之十餘酒中語，尤不成章也。近王長公《哭李于鱗》詩至百二十韻，而檢之無此病。余《哭長公》詩數幾倍之，雖筆力遠不侔，乃勘點之功，亦靡敢自恕也。〔三〕

〔一〕「迂」，江本作「五」。

〔二〕「所重」，原本爲墨釘，據江本補。

〔三〕按，此條程本無。内閣本缺一葉，補「唐輕薄子彈摘人詩句」、「自宋有田莊牙人之説」二條，見後外編四。

詩藪内編五　近體中　七言

東越胡應麟著

七言律於五言律，猶七言古於五言古也。五言古御轡有程，步驟難展。至七言古，錯綜開闔，頓挫抑揚，而古風之變始極。五言律宫商甫協，節奏未舒。至七言律，暢達悠揚，紆徐委折，而近體之妙始窮。

七言古差易五言古，七言律顧難於五言律，何也？五言古意象渾融，非造詣深者難於湊泊；七言古體裁磊落，稍才情贍者輒易發舒。五言律規模簡重，即家數小者結構易工；七言律字句繁靡，縱才具宏者推敲難合。

楊用修取梁簡文、隋王績、温子昇、陳後主四章爲《七言律祖》，而中皆雜五言，體殊不合。余遍閱六朝，得庾子山「促柱調弦」、陳子良「我家吴會」二首，雖音節未甚諧，體實七言律也，而楊不及收。四詩載楊《千里面談》。又隋煬《江都樂》前一首尤近，楊亦未收。

七言律最難，迄唐世工不數人，人不數篇。初則必簡、雲卿、廷碩、巨山、延清、道濟，盛則新鄉、太原、南陽、渤海、駕部、司勳，中則錢、劉、韓、李、皇甫、司空，此外蔑矣。

唐古詩，如子昂之超，浩然之淡，如常建、儲光羲之幽，如韋應物之曠，皆卓然名家。近體尤勝。至七言律，遂無復佳者，由其材不近〔一〕。元和如劉禹錫，大中如杜牧之，才皆不下盛唐，而其詩迥別，故知氣運使然。雖韓之雄奇，柳之古雅，不能挽也。

七言律濫觴沈、宋，其時遠襲六朝，近沿四傑，故體裁明密，聲調高華，而神情興會，縟而未暢。「盧家少婦」，體格丰神，良稱獨步，惜頷頗偏枯，結非本色。崔顥《黄鶴》，歌行短章耳。太白生平不喜俳偶，崔詩適與契合。嚴氏因之，世遂附和，又不若近推沈作爲得也。

古詩之難，莫難於五言古；近體之難，莫難於七言律。五十六字之中，意若貫珠，言如合璧。其貫珠也，如夜光走盤，而不失迴旋曲折之妙；其合璧也，如玉匣有蓋，而絶無參差扭捏之痕。綦組錦繡，相鮮以爲色；宫商角徵，互合以成聲。思欲深厚有餘而不可失之晦，情欲纏綿不迫而不可失之流。肉不可使勝骨，而骨又不可太露；詞不可使勝氣，而氣又不可太揚。莊嚴則清廟明堂，沉著則萬鈞九鼎，高華則朗月繁星，雄大則泰山喬嶽，圓暢則流水行雲，變幻則淒風急雨。一篇之中，必數者兼備，乃稱全美，故名流哲匠，自古難之。

〔一〕「不近」，江本、吴本作「不逮」，内閣本、程本作「不近也」。

七言律，壯偉者易粗豪，和平者易卑弱，深厚者易晦澀，濃麗者易繁蕪。寓古雅於精工，發神奇於典則，鎔天然於百鍊，操獨得於千鈞。古今名家，罕有兼備此者。

初唐七言律縟靡，多謂應制使然，非也，時爲之耳。此後若《早朝》及王、岑、杜諸作，往往言宫掖事，而氣象神韻，迥自不同。

王、岑、高、李，世稱正鵠。嘉州詞勝意，句格壯麗而神韻未揚；常侍意勝詞，情致纏綿而筋骨不逮。王、李二家和平而不累氣，深厚而不傷格，濃麗而不乏情，幾於色相俱空，《風》《雅》備極，然制作不多，未足以盡其變；杜公才力既雄，涉獵復廣，用能窮極筆端，範圍今古，但變多正少，不善學者，類失粗豪。錢、劉以還，寥寥千載。國朝信陽、歷下、吴郡、武昌，恢擴前規，力追正始。大要八句之中，神情總會者，時苦微瑕；句語停匀者，不堪穎脱。故世遂謂七言律無第一，要之信不易矣。

七言律，對不屬則偏枯，太屬則板弱。二聯之中，必使極精切而極渾成，極工密而極古雅，極整嚴而極流動，乃爲上則。然二者理雖相成，體實相反，故古今文士難之。要之人力苟竭，天真必露，非蕩思八荒，游神萬古，功深百鍊，才具千鈞，不易語也。

余嘗謂：「七言律，如果位菩薩三十二相，百寶瓔珞，莊嚴妙麗，種種天然，而廣大神通，在在具足，乃爲最上一乘。」數語自覺曲盡，未審良工謂爲然否？

七言律，唐以老杜爲主，參之李頎之神、王維之秀、岑參之麗。明則仲默之和暢，于鱗之高華，明卿之沈雄，元美之博大，兼收時出，法盡此矣。

盛唐七言律稱王、李，王才甚藻秀而篇法多重。「絳幘雞人」，不免服色之譏；「春樹萬家」，亦多花木之累。「漢主離宮」、「洞門高閣」，和平閒麗而斤兩微劣。「居延城外」，甚有古意，與「盧家少婦」同而音節太促，語句傷直，非沈比也。李律僅七首，惟「物在人亡」不佳。「流澌臘月」極雄渾而不笨，「花宮仙梵」至工密而不纖，「遠公遁迹」之幽，「朝聞游子」之婉，皆可獨步千載。岑調穩於王，才豪於李，而諸作咸出其下，以神韻不及二君故也。即此推之，七言律法，思過半矣。

達夫歌行、五言律，極有氣骨。至七言律，雖和平婉厚，然已失盛唐雄贍，漸入中唐矣。中唐句若「曙色漸分雙闕下，漏聲遥在百花中」，晚唐句如「未央樹色春中見，長樂鐘聲月下聞」，即王、李得意，無以過也。第求其全篇，往往不稱。

詩至錢、劉，遂露中唐面目。錢才遠不及劉，然其詩尚有盛唐遺響。劉即自成中唐，與盛唐分道矣。

劉如「建牙吹角」一篇，即盛唐難之，然自是中唐詩。

唐七言律，自杜審言、沈佺期首創工密，至崔顥、李白時出古意，一變也。高、岑、王、李，風格大備，又一變也。杜陵雄深浩蕩，超忽縱横，又一變也。錢、劉稍爲流暢〔一〕，降而中唐，又一變也。大曆十才子，中唐體備，又一變也。樂天才具泛瀾，夢得骨力豪勁，在中晚間自爲一格，又一變也。張籍、王建略去葩藻，求取情實，漸入晚唐，又一變也〔二〕。李商隱、杜牧之填塞故實，皮日休、陸龜蒙馳騖新奇，又一變也。許渾、劉滄角獵俳偶，時作拗體，又一變也。至吴融、韓渥香奩脂粉，杜荀鶴、李山甫委巷叢談〔三〕，否道斯極，唐亦以亡矣。

初唐律體之妙者，杜審言《大餔應制》，沈雲卿《古意》、《興慶池》、《南莊》，李嶠《太平山亭》，蘇頲《安樂新宅》、《望春臺》、《紫薇省》，皆高華秀贍，第起結多不甚合耳。

盛唐王、李、杜外，崔顥《華陰》，李白《送賀監》，賈至《早朝》，岑參《和大明宫》、《西掖》，高適《送李少府》，祖詠《望薊門》，皆可兢爽。

中唐如錢起《和李員外寄郎士元》、皇甫曾《早朝》、李嘉祐《登閣》、司空曙《曉望》，皆去盛唐不遠。劉長卿《獻李相公》、《送耿拾遺》、《李録事》，韓翃《題仙慶觀》、《送王光輔》，郎士元《贈錢起》，楊巨源《和侯大夫》，武元衡《荆帥》，皆中唐妙倡。

〔一〕「爲」，程本作「有」。
〔二〕按，「又一變也」以下至「盧家少婦鬱金堂」條「同一詩人也然起」，原本缺葉，據江本補。
〔三〕「叢談」，内閣本、程本作「談叢」。

「家散萬金酬士死，身留一劍報君恩〔二〕」，李端、韓翃之先鞭；「漁陽老將多回席，魯國諸生半在門」，王建、張籍之鼻祖。獨結語絶得王維、李頎風調，起語亦自大體。

「盧家少婦鬱金堂，海燕雙棲玳瑁梁」，「誰謂含愁獨不見，更教明月照流黄」，同樂府語也，同一人詩也，然起句千古驪珠，結語幾成蛇足，何也？學者打徹此關，則青龍疏抄可盡火矣。

唐七言律起語之妙，自「盧家少婦」外，崔顥「岧嶢太華俯咸京，天外三峰削不成」，王維「漢主離宫接露臺，秦川一半夕陽開」，賈至「銀燭朝天紫陌長，禁城春色曉蒼蒼」，李白「鳳凰臺上鳳凰游，鳳去臺空江自流」，李頎「朝聞游子唱離歌，昨夜微霜初度河〔三〕」，杜甫「西北樓成雄楚都，遠開山岳散江湖」、「花近高樓傷客心，萬方多難此登臨」、「中天積翠玉臺遥，上帝郊居絳節朝」、「寺下春江深不流，山腰官閣迥添愁」、「萬里橋西一草堂，百花潭水即滄浪」、「兵戈不見老萊衣，嘆息人間萬事非」，皆冠裳宏麗，大家正脉可法。

對起則杜之「風急天高猿嘯哀，渚清沙白鳥飛回」，實爲妙絶。而岑參「雞鳴紫陌」、「柳嚲

〔二〕「報」，内閣本、程本、吴本作「答」。

〔三〕「昨」，原本、内閣本、程本作「乍」，據江本、吴本改。

鶯嬌」二起，工麗婉約，亦可諷詠。右丞多仄韻對起，無風韻，不足多效。蓋仄起宜五言，不宜七言也。

有起句妙而接句不稱者，「東望望春春可憐〔二〕」、「長安雪後似春歸」、「聞道長安似弈棋」、「建牙吹角不聞喧」是也。

中唐起句之妙，有不減盛唐者。如錢起「未央月曉度疏鍾，鳳輦時巡出九重」，皇甫曾「長安雪後見歸鴻，紫禁朝天拜舞同」，司空曙「迢遞山河擁帝京，參差宫殿接雲平」，皇甫冉「北人南去雪紛紛，雁叫汀洲不可聞」，韓翃「仙臺初見五城樓，風物凄凄宿雨收」，韓愈「南伐旋師太華東，天書夜到册元功」，韓渥「星斗疏明禁漏殘，紫泥封後獨憑欄」，皆氣雄調逸可觀。

崔署「漢文皇帝有高臺，此日登臨曙色開」，老杜「野老籬前江岸回，柴門不正逐江開」、「白帝城中雲出門，白帝城下雨翻盆」、「青娥皓齒在樓船，横笛短簫悲遠天〔三〕」、「霜黄碧梧白鶴棲，城上擊柝復烏啼」，岑參「滿樹枇杷冬著花，老僧相見具袈裟」，李頎「新加大邑綬仍黄，近與單

〔二〕「望春」，原本作「春望」，據内閣本、江本、程本、吴本改。
〔三〕「短」，程本作「吹」。

車去洛陽」，劉長卿「若爲天畔獨歸秦，對水看山欲暮春」，郎士元「石林精舍虎溪東，夜扣禪扉謁遠公」，杜牧「江涵秋影雁初飛，與客攜壺上翠微」，雖意稍疏野，亦自一種風致。

結句則杜審言「寄語洛城風日道，明年春色倍還人」，沈佺期「兩地江山萬餘里，何時重謁聖明君」，崔顥「日暮鄉關何處是，烟波江上使人愁」，王維「玉靶寶弓珠勒馬，漢家將賜霍嫖姚」，高適「聖代只今多雨露，暫時分手莫踟蹰」，岑參「莫向他鄉怨離別，知君到處有逢迎」，劉長卿「白馬翩翩春草緑，邵陵西去獵平原」，姚合「誰得似君將雨露，海東萬里洒扶桑」，大率唐人詩主神韻，不主氣格，故結句率弱者多。惟老杜不爾，如「醉把茱萸仔細看」之類，極爲深厚渾雄。然風格亦與盛唐稍異。間有濫觴宋人者，「出師未捷身先死」類是也。

唐五言律起句之妙者，「獨有宦游人，偏驚物候新」，「春氣滿林香，春游不可忘」，「八月湖水平，涵虚混太清」，「銀燭吐青烟，金樽對綺筵」，「柳暗百花明，春深五鳳城」，「萬壑樹參天，千山響杜鵑」，「風勁角弓鳴，將軍獵渭城」，「灞上柳枝黄，爐頭酒正香」，「犬吠水聲中，桃花帶雨濃」，「片雨過城頭，黄鸝上戍樓」，「駿馬似風飆，鳴鞭出渭橋」，「巫山十二峰，皆在碧空中」，或古雅，或幽奇，或精工，或典麗，各有所長，不必如七言也。

仄起高古者，「故鄉杳無際，日暮且孤征」，「士有不得志，栖栖吴楚間」，「人事有代謝，往來成古今」，「樓頭廣陵近，九月在南徐」，苦不多得。蓋初、盛多用工偶起，中、晚卑弱無足觀，覺杜陵爲勝。「嚴警當寒夜，前軍落大星」、「不識南塘路，今知第五橋」、「今夜鄜州月，閨中只獨看」、「帶甲滿天地，胡爲君遠行」、「吾宗老孫子，質朴古人風」、「韋曲花無賴，家家惱殺人」，皆雄深渾樸，意味無窮。然律以盛唐，則氣骨有餘，風韻少乏。惟「風林纖月落」、「花隱掖垣暮」絶工，亦盛唐所無也。

唐五言多對起，沈、宋、王、李，冠裳鴻整，初學法門，然未免繩削之拘。要其極至，無出老杜。如「國破山河在，城春草木深」、「戰哭多新鬼，愁吟獨老翁」、「冠冕通南極，文章落上臺」、「死去憑誰報，歸來始自憐」、「城晚通雲霧，亭深到芰荷」、「秋月仍圓夜，江村獨老身」、「四更山吐月，殘夜水明樓」、「江漢思歸客，乾坤一腐儒」、「路出雙林外，亭窺萬井中」、「滿目悲生事，因人作遠游」、「寺憶曾游處，橋憐再渡時」之類，對偶未嘗不精，而縱横變幻，盡越陳規，濃淡淺深，動奪天巧，百代而下，當無復繼。

結句之妙者，「玉關殊未入，少婦莫長嗟」、「今朝風日好，宜入未央游」、「君王多樂事，還與萬方同」、「升沉應已定，不必問君平」、「辭君向天姥，拂石卧秋霜」、「金吾不禁夜，玉漏莫相催」、「坐看霞色起，疑是赤城標」、「回看射雕處，千里暮雲平〔一〕」、「聖朝無闕事，自覺諫書稀」、

〔一〕「雕」，原本、内閣本、程本作「鵰」，據江本、吴本改。

「君王好長袖，新作舞衣寬」，杜則「明朝有封事，數問夜如何」、「經過自愛惜，取次莫論兵」、「親朋滿天地，兵甲少來書」、「安危大臣在，不必泪長流」、「萬里黄山北，園陵白露中」、「無由睹雄略，大樹日蕭蕭」。唐人五言律，對結者甚少，惟杜最多。「無家問消息，作客信乾坤」之類，即不盡如對起神境，而句格天然，故非餘子所辦，材富力雄故耳。

杜語太拙太粗者，人所共知。然亦有太巧類初唐者，若「委波金不定，照席綺逾依」之類；亦有太纖近晚唐者，「雨荒深院菊，霜倒半池蓮」之類。

杜《題桃樹》等篇，往往不可解，然人多知之，不足誤後生。惟中有太板者，如「思家步月清宵立，憶弟看雲白日眠」之類；有太凡者，「朝罷香烟携滿袖，詩成珠玉在揮毫」之類。若以其易而學之，爲患斯大，不得不拈出也。近體，盛唐至矣，充實輝光，種種備美，所少者曰大、曰化耳，故能事必老杜而後極。杜公諸作，真所謂正中有變，大而能化者。今其體調之正，規模之大，人所共知。惟變化二端，勘覈未徹，故自宋以來，學杜者什九失之。不知變主格，化主境，格易見，境難窺。變則標奇越險，不主故常；化則神動天隨，從心所欲。如五言詠物諸篇，七言吴體諸作，所謂變也。宋以後諸人，競相師襲者是，然化境殊不在此。

老杜字法之化者，如「吴楚東南坼，乾坤日夜浮」、「碧知湖外草，紅見海東雲」，「坼」、「浮」、「知」、「見」四字，皆盛唐所無也，然讀者但見其閎大而不覺其新奇。又如「孤嶂秦碑在，荒城魯殿餘」、「古墻猶竹色，虚閣自松聲」，「在」、「餘」、「猶」、「自」四字〔一〕，意極精深，詞極易簡，前人思慮不及，後學沾溉無窮，真化不可爲矣。句法之化者，「無風雲出塞，不夜月臨關」、「露從今夜白，月是故鄉明」、「江山有巴蜀，棟宇自齊梁」、「近泪無干土，低空有斷雲」之類，錯綜震蕩，不可端倪，而天造地設，盡謝斧鑿。篇法之化者，《春望》、《洞房》、《江漢》、《遣興》等作，意格皆與盛唐大異，日用不知，細味自別。

七言如「錦江春色來天地，玉壘浮雲變古今」，「織女機絲虚夜月，石鯨鱗甲動秋風」，「香稻啄餘鸚鵡粒，碧梧棲老鳳凰枝」，「聽猿實下三聲泪，奉使虚隨八月槎」，字中化境也；「無邊落木蕭蕭下，不盡長江衮衮來〔二〕」，「二儀清濁還高下，三伏炎蒸定有無」，「永夜角聲悲自語，中天月色好誰看」，「絶壁過雲開錦繡〔三〕，疏松隔水奏笙簧」，句中化境也；「昆明池水」、「風急天清」、「老去悲秋」、「霜黄碧梧」，篇中化境也。

盛唐句法渾涵，如兩漢之詩，不可以一字求。至老杜而後，句中有奇字爲眼，才有此句法，便不渾涵。昔人謂石之有眼爲研之一病，余亦謂句中有眼爲詩之一病。如「地坼江帆隱，天清

〔一〕「『在』、『餘』、『猶』、『自』」，原本無，據内閣本、吴本補。
〔二〕「衮衮」，江本、吴本作「滚滚」。
〔三〕「壁」，原本作「璧」，據江本、吴本改。

木葉聞」，故不如「地卑荒野大，天遠暮江遲」也；如「返照入江翻石壁，歸雲擁樹失山村」，故不如「藍水遠從千澗落，玉山高並兩峰寒」也。此最詩家三昧，具眼自能辯之。齊梁以至初唐，率用艷字爲眼。盛唐一洗，至杜乃有奇字。

老杜用字入化者，古今獨步。中有太奇巧處，然巧而不尖，奇而不詭，猶不失上乘。如「孤燈然客夢，寒杵搗鄉愁」，則尖矣；「流星透疏木，走月送行雲〔二〕」，則詭矣。

大概杜有三難，極盛難繼，首創難工，遘衰難挽。子建以至太白，詩家能事都盡，杜後起，集其大成，一也；排律近體，前人未備，伐山道源，爲百世師，二也；開元既往，大曆系興，砥柱其間，唐以復振，三也。

曰仙曰禪，皆詩中本色。惟儒生氣象，一毫不得著詩；儒者語言，一字不可入詩。而杜往往兼之，不傷格，不累情，故自難及。

杜七言律，通篇太拙者，「聞道雲安麴米春」之類〔三〕；太粗者，「堂前撲棗任西鄰」之類；太易者，「清江一曲抱村流」之類；太險者，「城尖徑仄旌旆愁」之類。杜則可，學杜則不可。

〔二〕「送」，内閣本、程本作「逆」。

〔三〕「麴」，原本作「麵」，據内閣本、江本、程本、吴本改。

李集贋者多，杜詩贋者極少。惟「酒渴愛江清」不類，是暢當作也。「道爲詩書重」稍近，然高仲武以爲杜誦，恐因同姓而訛。「虢國夫人」一首殊遠，張祜無疑。

「舜舉十六相，身尊道何高？秦時用商鞅，法令如牛毛。」「王侯與螻蟻，同盡隨丘墟。願聞第一義，回向心地初。」此等語，雖自是少陵句格，然識趣非漢以來詩人才子所及。

初唐體質濃厚，格調整齊，時有近拙近板處。盛唐氣象渾成，神韻軒舉，時有太實太繁處。中唐淘洗清空，寫送流亮，七言律至是，殆於無可指摘，而體格漸卑，氣韻日薄，衰態畢露矣。

盛唐膾炙佳什，如李頎：「朝聞游子唱離歌，昨夜微霜初度河。」景聯復云：「關城曙色催寒近，御苑砧聲向晚多。」「朝」、「曙」、「晚」、「暮」四字重用，惟其詩工，故讀之不覺。然一經點勘，即爲白璧之瑕，初學首所當戒。又如右丞《早朝》詩，絳幘、尚衣、冕旒、衮龍、珮聲，五用衣服字；《春望》詩，千門、上苑、雙闕、萬家、閣道，五用宮室字；《出塞》詩「暮雲空磧時驅馬」、「玉靶寶弓珠勒馬」，兩用「馬」字；《郴州》詩[一]，衡山、洞庭、三湘、夏口、湓城、長沙，六用地名。雖其詩神骨泠然，絶出烟火，要不免於冗雜。高、岑即無此等，而氣韻遠輸。兼斯二美，獨見杜陵。然百七十首中，利鈍雜陳，正變互出，後來沾溉者無窮，詿誤者亦不少。

[一]「郴」，原本作「柳」，據内閣本改。

高、岑明浄整齊，所乏遠韻；王、李精華秀朗，時覺小疵。學者步高、岑之格調，含王、李之風神，加以工部之雄深變幻，七言能事極矣。

盛唐有偶落晚唐者，如李頎《盧五舊居》、岑參《秋夕讀書》之類，不必護其所短，亦不得掩其所長。又王昌齡、孟浩然，俱有《題萬歲樓》作，而皆拙弱可笑，則以二君非七言律手也。

許渾《題潼關》五言，李頻《樂游原》七言，中四句居然盛唐，而起結晚唐面目盡露，余甚惜之。

老杜七言吴體，亦當時意興所到，盛唐諸公絶少。黄、陳偏欲法此，而不得其頓挫闔闢之妙，遂令輕薄子弟以學杜爲大戒。近獻吉亦坐此，然其才力雄捷，合作處尚可並馳。時尚風靡，熊士選、鄭繼之、殷近夫輩，七言遂無一篇平整，皆賢者之過也。

老杜七言律，全篇可法者，《紫宸殿》、《退朝》、《九日》、《登高》、《送韓十四》、《香積寺》、《玉臺觀》、《登樓》、《閣夜》、《崔氏莊》、《秋興》八篇，氣象雄蓋宇宙，法律細入毫芒，自是千秋鼻祖。異時微之、昌黎，並極推尊，而莫能追步。宋人一概棄置，惟元虞伯生、楊仲弘得少分。至近日諸公，始明此義。

初唐王、楊、盧、駱，盛唐王、孟、高、岑，雖品格差肩，亦微有上下。惟陳、杜、沈、宋，不易優劣。

晉稱袁、伏，宏以爲恥；魏稱邢、魏，收殊不平。伏誠非袁比，魏於邢，魯、衛之政耳。惟楊盈川云：「吾愧在盧前，恥居王後。」此語絶無謂，而後人不加考核，至今狐疑。《滕王閣序》神俊無前，六代體裁，幾於一變，即「畫棟」、「珠簾」四韻，亦唐人短歌之絶。五言諸律，靡不精工。楊《渾天》模仿《三都》，盧《五悲》趨步《九辯》，近體氣骨有餘，風華未極。賓王《武氏》一檄，足爲文人吐氣。諸排律沉雄富麗，沈、宋前鞭。以吾評，王爲最，駱次之，楊、盧次之。

唐應制諸首拔詩，宋之問三作外，餘皆未愜人意。如武平一「黃鶯未向林中囀，紅蕊先從殿裏開」，魏謨「八水寒光，千山霽色」，及劉太真輩，率凡語耳，而横被嗟賞。至場屋省題詩，竟三百年無一佳者，《文苑英華》中具載可見。就中傑出，無若錢起《湘靈》，然亦頗有科舉習氣。如「蒼梧來怨慕，白芷動芳馨」，與起他作殊不類。下此若李肱、李郢，益無譏矣。

又有最可笑者，楊汝士賦詩，自謂壓倒元、白。今所傳「文章舊價」、「桃李新陰」二語，雖事實稍切，風格絶無足采。全篇尤爲塵陋，謂元、白動色，大誣。

杜「風急天高」一章五十六字，如海底珊瑚，瘦勁難名，沉深莫測，而精光萬丈，力量萬鈞。通章章法、句法、字法，前無昔人，後無來學。微有説者，是杜詩，非唐詩耳。然此詩自當爲古今七言律第一，不必爲唐人七言律第一也。元人評此詩云：「一篇之内，句句皆奇；一句之中，字字皆奇。」亦似識者。

《黄鶴樓》、《鬱金堂》，皆順流直下，故世共推之。然二作興會識迢〔二〕，而體裁未密，丰神故美〔三〕，而結撰非艱。若「風急天高」，則一篇之中句句皆律，一句之中字字皆律，而實一意貫串，一氣呵成。驟讀之，首尾若未嘗有對者，胸腹若無意於對者；細繹之，則錙銖鈞兩，毫髮不差，而建瓴走坂之勢，如百川東注於尾閭之窟。至用句用字，又皆古今人必不敢道、決不能道者，真曠代之作也。然非初學士所當究心，亦匪淺識士所能共賞。

此篇結句似微弱者，第前六句既極飛揚震動，復作峭快，恐未合張弛之宜，或轉入别調，反更爲全首之累。只如此軟冷收之，而無限悲凉之意，溢於言外，似未爲不稱也。「昆明池水」，雖極精工，然前六句力量皆微減，一結奇甚，竟似有意凑砌而成，益見此超絶云。

《蚤朝》四詩，妙絶今古。賈舍人起結宏響，其工語在「千條弱柳」一聯，第非作者所難也。工部詩全首輕揚，較他篇沉著渾雄，如出二手。「朝罷香烟」句，王道思大譏之，然是和舍人「衣冠身惹御爐香」意耳。賈此句，顧華玉亦有近拙之評。王、岑二作俱神妙，間未易優劣。昔人謂王服色太多，余以他句猶可，至「冕旒」、「龍衮」之犯，斷不能爲詞。嘉州較似工密，乃「曙

〔二〕「識迢」，内閣本、程本作「誠超」，江本、吴本作「適超」。

〔三〕「故」，程本作「固」。

光」、「曉鐘」，亦覺微類。又「春」字兩見篇中，則二君之作，尚匪絶瑕之璧也。於戲，不易哉！〔二〕

細校王、岑二作，岑通章八句，皆精工整密，字字天成。景聯絢爛鮮明，蚤朝意宛然在目〔三〕。獨頷聯雖絶壯麗，而氣勢迫促，遂致全篇音韻微乖。不爾，當爲唐七言律冠矣。王起語意偏，不若岑之大體；結語思窘，不若岑之自然；景聯甚活，終未若岑之駢切。獨頷聯高華博大，而冠冕和平，前後映帶，遂令全首改色，稱最當時。大概二詩力量相等，岑以格勝，王以調勝；岑以篇勝，王以句勝；岑極精嚴縝匝，王較寬裕悠揚。令上官昭容坐昆明殿，窮歲月較之，未易墜其一也。

杜七言句壯而闊大者：「二儀清濁還高下，三伏炎蒸定有無。」壯而高拔者：「藍水遠從千澗落，玉山高並兩峰寒。」壯而豪宕者：「五更鼓角聲悲壯，三峽星河影動摇。」壯而沉婉者：「三年笛裏關山月，萬國兵前草木風。」壯而飛動者：「含風翠壁孤雲細，背日丹楓萬木稠。」壯而整嚴者：「江間波浪兼天涌，塞上風雲接地陰。」壯而典碩者：「紫氣關臨天地闊，黄金臺貯

〔二〕按，此條及下條，内閣本、程本在「杜風急天高一章」前。

〔三〕「宛」，原本作「婉」，據内閣本、程本改。

俊賢多。」壯而穠麗者：「香飄合殿春風轉，花覆千官淑景移。」壯而奇峭者：「窗含西嶺千秋雪，門泊東吴萬里船。」壯而精深者：「織女機絲虚夜月，石鯨鱗甲動秋風。」壯而瘦勁者：「萬里悲秋常作客，百年多病獨登臺。」壯而古淡者：「百年地僻柴門迥，五月江深草閣寒。」壯而感愴者：「錦江春色來天地，玉壘浮雲變古今。」壯而悲哀者：「雪嶺獨看西日落，劍門猶阻北人來。」結語之壯者：「關塞極天惟鳥道，江湖滿地一漁翁。」疊語之壯者：「高江急峽雷霆鬥，古木蒼藤日月昏。」拗字之壯者：「側身天地更懷古，回首風塵甘息機。」雙字之壯者：「江天漠漠鳥雙去，風雨時時龍一吟。」凡以上諸句，古今作者無出範圍也。

詩最貴麗，而麗非金玉錦繡也。晏同叔以「笙歌院落」爲三昧，固高出至寶丹一等，然「梨花院落」，又待入小石調矣。麗語必格高氣逸，韻遠思深，乃爲上乘。

宋人謂「老覺金腰重，慵便玉枕涼」爲乞兒語，而以「樓臺側畔楊花過，簾幙中間燕子飛」爲富貴詩，至今無道破者。不知此特詩餘聲口，景象略存，意味何在？杜集得一聯云：「落花游絲白日静，鳴鳩乳燕青春深。」穠麗雋永，頓自不侔。至「香飄合殿」十四字，天然富貴。楊花燕子，又不免作乞兒矣。

國朝一名公云：「蘇頲之『輕花落觴』，豈不如羅隱之『天地同力』？岑參之『柳拂旍露』，豈不如韋莊之『萬古坤靈』？」是固大言虚喝之鍼砭。然「飛花落觴」之前，即「下見南山」、「平臨北斗」之句也；「柳拂旍露」之前，即「曉鍾萬户」、「仙仗千官」之句也。如四語者，亦可難以前説乎？且蘇詩非前有「南山」、「北斗」，則「飛花落觴」何殊六代？岑詩非前有「萬户曉鍾」，則「柳拂旍露」，曷異初唐？李獻吉云：「闊大者半必細。」二詩妙處正阿堵中，豈可獨舉一隅耶？然此亦就二詩論耳，如欲以弱調爲七言，則斷斷未諭也。

七言律最宜偉麗，又最忌粗豪，中間毫末千里，乃近體中一大關節，不可不知。今粗舉易見者數聯於後。宋人《吴江長橋觀月》詩，鄭毅夫云：「插天螮蝀玉腰闊，跨海鯨鯢金背高。」楊公濟云：「八十丈虹晴卧影，一千頃玉碧無瑕。」蘇子美云：「雲頭灔灔開金餅，水面沉沉卧彩虹。」三聯世所共稱。歐陽獨取蘇句，而謂二子粗豪，良是。然蘇句苦斤兩稍輕，不若子瞻「令嚴鍾鼓三更月，野宿貔貅萬竈烟」，自稱偉麗，蓋庶幾焉。又不若老杜「三年笛裏關山月，萬國兵前草木風」，以和平端雅之調，寓憤鬱悽惋之思，古今言壯句者難及此也。

趙嘏：「一千里色中秋月，十萬軍聲半夜潮。」唐人稱壯，而蘇以爲寒儉。楊蟠：「八十丈虹晴卧影，一千頃玉碧無瑕。」宋人推壯，而歐以爲粗豪。二公雖此道未徹，此等議論自具眼。然粗豪易見，寒儉難知，學者細思之。

宋藝祖「未離海底千山黑，纔到天中萬國明」，可謂宏爽，而意致淺俗，不足語詩。宣和帝「日射晚霞金世界，月臨天宇玉乾坤」，大似鮮華，而村陋逼人，去詩愈遠。合上八聯參之，璞鼠石燕，瑊玞和璧辯矣。藝祖亦題月，諸聯皆取談月者〔一〕。

蘇長公詩無所解，獨二語絶得三昧，曰：「作詩必此詩，定知非詩人。」蓋詩惟詠物不可汗漫〔二〕，至於登臨、燕集、寄憶、贈送，惟以神韻爲主〔三〕，使句格可傳，乃爲上乘。今於登臨則必名其泉石，燕集則必紀其園林，寄贈則必傳其姓字〔四〕，真所謂田莊牙人、點鬼簿、粘皮骨者，漢唐人何嘗如此？最詩家下乘小道，即一二大家有之，亦偶然耳，可爲法乎？

崔顥《黄鶴樓》，李白《鳳凰臺》，但略點題面，未嘗題黄鶴、鳳凰也。杜贈李但云庾開府、鮑參軍、陰子堅，未嘗遠引李陵，近攀李嶠也。二謝題戲馬臺，則並題面不拈，但寫所見之景。故古人之作，往往神韻超然，絶去斧鑿。宋元雖好用事，亦間有一二，未若近世之拘。

「清暉能娱人，游子澹忘歸」，凡登覽皆可用；「微雲淡河漢，疏雨滴梧桐」，凡燕集皆可書。「海日生殘夜，江春入舊年」，北固之名奚與？「天闕象緯逼」、「雲卧衣裳冷」，奉先之義奚存？而皆妙絶千古，則詩之所尚可知。今題金山而必曰金玉之金，詠赤城而必云赤白之赤，皆逐末

〔一〕「談」，江本、吴本作「詠」。
〔二〕「漫」，原本作「浸」，據内閣本、江本、程本、吴本改。
〔三〕「主」，程本作「上」。
〔四〕「字」，江本、吴本作「氏」。

忘本之過也。[二]

權龍褒《夏日》詩：「嚴霜白皓皓，明月赤團團。」誠可笑也。然自是其語可笑，非以不切故。使秋夜得此一聯，將遂謂佳句乎？如孟浩然「微雲淡河漢，疏雨滴梧桐」二語，本秋夜景，即夏日得此一聯，將不謂佳句乎？後世評詩者，謂吾不切則可，謂之不工不可。工而不切，何害其工？切而不工，何取於切？余夙持此論，俟大雅折衷之。

昔人云：「寧爲有瑕玉，不作無瑕石。」此猶落第二義。夫三身之論一源，九方之相千里，耳目口鼻，咸可相通，驪黄牝牡，悉置亡問。吾所知者上乘之禪、天下之馬耳已，有瑕無瑕云乎哉？噫！未易爲拘拘者道也。

杜《題柏》：「霜皮溜雨四十圍，黛色參天二千尺。」説者謂太細長，誠細長也，如句格之壯何？《題竹》：「雨洗娟娟凈，風吹細細香。」説者謂竹無香，誠無香也，如風調之美何？宋人《詠蟹》：「滿腹紅膏肥似髓，貯盤青殼大於杯。」《荔枝》：「甘露落來雞子大，曉風吹作水晶團。」非不酷肖，畢竟妍醜何如？詩固有以切工者，不傷格，不貶調，乃可。

詠物著題，亦自無嫌於切。第單欲其切，易易耳。不切而切，切而不覺其切，此一關前人不

[二] 按，此條後内閣本鈔補一葉，「唐以詩賦聲律取士」至「毋得因循」，見外編三。

輕拈破也。

漢唐以後談詩者，吾於宋嚴羽卿得一「悟」字，於明李獻吉得一「法」字，皆千古詞場大關鍵。第二者不可偏廢。法而不悟，如小僧縛律；悟不由法，外道野狐耳。

作詩大要，不過二端，體格聲調，興象風神而已。體格聲調有則可循，興象風神無方可執。故作者但求體正格高，聲雄調鬯，積習之久，矜持盡化，形迹俱融，興象風神，自爾超邁。譬則鏡花水月，體格聲調[一]，水與鏡也；興象風神，月與花也。必水澄鏡朗，然後花月婉然。詎容昏鑒濁流，求睹二者？故法所當先，而悟弗容强也。

何仲默謂：「富於材積，使神情領會，天機自流，臨景結構，不傍形迹。」此論直指真源，最爲喫緊，於往代作家大旨，初無異同。「舍筏」之云，以獻吉多擬則前人陳句，欲其一切舍去，蓋芻狗糟粕之謂，非規矩謂也。獻吉不忿，拈起「法」字降之。學者但讀獻吉書，遂以舍筏爲廢法，與何規李本意全無關涉，細繹仲默書自明。

劉昭禹云：「五言律如四十賢人，著一屠沽不得。」王長公云：「七言律如凌雲臺材木，必銖兩悉配乃可。」二譬絶類銖兩，語尤精密，習近體者當細參。

[一] 「體」，原本作「覺」，據内閣本、江本、程本、吴本改。

李駁何云：「七言律若可剪二字，言何必七也？」此論不起於李，前人三令五申久矣。顧詩家肯綮，全不係此。作詩大法，惟在格律精嚴，詞調穩愜。使句意高遠，縱字字可剪，何害其工？骨體卑陬，雖一字莫移，何補其拙？如老杜「風急天高」，乃唐七言律第一首。今以此例之，即八句無不可剪作五言者。又如「江間波浪兼天涌，塞上風雲接地陰」、「五更鼓角聲悲壯，三峽星河影動摇」等句，上二字皆可剪。亦皆杜句最高者，曷嘗坐此減價？又如王維「漠漠水田飛白鷺，陰陰夏木囀黄鸝」，李嘉祐剪爲「水田飛白鷺，夏木囀黄鸝」；「九天閶闔開宫殿，萬國衣冠拜冕旒」，老杜剪爲「閶闔開黄道，衣冠拜紫宸」，何害王句之工？即如宋人「爲看竹因來野寺，獨行春偶過溪橋」，上下粘帶，不可動摇，而醜拙愈甚。自詩家有此論，舉世無不謂然。甚矣，獨見之寡也！

唐人知貢舉詩：「梧桐葉落滿庭陰，鎖閉朱門試院深。曾是當年辛苦地，不將今日負初心。」當時無名子削爲五言以譏之。後人主前説者，輒引作話柄。不知此等詩即上二字不可剪，亦成何語言？舉一廢百，可乎？

何仲默云：「詩文有中正之則，不及者與及而過焉者，均謂之不至。」至哉言也！然有以用工過而得者，有以用功過而失者。老杜《題雁》：「欲雪違胡地，先花别楚雲。」既改云：「見花辭漲海，避雪到羅浮。」愈思愈精。魯直《題小兒》云：「學語春鶯囀，書窗秋雁斜。」尚不失晚唐，既改云「學語囀春鳥，塗窗行暮鴉〔一〕」，雖骨力稍蒼，而風神頓失，可謂愈工愈拙。舉此二例，他可盡推。

杜「桃花欲共楊花語」，後改爲「細逐楊花落」，亦改者勝。然不可據此爲案。如李獻吉少時《題十六夜月》云：「清虧桂闕一分影，寒落江門幾尺潮。」精絶之甚。晚年用意，乃大不及前，即仲默所謂過也。

嚴羽卿云：「詩有别才，非關書也；詩有别趣，非關理也。」十六字在詩家，即唐虞「精一」語不過。惟杜老難以此拘。其詩錯陳萬卷亡論，至説理如「寂寂春將晚，欣欣物自私」之類，每被儒生家引作話柄。然亦杜能之，後人蹈此，立見敗缺，益知嚴語當服膺。

律詩全在音節，格調風神盡具音節中。李、何相駁書，大半論此。所謂俊亮沉著、金石鞞鐸等喻，皆是物也。

七言律，開元之後，便到嘉靖。雖圭角巉巖，鋩穎峭厲，視唐人性情風致，尚自不侔。而碩大高華，精深奇逸，人驅上駟，家握連城，名篇傑作，布滿區寓。古今七言律之盛，極於此矣。

〔一〕「鴉」，原本作「雅」，據内閣本、江本、程本、吴本改。

王次公云：「杜陵後能爲其調而真足追配者，獻吉、于鱗二家而已。」然獻吉於杜得其變，不得其正，故間涉於粗豪；于鱗於杜得其正，不得其變，故時困於重複。若製作弘多，體格周備，竟當屬之弇州。

王維氣極雍容而不弱，李頎詞極秀麗而不纖，此二君千古絶技。大曆後，風格曠廢，至明乃一振之。

國朝仲默類王，整密過之，而閒遠自得弗如；于鱗類李，雄峭逾之，而神秀天然少讓。至於精華鴻麗，政自相當。數百年來直接二君，無出二君也。

國朝學杜，若袁景文、鄭繼之、熊士選，其表表者。要之所得聲音相貌耳，又皆變調。惟李觀察得其風神，王太常得其骨幹，汪司馬得其氣格，吴參知得其體裁。李之高華，王之沉實，汪之整健，吴之雄深，皆杜正脉法門，學者所當服習也。

世謂摩詰好用他人詩，如「漠漠水田飛白鷺」，乃李嘉祐語，此極可笑。摩詰盛唐，嘉祐中唐，安得前人預偷來者？此正嘉祐用摩詰詩。宋人習見摩詰，偶讀《嘉祐集》得此，便爲奇貨，訛謬相承，亡復辯訂。千秋之下，賴予雪冤，摩詰有靈，定當吐氣。

老杜好句中疊用字，惟「落花流絲」妙絶。此外，如「高江急峽」、「小院回廊」，皆排比無關妙處。又如「桃花細逐楊花落」、「便下襄陽向洛陽」之類，頗令人厭。唐人絶少述者，而宋世黄、陳兢相祖襲，國朝獻吉病亦坐斯。嘉、隆一洗此類，並諸拗澀變體，而獨取其雄壯闊大句語爲法，而後杜之骨力風格始見，真善學下惠者。

嘉、隆學杜善矣，而猶未盡。「遷轉五州防禦使，起居八坐太夫人」，本常語而一時模尚，遂令大夫使者，填塞奚囊；太尉中丞，類被差遣。至「不佞扶風漢大藩」之類，亦後學之前車也。〔二〕

〔二〕按，内閣本此條後鈔補兩條：

獻吉爲杜歌行，周昉之圖趙縱也；爲杜近體，王朗之學華歆也。

嘉、隆七言律，不專學杜，然其規模體段，陶鑄此老，爲（按，以下缺。）

詩藪内編六　近體下　絶句

東越胡應麟著

五七言絶句，蓋五言短古、七言短歌之變也。五言短古，雜見漢魏詩中，不可勝數，唐人絶體，實所從來。七言短歌，始於《垓下》。梁、陳以降，作者坌然。第四句之中，二韻互叶，轉換既迫，音調未舒。至唐諸子一變，而律吕鏗鏘，句格穩順。語半於近體，而意味深長過之；節促於歌行，而詠嘆悠永倍之，遂爲百代不易之體。

絶句之義，迄無定説，謂截近體首尾或中二聯者，恐不足憑。五言絶起兩京，其時未有五言律；七言絶起四傑，其時未有七言律也。但六朝短古概目歌行〔一〕，至唐方曰絶句。又五言律在七言絶前，故先律後絶耳。

漢詩載古絶句四首，當時規格草創，安得此稱？蓋歌謡之類，編集者冠以唐題。「步出城東門，遥望江南路。前日風雪中，故人從此去。」截漢人前四句。「自君之出矣，明

〔一〕「目」，江本、吴本作「曰」。

鏡暗不治。思君如流水，無有窮已時。」截魏人中四句。然則，絶謂之截亦可，但不可專指近體，要之非正論也。

漢樂府雜詩，自《郊祀》、《鐃歌》、李陵、蘇武外，大率里巷風謡，如上古《擊壤》、《南山》，矢口成言，絶無文飾，故渾朴真至，獨擅古今。自曹氏父子以文章自命，賓僚綴屬，雲集建安。然薦紳之體，既異民間；擬議之詞，又乖天造。華藻既盛，真朴漸漓。晉潘、陸興，變而俳偶，西京格制，實始蕩然。獨五言短什，雜出閭閻閨閣之口，句格音響，尚有漢風。若《子夜》、《前溪》、《歡聞》、《團扇》等作，雖語極淫靡，而調存古質。至其用意之工，傳情之婉，有唐人竭精殫力不能追步者。余嘗謂《相和》諸歌後，惟《清商》等絶差可繼之。若曰流曼不節，風雅罪人，則端冕之談，非所施於文事也。

清商曲不專晉人，必雜有漢魏之詞。如：「黄鵠參天飛，半道鬱徘徊。腹中車輪轉，君知思憶誰。」決非東京後語。至後三首，則淺弱無味，蓋宋、齊文士擬作，又晉所不爲矣。凡漢魏、六朝詩，眼目分明，咸自歷歷，間有亂真，亦千百之一耳。

《來羅曲》：「君子防未然，莫近嫌疑邊。瓜田不躡履，李下不正冠〔二〕。」即《君子行》前半

〔二〕「不」，原本無，據江本、程本、吴本補。

首,唐樂府删節,律詩蓋出此。

《西洲曲》,《樂府》作一篇,實絶句八章也。每章首尾相銜,貫串爲一,體制甚新,語亦工絶。如:「鴻飛滿西洲,望郎上青樓。樓高望不見,盡日闌干頭。」「海水緑悠悠,君愁我亦愁。南風知我意,吹夢到西洲。」全類唐人。

《品彙》謂《挾瑟歌》、《烏棲曲》、《怨詩行》爲絶句之祖。余考《烏棲曲》四篇,篇用二韻,正項王《垓下》格。唐人亦多學此,如李長吉「楊花撲帳春雲熱」之類。江總《怨詩》,卒章俱作對結,非絶句正體也。惟《挾瑟》一歌,雖音律未諧,而體裁實協。唐絶咸所自來,然六朝殊少繼者〔二〕。

唐初五言絶,子安諸作已入妙境。七言初變梁、陳,音律未諧,韻度尚乏。惟杜審言《度湘江》、《贈蘇綰》二首,結皆作對,而工致天然,風味可掬。至張説「巴陵」之什,王翰《出塞》之吟,句格成就,漸入盛唐矣。

簡文《烏棲曲》四首,奇麗精工,齊梁短古,當爲絶唱。如「郎今欲度畏風波」,太白《横江詞》全出此;「可憐今夜宿娼家」,子安《臨高臺》全用此。至「北斗横天月將落,朱唇玉面燈前

〔二〕按,此下江本、吴本多「俟考」。

出」，語特高妙，非當時纖詞比。餘人兢擬皆不逮，惟江總「桃花春水木蘭橈」一首，差可繼之。

齊、梁並倡靡麗之軌，然齊尚有晉、宋風，間作唐短古耳。至律絶諸體，實梁世諸人兆端。簡文《春别》詩，「桃紅李白」、「别觀葡萄」，及《題雁》「天霜河白」三首，皆七言絶也。王筠元倡「銜悲掩涕」一首亦同。湘東：「日暮徙倚渭橋西，正見浮雲與月齊。若使月光無遠近，應照離人今夜啼。」意度尤近，但平仄多同，粘帶時失耳。《挾瑟歌》，北齊魏收作，亦相先後。則七言絶體緣起，斷自梁朝，無可疑也[一]。

齊湯惠休《秋思行》云：「秋寒依依風過河，白露蕭蕭洞庭波。思君末光光已滅，渺渺悲望如思何。」梁以前近七言絶體，僅此一篇，而未成就。

庾子山《代人傷往》三首，近絶體而調殊不諧，語亦未暢。惟隋末無名氏：「楊柳青青著地垂，楊花漫漫攪天飛。柳條折盡花飛盡，借問行人歸不歸？」至此，七言絶句音律始字字諧合，其語亦甚有唐味。右丞「春草年年緑，王孫歸不歸」祖之。

「白雪紛紛何所似」，七言三句體所自始也。岑之敬「明月二八照花新」實祖此，謂岑作始者誤。

[一] 此下江本、吴本多「俟考」。

《易水》，二句爲一絶者；《大風》，三句爲一絶者。六朝尚多此體。

楊用修云：「唐樂府本自古詩而意反近，絶句本自近體而意反遠。蓋唐人偏長獨至，而後人力追莫嗣者也。擅場則王江寧，偏至則李彰明，羽翼則劉中山，遺響則杜樊川。少陵雖號大家，不能兼美。近世愛忘其醜者，並取效之，過矣。」用修生平論詩，惟此精確。近世學杜，謂獻吉也，然獻吉間有杜耳，多作盛唐。

唐五言絶體最古。漢如「藁砧今何在」、「枯魚過河泣」、「南山一桂樹」、「日暮秋雲陰」、「兔絲隨長風」，皆唐絶也。六朝篇什最繁，唐人多有此體，至太白、右丞，始自成家。

太白五七言絶，字字神境，篇篇神物。于鱗謂即太白不自知所以至也，斯言得之。

摩詰五言絶，窮幽極玄；少伯七言絶，超凡入聖，俱神品也。

五言絶二途：摩詰之幽玄，太白之超逸。子美於絶句無所解，不必法也。

五七言律，晚唐尚有一聯半首可入盛唐。至絶句，則晚唐諸人愈工愈遠，視盛唐不啻異代。非苦心自得，難領斯言。

「黄雀銜黄花，飛上金井欄。美人恐驚去，不敢卷簾看。」晚唐郭氏奴作，殊有古意，與盛唐「打起黄鶯兒」同。

晚唐絶，如「清江一曲柳千條」，真是神品。然置之王、李二集，便覺短氣。「一將功成萬骨枯」，是疏語；「可憐無定河邊骨」，是詞語。少時皆劇賞之，近始悟前之失。

「數聲風笛離亭晚，君向瀟湘我向秦」、「日暮酒醒人已遠，滿天風雨下西樓」，豈不一唱三嘆，而氣韻衰颯殊甚。「渭城朝雨」，自是口語，而千載如新。此論盛唐、晚唐三昧。

「公道世間惟白髮，貴人頭上不曾饒」，「年年點檢人間事，只有春風不世情」，「世間甲子須臾事，逢著仙人莫看棋」，「雖然萬里連雲際，争似堯階三尺高」，「坑灰未冷山東亂，劉項元來不讀書」，皆僅去張打油一間，而當時盛傳以爲工，後世亦亟稱之，此詩所以難言。

「明月自來還自去，更無人倚玉欄杆」，「解釋東風無限恨，沈香亭北倚闌干」，崔魯、李白同詠玉環事，崔則意極精工，李則語由信筆。然不堪並論者，直是氣象不同。

杜陵、太白七言律絶，獨步詞場。然杜陵律多險拗，太白絶間率露，大家故宜有此。若神韻干雲，絶無烟火，深衷隱厚，妙協簫韶，李頎、王昌齡，故是千秋絶調。

古人作詩，各成己調，未嘗互相師襲，以太白之才就聲律，即不能爲杜，何至遽減嘉州？以少陵之才攻絶句，即不能爲李，詎謂不若摩詰？彼自有不可磨滅者，毋事更屑屑也。

仲默不甚攻絶句，獻吉兼師李、杜及盛唐諸家，雖才力絶人而調頗總駁。惟于鱗一以太白、龍標爲主，故其風神高邁，直接盛唐，而五言絶寥寥，如出二手，信兼美之難也。張助父太和七十絶，足可于鱗並驅。

詩至五言絶，語極寂寥，而獻吉豪宕縱横，往往有拔山力。至弇州諸作，牢籠百態，窮極萬變。於二十字間，兩公才氣，幾於頡頏太白，惟右丞一派尚覺寥寥。

唐五言絶，得右丞意者，惟韋蘇州，然亦有中、盛别。

中唐絶，如劉長卿、韓翃、李益、劉禹錫，尚多可諷詠。晚唐則李義山、温庭筠、杜牧、許渾、鄭谷，然途軌紛出，漸入宋元。多岐亡羊，信哉！

初唐絶，「蒲桃美酒」爲冠；盛唐絶，「渭城朝雨」爲冠；中唐絶，「迴雁峰前」爲冠；晚唐絶，「清江一曲」爲冠。「秦時明月」，在少伯自爲常調，用修以諸家不選，故《唐絶增奇》首録之，所謂前人遺珠，兹則掇拾。于鱗不察而和之，非定論也。

樂府《水調歌頭》五叠，《伊州歌》三叠，皆韻格高遠，是盛唐諸公得意作，惜名姓不可深考。

盧弼《邊庭四時詞》，語意新奇，韻格超絶。《品彙》云時代不可考，余謂此盛唐高手無疑。「野曠天低樹，江清月近人」，神韻無倫；「天勢圍平野，河流入斷山」，雄渾絶出。然皆未成律詩，非絶體也。

對結者須意盡，如王之涣「欲窮千里目，更上一層樓」，高達夫「故鄉今夜思千里，霜鬢明朝又一年」，添著一語不得，乃可。

王涯、張仲素、令狐楚三舍人合詩一卷，五言絶多可觀〔一〕，在中晚自爲一格。

謂七言律難於五言律，是也；謂五言絶難於七言絶，則亦未然。五言絶調易古，七言絶調易卑；五言絶即拙匠易於掩瑕，七言絶雖高手難於中的。

五言絶尚真切，質多勝文；七言絶尚高華，文多勝質。五言絶昉於兩漢，七言絶起自六朝，源流迥别，體制自殊。至意當含（畜）〔蓄〕，語務舂容，則二者一律也。

王無功：「眼看人盡醉，何忍獨爲醒。」駱賓王：「昔時人已没，今日水猶寒。」初唐絶句精巧，猶是六朝餘習，然調不甚古，初學慎之。

唐樂府所歌絶句，多節取名士篇什，如「開篋泪沾臆」，乃高適五言古首四句。又有載律詩半首者，如《睦州歌》取王維「太乙近天都」後半首，《長命女》取岑參「雲送關西雨」前半首，與題面全不相涉，豈但取其聲調耶？

唐妓女多習歌一時名士詩，如《集異記》載高適、二王酒樓事，又一女子能歌白《長恨》，遂索值百萬是也。劉采春所歌「清江一曲柳千條」，是禹錫詩，楊用修以置神品。又五言六絶中四首工甚，非晚唐調，蓋亦諸名士作，惜其人不可考，今係采春，非也。

〔一〕「五言絶」，内閣本、程本作「五七言絶」。

五言絶句始自二京，魏人間作，而極盛於晉、宋間。如《子夜》、《前溪》之類，縱横妙境，唐人模仿甚繁，然皆樂府體，非唐絶也。其間格調音響，有酷類唐絶者，漫彙於左方。陸凱：「折梅逢驛使，寄與隴頭人。江南無所有，聊贈一枝春。」鮑照：「白日照前窗，玲瓏綺羅中。美人掩輕扇，含思歌春風。」鮑令暉[一]：「桂吐三五枝，蘭開四五葉。是時君不歸，春風徒笑妾。」陶貞白：「山中何所有，所有惟白雲。只可自怡悦，不堪持贈君。」劉瑗：「仙宫寒漏夕，露出玉簾鈎。清光無所贈，相憶鳳凰樓。」劉孝綽：「金鈿已照耀，白日復蹉跎。欲待黄昏後，含嬌淺度河[二]。」范静妻：「蚕信丹青巧，重貨洛陽師。千金買蟬鬢，百萬寫蛾眉。」陳後主：「午醉醒來晚，無人夢自驚。夕陽如有意，偏傍小窗明。」江總：「心逐南雲逝，身隨北雁來。故鄉籬下菊，今日幾花開。」隋煬：「點點愁侵骨，綿綿病欲成。欲知潘岳鬢，强半爲多情。」孔紹安《石榴》：「可惜庭中樹，移根逐漢臣。只爲來時晚，開花不及春。」侯夫人：「欲泣不成泪，悲來翻自歌。庭花方爛漫，無計奈春何。」無名氏：「愁人夜獨長，滅燭卧空房。祇恐多情月，旋來照妾床」之類，皆唐絶無異。

[一]「暉」，原本作「揮」，據内閣本、江本、程本、吴本改。
[二]「淺度」，江本作「淺渡」，吴本作「渡淺」。

唐五言絶，初、盛前多作樂府，然初唐只是陳、隋遺響，開元以後，句格方超。如崔國輔《流水曲》、《採蓮曲》，儲光羲《江南曲》，王維《班婕妤》[一]，崔顥《長干行》，劉方平《採蓮》，韓翃《漢宫曲》，李端《拜新月》、《聞筝曲》，張仲素《春閨曲》，令狐楚《從軍行》、《長相思》，權德輿《玉臺體》，王建《新嫁娘》，王涯《贈遠曲》，施肩吾《幼女詞》，皆酷得六朝意象，高者可攀晉、宋，平者不失齊、梁。唐人五言絶，佳者大半此矣。

七言絶，李、王二家外，王翰《凉州詞》，王維《少年行》，高適《營州歌》，王之涣《凉州詞》，韓翃《江南曲》，劉長卿《昭陽曲》，劉方平《春怨》，顧况《宫詞》，李益《從軍》，劉禹錫《堤上行》，張籍《成都曲》，王涯《秋思》，張仲素《塞下曲》、《秋閨曲》，孟郊《臨池曲》，白居易《楊柳枝》、《昭君怨》，杜牧《宫怨》、《秋夕》，温庭筠《瑶瑟怨》，陳陶《隴西行》，李洞《繡嶺詞》，盧弼《四時詞》，皆樂府也。然音響自是唐人，與五言絶稍異。

後唐牛嶠《柳枝詞》云：「吴王宫裏色偏深，一簇柔條萬縷金。不憤錢塘蘇小小，引郎枝下結同心。」「橋北橋南千萬條，憾伊張緒不相饒[二]。金羈白馬臨風望，認得羊家静婉腰。」五代人

[一] 「好」，原本作「好」，據内閣本、江本、程本改。
[二] 「憾」，内閣本、程本作「恨」。

詩，亦尚有唐樂府遺韻。

五言絶，須熟讀漢魏及六朝樂府，源委分明，徑路諳熟。然後取盛唐名家李、王、崔、孟諸作，陶以風神，發以興象，真積力久，出語自超。錢、劉以下，句漸工，語漸切，格漸下，氣漸卑，便當著眼，不得草草。

七言絶，體制自唐，不專樂府。然盛唐頗難領略，晚唐最易波流。能知盛唐諸作之超，又能知晚唐諸作之陋，可與言矣。

盛唐絶句，興象玲瓏，句意深婉，無工可見，無迹可尋。中唐遽減風神〔二〕，晚唐大露筋骨，可並論乎？

中唐《水調》等歌，不甚類六朝語，而風格高華，似遠而實近。中唐《竹枝》等歌，頗效法六朝語，而辭旨凡陋，似合而實離。

五言絶，唐樂府多法齊梁，體制自別。七言亦有作樂府體者，如太白《横江詞》、《少年行》等，尚是古調。至少伯《宫詞》、《從軍》、《出塞》，雖樂府題，實唐人絶句，不涉六朝，然亦前無六朝矣。

〔二〕「中」，原本、江本誤作「盛」，據内閣本、程本、吴本改。

五言古律，清和壯麗，咸足名家。必不可失之峭峻者，五七言絶也；必不可失之弱靡者，七言古律也。

七言絶以太白、江寧爲主，參以王維之俊雅，岑參之濃麗，高適之渾雄，韓翃之高華，李益之神秀，益以弘、正之骨力，嘉、隆之氣韻，集長舍短，足爲大家。上自元和，下迄成化，初學姑置可也。晚唐絶句易入人，甚於宋元之詩，故尤當戒。

韓翃七言絶，如「青樓不閉葳蕤鎖，緑水回通婉轉橋」、「玉勒乍回初噴沫，金鞭欲下不成嘶」、「急管晝催平樂酒，春衣夜宿杜陵花」、「曉月暫飛千樹裏，秋河隔在數峰西」，皆全首高華明秀，而古意内含，非初非盛，直是梁、陳妙語，行以唐調耳，人不易曉。若「柴門流水依然在，一路寒山萬木中」、「寒天暮雨秋風裏，幾處蠻家是主人」，則自是錢、劉格，雖衆所共稱，非其至也。

自少陵絶句對結，詩家率以半律譏之。然絶句自有此體，特杜非當行耳。如岑參《凱歌》「丈夫鵲印摇邊月，大將龍旗掣海雲」、「排兵魚海雲迎陣，秣馬龍堆月照營」等句，皆雄渾高華，後世咸所取法，即半律何傷？若杜審言「紅粉樓中應計日，燕支山下莫經年」、「獨憐京國人南竄，不似湘江水北流」，則詞竭意盡，雖對猶不對也。

顧華玉云：「五言絶，以調古爲上乘，以情真爲得體。」「打起黄鶯兒，莫教枝上啼。時時驚妾夢，不得到遼西。」調之古者；「山月曉仍在，凉風吹不絶。殷勤如有情，惆悵令人别。」此所謂情真者。

調古則韻高，情真則意遠，華玉標此二者，則雄奇俊亮，皆所不貴。論雖稍偏，自是五言絶第一義。若太白之逸，摩詰之玄，神化幽微，品格無上，又不可以是泥也。

「一徑通幽處〔二〕，禪房花木深。山光悦鳥性，潭影空人心。」五言律之入禪者。「木末芙蓉花，山中發紅萼。澗户寂無人，紛紛開且落。」五言絶之入禪者。

帛道猷：「連峰數千里，修林帶平津。茅茨隱不見，雞鳴知有人。」可謂五言絶神品，而中錯他語。孟浩然：「移舟泊烟渚，日暮客愁新。野曠天低樹，江清月近人。」可謂五言律神品，而不睹全篇，皆大可恨事。然帛詩删之即妙，孟詩續之則難。孟詩今作絶句，非體也。

蘇子卿《題梅》四韻，亦删作絶乃妙。杜荀鶴《宫怨》，佳處在「風暖」、「日高」一聯，不可删也。

成都以江寧爲擅場〔三〕，太白爲偏美。歷下謂：「太白，唐三百年一人。」瑯琊謂：「李尤自然，故出王上。」弇州謂：「俱是神品，争勝毫釐。」數語咸自有旨。學者熟習二公之詩，細酌四

〔二〕「一」，江本、吴本作「曲」。
〔三〕「寧」，原本、江本、内閣本、程本作「陵」，據吴本改。

家之論，豁然有見，則七言絶如發蒙矣。

盛唐長五言絶，不長七言絶者，孟浩然也；長七言絶，不長五言絶者，高達夫也。五、七言各極其工者，太白；五、七言俱無所解者，少陵。

楊謂杜絶句不合律，故妓女止歌「錦城絲管」一首，非也。太白、江寧妙絶千古，妓女所唱幾何？

絶句最貴含蓄。青蓮「相看兩不厭，惟有敬亭山」，亦太分曉。錢起「始憐幽竹山窗下，不改清陰待我歸」，面目尤覺可憎。宋人以爲高作，何也？

盛唐摩詰，中唐文房，五、六、七言絶俱工，可言才矣。

嘉州「枕上片時春夢中，行盡江南數千里」，盛唐之近晚唐者，然猶可藉口六朝；至中唐，「人生一世長如客，何必今朝是別離」，則全是晚唐矣。此等最易誤人。

昌黎「青青水中蒲」三首，頓有不安六朝意，然如張、王樂府，似是而非，取兩漢五言短古熟讀自見。

太白七言絶，如「楊花落盡子規啼」、「朝辭白帝彩雲間」、「誰家玉笛暗飛聲」、「天門中斷楚江開」等作，讀之真有揮斥八極、凌厲九霄意。賀監謂爲謫仙，良不虚也。

江寧《長信詞》、《西宮曲》、《青樓曲》、《閨怨》、《從軍行》，皆優柔婉麗，意味無窮，風骨内含，精芒外隱，如清廟朱弦，一唱三嘆。晉人評謝遏姊、張玄妹云：「王夫人神情散朗，故有林下風氣；顧家婦清心玉映，自是閨房之秀。」竊謂得二公之似，姑識之。

太白諸絶句，信口而成，所謂無意於工而無不工者。少伯深厚有餘，優柔不迫，怨而不怒，麗而不淫。余嘗謂古詩、樂府後，惟太白諸絶近之；《國風》、《離騷》後，惟少伯諸絶近之。體若相懸，調可默會。

李詞氣飛揚，不若王之自在，然照乘之珠，不以光芒殺值；王句格舒緩，不若李之自然，然連城之璧，不以追琢減稱。

李作故極自然，王亦和婉中渾成，盡謝爐錘之迹；王作故極自在，李亦飄翔中閒雅，絶無叫噪之風，故難優劣。然李詞或太露，王語或過流，亦不得護其短也。

少陵不甚攻絶句，遍閱其集得二首：「東逾遼水北滹沱，星象風雲喜色和。紫氣關臨天地闊，黄金臺貯俊賢多。」「中巴之東巴東山，江水開闢流其間。白帝高爲三峽鎮，夔州險過百重關。」頗與太白《明皇幸蜀歌》相類。

《崔國輔集》「金井梧桐秋葉黄」一首，薛奇童詩「下簾彈空侯，不忍見秋月」一首，二詩又見王、李集。詳其聲調，供奉、江寧得之。

張仲素《秋閨曲》：「夢裏分明見關塞，不知何路向金微。」「欲寄征人問消息，居延城外又移軍。」皆去龍標不甚遠。

温庭筠：「冰簟銀床夢不成〔一〕，碧天如水夜雲輕。雁聲遠過瀟湘去，十二樓中月自明。」杜牧之：「青山隱隱水迢迢，秋盡江南草木凋。二十四橋明月夜，玉人何處學吹簫。」此等入盛唐亦難辨，惜他作殊不爾。

盛唐絶亦有淺近者，如常建「太平天子無征戰，兵氣銷爲日月光」之類。建《塞下曲》五首，餘四首皆直致不文，獨此首諸家兢選，故及之。

太白《長門怨》：「天迴北斗挂西樓，金屋無人螢火流。月光欲到長門殿，别作深宮一段愁。」江寧《西宮曲》：「西宮夜静百花香，欲卷珠簾春恨長。斜抱雲和深見月，朦朧樹色隱昭陽。」李則意盡語中，王則意在言外。然二詩各有至處，不可執泥一端。大概李寫景入神，王言情造極。王宮詞、樂府，李不能爲；李覽勝紀行，王不能作。

太白五言絶，自是天仙口語。右丞却入禪宗。如：「人閒桂花落，夜静春山空〔二〕。月出驚山鳥，時鳴春澗中。」「木末芙蓉花，山中發紅萼。澗户寂無人，紛紛開且落。」讀之身世兩忘，萬

〔一〕「冰」，原本作「水」，據内閣本、吴本改。
〔二〕「春」，江本、吴本作「深」。

念皆寂，不謂聲律之中，有此妙詮。

太白五言，如《静夜思》、《玉階怨》等，妙絶古今，然亦齊梁體格。他作視七言絶句覺神韻小減，緣句短，逸氣未舒耳。右丞《輞川》諸作，却是自出機軸，名言兩忘，色相俱泯。于鱗論七言遺少伯，五言遺右丞，俱所未安。

「千山鳥飛絶」二十字，骨力豪上，句格天成，然律以《輞川》諸作，便覺太鬧。青蓮：「明月出天山，滄茫雲海間。長風幾萬里，吹度玉門關。」渾雄之中，多少閒雅。

唐五言絶，太白、右丞爲最，崔國輔、孟浩然、儲光羲、王昌齡、裴迪、崔顥次之。中唐則劉長卿、韋應物、錢起、韓翃、皇甫冉、司空曙、李端、李益、張仲素、令狐楚、劉禹錫、柳宗元。

七言絶，太白、江寧爲最，右丞、嘉州、舍人、常侍次之。中唐則隨州、蘇州、仲文、君平、君虞、夢得、文昌、繪之、清溪、廣津，皆有可觀處。

五言絶，晚唐殊少作者，然不甚逗漏。七言絶，則李、許、杜、趙、崔、鄭、温、韋，皆極力此道。然純駁相揉〔一〕，所當細參。

中唐錢、劉雖有風味，氣骨頓衰，不如所爲近體。惟韓翃諸絶最高，如《江南曲》、《宿山

〔一〕「揉」，吴本作「糅」。

中》、《贈張千牛》、《送齊山人》、《寒食》、《調馬》，皆可參入初、盛間。

七言絶，開元之下，便當以李益爲第一。如《夜上西城》、《從軍北征》、《受降》、《春夜聞笛》諸篇，皆可與太白、龍標兢爽，非中唐所得有也。

江寧之後，張仲素得其遺響，《秋閨》、《塞下》諸曲俱工。

中唐五言絶，蘇州最古，可繼王、孟，《寄丘員外》、《閶門》、《聞雁》等作皆悠然。次則令狐楚樂府，大有盛唐風格。

杜之律，李之絶，皆天授神詣。然杜以律爲絶，如「窗含西嶺千秋雪，門泊東吴萬里船」等句，本七言律壯語，而以爲絶句，則斷錦裂繒類也。李以絶爲律，如「十月吴山曉，梅花落敬亭」等句，本五言絶妙境，而以爲律詩，則駢拇枝指類也。

子厚「漁翁夜傍西岩宿」，除去末二句自佳。劉以爲不類晚唐，正賴有此。然加此二句爲七言古，亦何渠勝晚唐〔二〕？故不如作絶也。

劉辰翁評詩，有絶到之見，然亦時溺宋人。如杜《題雁》「翅在雲天終不遠，力微繒繳絶須

〔二〕「渠」，江本、吴本作「詎」。

防」，原非絕句本色，而劉大以爲沉著遒深〔二〕，且謂無己得之。此類是也。

裴迪「艤舟一長嘯，四面來清風」，語亦軒爽，而會孟鄙爲不佳。子厚「日午睡覺無餘聲，山童隔竹敲茶臼」，意亦幽閒，而華玉短其無味。二語皆當領略。

杜《少年行》：「馬上誰家白面郎，臨門下馬坐人床。不通名姓粗豪甚，指點銀缾索酒嘗。」殊有古意，然自是少陵絕句，與樂府無干。惟「錦城絲管」一首近太白，楊復以措大語釋之，何杜之不幸也？

王建：「寥落古行宮，宮花寂寞紅。白頭宮女在，閑坐説玄宗。」語意妙絕。合建七言《宮詞》百首，不易此二十字也。

樂天詩世謂淺近，以意與語合也。若語淺意深，語近意遠，則最上一乘，何得以此爲嫌？《明妃曲》云：「漢使却回頻寄語，黄金何日贖蛾眉。君王若問妾顔色，莫道不如宮裏時。」《三百篇》、《十九首》不遠過也。

晚唐絕，「東風不與周郎便，銅雀春深鎖二喬」、「可憐半夜虚前席，不問蒼生問鬼神」，皆宋人議論之祖。間有極工者，亦氣韻衰颯，天壤開、寶。然書情則愴惻而易動人，用事則巧切而工

〔二〕「大」，原本作「太」，據内閣本、程本改。

悦俗。世希大雅，或以爲過盛唐，具眼觀之，不待其辭畢矣。

汪遵《詠長城》：「雖然萬里連雲際，争似堯階三尺高。」許渾《詠秦墓》：「一路空山秋草裏，路人惟拜漢文陵。」用意同而語格頓超。然汪詩固是學究，許作猶近小兒，盛唐必不纏繞如此。李涉：「歇馬獨來尋故事，逢人惟説峴山碑。」許本模此，而以漢陵影秦墓則尤工，然較盛唐逾遠矣。

杜牧「南山與秋色，氣勢兩相高」，宋人亟稱。然五言律詩著此語，猶可參伍儲、韋，今乃作絶聲調，乖舛甚矣。

「夜半宴歸宫漏永，薛王沉醉壽王醒」，句意愈精，筋骨愈露，然此但假借立言耳。泥者謂二王迥不同時，則痴人説夢，難以口舌争矣。

趙昌父唐絶，大半皆中、晚作，謝注尤爲迂謬。如許渾：「海燕西飛白日斜，天門遥望五侯家。樓臺深鎖無人到，落盡春風第一花。」若但詠園亭之類，未見其工。今題云：「客有卜居不遂，薄游汧隴者，因贈。」夫以逆旅無家之客，望五侯第宅深鎖落花之内，一段寂寥情况，更不忍言。羅隱《下第》詩：「簾捲殘陽鳴鳥鵲，花飛何處好樓臺。」意正此同，而許作全不道破，尤爲超妙，第失之太巧，故不脱晚唐〔二〕。謝乃謂五侯雖有第宅，而不得安享，亦猶逆旅無家者。此語

〔二〕「脱」，内閣本、江本、程本、吴本作「免」。

一出，許詩風味索然，又少伯「閨中少婦不曾愁」，本自目前口語，謝復引入理路。此類甚多。晉人云：「非惟善作者不可得，善解者亦不可得。」信哉！

樂天云：「試問池臺主，當爲將相官。終身不曾到，但展畫圖看。」謝蓋因此而誤。然白自詠達官園囿，非緣羈旅作也。[一]

王之渙《涼州詞》，「黄河遠上白雲間」一首極工。余見不過數篇[二]，洪景盧《唐絶》乃有十六首，其十二首皆《惆悵詩》格調，惟三數近初唐，餘率中晚人語，决非出之渙手。蓋初、盛間絶句，音節不諧，文義生强或有之，至於氣骨卑弱，詞旨尖新，則中、晚無疑也。[三]

大順中，有王渙者，字群吉。《惆悵詩》「七夕瓊筵往事陳」、「夢裏分明入漢宫」二首，皆其作，載尤延之《詩話》。洪蓋因其名偶同，遂謂之渙，鹵莽一至於此！若楊用修誚洪珉玉無别，則又非也。洪自總集唐絶，元無銓擇，其過在牽合萬首之數，遂至訛謬甚多，務博徇名，弊如此夫！

[一] 此條後内閣本鈔補一條：

初唐絶句，人不過數篇，盛唐王、李大家，通集不過數十，中唐錢起《江行》、王建宫體乃一題百首，猶之可也。唐末羅虬《比紅》、胡曾《詠史》，淺陋猥瑣，皆至百篇，而至今單行不絶。吁，亦異哉！

[二] 「余」，原本作「餘」，據江本改。

[三] 按，此條及下條，内閣本在外編卷四「宋雍初無令譽」條後鈔補；程本、吴本無。